계승의 형식, 형식의 위반

- 연속과 단절의 문법 -

계승의 형식, 형식의 위반

- 연속과 단절의 문법 -

김 홍 진 비평집

도서출판 역락

　두려움과 떨림, 여전히 떨쳐버릴 수 없는 부끄러움으로 다시 책을 엮는다. 볼품없고 빈약한 글들을 모아 세상에 내놓으려니 나무에 대한 모독이 아닌가 반성하게 된다. 언젠가는 너저분한 변명이 필요치 않은, 나무에 대한 미안함과 부끄러움이 없는 글을 써야겠다. 그럴 수 있을까. 언젠가 고백했듯이 시를 쓰고 싶다는 욕망을 가진 적이 있었다. 그러나 그것은 결코 쉽게 도달할 수 있는 영역이 아니었다. 번번이 패배하고 만 새벽의 좌절이 지금의 나와 이 책을 있게 했다. 이제는 돌이킬 수 없는 길, 묵묵히 가는 수밖에 별다른 도리가 없는 듯하다. 사막을 건너는 나그네처럼 내게 주어진 길을 수긍할밖에…… . 그러다보면 오랫동안 깊은 병을 앓고 난 어느 날 아침처럼 가뿐하게 맑아질 날이 있을 것이다. 언제나 이런 막연한 몽상과 기대가 나를 옭아맨 덫이었음을 잘 알지만, 한 번 더 속아주어야겠다.

　글쓰기는 거대한 문화의 유적지를 탐방하며 현실과 대화하고 현실의 경험을 정리하는 작업이다. 과거와 현재, 모방과 창조, 상투성과 독창성, 연속과 단절, 계승과 위반 사이에서 다성적인 목소리가 혼류하는 대화의 장이 글쓰기이다. 글쓰기로서의 문학행위도 전통과 실험, 수용과 위반, 계승과 부정, 관습과 일탈의 욕망이 부딪치는 역동적 운동이다. 글쓰기는 과거의 것은 물론 현재의 다른 것들을 수용하고 계승하면서, 때로는 전위에 서서 그것을 부정하고 위반하면서 새로운 영토를 확장해 나가는 정신의 역동적 작용이다.

　현대 예술은 점차 장르간의 경계가 모호해지거나 변별적 경계가 와해되고 있다. 시도 마찬가지여서 다른 장르가 시에 수용되어 독특한 미적 특질을 형성하고 있다. 시인이나 시는 의식하든 의식하지 못하든 선행 텍스트나 시인을 딛고 서 있으며, 딛고 서 있는 토양이 전통이자 관습이 된다. 시인들은 그러한 전통과 관습을 일정부분 연속해 이어 쓰면서 동시에 층위의 전환을 통해, 혹은 인식론적 단절을 통해 그것과는 다른 미학적 지평을 열고자 노력한다. 그렇기 때문에 문학 텍스트는 선행하는 다른 텍스트들과 맺고 있는 관계성에 의해 이해할 필요가 있다. 왜냐하면 하나의 텍스트는 어떤 방식으로든지 다른 텍스트와 다양한 관련을 맺고 있기 때문이다.

이러한 맥락의 관점에서 이 책은 주로 전통적 문학 관습의 연속과 단절, 계승과 위반이라는 관계성의 시학에 중점을 두고 엮었다. 그 가운데에서도 특히 전통 구비문학 양식의 수용이 현대시에 어떻게 창조적이며 생산적으로 수용되고 있는가를 살피는 데 치중하였다. 우리의 적층문학 양식이라 할 수 있는 설화, 민요, 판소리, 무가 혹은 전통적인 서사문법이 어떻게 현대시에 차용되고 있으며, 그것을 생산적으로 재기호화하고 의미화하는지 역점을 둔 글들을 모아 엮었다.

언젠가도 고백했듯이 원고를 모아 정리하는 작업은 버리고 싶은 과거, 영원히 묻어두고 싶은 기억을 되씹는 일이었다. 쓸쓸하고 텁텁할 뿐이다. 발효되지 않은 정신과 미숙하고 설익은 언어가 내뿜는 악취가 진동하는 듯 하다. 내 꿈은 나만의 언어로 텍스트를 순도 높게 발효시키고자 욕망하지만 텍스트는 여전히 고집 센 염소처럼 완고하게 버티고 서 있을 뿐, 내 초라한 영혼과 언어는 그저 쩔쩔매는 형국이다. 서투른 글들을 하나의 책으로 엮을 수 있기까지 정신적으로 도와주고 격려해준 일일이 거론할 수 없는 많은 분들께 머리 숙여 감사드린다.

2006년 9월 김 홍 진

__ 제3부

독서의 쾌락

제 1 부

계승과 위반

서정양식의 서사지향과 시의 서술화

계승과 위반, 관계성의 시학

古典 詩學의 現代性 試論

> 이 글은 다음과 같은 질문으로부터 출발한다. 현대시에 전통 구비문학 양식이 수용되는 이유는 무엇일까? 한국 현대 시사를 살피다보면 장르의 성격상 서로 다른 서사 양식의 구비문학을 수용한 시들을 연속적으로 만날 수 있다. 시라면 장르의 성격상 어떤 순간의 개인적이며 주관적 감정을 직관으로 포착해 율문 형식으로 제시하는 특성을 갖는다. 그렇기 때문에 서정양식은 대상에 대한 화자의 주관적인 감정의 즉각적 표현과 반응이라는 장르적 특성을 함축한다.

서정양식의 서사지향과 시의 서술화

1. 서정양식의 서사지향

이 글은 다음과 같은 질문으로부터 출발한다. 현대시에 전통 구비문학 양식이 수용되는 이유는 무엇일까? 한국 현대 시사를 살피다보면 장르의 성격상 서로 다른 서사 양식의 구비문학을 수용한 시들을 연속적으로 만날 수 있다. 시라면 장르의 성격상 어떤 순간의 개인적이며 주관적 감정을 직관으로 포착해 율문 형식으로 제시하는 특성을 갖는다. 그렇기 때문에 서정양식은 대상에 대한 화자의 주관적인 감정의 즉각적 표현과 반응이라는 장르적 특성을 함축한다.

그러나 설화와 같은 구비문학은 이야기, 즉 서사물로서 서정양식과는 다른 서사적 특성을 갖는다. 구비문학은 이야기로서 서사체처럼 서술자가 등장인물의 행위나 사건을 시간적 계기 등 일련의 서사적 내용물을 객관적으로 재구성하여 청자 내지 독자에게 이야기를 전달하는 장르적 차이를 지니고 있다. 서사 양식은 서정양식과 이러한 표현 방식 때문에 변별적 특성을 갖는다. 다시 말해 사건의 중재라는 미학적 변별성 때문에 서사 양식은 현실성과 객관성을 띤다. 그런데 여기에는 이러한 장르상 상반되는 성격의 구비문학 장르가 현대시에 수용되는 어떤 내적 필연성과 외적 필요성이 동시에 작용하고 있을 것이다.

　서정양식의 구비문학 양식 수용은 대개 시의 서사 지향적 경향으로 나타난다. 이러한 서사 지향적 경향의 현대시는 시의 서술화 현상을 초래하는데, 따지고 보면 서술시는 우리 시의 한 전통 양식이다.[1] 시의 발생을 놓고 볼 때 시 역시 이야기의 일종이었다. 가령『삼국유사』소재의「구지가」를 비롯한 고대 시가들은 대체로 설화 속에 삽입한 것으로서 전체 설화를 이루는 중요한 부분이다. 거기까지 가지 않더라도 1920·30년대 카프 계열의 시에서부터 하나의 전통이 되고 있는 시의 서사 지향성은 한국 현대시의 큰 줄기를 형성하고 있다. 이때 시인 자신이 이야기를 만들어 말하는 서술시와 옛 조상들의 이야기를 시에 수용함으로써 이야기성을 갖추는 구비문학 양식 수용의 서술시 사이에는 어떤 본질적인 문제가 공유되고 있을 것이다. 이 점은 한국 현대시의 구비문학 양식 수용과 그것의 의미를 분석하는 데 있어서 서술시와의 상관 아래 살펴야 올바른 문제 해결에 도달할 수 있다는

---

1) 김준오,「서술시의 서사학」, 현대시학회 편,『한국 서술시의 시학』, 태학사, 1998, 15쪽.

것을 암시한다.

한국 현대시에 구비문학 양식이 수용된 까닭과 의미에 대한 규명을 목적으로 하는 이 글은 그 문제 해결의 전제로서 시의 서술성에 대한 고찰이 필수적일 수밖에 없다. 왜냐하면 우리 전통 구비문학 양식의 이야기 수용은 필연적으로 시의 서술화를 낳기 때문이다. 그렇기 때문에 이 글의 목적을 실현하기 위해 서술시와의 상관성 아래 문제의 중심에 접근해야만 한다. 그리고 이 글의 중심 테마가 되는 설화와 같은 구비문학은 우리 나라에 전래되어 내려온 구전 설화와 문헌 설화를 포괄하는 개념으로서 신화·전설·민담, 판소리나 (서사)민요, 굿, 그리고 「춘향전」이나 「심청전」 등 근원 설화를 가지면서 민간 설화화된 고대 소설 등을 일컫는다.

한국 현대시의 전통 구비문학 양식의 수용은 필연적으로 시의 서술화를 초래하는데 그러한 시를 서술시라는 이름으로 통칭해 부를 수 있을 것이다.2) 흔히 서술시를 이야기(story)로 이루어진 시로 이해한다. 그러나 단지 이야기의 유무로 서술시의 개념을 정의할 수는 없다. 서술시의 정의는 이야기의 개념 못지않게 서술(narrative)에 초점을 맞추어야 한다. 서술이란 개념에 초점을 맞출 때 용어의 선명성을 꾀할 수 있고, 다양하게 불리는 용어의 혼란을 피할 수 있기 때문이다. 서술이

---

2) 서술시의 개념을 정립하는 데 있어서 서술이라는 개념은 이야기라는 개념보다 유효한 관점을 제공한다. 시가 이야기로 이루어져 있다는 점에 의해서 서술시, 서사시, 설화시, 이야기시, 담시, 장시 등 다양한 용어들을 사용하고 있다. 이와 같은 현상은 서사의 한 축을 이루는 이야기(사건)에 초점을 두었기 때문에 오는 혼란이라 할 수 있다. 그러나 이야기를 서술하는 행위에 초점을 둔다면 이와 같은 용어와 개념상의 혼란을 피할 수 있을 것이다. 따라서 이야기를 서술하는 행위에 초점을 두고 서술시라는 용어로 통일해 부르는 것이 타당할 터이다. 본고는 서술시라는 이름으로 통일해 사용할 것이다.

라는 개념은 서사라는 개념 아래에서 파악해야 한다. 사건의 서술을 뜻하는 서사의 필수 불가결한 요건은 두 가지인데, 그것은 이야기의 내용과 이야기하는 역할로서의 화자이다. 즉 서사는 사건이라는 내용과 서술하는 행위에 의해 성립된다. 따라서 서술은 서사를 구성하는 필수적인 한 요소이며, "전달 내용으로서의 이야기가 화자(송신자)로부터 독자(수신자)로 전이되는 소통의 과정"3) 을 말한다.

이야기를 담지한 서술시는 서사체와 같이 사건의 시간적 조직이라는 특징을 지닌다. 한국 근대 시문학사에 나타나는 서사적 구조를 갖는 서술시의 본질은 명쾌하게 밝혀져 있지 못하다. 그러나 이야기와 서술이라는 관점, 특히 서술의 관점에 비추어 서술시는 인물이 펼치는 사건·행위를 시적 화자의 중개를 통하여 이야기를 전달해 이것을 바탕으로 시인의 정서와 이념을 전달하는 시로 정의할 수 있다. 일반적인 서정시가 시인의 인식 대상에 대해 순간의 포착을 통한 지각의 동시성을 내세우며 이미지를 중심으로 시의 형상을 결정한다면 서술시는 이야기, 즉 인물의 행위나 사건을 시인이 창조한 허구적 화자의 중개를 통해 재현함으로써 시인이 표현하고자 하는 정서나 사상을 독자에게 전달하고자 한다. 왜냐하면 서술의 개념이 "하나의 사건이나 일련의 사건을 이야기하는 구비적이거나 기록적인 담화, 즉 서술적 진술"을 뜻하기 때문이며, "언급된 사건이 아니라 무엇에 대하여 언급한 화자를 구성하는 사건이나 또는 서술하는(narrating) 행위"4)라 할 수 있기 때문이다. 그래서 즈네뜨는 서사물의 분석이란 본질적으로 서사와

---

3) S. 리몬 - 케넌, 최상규 역, 『소설의 시학』, 문학과지성사, 1985, 13~15쪽.
4) G. Genette, 권택영 옮김, 『서사담론』, 교보문고, 1992, 15~16쪽.

스토리의 관계, 서사와 서술하기의 관계, 그리고 서사물에 담긴 스토리와 서술하기의 관계를 연구해야 한다고 주장한다. 이것이 서사 텍스트 분석에 직접적으로 유용하다고 한다. 특히 이러한 관계들에 입각한 분석은 문학적인 허구적 서술의 영역에서 사용할 수 있는 필수적이며 기본적인 탐색 도구로 여기고 있다. 서술시는 서술이라는 형식적 개념을 강조하여 시 속에서 시적 화자가 이야기를 서술하는 시라 할 수 있다. 인물의 행위와 사건에 대한 이야기를 담고 있는 서술시의 근간은 텍스트의 축을 형성하는 이야기와 그 이야기를 진술하는 시적 화자와 대상, 그리고 이야기를 청취하는 청자에 있다. 화자·대상·청자의 역동적 관계를 통해 진술되는 이야기는 인물과 인물들 사이에 발생하는 사건이 중심을 이룬다.

시는 다른 언어 행위와 마찬가지로 소통행위의 일종이다. 따라서 일반 서정시뿐만 아니라 설화 수용의 서술시를 발신자 - 텍스트 - 수신자의 관계로 이루어지는 하나의 소통 행위로 간주하는 언어학의 화행론은 서술시를 이해하는 데 하나의 이론적 기초를 제공해 준다. 화행론에서는 언어의 기본 단위를 특정 문맥 안에서 특정 화자에 의해 청자에게 수행되는 발화로 인식한다. 그럼으로써 담화에서의 구조적 장치인 시점의 중요성을 강조한다. 특히 하나의 발화는 적어도 세 가지 언어 행위, 즉 언표, 언표내적, 언향적 행위5)를 한다. 그런데 이것은 소통 상황에서 화자의 역할, 화자와 스토리와의 관계, 서사 행위가 독

---

5) 언표 행위는 의미를 말하며, 언표 내적 행위는 언표 행위를 함에 있어서 만들어지는 다른 가능한 행위를 뜻한다. 즉 발화의 문맥에 따라 판단이나 주장 또는 칭찬의 언표 내적 행위를 하게 된다. 그리고 언향적 행위는 청자나 독자의 느낌, 사상, 행동 위에 관례적으로 기대되는 효과를 만들어내는 것을 말한다(Susan S. Lanser, 앞의 책, 70~73쪽 참조).

자에게 미치는 영향 등을 고찰하는 데 유용한 토대를 제공한다. 곧 시점에 관련된 서술 방식이 스토리 전달에만 관련된 기법이 아니라 허구적인 매개물을 통하여 작가로부터 독자에게로의 심리적·관념적 자세의 전달도 포함하며, 그것이 독자에게 미치는 효과까지를 포괄하는 개념이다.

따라서 시인이 독자에게 자신의 이야기를 전달하고자 할 때 고려될 수 있는 사항을 다음과 같은 관점에서 중점을 두어 각 설화 수용 시 텍스트의 의미와 특성이 조명되어야 할 것이다. 우선 누가 독자에게 이야기를 하고 있는가에 대한 검토이다. 이것은 화자의 유형과 관계된다. 서사물에서는 서술 수준, 서술 층위와 스토리의 참여 범위 등에 따라 다양한 종류의 화자가 존재한다. 예들 들면 서술 층위에 의한 화자의 유형은 자신이 서술하는 스토리보다 상위에 있는 화자, 대개 텍스트 속의 한 등장인물이며 허구 세계의 구속을 받는 화자, 그리고 텍스트의 인물 사건들이 그의 시간적·공간적 혹은 심리적 위치를 통하여 지각되는 존재(기록자, 카메라, 의식)인 초점화자6)로 나눌 수 있다. 또한 스토리 참여 범위에 따라 스토리에 참여하지 않는 화자는 이종 화자, 스토리 속에 있는 화자는 동종 화자라 부르며, 화자의 서사적 권위에 따라 전지·무제한적 능력의 화자와 제한적 화자로 구분할 수 있다. 이상의 이분법적 구분 사이에는 그 정도에 따라 다양한 변이 형태가 스펙트럼을 형성하고 있다. 그러므로 각 텍스트에서 화자의 연구는 텍스트내의 화자의 역할에 따라 보다 정밀하게 논의되어야 할 것이다. 왜냐하면 이들은 상호 배제적이 아니며 상이한 유형의 교차 결

---

6) Susan S. Lanser, 앞의 책, 138~141쪽.

합이 가능하기 때문이다.

둘째로는 화자가 독자에게 이야기를 전달하기 위하여 어떠한 고지(告知) 경로를 선택하고 있는가에 대한 검토이다. 작가는 텍스트의 스토리를 화자를 통하여 독자에게 전달한다. 이때 발신자로서 화자는 스토리의 전달 방식으로서 두 가지 경로 가운데 하나를 선택한다. 하나는 서술 주체인 화자 자신의 말과 의식·지각을 통하여 전달하는 방법이고, 다른 하나는 작중 인물의 언행·사고·지각·감정을 통하여 객관적으로 전달하는 방법이다. 이것은 화자에 의한 요약 서술인가 아니면 객관적인 장면 제시인가의 문제로서 대부분의 서사물은 전자의 화자의 담화와 후자의 작중 인물의 담화가 적절히 결합되어 있으며, 그 비율은 텍스트마다 다양하게 나타난다. 또한 화자의 말이 작중 인물의 담화에 영향을 주거나 작중 인물의 말이 화자의 담화에 영향을 주는 혼합된 양상이 나타나기도 한다.[7] 말하자면 논평·시간 및 인물·사건의 특성 요약·배경·인물 묘사 등은 화자의 담화이고, 대화, 독백, 기록물 등은 작중 인물의 직접적 담화에 속하며, 간접 화법이나 심리 서술 등은 두 가지 담화의 혼합된 형태라 하겠다.

끝으로 화자는 스토리 세계에 대해 어떠한 태도를 취하고 있는가를 주목해야 한다. 특히 스토리에 대한 화자의 심리적·관념적 태도와 관련한 문제로 서술된 사건 및 각 등장인물에 대한 화자의 거리 혹은 친근감의 정도에 대한 다양한 질문을 포함한다. 말하자면 각 작중 인물들 및 사건에 대한 정보의 양, 정보의 성격, 작중 인물의 의식에 대

---

7) 보리스 우스펜스키, 김경수 역, 『소설구성의 시학』, 현대문학사, 1992, 17~18쪽 참조.

한 침투 정도 등에서의 차이는 스토리에 대한 화자의 심리적 태도를 나타내준다.8) 또 화자가 관념적 내용을 포함하는 정도, 화자의 이데올로기와 수용자의 이데올로기 사이의 일치/불일치 문제, 화자의 이데올로기와 작가적 목소리의 이데올로기 사이의 일치/불일치 문제 등은 스토리에 대한 화자의 이념적 자세를 드러내 준다.9) 따라서 이러한 심리적·이념적 태도는 독자가 텍스트로부터 도출해 낼 감정적이고 이념적인 반응을 상호 결정한다고 할 수 있다.

2. 시의 서술화와 사건의 가치화

시가 서술성을 띠는 이유는 서정양식이 지닌 주관적 감정의 표현보다는 어떤 일련의 내용을 청자나 독자를 염두에 두고 전달하고자 하는 의식에서 출발했을 것이다. 그런 점에서 시의 서술성은 서정양식이 지닌 주관성을 보완하기 위해 객관성을 확보하기 위한 전략이라 할 수 있다. 즉 삶의 체험에서 일반적 서정시는 대상의 특질과 화자 자신의 내면적 감정의 표출에 초점이 있다. 그러나 서술자가 등장하여 이야기를 구성하는 시는 시간적 경과에 따른 행위의 변천과 그것의 의미에 대한 객관적 탐색에 초점을 둔다. 이 점에서 "서술시는 필연적으로 삶의 과정과 조건을 다룬다."10)고 할 수 있다.

한국 현대시에서 이러한 시의 서술화는 1920-30년대 프로시를 대표

---

8) Susan S. Lanser, 위의 책, 203~212쪽.
9) Susan S. Lanser, 위의 책, 216~219쪽.
10) 김준오, 『시론』, 삼지원, 1997, 91쪽.

적인 예로 꼽을 수 있다. 3·1운동의 실패로 인한 시단의 좌절과 전망 부재의 현실 인식은 시의 내용과 형식에 있어서 퇴폐적 경향으로 흐르게 했다. 그 결과 현실 세계와 동떨어진 영탄과 관념의 세계로 퇴행하게 했다. 이에 대하여 당대 식민지 현실에 대해 모순과 그 상황을 객관적으로 인식하려고 노력하던 지식인들이 식민지 백성에게 현실적 조건에 대한 자각을 일깨워주고 전망에 대한 암묵적 제시의 목적으로 시 형식의 변화를 요청하고 실천하였는데 그것이 바로 서술시로 나아갔던 것이다. 다시 말해 식민지 현실에 대한 객관적 인식과 그 토대를 바탕으로 미래에 대한 전망 제시, 그와 함께 당시 민중들에게 이러한 의식의 계몽과 실천적 감동을 주기 위한 방략으로서 서술시가 탐구되었던 것이다.

시의 서술화가 삶의 조건과 과정에 대한 인식의 필요성과 맞물려 발생했다고 할 수 있는 것과 함께 서술이라는 개념이 갖는 본질적 속성에 관련된 것이기도 하다. 헤이든 화이트는 "서술은 인간의 경험을 어떤 특정 문화에 따른 의미 구조가 아니라 일반적 인간에 바탕을 둔 의미 구조에 동화하는 양식으로 만드는 해결책"[11]이라 말하고 있다. 즉 서술은 어느 문화에나 번역 가능하여 초문화적 메시지를 전달할 수 있는 메타코드란 말로서 서술은 인간 이해의 보편적 소산으로서 가치를 지닌다는 말이다. 서술은 언급되는 사건의 직선적 복사가 아니라 이를 의미로 대체하는 작업으로서 인간적 삶의 무질서와 혼란에 대해 질서와 가치를 부여해주는 형식, 삶의 전체성을 이해하고자 하는

11) 헤이든 화이트, 전은경 역, 「리얼리티 제시에서의 서술성의 가치」, 『현대 서술 이론의 흐름』, 솔출판사, 117쪽.

인간의 근원적 욕망의 투사라는 뜻이다.

서술성의 가치는 사건에 상상적인 일관성, 전체성, 완전성, 종결성 등을 부여함으로써 사건을 가치화하려는 강력한 충동에 기인한다.[12] 그리고 서술의 힘은 결말에 가서 의미와 쾌락을 전체화하는 방향으로 나아가려는 경향이 있다. 따라서 삶과 현실에 대한 전체성의 파악과 질서의 확립이 필요하다는 인식이 발생할 때 서술은 인간의 문화에 대두하게 된다. 서술은 인간 존재의 전체성과 질서에 대한 탐색이며 그것은 결국 인간의 사회적 권위나 가치에 대한 확립인 것이다. 때문에 서술이 가지는 기능은 항상 교술적인 가르침, 즉 일정한 계몽적 의식을 바탕에 깔고 있다. 전달은 바로 계몽을 전제로 한 행위인 셈이다. 이 점은 서술이 가지는 "순서나 에토스, 디아노이아는 우리를 편안하게 해주고, 인생에 대한 우리의 개념을 확인해 주며, 때로는 일종의 세속적 임종의 성찰, 즉 개인적 종말론이랄까 자신의 삶과 삶의 끝에 대한 의식과 내밀하게 관련되어 있는 성찰이 되기도 한다. 이것이 순서가 주는 위안이다"[13] 라는 말과 같이 서술의 기능과 가치를 뒷받침해 준다.

다음 문제는 내용의 적절성 여부이다. 서술화되는 모든 것은 권위와 가치를 그 양식적 특성에 따라 지니게 됨으로써 의미 있는 작업이 될 수 있다. 근대 문학에서 중시되었던 현실 재현의 핍진성이 중요한 것이 아니라 이야기 방식이 들어 있으면서 그것이 진실성을 지닌다면 바로 가공의 것이라도 리얼리티, 즉 사실성을 획득한다. 이는 곧 서술

---

12) 루이스 밍크, 윤효녕 역, 「모든 사람은 자신의 연보 기록자」, 위의 책, 216쪽.
13) 프랭크 커모드, 전승혜 역, 「비밀과 서술 순서」, 『현대 서술 이론의 흐름』, 솔출판사, 1997, 78쪽.

이 가지는 권위나 가치에 대한 의미 부여인데 이러한 주장을 할 수 있게 되는 까닭은 서술이 현실적 삶의 구조와 제도에 밀접히 관련되어 있다는 인식 때문이다. 헤이든 화이트는 서술이 실제적인 이야기는 물론이고 허구적인 이야기에서도 리얼리티를 가치화하려는, 즉 우리가 상상할 수 있는 어떤 가치 기준이라도 그 근원이 되는 사회 제도와 동일시하려는 충동의 기능과 밀접히 관련되고 있다[14]고 봄으로써 현실과의 매개로서 사실성을 중시하지 않는다. 이러한 입장에 서게 되면 문학적 서술도 역사 서술 못지않게 인간의 질서와 가치 탐색에 중요한 기능을 담당하고 있음을 알 수 있다.

　이렇게 볼 때 서술이 가지는 이러한 가치와 기능을 새롭게 보게 한다. 또 이러한 서술이 시에 구현될 때 그 가치와 기능이 동일하게 작용하리라 본다면 시의 서술화는 현대적 삶에 대응하는 문제적 형식으로 인정하지 않을 수 없다. 그것이 서사 장르에 구현될 때보다 그 강도와 생동감의 정도에서 문제 되겠지만 서술이 가지는 본질적 성격은 앞서 언급했듯이 삶의 전체성과 질서를 찾는 인식적 탐색의 의미로 현대에 들어와 새로운 의미로 바라보지 않을 수 없는 것이다. 요컨대 시의 서술화는 어떤 사건을 가치화하여 전달함으로써 삶과 현실에 대한 전체성의 파악과 질서의 확립을 목적하는 것으로 볼 수 있다.

14) 헤이든 화이트, 앞의 글, 197쪽.

3. 구비문학양식 수용과 행위의 규범화

현대시의 서술화가 지닌 특성으로서 사건의 가치화와 현실에 대한 전체성 파악이라는 인식 선상에 섰을 때 시에 설화를 수용한 의미도 짐작하게 한다. 즉 설화가 이미 앞선 사람에 의해 이루어진 서사물인 만큼 설화의 도입은 서술의 도입과 맥락을 같이 한다. 다만 자기가 하나의 의미 질서, 즉 이야기를 새롭게 구축하여 주제를 생성하기보다는 이미 구축된 의미질서를 들여와 주제를 발생시키고자 한다는 점이 다르다. 이 점은 주제의 형성과 전달 면에서 많은 차이점을 갖지만 하나의 이야기를 통해 의미 획득을 전략한다는 점에서는 서술시와 다를 바 없다. 실제 설화가 지니는 장르적 성격도 서술이 갖는 본질적 성격과 맥락을 같이 한다. M. 엘리아데는 설화의 성격을 규범이라고 말한다. 곧 설화의 한 종인 "신화는 인간 활동의 모범적 모델을 고정시켜 주는 기능을 한다. 풍속을 고정시키고, 의미 있는 인간 활동을 위한 행위의 모범을 설정하고, 어떤 제도에 위엄과 중요성을 부여하는 규범적 성격을 지닌다. 그리하여 바람직한 행위를 유도하고 규범에 어긋나는 행위를 규제하여 사회를 자연스럽게 통제하는 구실을 한다"[15]고 하여 서술이 갖는 특성과 다름없는 내용을 피력하고 있다. 서술이 무질서에 질서를 부여함으로써 의미 획득의 권위를 드러낸다면 설화는 이러한 서술의 속성을 발현하여 사회 규범적 성격을 지니는 동전의 겉면이 되는 셈이다. 이어서 M. 엘리아데는 "신화는 인간을 실존적으

15) M. 엘리아데, 이동하 역, 『聖과 俗』, 학민사, 1976, 76쪽.

로 구성한 최초의 이야기를 인간에게 가르쳐주고 있으며, 그의 존재와 우주에 있어서의 정당한 존재양식에 관련되는 모든 것이 인간에게 직접 관련되고 있음을 말하고 있다"16)하여 설화의 기능과 가치를 말해주고 있다. 이로 볼 때 일반 사람들이 설화를 보게 될 때 은연중 설화의 내용을 모델로 삼아 따르게 되는 것이다.

설화의 이러한 규범적 전달성은 "신화는 보고하고 이름붙이고 근원을 말하지만 이로써 기술하고 확정하고 설명하는 것이다. 신화의 수집과 채록은 이러한 경향을 더욱 강화한다. 신화들은 일찍이 보고에서 출발하여 가르침이 되었던 것이다. 신화 자체도 이미 계몽의 산물이다."17) 라고 하여 설화의 기능을 갈파하고 있다. 물론 이들은 이후 이러한 계몽적 이성이 도구적 이성으로 변질되어 자기를 보존하기 위해 타자를 복속하거나 도구화함으로써 소외와 단절의 부정적 문제를 발생시킨다는 점을 지적하기 위해서지만 설화가 가지고 있는 일차적 계몽의 성격에 대해서는 잘 말해주고 있다.

이를 통해서 본다면 결국 시에 설화를 수용하는 것은 무엇보다 계몽의 목적에서 이루어진다고 할 수 있다. 설화의 상황은 문학에서 하나의 규범으로 제시되면서 독자에게 일련의 질서의식과 가치의식을 부여해준다. 때문에 설화와 설화 수용의 문제는 서술의 연장선상에서 논의되어야 할 성질의 것이다.

한 편 시에서 설화의 수용을 서술적 맥락과 고려하지 않고 생각할 때는 전통과의 접맥이라는 측면에서 생각해볼 수 있다. 설화는 오랜

---

16) M. 엘리아데, 이은봉 역, 『신화와 현실』, 성균관대출판부, 1985, 22쪽.
17) 호르크 하이머·아도르노, 김유동 외 공역, 『계몽의 변증법』, 문예출판사, 1995, 30쪽.

세월을 통해서 민족공동체가 그 발생과 향수와 전승에 관련된 공동심
의의 표현이므로 민족의 보편적인 정서와 사상 그리고 생활상이 가장
자 드러난 원초적 형태의 문학이다. 때문에 후대의 사람이 다시 전대
의 이 설화를 들여올 때에는 전통과의 합일, 그로 인한 동질적 세계의
회복 등 공동체적 생활에의 추구를 목표로 할 뿐이다. 이것은 다시 서
술이 갖는 질서의 회복과 관련해 가는 사항이다.

그러나 전통 설화의 수용 문제는 수사학적 측면에서는 용사적 용법
으로 봐야 할 것인지, 아니면 인유적 상상력의 측면에서 봐야 할 것
인지 여러 문제를 발생시키고 있는 문제이다. 이는 일괄적으로 규정지
을 수 없는 성질이 설화 수용의 문제 안에 들어 있음을 말해 준다. 즉
설화 수용의 의미를 획일적으로 규정지을 수 없는 성질이 설화 수용
의 문제 안에 들어 있음을 말해준다. 즉 설화 수용의 문제는 전통 설
화에 대한 수용자의 인식에 따라 특수성과 다양성이 자리잡고 있을
것이란 결론에 이를 수 있다. 따라서 설화 수용의 의미를 획일적으로
규정지을 수 없는 부분이 많아질 때 작품의 독자성은 살아난다고 말
해도 좋을 것이다. 이것은 앞에서 계몽적 성격에 있어서도 마찬가지
다. 각 설화 수용의 작품마다 계몽의 내용과 대상은 다를 것이다. 그
러므로 설화 수용의 의미를 계몽이란 말로 일반화하는 것은 바람직하
지 못하다. 시대나 작품마다 설화 수용의 의미는 다양하게 펼쳐져 있
으며, 그것들의 내부적 심의 속에 공통된 기반, 즉 계몽을 공유하고
있음을 발견하게 되는 것이 연구의 바람직한 방향이라 사료된다.

이상으로 볼 때 시에서의 서술화의 문제와 설화 수용의 문제는 그
본질상 공유되는 부분이 있으나 한국 시문학사에 나타난 설화 수용

시를 평가할 때는 그 작품의 독특성과 보편성을 고루 고려한 상태에서 살펴야 할 것이다. 이러한 점을 전제로 한국 현대시에 나타난 설화 수용의 양상과 그 의미를 살펴본다면 첫째는 민족 동질성의 회복과 전망, 둘째는 전통 질서의 회복과 영원회귀, 셋째는 현실의 비판과 풍자의 영역으로 크게 범주화할 수 있다.

계승과 위반, 관계성의 시학

예술작품이란 다른 예술작품들과의 관계 속에서 지각되며, 그 작품이 다른
작품들과 이루게 되는 연상작용의 도움을 받아 지각되는 것이다.
-쉬클로프스키

1. 패러디와 관계성의 시학

문학 텍스트는 선행하는 다른 텍스트들과 맺고 있는 관계성에 의해
이해할 필요가 있다. 왜냐하면 하나의 텍스트는 어떤 방식으로든지 다
른 텍스트와 다양한 관련을 맺고 있기 때문이다. 문학 연구를 텍스트
와 텍스트 사이의 영향 관계에 초점을 맞춘다면 그것은 패러디와 연
관된다. 패러디는 과거 원전들의 고유성과 관습적 규범들을 이어 쓰고
고쳐 쓰는 문학적 전략이다. 선행하는 과거의 원전을 시 창작의 방법

적 거울로 삼는 패러디는 시를 이해하는 하나의 방법을 시사해 준다. 특히 이제 더 이상 새로운 것이 가능하지 않다는 예술의 고갈이나 위기[1]를 말하는 시대에 패러디는 현실적으로 한국 현대시에서 전경화되어 나타나고 있으며, "현대시의 주된 구성 원리로 뚜렷이 가시화되고 있는"[2] 현상이기도 하다. 패러디는 현대시를 이해하는 하나의 중요한 방법적 준거틀을 제공해 준다.

패러디는 선행하는 기존의 익숙한 텍스트를 현재와 연계시켜 재기호화하는 형식이다. 패러디스트는 원텍스트의 내용과 형식을 읽어낸 후 텍스트를 새롭게 구현하는 반복 형식으로서 이미 구현된 텍스트의 언어들과 문맥들 사이의 관계의 망 속에서 의도적으로 그것을 낯설게 재구성한다. 그리고 패러디는 원텍스트와 패러디 텍스트 사이의 반복에 내재하는 차이에 의해서 의미가 발생하는 대화성을 지닌다. 이미 잘 알려진 원텍스트와 새롭게 재구성되는 패러디 텍스트 사이에 존재하는 익숙함과 낯설음 사이의 충돌과 조화에 의해서 패러디의 의미는 생산된다.

패러디의 개념은 논자들마다 다양하게 사용되어 왔다. 우선 패러디는 '풍자적·희극적 동기'로 선행하는 텍스트를 조롱하거나 희화화시킨다. 패러디는 원전의 풍자적 모방이나 희극적 개작으로 정의할 수 있겠는데, 원전의 모방과 변형, 희극성이라는 요소로 구성된다고 할 수 있다. 패러디의 개념을 원전에 대한 조롱과 야유, 비꼼과 조소 등의 개념으로 쓰인 역사는 길다. 이것은 하나의 시적 장치로서 오랜 전

---

1) 존 바드, 공미리 역, 「고갈의 문학」, 김욱동 편, 『포스트모더니즘의 이해』, 문학과지성사, 1990, 103~118쪽 참조.
2) 김준오, 『도시시와 해체시』, 문학과비평사, 1992, 6쪽.

통에 뿌리를 두고 사용되어 왔으며, 특정 문학 작품의 풍자적 모방이
라는 트래비스티(travesty)나 벌레스크(bulesque)와 유사한 형식이다. 좁은
의미에서 패러디는 풍자적이며 희극적인 동기를 갖는다.

이와는 다르게 '차이와 반복'이라는 개념으로 사용되기도 한다. 패
러디의 개념을 과거의 문학작품이나 관습에서 새로운 문학형식의 가
능성을 찾는 차이와 반복에 의미의 중심을 둔다면 다성성이나, 상호텍
스트성, 메타픽션, 혼성모방 등의 포괄적인 개념으로 사용된다. 이러한
개념 속에는 기존 작품의 형식이나 특정한 문제를 존속시키면서 거기
에다 이질적인 주제나 내용을 치환하는 문학적 모방,3) 또는 선행 텍
스트의 부분적 변형인 하이퍼텍스튜얼리티(hypertextuality)4) 등의 개념으
로 폭 넓게 사용될 수 있다.

이와 같이 패러디는 원전 텍스트를 '조롱하거나 희화화'한다는 개념
으로부터 텍스트와 텍스트 사이의 '반복과 다름'이라는 개념으로 사용
된다. 패러디가 조롱과 희화의 개념으로 사용될 때는 과거 문학 작품
에 대한 조롱이나 경멸을 위한 시적 장치로서 풍자적 모방의 형식으
로 한정할 수 있으며, 반복과 다름의 의미에 강조점을 둘 때는 다성성
·상호텍스트성·혼성모방·메타픽션 등의 포괄적 개념으로 사용될
수 있다. 이렇듯 패러디에 대한 상반되는 개념 규정 사이의 두 끝에
'희극적 불일치'와 '차이를 둔 반복'의 개념이 존재한다.

패러디를 풍자적 모방의 형식이나 과거와 비판적 거리를 둔 반복으
로 파악하는 논자들마다의 다양한 견해는 서구 문학에서만 사용된 개

---

3) P. Waugh, 김상구 역, 『메타픽션』, 열음사, 1989, 95쪽.
4) 권택영, 「패러디, 패스티쉬 그리고 독창성」, 『현대시사상』, 고려원, 1992 겨울호,
   188쪽.

넘이 아니다. 또한 패러디에 대해서 창조성의 고갈과 쇄신의 징후라는 서로 다른 평가가 있지만, 전혀 새로운 개념이 아니다. 패러디는 동양의 문화권에서도 전통적으로 다양한 의미를 띠며 창작 기법과 비평 방법으로 활용되었다. 고전시학에서도 창작 방법상의 기법과 비평적 방법으로서 패러디와 유사한 개념이 존재해 왔다.

고전시학에서 패러디의 개념에 비견할 만한 개념은 창작기법으로서 용사(用事)다. 용사란 시문을 지을 때 역사적인 사실과 같은 전대에 있었던 일이나 고인의 말 또는 글이나 古事, 典據, 典故 등을 끌어다 씀으로써 자신의 논리를 보완하는 방법이다. 용사의 대상인 典據는 고대의 경서나 사서 또는 시문에 등장하는 사람들의 이름, 官名, 명칭과 이들의 출생지, 활동했던 장소, 이들의 언행이나 일화 등이 용사의 대상이다. 또한 고대의 신화나 민간의 전설, 문학작품의 특정한 구절도 용사의 대상이 될 수 있다. 용사 외에 환골탈태, 점철성금 그리고 이에 대한 비평적 방법으로서 원류비평이라는 개념도 패러디에 비견할 만하다. 용사나 환골탈태, 점철성금 등의 개념은 창작자의 의도를 표현하기 위해 시의 형식이나 표현 수단 등 전거가 되는 원텍스트를 빌어 쓰는 행위이다. 용사와 환골탈태에서 활용하는 전거는 패러디의 원텍스트와 같은 개념으로 볼 수 있다. 원텍스트라는 전거를 활용하여 거기에 보다 더 효과적으로 작품 전체에 생명력을 불어 넣는 것으로 볼 수 있다.

이러한 용사가 방법적으로 추구하는 목표는 답습·혁신·계승·창조한다는 연혁인창(沿革因創)이다. 이러한 연혁인창의 원리가 갖고 있는 시적 장치가 용사다. 따라서 용사는 과거의 옛것에 새로운 의미를 부여하고 낯설게 하는 방법이다. 그럼으로써 과거 전통의 계승·수용과 비판의식을 드러내는 것이다. 이것은 이미 관습적으로 자동화되어버린 문학 형식과 내용을 새롭게 인식하는 것으로 "과거의 특정한 문학 작품이나 장르를 출발점으로 하여 그것의 각색을 현재적 문맥에 삽입시키는 문학적 전략"5)으로서의 패러디 개념과 상통하는 것이다. 여기에 패러디로서의 용사의 정당성과 미학적 근거가 있다.

한국 현대시에서 전통 장르인 구비문학 양식의 패러디는 흔하게 발견할 수 있는 현상이다. 특히 민요나 설화, 그리고 판소리는 현대시에서 자주 패러디되는 전통 양식들이다. 대표적으로 1920년대 현대시 초기에 김소월에서부터 1970년대 신경림 등이 민요 장르를 패러디한 민요시 생산에 힘썼으며, 서정주가 설화를, 김지하가 판소리를 생산적으로 패러디한다. 이들은 전통에 대한 강한 애착을 가지고 그것을 현대시에 접목한다. 이들은 전통 양식의 패러디를 통해 낡은 형식에 새로운 의미를 부여한다. 이와 같은 패러디 시는 '과거의 현재화'로서 원텍스트의 단순한 되풀이나 반복이 아닌 현재적 의미로서의 창조적이며 생산적 계승이라는 가치를 지닌다.

20세기 초 미국의 신비평과 러시아 형식주의는 문학 연구에 새로운 패러다임을 제공한 바 있다. 소쉬르의 구조 언어학으로부터 세례를 받은 이들은 '시란 무엇인가'에 대한 근원적 물음에 대해 새로운 지평을 열어 주었다. 이들은 내용적인 차원의 '무엇을 재현하는가'라는 전래의 모방적 관점이 아닌, 형식적인 차원에서 '어떻게 구현되는가'라는 물음에 천착하여 문제에 대한 해답을 구하려 골몰한다. 그 대답으로

---

5) Margret Rose, 문홍술 역, 「패러디/메타픽션」, 『심상』, 1991. 11월호, 163쪽.

이들은 문학을 문학이게 하는 언어적 자질을 통해서 문학성을 규정하려 했다. 문학의 본질인 언어 자체에 문학 연구의 초점을 맞추고 텍스트의 독자성과 자율성을 인정하는 인식의 전환은 이후 '텍스트란 존재하지 않으며 다만 텍스트와 텍스트의 관계만이 존재한다'6)는 주장에 의해 확장된다. 이러한 주장에 의해서 문학 연구의 한 방법으로 텍스트와 텍스트 사이의 상호 관계를 밝히는 작업으로 나가게 된다. 텍스트와 텍스트 사이의 관계성에 의한 문학 연구는 곧 패러디에 관계되는 문제이기도 하다.

　모든 텍스트는 상호 연관되어 있다. 텍스트의 상호 연관성에 의해 전개되는 문학사는 새로운 단계마다 장르들이 재생되거나 새로워지는 과정이다. 어떤 시대의 어떤 문학 장르든 선행하는 관계된 장르를 가지고 있다. 장르의 변화란 선행 장르의 영향과 모방, 전복과 위반이 연속되는 과정이다. 독일의 수용미학자 한스 로베르토 야우스의 견해처럼 문학사란 새로운 패러다임의 출현에 의해 기존의 지배적 장르가 도전받고 위반·전복되는 과정의 반복인 것이다. 패러다임의 전환에 따른 장르 변화의 한 동인으로서 패러디를 상정할 수 있다. 문학사는 패러디에 의해서 끊임없이 이어 쓰고 고쳐 써지며 변형되고 재정립되는 전통의 계승과 수용, 전통의 관습적 규범에 대한 전복과 위반의 과정이다. 패러디는 관계성과 연속성의 문학사적 본질을 함축하는 것이다. 문학사의 이런 관계성과 연속성은 패러디에도 그대로 적용된다. 왜냐하면 패러디가 어떻게 정의되든 선행하는 원텍스트가 없이는 성립되지 않기 때문이다. 패러디는 이러한 관계성에 의해 예술의 연속성

6) H. Bloom, 윤호병 편역, 『시적 영향에 대한 불안』, 고려원, 1991.

을 보장한다.

패러디에 대한 이해나 운용법은 논자들마다 다르지만 패러디의 기법은 시의 창작 원리로써 표현 기법상 풍부한 가능성을 내장하고 있다. 패러디는 고전 시학에서부터 포스트모더니즘에 이르기까지 문학 창작의 주요한 방법으로 광범위하게 활용되어 왔다. 예술 상호 간의 담론이자 대화인 패러디는 오랜 역사를 지닌 예술 양식이다. 패러디는 현대 문학에만 나타나는 개념이 아니다. 패러디는 구비문학과 고전 문학에서 반복성을 띠고 나타나며, 고전시학의 用事, 換骨, 奪胎, 蹈襲, 戲作, 戲文, 戲詩 등에도 등장하는 개념이기도 하다.

그러나 패러디는 표현 기법상 다양한 가능성을 내장하고 있음에도 불구하고 과거 원전의 모방이라는 기생적 문학으로 평가 절하되었던 것이 사실이다. 왜냐하면 그 이유는 낭만주의적 예술관 때문이다. 낭만주의의 예술적 태도는 서구 현대 문학의 정신적 비조다. 현대 예술의 형성에 결정적 역할을 담당한 낭만주의 미학의 원리는 예술의 창조성과 독창성이다. 이러한 서구의 낭만주의 미학적 태도는 우리 현대 문학이 발아하는 과정에 그대로 이식되었고, 그렇기 때문에 패러디의 모방성과 반복성은 상대적으로 열등하게 평가되었다. 하지만 후기 모더니즘의 미학적 개념 수용으로 이제는 패러디도 정당하게 현대시를 구성하는 하나의 원리로 받아들여지고 있다. 과거에는 기생적이라는 부정적 개념으로 폄하되었던 패러디가 하나의 시적 방법이자 장치로 자리바꿈을 한 것이다.

자리바꿈을 가능하게 한 인식 전환의 동인은 문학의 자율성 내지는 신성성이 위축되었다는 사실 때문이다. 후기 자본주의라는 새로운 형식의 문화적 조건은 문학이 변화된 현실의 문화적 양상을 수용하도록 요구한다. 범속적으로 변화된 탈중심의 문화적 조건에 의해 문학의 속성이 바뀐 것이다. 후기 자본주의 사회라는 새로운 문화적 구조는 문학의 자율성과 신성성을 무화시키고 모든 진지한 담론을 세속화시키고 희화화시킨다. 현대시에서 패러디의 부각은 문화의 세속화되는 탈중심의 태도가 지배되는 상황의 반영이다. 이러한 요구에 의하여 낭만주의자들이 생각했던 문학의 독창성이나 창조성은 위축되고 문학 외적인 특징과 현실의 문화적 양상이 발현하는 가치들이 문학 내적 영역 속에 이식되는 것이다. 패러디는 문학 외적 현실을 문학의 고유한 내적 형식에 담아내는 시적 장치며 방법이라 할 수 있다. 이런 관점에서 최근에 이르러 패러디에 대한 인식은 기생적이라는 평가에서 벗어나 시의 창작과 비평적 관점으로 부각되고 있다.

패러디는 포스트모더니즘의 조건만으로 국한되지 않고 문학의 창조적 계승이라는 시적 전략의 미학적 장치이다. 패러디는 선행하는 기존의 익숙한 텍스트를 현재화 연계시켜 재기호화하는 형식이다. 패러디스트는 원텍스트의 내용과 형식을 읽어낸 후 텍스트를 새롭게 구현하는 반복 형식으로서 이미 구현된 텍스트의 언어들과 문맥들 사이의 관계의 망에 속에서 의도적으로 낯설게 재구성한다. 그리고 패러디는 원텍스트와 패러디 텍스트 사이의 반복에 내재하는 차이에 의해서 의미가 발생하는 대화성을 지닌다. 이 대화성은 곧 텍스트와 텍스트, 작자와 작자, 텍스트와 미학적 관습 사이의 다양한 관계성의 시학이다. 관계성은 곧 계승과 위반의 시학이다. 이미 잘 알려진 원텍스트와 새롭게 재구성되는 패러디 텍스트 사이에 존재하는 익숙함과 낯설음 사이의 충돌과 조화에 의해서 패러디의 의미는 생산되는 것이다.

2. 패러디와 고전 시학의 관계성

패러디는 현대시나 서양 문화의 전통에서만 찾을 수 있는 표현 방법이 아니다. 패러디는 우리의 문화 전통에서도 구비문학의 전승방법이나 창작 주체의 의도를 간접적으로 반영하는 방법으로 널리 사용된 표현법이다. 특히 현대시를 이끌어온 김소월의 민요, 서정주의 설화, 김지하의 판소리, 신경림의 민요, 이동순의 가사, 오규원, 유하, 황지우, 박남철 등의 대중문화 차용 등 상당수 시인들의 시들에서 패러디는 주된 창작 기법으로 활용되고 있다.

그러나 패러디는 다양하고 모호한 개념들이 혼재하고 있다. 각 시대나 논자들에 따라서 다양하게 정의된 복수의 개념들이 존재한다. 패러디의 개념을 단순히 과거의 텍스트를 익살스럽게 꾸미거나 조롱하기 위해서 흉내내는 풍자의 형식이라는 기존의 협소한 개념으로는 다양하게 펼쳐지고 있는 실제 양상들을 논의하는 데에 한계가 있다. 현대시에서 여러 양상으로 다양하게 구현되고 있는 패러디의 특성을 살피기 위해서는 기존의 패러디 개념뿐만 아니라 근래에 소개된 해체론과 포스트모더니즘의 입장까지도 수렴하여 확대 변용한 개념적 정의가 필요하다.

따라서 작품에 대한 분석에 앞서 선결되어야 할 조건은 개념의 정립에 있다. 이를 위해서는 한국 현대시에 편재하는 다양한 패러디 양상과 이를 분석하고 해명할 이론적 틀을 세우고 유형화하는 방향으로 나가야 할 것이다. 그렇다면 패러디의 개념을 실제 적용에 유효하게끔 그 기준을 실제적으로 세분해 설정할 필요가 있다. 패러디가 단순히 선행의 기성 원텍스트를 계승하고 비판하고 재기호화하는 다분히 의도적 모방 인용이라 정의할 때 그와 유사한 형식들과 변별되기 어려운 점이 있다. 따라서 독자가 패러디 텍스트임을 분명히 지각할 수 있도록 문면에 원텍스트를 두드러내는 나타내는 전경화 장치, 원텍스트에 대한 사회적 문맥과 공인도, 원텍스트와의 대화성, 원텍스트에 대한 기대지평의 전환이라는 보다 실질적인 하위 조건을 제시해야 할 것이다.

　다음으로 제기할 수 있는 문제는 원텍스트에 대한 패러디스트의 태도를 중심으로 유형을 분류할 수 있다는 점이다. 첫째는 패러디스트가 원텍스트에 대해서 호감을 지니고 원텍스트를 발전적으로 수용 계승하는 모방적 패러디의 유형을 상정할 수 있다. 두번째는 패러디스트가 원텍스트에 대해서 비판적으로 재해석하는 비판적 패러디의 유형을 상정할 수 있겠다. 세번째는 원텍스트를 과감히 발췌하고 인용하는 혼성모방적인 패러디를 상정할 수 있겠다. 이렇게 유형화함으로써 원텍스트와 패러디 텍스트간의 대화적 양상은 물론 패러디 텍스트가 독자에게 전달되는 소통 과정, 그리고 독자와의 소통 과정 속에서 패러디가 작용하는 다양한 기능과 효과를 아울러 살필 수 있을 것이다. 그리고 패러디 텍스트 내에서의 문맥성, 그리고 사회 문맥적으로 패러디의 전략을 통해서 얻고 있는 의도 내지는 이데올로기적 기능과 그것의 미학적 효과까지 아우를 수 있을 것이다.

주지하다시피 패러디의 개념에 대한 견해는 논자들마다 다양한 차이를 보인다. 그렇기 때문에 패러디의 시학적 정의를 규정하기 위해서는 이에 대한 논자들의 다양한 견해를 수렴 정립해야 할 필요가 있다. 왜냐하면 패러디의 개념 정립이 어떻게 세워지느냐에 따라서 패러디 텍스트의 선별 기준이 달라지기 때문이다. 패러디 텍스트를 선별하기 위해서는 무엇보다도 우선하여 개념 규정이 필수적으로 선행되어야 한다. 그래야만 어떤 텍스트가 패러디 텍스트인가를 구별해 낼 수 있기 때문이다.

패러디의 시학적 정의를 내리기 위해서는 우선 용어의 어원을 살펴야 한다. 패러디의 어원은 희랍어의 parodia이다. 이 희랍어는 접두사 para와 odia가 결합된 용어다. 접두사 par의 어의는 '반대'라는 뜻이며 odia는 노래(賦)로 '반대노래(Counter-Song)'라는 의미다. 그러나 접두사 para는 반대하는 의미 외에 '반하는(against)'의 대비 혹은 대조라는 뜻과 곁에(beside)' 혹은 '가까이(close to)'의 일치와 친밀함을 뜻하기도 한다.[7]

패러디의 개념은 논자들마다 다르게 사용되어 왔다. 우선 협의 개념으로 패러디는 '선행하는 텍스트를 조롱하거나 희화화시킨다'는 것이다. 즉 원전의 풍자적 모방이나 희극적 개작으로 정의할 수 있다. 원전의 모방과 변형, 희극성이라는 요소 구성된다고 할 수 있다. 패러디의 개념을 원전에 대한 조롱과 야유, 비꼼과 조소 등의 협의의 개념으로 쓰인 역사는 길다. 이것은 하나의 시적 장치로서 오랜 전통에 뿌리를 두고 사용되어 왔으며, 특정 문학 작품의 풍자적 모방이라는 트래

7) L. 허천, 김상구·윤여복 역, 『패로디이론』, 문예출판사, 1992, 55~56쪽 참조.

비스티나 벌레스크와 유사한 형식이다. 프레드릭 제임슨의 견해에 따르면 패러디는 풍자적이며 희극적인 동기를 갖는다.

이와는 다르게 '차이와 반복'이라는 광의의 개념으로 사용되기도 한다. 패러디의 개념을 과거의 문학 작품이나 관습에서 새로운 문학 형식의 가능성을 찾는 차이와 반복[8]에 의미의 중심을 둔다면 다성성이나, 상호텍스트성, 메타픽션, 혼성모방 등의 포괄적인 개념으로 사용된다. 이러한 개념 속에는 기존 작품의 형식이나 특정한 문제를 존속시키면서 거기에다 이질적인 주제나 내용을 치환하는 문학적 모방,[9] 또는 선행 텍스트의 부분적 변형인 하이퍼텍스튜얼리티(hypertextuality)[10] 등의 개념으로 폭 넓게 사용될 수 있다.

이렇듯 패러디에 대한 상반되는 개념 규정 사이의 두 끝에 '희극적 불일치'와 '차이를 둔 반복'의 개념이 존재한다. 패러디를 풍자적 모방의 형식이나 과거와 비판적 거리를 둔 반복으로 파악하는 논자들마다의 다양한 견해는 서구 문학에서만 사용된 개념이 아니다. 또한 패러디에 대해서 창조성의 고갈과 쇄신의 징후라는 서로 다른 평가가 있지만, 전혀 새로운 개념이 아니다. 패러디는 동양의 문화권에서도 전통적으로 다양한 의미를 띠며 창작 기법과 비평 방법으로 활용되었다. 고전시학에서도 창작 방법상의 기법과 비평적 방법으로서 패러디와 유사한 개념이 존재해 왔다. 고전시학에서 패러디의 개념에 비견할만한 개념은 창작 기법으로서 용사, 환골탈태, 점철성금 그리고 이에 대

---

8) L. 허천, 김상구·윤여복 역, 위의 책, 70쪽.
9) P. Waugh, 김상구 역, 『메타픽션』, 열음사, 1989, 95쪽.
10) 권택영, 「패러디, 패스티쉬 그리고 독창성」, 『현대시사상』, 고려원, 1992 겨울호, 188쪽.

한 비평적 방법으로서 원류비평이라는 개념이다.

고전 시학에서 한 비평적 방법으로서 원류비평은 특정 작품 혹은 특정 작가 세계가 과거에 과거의 어떤 텍스트나 작가의 작품에서 착상과 수사적 방법을 차용하고 있는 가를 검토하는 비평 양식이다.[11]이것은 패러디 대상 작품(원텍스트)과 패러디 작품과의 관계를 따지는 패러디적인 방법이다.

동양적인 상고적 예술관에 의하면 모든 가치 있는 것은 이미 과거 상고 시대에 완성되었다. 상고는 하, 은, 주 등 이른바 삼대라 하는 시대로서 성인이 세계를 다스리던 시대에 모든 이상태가 완성되었다고 하는 입장이다. 공자는 述而不作이라는 말도 성인이 이미 모든 것을 말씀하셨고, 자신은 정리자 혹은 전달자로서의 역할을 담당할 뿐 새로운 것을 만들어 말하지 않는다는 뜻으로 해석된다. 이것은 예술 방면에 그대로 적용되어 예술의 이상적인 경지는 상고에 이미 완성되었다는 상고적 예술로 파급된다. 문학 역시 사서 육경이란 경전에서 이념과 예술, 내용과 형식이 완벽하게 일치를 이루었던 것으로 인식된다. 따라서 문학은 상고적 전범이 이룬 예술적 성취를 작가가 당대에 어떻게 복원하는가가 중요한 과제였다. 때문에 시인은 자신의 고유한 경험을 형상화하기 위해 권위 있는 텍스트를 모방함으로써 자신의 예술적 성취를 보장 받으려 했다. 이러한 과거 작품의 예술적 성취를 적극적으로 재현하려는 관념적 태도에 의해서 패러디가 기반할 수 있었던 것이다.

---

11) 강명관, 「고전시학과 패러디」, 김준오 편, 『한국현대시와 패러디』, 현대미학사, 1996, 285쪽.

고전시학에서 이러한 패러디적인 비평적 태도가 발생하게 된 원인은 방대한 문화 유산의 흔적 때문에 작품의 창조 주체는 과거의 문화적 유산으로부터 자유로울 수 없다는 인식에서 발로한 것이다. "내가 하고자 하는 말은 이미 옛 사람이 말한 것이고, 내가 쓰려 하는 것은 이미 옛 사람이 쓴 것"[12]이라는 진정한 의미의 독창성에 대한 회의에서 비롯한 것이다. 여기에는 시는 이미 과거에 모든 예술적 성취가 이루어졌다는 인식이 깔려 있다. 시가 쓰여지는 것은 작가 개인의 특수한 체험 영역에 속하지만, 그 결과물로 작품에 나타난 표현과 인식 내용은 독창적인 것이 아니라 과거의 방대한 작품에서 이미 말해진 것이다. 때문에 진정한 의미의 창조성이란 존재할 수 없다는 것이다.

이러한 창조성의 불신에서 비롯한 회의에서 벗어나는 길은 패러디적인 감자법과 환자법 뿐이다. 이에 대해 조희룡은 "문자가 생긴 이래로 천하 만리는 이미 고인이 말해버렸"기 때문에 새로운 것은 없고, "다만 감자법과 환자법"에 의한 패러디적인 방법만이 "있을 따름이다."[13]고 했다. 조희룡에게 시에 있어서 창조성이나 독창성은 존재하지 않는다. 대상과 세계에 대한 시인의 인식과 표현은 과거에 이미 다 이루어졌으며, 그렇기 때문에 방법은 기존의 선행 텍스트를 전범으로 이리저리 변용해보는 것 뿐이다. 그 변용의 방법은 기존 텍스트의 언어량을 줄여 압축하는 감자법 뿐이고, 또한 시적 통사구조를 두고 다른 어휘를 치환하는 환자법 뿐이다. 말하자면 시의 모든 예술적 성취는 이미 과거에 다 이루어졌기 때문에 과거 작품을 패러디하는 것이

12) 崔瑆煥, "性靈集序", 「性靈集」. "我口所欲言 己言古人口 我手所欲書 己書古人手者也."
13) 조희룡, 『石友忘年錄』, 19쪽. "自有書契以來 天下萬里 古人說盡無餘 … 只有減字換字法"

유일한 방법적 원리라는 것이다.

창조적 상상력의 한계로 말미암아 비롯한 이러한 사유 방식은 이인로의 「파한집」에서도 나타난다. 인간의 상상력이 유한하다면 창작은 어떠한 방법적 원리를 따를 것인가에 대해 그는 연탁의 개념을 내세운다. 연탁은 최적의 형식과 수사를 얻기 위한 노력으로 시인에게 필수적으로 요구되는 사항이다. 이인로에게 연탁은 정묘한 연탁이다. 용사는 시인 특유의 개성적이고 독창적인 언어구사가 아니라 과거의 텍스트에서 시상과 표현을 차용한 것이다. 이인로의 연탁은 조희룡의 감자법과 환자법과 같은 것이다.

고전시학에 있어서 패러디는 우선 특정한 시대의 시풍을 패러디하는 경우이다. 명대 후반기 의고문파들은 "詩必盛唐, 文必秦漢"이라 하여 시에 있어서는 성당시를, 산문에 있어서는 선진양한의 산문을 고전적 전범으로 여겼다. 이것은 주로 형식적 차원에서 전범이 되는 원전의 예술적 성취를 재현함으로써 창작의 가치와 예술적 성취를 보증 받으려는 의도이다. 이와 함께 구체적인 특정한 작가의 작품을 모범으로 삼고 패러디함으로써 예술적 성취를 보증 받으려는 경향도 있다. 특정한 텍스트를 패러디하는 것 가운데 가장 널리 알려진 것이 용사(用事)이다.

용사란 시문을 지을 때 역사적인 사실과 같은 전대에 있었던 일이나 고인의 말 또는 글이나 古事, 典據, 典故 등을 끌어다 씀으로써 자신의 논리를 보완하는 방법이다. 다시 말해 경서나 사서 또는 제가의 시문이 가지는 특정한 관념이나 사적을 집약시켜서 원관념을 보조하여 관념의 소생이나 관념배화에 원용하는 일종의 수사법이다.14) 용사의 대상인 典據는 고대의 경서나 사서 또는 시문에 등장하는 사람들의 이름, 官名, 명칭과 이들의 출생지, 활동했던 장소, 이들의 언행이나 일화 등이 용사의 대상이다. 또한 고대의 신화나 민간의 전설, 문학 작품의 특정한 구절도 용사의 대상이 될 수 있다.[15] 이와 같이 기성의 언어화된 텍스트에서 특정한 관념이나 사적을 참조, 인용하는 인유의 방식으로 패러디의 원텍스트라는 개념과 유사한다. 인유는 시의 구성 원리 가운데 하나이다.

換骨奪胎法은 고인의 뜻을 바꾸지 않고 자신의 말을 만드는 것인 환골과 고인의 뜻을 본받으면서 형용하는 것인 탈태가 결합한 합성어이다. 환골법은 특정 작품의 시상을 그대로 두고 다른 어휘를 사용하는 방법이고, 탈태법은 시상 자체만 빌려 오는 것이다. 환골과 탈태는 모두 특정 작품의 시상을 차용하는 것은 동일하지만 환골법은 문자상의 가공과 개작에 중점을 둔다면, 탈태법은 문의상의 가공과 개작에 중점을 둔다. 요컨대 형식과 시상의 패러디이다. 이는 고인의 시구를 변화시켜 새로움의 가능성을 함축할 때 사용하는 용어이다.

점철성금은 자기 나름의 새로운 이치를 터득하여 고인의 말이나 뜻을 새롭게 재의미화하는 개념이다. 이에 대해서 황정견은 "두보의 시와 한유의 산문은 한 글자도 유래가 없는 곳이 없다"고 하면서 "옛 사람의 말을 작품에 취하여 쓴다 하더라도 마치 영단 한 알이 쇠에 닿아 금을 만드는 것과 같다"[16]고 하였다. 이 말은 창조적 작가로 공

---

14) 최신호, 「初期 詩話에 나타난 用事理論의 樣相」, 『고전문학연구』제1집, 한국고전문학연구회, 1971, 117쪽.
15) 송재소, 「한시 용사의 견유적 기능」, 『한국한문학연구』 8집, 한국한문학회, 193쪽.
16) 車柱環, 『중국시론』, 서울대 출판부, 1989, 163쪽.

인된 두보와 한퇴지의 작품에 대해 독창성을 부정하면서 시의 유일한 창조성은 진부한 언어를 새로운 의미로 탄생시키는 것이다. 다시 말해 과거의 텍스트를 창조적으로 변형하는 패러디일 뿐이라는 것이다.[17] 그런데 고인의 말이나 뜻을 그대로 옮겨 쓰는 점금성철이나 표현 기교의 면에서 모방의 뜻으로 쓰이는 습용이나 도습에 이르면 창조적 독창성보다는 일방적 모방 혹은 표절에 가까운 개념이 강조된다.

이상의 용사나 환골탈태, 점철성금 등의 개념을 통해서 알 수 있듯이 창작자의 의도를 표현하기 위해 시의 형식이나 표현 수단 등 전거가 되는 원텍스트를 빌어 쓰는 행위는 정당하다. 용사와 환골 탈태에서 활용하는 전거는 패러디의 원텍스트와 같은 개념으로 볼 수 있다. 원텍스트라는 전거를 활용하여 거기에 보다 더 효과적으로 작품 전체에 생명력을 불어 넣는 것으로 볼 수 있다.

그리고 용사를 위해 전거를 인용하는 방법과 그것을 운용하는 방법에는 僻事實用과 熟事處用, 正用, 反用, 借用, 暗用 등이 있다. 벽사실용과 숙사처용은 독자와의 관계에서 원텍스트를 드러내는 방법에 대한 것이다. 숙사처용은 전고, 즉 원텍스트가 잘 알려져 있지 않았을 때에는 구체화시켜 사용해야 한다는 뜻이다. 문화적 관례나 관습상 일반적으로 널리 알려 있지 않은 원텍스트를 활용할 때는 원텍스트의 출처를 밝히거나 암시해야 한다는 것이다. 그러나 숙사처용은 그 반대로 잘 알려진 전고는 융통성 있게 사용해야 한다는 뜻이다. 그러니까 문화적 관례상 익히 잘 알려진 친숙한 원텍스트 쉽게 구분해낼 수 있

---

17) 점철성금에 반대되는 개념으로 점근성철이 있는데 새로운 이치를 터득하지 않고 고인의 말이나 뜻을 그대로 씀으로써 답습에 머무는 것이다. 습용이나 도습도 마찬가지로 표현기교의 면에서 모방의 뜻으로 쓰이는데 표절과 유사한 개념이다.

기 때문에 인용할 경우는 별다른 출처를 밝히지 않고 융통성 있게 활용할 수 있다는 것이다.[18]

정용과 반용의 방법은 직용법과 반의법으로 볼 수 있다. 서거정은 「東人詩話」에서 이렇게 말한다. "옛 사람들이 용사를 할 때 그 사실을 그대로 쓰기도 하고, 그 사실의 뜻을 반대로 쓰기도 했다." 즉 원전의 의미를 바꾸지 않고 그대로 직용하는 경우가 있고, 그 의미를 바꾸어 반용하는 경우가 있다는 것이다. 그러면서 그는 "직용법은 사람들이 모두 능히 쓸 줄 알지만 반용하는 경우는 재능이 뛰어난 사람이 아니면 하기 어렵다"[19] 하여 반용법에 무게를 더 두고 있다. 다시 말해서 정용, 즉 직용법은 용사의 전거가 갖는 본래의 표현과 의미를 그대로 사용하는 것이고, 반의법으로 일컬어지기도 하는 반용법은 본래의 표현과 의미를 역으로 인용하는 방법이다. 기존의 과거 원전 텍스트를 패러디하되 패러디 작품이 대상 텍스트에 대해서 주제상 혹은 어조상 반대의 관계에 놓이는 것이다.

그리고 용어는 그대로 두고 의미를 반대로 재의미화하는 경우는 번안법이다. 즉 번안법이란 작품의 특정 부분의 비유 관계를 전도시키는 수사적 방법이다. 원작의 비유 관계를 전도시키기 때문에 직용법이라 보기 힘들며, 또 단순히 비유 관계만 전도시켜 원작과 반대되는 어조나 세계관을 형성하지 못하기 때문에 반용법으로 보기 힘들다. 대개 원작과 친화적으로 관계하기 때문에 부분적으로 비유 관계만 전도시키므로 직용법과 반용법의 중간에 위치한다고 할 수 있다.

---

18) 이병한, 『중국고전시학의 이해』, 문학과지성사, 1992, 179쪽.
19) 「동인시화」 하권:『韓國歷代詩話類編』, 397쪽.

차용은 원텍스트 자체를 가시적으로 드러내는 방법이라면 암용은 모방 인용의 흔적을 드러내지 않고 내재화하는 방법이다. 암용과 대비되는 용사의 방법으로 모방의 흔적이 암시적으로 나타나 있어 패러디 사실을 깨닫기 어려운 것과는 다르게 문면에 드러내는 明用法이 있다.

이러한 다양한 용사법의 활용에 의해 발생하는 유용성과 효과를 유약우는 네 가지로 나누어 설명한다. 첫째로 상황 제시에 효과적이고 경제적인 방법이다. 패러디는 원텍스트가 갖는 시어나 시구를 선별적으로 사용해 의미를 극대화하는 표현의 경제성을 갖춘 것이다. 즉 원텍스트의 문맥을 압축하여 전달함으로써 언어의 경제성을 살리고, 원텍스트와의 표현 의미의 비교와 대조를 전경화할 수 있다. 둘째는 인유에 의한 상황 제시는 극적 효과를 증진시킨다. 셋째는 하나의 연애 사건이 내포되어 있거나 혹은 정치적인 개인적 풍자를 띠고 있을 때와 같이 인유의 사용은 실용적이다. 마지막으로 심상 혹은 의미에 복합성을 끌어들인다고 설명한다.[20]

이러한 용사가 방법적으로 추구하는 목표는 답습, 혁신, 계승, 창조한다는 연혁인창(沿革因創)이다. 이것은 각각의 개별 작품은 계승하는 바가 있고(各有所因), 사회 현실이 변하면 시 또한 변한다(時有變而詩因之)는 인식에서 나온 것이다. 즉 텍스트는 끊임없이 새롭게 재해석되어 생명력을 얻는다는 것과 현실 상황의 시대적 문맥에 따라 다양하게 재의미화된다는 사실을 시사하는 것이다. 그럼으로써 용사의 궁극적 목표인 이어받아 더욱 번성시키고 묵은 것을 배제하고 계승하여 새롭게 창조(推陳出, 溫故而知新)[21]하는 것이다. 이러한 연혁인창의 원리가

---

20) 유약우, 이장우 역, 『중국시학』, 동화출판공사, 1984, 188～209쪽.

갖고 있는 시적 장치가 용사이다. 따라서 용사는 과거의 옛것에 새로운 의미를 부여하고 낯설게 하는 방법이다. 그럼으로써 과거 전통의 계승 수용과 비판 의식을 드러내는 것이다. 이것은 이미 관습적으로 자동화되어버린 문학 형식과 내용을 새롭게 인식하는 것이다. 여기에 용사의 정당성과 미학적 근거가 있다.

3. 계승과 위반의 시학

글쓰기는 거대한 문화의 유적지를 탐방하며 현실과 대화하고 현실의 경험을 정리하는 작업이다. 과거와 현재, 모방과 창조, 상투성과 독창성, 연속과 단절 사이에서 다성적인 목소리가 혼류하는 대화의 장이 글쓰기이다. 글쓰기로서의 문학행위도 전통과 실험, 수용과 위반, 계승과 부정, 관습과 일탈의 욕망이 부딪치는 역동적 운동이다. 과거의 것은 물론 현재의 다른 것들을 수용하고 계승하면서, 때로는 전위에 서서 그것을 부정하고 위반하면서 새로운 영토를 확장해 나가는 정신의 역동적 작용이다. 패러디는 전통의 계승과 위반의 시학이다.

이와 같은 전통 장르의 창조적 모방이라는 좁은 의미의 접근 외에 포스트모더니즘이라는 관점에서 패러디가 예술의 주요한 창작과 수용 원리라는 넓은 의미의 접근 또한 필요하다. 현대 예술은 점차 장르간의 경계가 모호해지거나 변별적 경계가 와해되고 있다. 시도 마찬가지여서 매체를 달리하는 비문학 장르가 현대시에 수용되어 독특한 미적

21) 이병한, 앞의 책, 179쪽.

특질을 형성하고 있다. 가령 숫자나 수식·도형 등의 차용, 회화의 차용, 그리고 가장 빈번하게 자행되는 대중문화의 수용 등은 현대시인들의 창작 원리로 작용한다. 따라서 패러디의 관점에서 현대시를 이해할 때 마땅히 이러한 부분에 대한 고려 또한 필요하다.

그리고 시인이나 시는 의식하든 의식하지 못하든 선행 텍스트나 시인을 딛고 서 있으며, 딛고 서 있는 토양이 전통이자 관습이 된다. 이들 사이의 상호 영향 관계를 획일적으로 패러디라고 단정할 수는 없지만, 선행 텍스트를 의식적으로 전경화시키고 대화성을 확보하면서 세계와 관계 맺고 세계에 개입하는 시는 분명 패러디로 간주할 수밖에 없다. 패러디의 속성상 유명한 작품이나 시인이 패러디의 대상이 되기 십상인데, 가령 우리 현대시를 대표할 만한 시인들의 작품이 주로 후배 시인들에게 패러디의 표적이 되고 있다. 선배 시인의 작품을 표적으로 하는 패러디스트들은 대개 원텍스트의 시적 형상화 방법과 시정신을 모방하기도 하고 재해석하며 그들의 정신이나 권위에 도전하여 자동화된 시적 기대지평에 반기를 들기도 하며, 때로는 자기반영적이고 비평적인 태도를 취하기도 한다. 따라서 한국 현대시를 대상으로 한 패러디 작품들에 대한 이해 또한 필요하다.

예술 상호간의 담론인 패러디는 열린 정신과 열린 체계를 지향한다. 패러디는 부단한 교정과 쇄신으로 새로운 문화를 창조하는 문학적 전략이다. 특히 현대사회의 문화적 환경의 급변으로 말미암은 과학기술의 발달과 매체의 변동은 패러디를 자기증식하는 외적 요인을 확대하고 있다. 기술복제나 영상 및 전자매체의 발달로 인한 전시가치[22]의

---

22) 발터 벤야민, 반성완 편역, 「기술복제시대의 예술작품」, 『발터 벤야민의 문예이론』,

증대가 예술에 대한 질적 변화를 가능하게 하는 오늘날 패러디가 현대시의 변화를 야기하고 있다는 점에서 우리는 주목하지 않을 수 없다.

민음사, 1983, 207~209 참조.

古典 詩學의 現代性 試論

1

일반적으로 시학은 문학을 체계적인 이론으로 발전시키는 작업이다. 이 작업은 문학의 체계적 이론뿐만 아니라 문학 담론의 양식과 문학에서 의미를 산출하는 다양한 관습과 조직 유형의 총화를 목표로 삼는다. 물론 이론의 목적은 실제 비평 행위를 풍부하게 하고 해명하는 것이며, 무엇보다 특정한 문학 작품을 보다 정교하고 보다 정확하게 해석할 수 있도록 해주는 데 있다. 그러나 비록 작품을 해석하는 일이 매혹적이고 개인적 만족을 얻게 해준다 할지라도 문학 연구의 목적은 인간의 관습이자 동시에 의미의 양식으로서 문학을 이해하는 행위이다. 따라서 시학이 개별적인 작품을 연구할 때에 그것은 해석이 아니라 구조와 작품들이 행하는 의미를 가능하도록 만들어주는 문학적 담론의 관습들을 발견하려 노력하는 것이기도 하다.

그렇다면 우리의 시는 어떠한 시학을 요구하는가. 우리의 시학은 과거와 현대가 서로 조화를 이루지 못하고 있다. 우리의 과거 시학은 주로 중국적인 영향을 입었고 현재의 시학은 주로 서구의 영향을 받았기 때문이다. 이러한 양자의 불편한 관계는 우리의 시학을 근본적으로 고려하게 만드는 문제이다. 따라서 우리는 과거 우리의 전통적 시학과 현대의 서구적 시학이 서로 행복한 결합을 위한 행복한 만남의 자리를 생각해 볼 수 있다. 그리하여 우리의 고전 시학은 단순히 고전 문학 비평에만 국한되는 불능(不能) 혹은 불임의 석녀(石女)와 같이 한쪽에만 생식력과 창조력을 가졌다는 편협한 잠재적 집단무의식을 극복하는 비평적 성찰을 통해서 시학의 새로운 지평을 제시하는 작업이 필요하다.

고전 시학은 우리의 전통 문학의 토대를 형성하는 근간이다. 보통 하나의 문학권은 하나의 언어 영역 안에서 형성된다. 이러한 문학권의 형성은 시는 과연 무엇이며 왜 있어야 하고 어떻게 만들어져야 하는가라는 문제를 제기하게 마련이다. 말하자면 문학의 본질과 기능 그리고 그 구조에 대한 근본적인 물음을 낳는다. 이 문제는 자연적으로 이론을 전개하게 한다. 그 전개가 자생적일수록 문학은 창조적 운동으로 진행되는 것은 물론이다. 불행하게도 우리의 문학은 이러한 운동의 지향성을 강화하는 이론의 구축이 경시된 감을 떨칠 수 없음이 문학사 전반에 나타나는 사실이다. 따라서 우리의 시학은 무엇보다도 먼저 이러한 성향을 극복해야 한다.

과연 우리의 고전 시학은 현대성과는 절연된 고루한 옛 것에 속하는가? 그렇지 않다면 무엇이 현대성과 근친 관계를 맺고 있는가? 무엇이 현대성과 어긋나는 요소인가? 이러한 물음으로부터 이 글은 출발한다. 필자의 얕은 견해로 보아도 동서양의 문학이 출발한 선은 분명히 하나의 공통되는 시발점을 갖는다. 즉 시정신과 창조성의 연관성은 동서를 막론하고 다름없다는 것이다. 이러한 화두에 대한 열쇠를 찾기 위하여 얻은 열쇠는 시정신과 창조력은 어떠한 연루 관계에 있느냐는 데에서부터 출발해야 한다는 것이다. 왜냐하면 이러한 인식은 보통 동양의 보편적 시학은 "시언지, 사무사, 율화성"으로 집약 압축할 수 있기 때문이다. 이것은 시학의 보편적 명제로 보아도 되는 것이다. 그러나 이 명제를 과거적으로 수용 되풀이할 것이 아니라 현대 지향적으로 재해석할 수 있어야 한다. 현대적으로 해석할 경우 그 가치 판단의 기준은 주의적 해석이 아니라 미학적인 해석을 해야 한다는 것은 말할 나위없다.

  시학은 시의 미학이 되어야 한다. 미학은 창조와 체험 그리고 비평의 영역을 두루 인식하는 철학에 속하는 것이다. 그러므로 시학은 시의 창조와 체험 그리고 비평을 인식하고 해석하려고 한다. 시학은 이러한 구실을 할 수 있어야 한다. 우리의 고전 시학이 우리의 언어에 의한 우리의 시문학을 위하여 그러한 구실을 하자면 보편적 명제가 되는 "시언지, 사무사, 율화성"을 지향적으로 재해석해야 할 것이다. 이런 관점에서 동서의 문예론을 총체적으로 수렴하면서 시학의 구축이 어떻게 총론화될 수 있는가를 풀어야 할 것이다.

2

하이데거는 언어를 존재의 집이라고 하였다. 인간이 존재하는데 가장 필수적인 도구는 언어일 것이다. 인간이 있으면 언어가 있고 언어가 있으면 시가 있다. 인간은 자연적 생명력뿐 아니라 의지와 이성을 함께 간직한다. 인간의 의지와 이성은 인간을 문화적 존재로 변화시키는 것이다. 이러한 문화적 작용 때문에 인간은 예술과 과학을 공유하게 된다. 예술은 인간의 의지가 앞서는 삶의 욕망을 말하려 한다. 그러나 과학은 인간의 이성이 앞서는 삶의 문제를 말하려 한다. 시는 인간의 의지적 작용의 산물이다. 인간은 욕망을 한사코 표현하려 한다. 그러한 표현의 실체가 '詩, 歌, 舞'였다. '시, 가, 무'로써 인간의 욕망을 충족시켜야 한다는 생각과 절제시켜야 한다는 생각이 공존하는 것이다. 이러한 공존의 상호작용은 동서에서 두루 나타난다.

즐거움을 충족시키려는 것은 악이고 그것을 절제시키는 것은 예였다. 악은 로멘티시즘과 통하고 예는 클래식시즘과 통한다. 우리는 악과 예의 상호작용을 생각하였고 서구도 로멘티시즘과 클래식시즘의 상호작용을 생각하였던 것이다. 그러니까 악이라는 개념은 마음의 정의를 조화하는 원칙으로 서구의 로맨틱 정신(Romantic Spirit)과 서로 동질적인 개념으로 이해할 수 있다. 그리고 모습을 질서 있게 하는 예는 클래식 정신(Classic Spirit)과 동질적인 개념으로 받아들일 수 있다. 그러므로 인간적인 욕망의 미적 표현은 예악적임을 알 수 있다.

언어는 소리이면서 의미의 산물이다. 소리를 완전히 부정하게 되면 언어는 부재하게 되며 의미를 완전히 부정하여도 언어는 부재하게 된다. 언어를 미적 질료로 변용시킬 때 소리보다는 의미의 질료화를 추구하는 경우와 의미보다는 소리의 질료를 추구하는 경우가 있다. 언어의 미적 질료의 변용을 극대화하려는 지향성에서 각각의 언어는 상이하게 분화된다고 할 수 있는데 여기에서 시(詩)와 가(歌)가 분화 발전하게 된다. 시는 그러한 지향성을 의미작용의 극대화에 두려 한다. 의미작용의 극대화는 시상으로서 시에서 성취된다. 이러한 성취가 시적 상징화로서 이해된다. 그러나 가(歌)의 언어는 그러한 지향성을 음성작용의 극대화에 두려 한다. 음성작용의 극대화는 선율로 가에서 성취된다. 이러한 성취가 시적 음악화로 이해된다. 따라서 시는 언어를 상징의 질료로 변용시키는 것을 주된 창조적 지향성으로 삼고, 가는 언어를 선율의 질료로 변용시키는 것을 주된 창조적 지향성으로 삼는다. 가령 시가인 시조는 의미작용의 시상보다 음성작용의 선율을 가치우위에 둔다. 그러나 현대의 시는 음성작용인 선율보다 시상을 가치우위에 둔다. 따라서 과거로 거슬러 올라갈수록 지(志)와 음(音) 중에서 음을 가치우위에 두었던 사실을 추론할 수 있다. 이러한 것들이 점차 중국적인 문예관의 영향을 받으며 음보다는 지를 강조하는 방향으로 발전하게 되었다.

우리의 문학은 중국적인 문예관과 아울러 중국적인 문물이 우리의 시가 문학에 지배적 영향을 끼쳤다. 그것은 언어의 문자화였다. 우리의 시가문학에 언어를 문자화할 수 있다는 충격을 주어 향가의 출현을 자극했다. 즉 향가의 발생동기가 언와 문자의 상호관계에 있다는 것을 확인할 수 있다. 한문자(漢文字)는 점점 우리의 언어 영역을 침식해 들어왔다. 그리고 한문자의 발음을 우리 식으로 갖추어 한문자의 낱말들을 우리 말로 귀속시켜 왔다. 이러한 과정에서 우리 말의 어휘는 확장되었다. 이에 비례하여 우리의 의식 차원도 확장되어 갈 수 있었다. 의식 차원의 확장은 자연히 언지(言志)의 영역을 넓히게 되었다.

우리의 시가 문학에 중국적인 문물이 준 핵심적인 충격이 언어의 문자화였다면 중국적인 문예관이 준 가장 큰 충격은 한시문학의 개입에 있었다. 한시의 개입으로써 우리는 시관의 확대를 간직하기에 이르렀고 시론에 대한 관심을 확대하게 되었다. 우리의 시가 문학은 철저하게 중국의 한시문학에 예속되어 철저한 모방적인 관점에서 전개되었고 이러한 연유로 시론 역시 일방적으로 수용되어 중국적인 아류를 형성하였다. 말하자면 중국적인 문예관의 시론이 우리의 언어에 의한 시가문학에 지향적인 가치 부흥을 하지는 않았고 오직 한시의 작시를 위하여 시론을 수용하고 있었던 것이다.

시조는 언지의 폭을 넓혔다. 시조의 언어들은 오늘날의 시상에 해당되는 표현작용을 하고 있다. 시조의 시상적 표현작용은 전반적인 미적 체험을 요구한다. 감정의 표현만이 아니라 사유의 표현을 미적으로 체험하게 하는 시적 언어의 사용이 나타나고 있다. 이러한 시조의 언지는 중국적인 문물과 교접하여 형성된 의식의 세계를 총체적으로 접근하고 있다.

시와 가의 분별을 인식하면서 동시에 시가는 예악의 정신을 만족시켜야 한다는 것을 중국적인 문예관은 우리의 시가문학으로 하여금 수용하게 하였다. 이러한 시가 정신은 우리의 시가 문학에서 향가 다음으로 시조를 창출하게 되었다. 그러므로 우리가 서구적 문예관을 접하기 전에는 중국적 문예관의 핵심인 예악의 정신에 매료된 시의식이 주류를 형성하고 있다. 이러한 사실은 우리의 시가 정신에 사대적 성향이 팽배해 있었음을 말해준다. 그러므로 우리의 시가 정신에는 우리의 언어에 의한 시가문학을 왕성하게 하려는 시의식이 결여되어 있었다는 부끄러운 사실을 부인할 수 없게 되었다.

3.

조선조까지 시가정신의 주류는 한시 모방을 위하여 전개되었던 것이다. 물론 조선 중기와 후기에 이르러 언어와 문자와의 상호관계에 천착하는 의식이 싹트며 패러다임의 전복이 이루어지는 것을 발견할 수 있다. 허균과 다산 정약용, 그리고 조선 후기에 전개된 새로운 인식은 문학적 문제틀을 전복하는 층위의 전환을 의미하는 것이었다. 조선 후기 사회가 보여준 인식론적 단절은 문학이 억압적 권력 체계로부터 자유로워질 수 있었으며 문학의 목적성과 효용성을 강조함으로써 인간다운 삶의 끊임없는 유예로부터 탈출이었다. 중요한 것은 문학의 이러한 변혁은 기존의 현실을 이루는 요소들의 부피의 확장에 의해서 가능해지는 것이 아니라, 그 밑자리의 지식의 체계와 인식론적 구조의 지각변동에 의해 가능해진다는 인식이다. 참다운 의미에서의 변화란 있는 것의 진화나 확대가 아니라, 패러다임 혹은 에피스테메의 대체인 것이다.

이러한 인식론적 단절은 우리의 언어에 의한 시가의 가치를 인정하게 되었다는 사실이다. 아울러 이러한 시의식은 서구적인 문예관에 접근한 다음 본격적으로 비롯된 정신인 셈이다. 우리가 서구적 사고에 접근하기 전에는 우리의 언어에 의한 시가가 우리의 시가문학의 주류로 형성되지 못했던 오류를 시정하려는 노력이 너무나 미미하였던 것이다. 우리가 시학을 전개할 때에 이러한 과거의 잘못을 되밟지 않겠다는 방향에서 서구적 문예관을 접근 소화해야 할 것이다.

그러나 조선조의 한시 정신이 철저하게 모방적으로 전개되었지만 시화를 전개하면서 시류적인 시관에만 현혹되었던 것만은 아니다. 중국에서 그러한 시관이 비롯된 원류를 따져서 이해하려고 하였다. 이러한 것은 오늘날 우리에게 많은 것을 반성하게 한다. 지금 우리가 서구의 문예관에 접근하면서 서구에서 그러한 문예관이 어떻게 하여 비롯되었는가를 천착하려는 노력보다 시류적인 사조의 변화에 너무나 민감한 반응을 보이고 현혹당하는 사례가 빈번한 까닭이다.

금세기 초부터 우리가 실질적으로 접근하기 시작한 서구의 문예정신은 조선조의 문예정신을 완전히 변혁시킬 수 있을 만큼 새로운 것이었다. 그러나 새로운 것이라는 점에 주의해야 한다. 왜냐하면 본질론에 관해서 새로움은 관계된다기보다는 방법론에 있어서 새로운 문제성이었기 때문이다. 말하자면 '무엇'의 문제에서 시정신이 변혁된 것이 아니라 '어떻게'의 문제에서 조선조의 시정신은 서구의 것에 의하여 변혁되어야 했다. 서구의 문예론이 우리에게 이러한 충격을 주었던 것은 르네상스의 정신으로 무장된 예술정신에서 비롯되었다. 즉 르네상스의 예술정신이 갖는 근본적인 핵심은 아마도 인간에게 창조력이 있다는 것으로 수렴될 수 있을 것이다. 왜냐하면 서구 역시 그 이전에는 인간의 창조력이 부정되었기 때문이다.

르네상스를 거치며 시와 예술의 독립은 만드는 행위로써 성취될 수 있었다. 인간은 그 자신이 스스로 실천한다는 정신을 간직함으로써 자연의 모방이나 신의 모방을 벗어나 인간을 위하여 새롭게 만든다는 구체적인 힘을 시와 예술로써 성취한다고 확신하게 되었다. 이것은 낭만주의의 미학이 고전주의 미학의 규범적 틀을 해체하고 이룬 가장 큰 성과라 할 수 있다. 낭만주의의 미학적 관점은 작가를 일약 창조적 신의 반열에 서게 만들었다. 이러한 창조적 행위를 요구하는 서구의 문예론이 우리의 중국적인 문예론을 변혁시켰던 것이다.

어떠한 언어권의 시문학이든 그것을 통시적으로 보면 시가무에서 시가로 변모한 다음 시와 가가 분화되는 과정을 밟아간다. 우리의 언어 역시 예외가 아니다. 분명히 현대의 시문학은 음악의 구속을 벗어나 언어에 의한 미적 표현을 조형하려고 한다. 이러한 통시성을 고려하면서 시학은 전개되어야 할 것이며 동시에 시가문학과 시문학의 상호관계를 연계시키면서 시학의 영역을 검토해야 할 것이다. 이러한 관점에서 우리의 시학을 고려할 때 우리의 시학은 중국적인 시학과 서구적인 시관을 상호조명하면서 성립될 것이다. 왜냐하면 우리의 시가문학에서 시화는 중국적인 시관에 의해서 형성되었고 우리의 시문학은 과거의 시관과 더불어 서구적 시론을 상호 연관의 차원에서 비판적이며 창조적으로 이해하고 우리의 시문학의 이론을 제공해야 하기 때문이다.

4

　우리에게 현대시의 현대라는 개념은 무엇인가. 르네상스에 의해서 성취된 서구적인 예술정신의 핵심은 인간에게 창조력이 있다는 확신에서 비롯되었다. 서구의 예술정신이 이러한 관점을 성취하는 데 있어서 창조력은 자연에만 있다는 관점을 극복해야 했고, 창조력은 신에게만 있다는 관점을 또한 극복해야 했다. 그러므로 서구의 현대는 시인에 의하여 창조된 시이다. 물론 우리의 현대 역시 이러한 시정신을 전제로 긍정되는 개념이다.

　그러나 서구의 현대적 시정신은 정신사적 필연성을 간직하고 있지만 우리의 현대시는 그러한 필연성을 간직한 것이 아니라 정신사적인 우연성에 비롯하였다. 그러므로 우리의 시정신은 그러한 극복없이 서구적인 시정신을 하나의 사실로써 인정한 것이다. 여기서 우리의 현대시는 과거의 시정신을 극복한 것이 아니라 거부하거나 부정하면서 비롯하였다.

　현대시의 시인은 시를 짓기 위하여 고대 그리스의 시인처럼 시신(詩神)에 의탁하지 않고 중세의 시인처럼 신의 은총을 구하지 않는다. 오로지 인간인 자신에 의해서 인간을 위하여 시를 창조한다. 이러한 시정신은 곧 르네상스가 심어둔 씨앗이 틔운 시정신이다. 인간을 위하여 인간이 창조하는 시라는 서구적인 시정신은 우리에게 정착되어 있었던 시정신과 상이했었다. 왜냐하면 우리의 시정신은 악의 인식, 즉 지락을 요구하면서 덕의 개입을 요구했었고 그러한 덕을 천성의 성취로 보았기 때문이다.

인간의 욕망을 인간의 물질화로 보았던 우리의 시정신은 결국 인간의 의지적 감성을 거부하면서 나아가 인간의 창조력을 부정하고 있었다. 르네상스는 모든 사물을 인간의 창조력을 가능하게 하는 질료로 보았으며 그러한 질료의 추구를 인간의 아름다움으로 보았다. 그러나 악은 동(動)을 사물의 인간화로 보지 않고 그 반대로 인간의 사물화로 보았던 관계로 마음의 동을 부정하면서 그 아름다움을 인간의 천리화, 즉 정(情)에 두었다. 그러므로 정은 인간의 자연화를 의미하는 것이다. 그리고 악은 이러한 정을 표현해야 한다고 우리의 전통적 시정신은 필연성으로 긍정하였다. 악의 한 갈래인 시는 자연히 인간을 자연화하는 데 그 가치를 두게 되었다. 현대시의 현대는 이러한 가치를 거부하고 수정을 요구한다.

우리 현대시가 구축하려는 시정신의 현대성이 서구에서 비롯된 르네상스의 예술정신에 그 바탕을 두고 있으므로 악과 예를 예술정신의 차원에서 재인식한다면 현대예술에서도 여전히 예악의 그 자체적인 속성은 긍정되어야 할 것들이다. 현대시는 내용의 창조적인 충만을 형식의 창조적인 질서와 융합시켜 그 다양성을 개별성으로 인정한다. 이러한 인정은 궁극적으로 본다면 르네상스의 예술정신에서 비롯된 것이다. 그 정신의 핵심은 곧 인간의 창조력은 개체적이다는 인식이었다.

서구적인 시정신에 입각하여 시정신을 추구하고 있는 우리의 현대시가 지닌 악의 근본을 부정할 수는 없다. 왜냐하면 무릇 예술은 인간의 욕망을 벗어나 존재할 수 없다. 인간은 그 욕망으로써 즐거움을 성취해야 한다. 즐거움의 근원이란 바로 생명력에 있으므로 그것은 인간이란 존재의 근본을 이룬다. 어떠한 정신의 배경을 간직하고 있는 예술이든 이러한 악의 근본을 벗어나 예술로서 존재할 수 없을 것이 분명하다. 그러나 이러한 악을 우리는 규범화하려고 하였다. 물론 그러한 규범화는 삶의 질서를 정립해야 한다는 이념의 개입이었다. 따라서 무절제한 인간의 욕망이 삶을 위험하게 한다는 난(亂)의 지적을 또 부정할 수 없게 한다. 다만 그 난을 규범화하여 인간의 개별성을 부정하고 그 규범을 인간에게 주입하여 인간을 정형화하려는 이념을 현대성이 거부할 뿐이다. 다양한 사조에 의하여 전개되는 시문학의 양상일지라도 위와 같은 악의 근본을 무시하거나 부정하면서 전개될 수는 없을 것이다. 그러므로 현대성이라 하여 그 근본을 떠나서 형성될 수 없음을 판단하게 된다.

제 2 부

연속과 단절

구비문학양식의 수용과 민족 동질성의 회복

애정시련담의 차용과 민족 정체성의 회복

설화적 화소의 수용과 계급이념의 전달

문헌설화의 재구성과 전통질서의 재구축

액자형 영웅서사와 현실극복의 미래전망

판소리 양식의 수용과 현실비판

"
못니저 생각이 나겠지요
그런대로 한 세상 지내시구려
사노라면 니칠 날 잇스리다

……

나보기가 역겨워 가실 ㅼㅐ에는
말업시 고히 보내드리우리다. "

계승의 형식 형식의 위반

구비문학양식의 수용과 민족 동질성의 회복

1. 민요의 시화 운동과 김소월

민요와 시의 연관성에 관한 논의는 이미 여러 차례 많은 글에서 언급되었다. 민요와 고대시가의 연관성에 대한 가설이 이미 제시되었고, 1920년대 민요시가 깊이 있게 거론되었으며, 민요의 율격이 근대시에 수용된 양상도 대체적으로 밝혀졌다. 민요를 시로 수용한 역사적 과정은 크게 세 시기로 나뉘어 생각할 수 있다. 국문시가뿐만 아니라 한시에서도 민요를 의도적으로 받아들여 시를 개작했던 조선후기, 이론적 측면까지 확립하면서 근대시 형성에 기여했던 1920년대, 그리고 1970년대 이후 신경림을 포함한 몇몇 시인들의 시도가 그것이다.

조선후기 정약용이나 이옥, 홍양호나 이학규 등 많은 시인들이 한시에 민요를 수용했다. 그런데 이러한 현상은 민요를 내용이나 정서 위주로 받아들였다는 점이 주목된다. 민요의 정서를 받아들여 시를 새롭게 했으면서도, 형식적 특질인 분련방식이나 흥을 돋구는 후렴구는 전혀 고려하지 않고 삶의 애환이나 정서만을 품격 높게 시화했던 것이다. 아마도 양반 계층의 체통을 지키자니 시조나 한시 등을 택할 수밖에 없었겠고, 기존의 시적 규범을 존중하다보니 정서 위주의 수용은 불가피했을 것으로 보인다. 이러한 사실을 염두에 두면서 1920년대 민요시를 간단히 살펴볼 수 있다.

1920년대 민요시 운동은 안서와 소월을 비롯해서 노작이나 파인 등으로 확산되었다. 20년대 이전인 1900년대 초에도 신채호를 중심으로 민요시를 활성화하려는 노력은 있었으나, 의도만 앞선 채 국권수호를 역설하는 교술시를 지어냈을 뿐이고 별다른 미학적 성과를 거두지 못했던 것이 사실이다. 본격적인 민요시 운동은 1920년대 와서야 비로소 심화되었다 할 수 있다. 이때의 민요시인들은 나름대로의 민요시론을 전개하기도 했다. 주요한은 신시운동이 성공하려면 반드시 민요를 기초로 삼아야 한다고 했고, 홍사용은 민요가 바로 시가 되어야 한다고 주장했으며, 김동환은 산만해지는 시의 폐단을 없애기 위해 민요에서 격조를 찾아야 한다고 했다. 심지어 이광수마저도 「民謠小考」에서 신시는 민요를 이어야 한다고 했다. 그러나 민요의 중요성을 인식하는 점은 유사해도 관점은 서로 달라서 작품은 시론과 크게 다르게 생산되었다. 이러한 실정 가운데 작품을 통해 자신의 입장을 비교적 성공적으로 구체화한 시인은 소월이라 할 수 있다. 그는 민요라는 말을 쓰지 않으면서도 민요의 전통을 이으려는 노력을 게을리 하지 않았다.

2. 전통구비문학의 수용과 민족 동질성의 회복

김소월은 특히 민요에 상당한 애착과 관심을 보인 시인이기도 하다. 1920년대 시인을 대표하는 김소월이 민요와 설화를 차용하여 '민요조 서정시'[1]의 독자적 경지를 개척했음은 주지의 사실이다. 달리 표현하면 그는 전통 장르에 호감을 가지고 그 권위를 성공적으로 계승한 시인이기도 하다. 특히 민요를 차용한 창작 방법이 김소월의 시적 전략이자 특성이라는 근거는 시인 스스로가 많은 작품에 민요시[2]라는 부제를 붙여 발표했다는 사실과 "우리의 재래 민요조 그것을 가지고, 엇더케도 아리땁게 길이시ㅏ고 가로역거, 곱은조화를 보여주엇습닛가!"[3] 라든가 "조선재래의 민요적 리듬과 그 부드러운 싀골 情操"[4]라는 등 당시 평자들의 반응을 종합해 보아도 알 수 있다. 동시대인들의 이러한 반응을 참고해볼 때, 발표 당시 소월의 작품은 민요와의 연속성 속에서 당대 독자들에게 인식되었고 시인 또한 스스로가 민요 시인이라는 의식 속에서 시를 창작했음을 알 수 있다.

> 못니저 생각이 나겠지요
> 그런대로 한 세상 지내시구려
> 사노라면 니칠 날 잇스리다

---

1) 김용직, 『한국근대시사』, 1986, 학연사, 참조.
2) 1920년대 초기 소월이 발표한 작품 아래에는 '민요시'라는 부제가 따로 붙어 있다.
3) 김　억, 「시단의 일년」, 『개벽』, 25호, 1923, 12월호, 43~44쪽.
4) 김기진, 「현시단의 시인」, 『개벽』, 59호, 1925, 4월호, 29~31쪽.

> 나보기가 역겨워 가실 ㄸㅐ에는
> 말업시 고히 보내드리우리다.

　위의 두 작품은 작품명을 밝히지 않더라도 한국인이라면 누구나 쉽게 기억해내 알 수 있는 시이고 누구나 한두 구절쯤은 쉽게 읊조릴 수 있는 작품이다. 그 만큼 아직도 인구에 회자하는 시편들이기 때문이다. 물론 이들 작품보다 민요에 더욱 근접한 예도 있겠으나, 우리에게 너무나도 익숙한 작품이기에 이들을 주의 깊게 살펴보자. 얼핏 보아도 이들 작품은 이별한 혹은 상실한 님에 얽힌 사연을 3음보격으로 노래하고 있는데, 이러한 특징은 널리 알려진대로 소월시의 전반에 나타나는 일반적 특징이다.

　민요에서 3음보격은 보통 선율이 풍부한 가창민요의 율격으로 율동적이기는 하나 불안한 형태로 알려져 있다. 그러므로 3음보격은 노동요에 흔하게 나타나며 분련체가 주종을 이룬다. 그러나 4음보격은 음영민요의 율격 형태로 연속체인 서사민요에서 흔하게 나타난다. 음영민요는 사설적으로 나열하거나 장황하게 읊조리는 것이 특징이기 때문에 장중하고 안정된 맛을 주는 것이 일반적이다. 그런데 소월이 3음보를 채택한 이유는 아마도 시대 상황에 기인한 것으로 볼 수 있다. 그가 살았던 시대는 일제 강점의 식민 사회였고, 따라서 암울했고 정서적으로 불안한 시기였다. 불안한 시대의 억압된 자아나 상실한 님의 존재를 작품 속에 표출하려 하니 소월은 불안정한 리듬인 3음보격의 분련체를 채택했겠고, 이러한 점을 고려할 때 소월시의 한을 식민지 시대의 허무주의로 파악한 김윤식이나 김우창의 견해는 매우 적절하고 타당하다.

또한 소월시의 한은 3음보격임에도 불구하고 노동요에서 보이는 발랄한 정서가 아니다. 오히려 서사민요에 흔한 청승맞은 것이다. 물론 노동요에도 절망적인 정서나 한탄적 비조는 있겠으나 경쾌한 리듬의 선후창으로 나누어지거나 반복되는 여음구와 어울려 가창되므로 그것이 절망적이거나 한탄적이지만은 않다. 한탄이나 절망을 넘어 해학이나 풍자적 수법으로 차단되기에, 이면의 잘못된 시대상을 고발하거나 왜곡된 현실을 비판하고 풍하는 예도 허다하다. 그러나 소월의 민요시는 3음보격을 주조음으로 했으면서도 마치 신세를 한탄하고 팔자를 원망하는 여성의 목소리로 절망 속을 헤매고 있다. 그것은 주지하다시피 시대상황에 압도당한 절망적 결과에 기인한 것으로 볼 수 있다.

시대 상황이 주는 민족적 절망이야 그렇다 치더라도 냉정하게 그의 시를 살펴보면 그의 전통적 제재는 그리 다양하지 않다. 대개 자연이나 님에 한정되어 있다. 항일 민요에 등장하는 해학이나 풍자적 표현 방식은 전혀 보이지 않고 형식 또한 단조로워서 단순한 반복을 거듭하고 있다. 이러한 현상은 이 시기의 다른 민요 시인들에게서도 유사하게 발견되는 공통점이다. 그러나 소월의 민요시가 가지고 있는 한계에도 불구하고 그가 이룩한 민요의 차용을 통한 근대시의 발전에 큰 역할을 한 것은 부인할 수 없는 사실이다. 그러나 "한 편의 서정시가 지닌 비사회성이야말로 사회적인 것"5)이라는 역설적인 주장처럼 서정시의 내용이 갖는 보편성은 본질적으로 사회적이며 시대적이다. 서정시는 "그것이 사회적인 것을 거부하는 정도만큼 사회를 반영하는 역사적"6) 산물이다. 서정시가 갖는 "사고의 구조 자체 속에는 이미 내적

---

5) 車鳳禧, 「아도르노의 '부정의 미학'」, 『비판미학』, 문학과지성사, 1990, 139쪽.

인 것에서 외적인 것으로, 개별적인 사실이나 작품으로부터 그 뒤에 있는 뭔가 보다 넓은 사회경제적 현실로 나아가는 움직임이 전제"되어 있다. 상부구조를 이루는 예술로서의 서정시는 "사회경제적 토대 내지 하부구조와의 관계"7)에서 파악해야 한다. 그런 점에서 소월이 갖는 민요시는 현실적 좌절과 패배에서 오는 민족적 절망의 한 표현이라 할 수 있다.

고전 문학과 현대 문학의 대화적 관계는 전통 유산을 부활시키고 풍요롭게 할 뿐만 아니라 문학 전반의 통시적 관계를 규명할 수 있다는 장점을 가지고 있다. 그러나 단순한 모방이나 차용은 시인의 창조적 기능을 거세시킬 뿐만 아니라 단순한 되풀이에 그칠 수 있다. 그러므로 설화의 시적 수용은 이미 알려진 소재와 형식을 보다 생산적으로 생기 있게 공감케 하고 재해석하는 데 주력해야 할 것이다. 김소월은 전통에 대한 강한 애착과 현대 시인으로서의 자의식을 바탕으로 시에 설화를 결합한 시인으로 알려져 있다. 한국 현대시에 설화가 수용되기 시작한 때는 김소월의 시부터일 것이다.

3·1 운동을 기점으로 민족적 동일성과 민중적 기반의 허약함을 체험한 당시 문단의 상황은 우리의 전통 장르, 특히 민요에 많은 관심을 기울이는 분위기였다. 이러한 배경에 위치한 소월의 민요시도 율격, 반복, 병렬, 후렴구, 관용어와 같은 민요의 형식적 특성은 물론 내용이나 정서까지 적극적이며 생산적으로 차용한다. 소월은 친숙하고 오래된 민요 장르를 현대시라는 낯선 장르에 차용하여 새롭게 재기능화

6) 프레드릭 제임슨, 여홍상·김영희 공역, 『변증법적 문학이론의 전개』, 창작과비평사, 1984, 47쪽.
7) 프레드릭 제임슨, 앞의 책, 18쪽.

한다.

접동
접동
아우래비접동
津頭江
가람ㅅㄱ에 살든누나는
津頭江압마을에
와서웁니다

옛날, 우리나라
먼뒤쪽의
진두강 가람ㅅㄱ에 살든누나는
의붓어미싀샘에 죽엇습니다

누나라고 불너보랴
오오 불설워
싀새움에 몸이죽은 우리 누나는
죽어서 접동새가 되엇습니다

아홉이나 남아되든 오랩동생을
죽어서도 못니저 참아못니저
夜三更 남다자는 밤이깁프면
이山 저山 올마가며 슬피웁니다.
김소월, 「접동새」 전문

이 시는 1923년 『培材』에 발표되었다가 25년 『진달래꽃』에 개작

수록되었다. 한국인이라면 누구나 접동새[8] 설화를 알고 있다. 따라서 접동새라는 제목을 보는 독자는 단번에 원한을 품고 죽은 혼백의 현신이며 그 울음 소리는 곧 원통함을 알리는 피울음이라는 일반적인 전래 설화를 상기하게 된다. 그렇기 때문에 접동새 설화라는 원텍스트를 전경화시켜 놓고 있다. 소재 자체는 전래 설화에서 끌어오고 있지만 율격의 측면에서 보면 역시 민요의 형식을 차용하고 있다. 소월의 시 중에서 설화적 내용을 시의 저변을 깔고 있는 시들은 대부분 7·5조를 근간으로 자유로운 행배열을 보이고 있다. 이 7·5조는 민요의 율격을 변형시킨 것이라 볼 수 있다. 그런데 4음보격의 정적인 유장함과 3보격의 동적인 긴박감이 결합된 율격의 형태이다. 특히 집단화된 가치 질서나 신념체계를 근간으로 하면서도 내재화된 개인의 감정의 기복이나 정서적 갈등을 포착해낼 수 있는 율격적 특징을 지닌다. 이 율격적 이중성은 소월이 설화와 7·5조를 결합한 이유이다.

이 시에 삽입된 설화는 소월이 살던 당시 서북 지방에 널리 유포된 것으로서, 소월의 숙모 계희영이 어린 소월에게 들려준 것이라고 한다.[9] 「접동새」에 차용되고 있는 설화의 기본 화소는 다음과 같다.

① 옛날 진두강가에 아홉이나 되는 남동생을 둔 누나가 살고 있다.
② 누나는 의붓어미의 시샘에 죽어 접동새가 되었다.
③ 동생을 못 잊어 야삼경 깊은 밤에 슬피 운다.

서북 지방에 널리 유포되었던 접동새 설화는 계모 전처자식 사이의

8) 접동새는 두견새, 두우, 두견, 귀촉도, 불여귀로 불리기도 한다.
9) 계희영, 『내가 기른 素月』, 장문각, 1970 참조.

갈등과 그로 인한 죽음이라는 모티브를 가진 '콩쥐팥쥐', '장화홍련'과 같은 설화나 고전 소설에 흔히 등장하는 화소이다. 이 설화 내용과 시를 비교해 살펴보면 그가 설화를 수용한 까닭을 알 수 있다. 설화 내용 자체에서 우리가 볼 수 있는 것은 의붓어미로 대표되는 힘 있는 자에 의해 탄압받는 힘없는 자, 억압받는 자, 가난한 자의 한 맺힌 사연이다. 한 마디로 피지배계층의 슬픔이다. 이 시도 마찬가지로 내용을 율문화하여 압축적으로 제시하고는 있지만 역시 억압받는 피지배계층의 아픔을 '접동새'의 차용으로 노래하는 것이다.

이런 점에서 "모상실의식으로서 한을 보여준다"10)는 평이나, "접동새의 이미지는 결론적으로 恨의 표상이다"11)라는 말은 이 시에 대한 해석이 억압받는 자의 한이라는 주제에서 크게 벗어날 수 없음을 말해준다. 이 시에서 어머니와 누이의 상실의식은 시인의 현실적 삶에 내포된 의식이며, 시인의 현실적 삶이란 결국 식민지 지식인으로서의 삶을 가리킨다고 할 때, 어머니와 누이의 죽음, 그리고 의붓어미의 군림이란 모국의 상실과 불의의 통치자의 군림에 비유될 수 있다. 소월은 이러한 의미에 설화라는 양식이 갖는 본질적 의미를 덧씌워 놓은 것이다.

그것은 설화라는 양식의 본질적인 성격의 드러냄에 있다. 즉 설화는 오랜 세월을 통해서 민족 공동체가 그 발생과 향수와 전승에 관련된 공동심의의 표현이므로 민족의 보편적 정서와 사상, 그리고 생활상이 가장 잘 드러난 원초적 형태의 문학이다. 때문에 시 속에 그 양식적

---

10) 오세영, 『김소월연구』, 새문사, 1986, 18쪽.
11) 임문혁, 『한국 현대시와 설화』, 계명문화사, 1996, 35쪽.

축소와 변개가 있다 하더라도 그 서사적 이야기성이 갖는 해석 공동체로서 규범이 자리하게 되고 이 규범은 민족이라는 단위의 공동심의로서 은연중 민족이라는 단위의 주체성과 자립성의 인식을 불러오게 한다. 특히 필립 휠라이트가 말하고 있는 '원형적 이념의 가장 두드러진 것은 결속의 원리'라는 말처럼 원형적 심상으로서 민족 단위의 설화는 민족적 동질성을 결집하는 데에 중요한 기능을 한다. 다시 말해 조선 민족이라는 고유성과 동질성을 확보해야 되겠다는 계몽 의식을 가져온다. 이것은 시 속의 내용, 곧 "옛날, 우리나라"라는 표현과 "죽어서도 못니저 참아못니저" 등의 표현에서도 확인할 수 있다.

따라서 김소월이 「접동새」를 통해서 구현하고자 하는 것은 단순히 억압 받는 자의 서러움을 표출했다는 것이 아니라 1920년대 식민지 치하라는 역사적 공간에서 민족의 동질성을 보존하거나 되찾고 당시 지배 계층에 서 있던 일본 제국주의에 대한 저항적 거리를 가져야 한다는 우리 역사 의식의 소환이다. 이는 특히 시의 구절 가운데 설화 속의 내용에 대해 "누나라고 불너보랴 / 오오 불설워"라는 부분과 "우리 누나"라는 부분은 이야기를 전달하는 것이 아니라 설화적 상황과 자기 상황을 동일시하여 실존적 자기 동일성 상황에서 해석 공동체인 서사적 동일성[12] 으로 나가고 있음을 보여줌으로써 당시 일제 치하라는 억압 상황에서 민족 공동체적 맥락을 완성시킨다. 그 완성의 연장선상에서 가난한 조상의 서러움은 곧 후손들의 울분의 연료가 되는 것, 곧 민족의 역사적 한은 발터 벤야민이 역사의 구원을 추동하는

---

12) 이왕주, 「서사적 자기 동일성과 철학의 실천」, 『문학지평』, 빛남, 1997년 여름호 135~156참조.

"증오와 희생정신은 해방된 후손들의 이상에 의해서가 아니라 짓밟히고 억눌린 선조들의 이미지에 의해 자라고 복돋아진다"[13]고 한 것처럼 당시 식민지 현실에 대해 저항적 감정을 불러일으키게 하는 것이다. 때문에 김소월의 설화 수용 의미는 역사적 현실 상황을 계몽하고 대항하기 위한 전략적 장치로 볼 수 있다.

설화를 원텍스트로 하는 대부분의 설화 수용 텍스트들을 사회적 문맥 속에서 접근할 경우, 흔히 이는 알레고리와 맞물린다. 이때 알레고리는 현실과 밀접하게 연결되는 설화를 통해 창작 당시의 시대 상황을 우회적으로 표출하는 데 주력한다. 「접동새」의 경우도 마찬가지이다. 원텍스트의 상황을 하나의 알레고리로 파악하자면 의붓어미는 일본을, 누나는 조국을, 아홉 동생들은 조국을 잃은 식민지 백성을 의미한다고 읽어낼 수 있다. 접동새 설화를 차용한 소월의 의도는 현실을 설화화함으로써 일제치하의 역사적·사회적 현실을 우의적으로 표현하고자 한 것이다. 접동새 누나를 자신과 동일시하는 화자의 내면에는 현실을 설화화하여 현실적 고통을 초월하고자 하는 욕망이 함께 숨어 있다고 할 수 있다.

> 그곳이 어듸드냐 南怡將軍이
> 말멕여 물ㅆㅣ엇든 푸른江물이
> 지금에 다시흘너 뚝을넘치는
> 千百里豆滿江이 예서 百十里.
>
> 그누가 생각하랴

---

13) 발터 벤야민, 반성완 역, 『발터 벤야민의 문예이론』, 민음사, 1983, 352쪽.

> 삼백년래에 참아 밧지다못할 한과 侮辱을
> 못니겨 칼을 잡고 니러섯다가
> 人力의 다함에서 스러진줄을.
>
> 「물마름」3・5연

　전체 8연으로 구성된 이 시는 남이 장군 이야기를 소재로 쓴 작품이다. 남이 장군은 두만강 일대에서 우리나라 백성을 함부로 죽이고 재물을 빼앗는 여진족을 평정한 일, 그리고 돌아오는 길에 지어 불렀던 한시로 인해 모함 받아 죽게 된 사연을 다시 이야기하면서 시인 자신의 감회를 노래하고 있다.

　소월이 이 시를 통해 말하고자 하는 것은 분명하다. 식민지 조국 현실에서 의인이자 용기를 가진 남이 장군의 설화를 통하여 현실적 공간의 억압성과 비참함을 드러내고자 하는 것이다. 식민지 치하라는 상황에서 선동적・혁명적 발언을 하기 어려운 심리적 제약을 받고 있던 소월로서는 민족적 자율성과 동질성을 결집하기 위해서는 우리 조선 민족의 공동 심의가 담긴 이야기가 필요했을 것이다. 비록 이야기를 구술하는 화자의 어조가 탄식으로 흘러 기백상의 아쉬움이 남지만, 이는 당시의 검열을 의식한 탓으로서 검열을 피하기 위한 수사적 장치로 해석할 수 있다. 그렇다면 남이 장군의 이야기는 앞의 「접동새」처럼 조선 민족이라는 해석 공동체 속의 동질성과 고유성을 보존, 혹은 회복함으로써 당시 일본 제국주의에 대응하기 위한 전략으로 볼 수 있다.

　그러나 이 시에서 주목해야 할 것은 "억눌린 자들의 전통이 우리들에게 가르치고 있는 교훈은, 우리들이 오늘날 그 속에서 살고 있는 비상사태라는 것이 예외가 아니라 상례"14)라는 가르침이다. 이 말의 뜻은 현실적 고통의 발생은 이전부터 제도적 모순에 의한 지배자의 권력구조에 의해 발생하여 온다는 사실의 확인을 뜻함인데 이는 남이 장군 때부터 지배자에 의한 피지배자의 억울함과 한이 지속되고 있다는 사실을 반영한 것이다. "그누가 생각하랴 / 삼백년래에 참아 밧지 다못할 한과 侮辱을"이란 표현을 두고 볼 때 삼백년 전의 한과 모욕이 일제 치하라는 현실과 동궤로 이어지고 있음을 알 수 있다. 그러므로 이 시는 그러한 억눌린 자의 사태를 해결하기 위해서는 과거 남이 장군이 "칼을 잡고 니러서" 오직 "正義의 旗를 들"어 당시 부조리한 지배계층을 갈아 치워야 했던 것처럼 일제에 억눌린 현실을 민중 혁명이나 독립 투쟁으로 바꿔야만 한다는 사실을 암시하고 있는 것이다. 때문에 이 시는 민족적 동질성의 확인과 아울러 피지배계층으로 우리 민족에게 지배 계급인 일본 제국주의에 대해 저항정신을 되새기자는 권고에 그 초점이 가 있다.

여기서 소월이 노래하는 이야기의 서사성을 생각해 볼 필요가 있다. 이야기는 줄거리를 통한 인물과 사건을 재현하는 모방적 야식이다. 그리고 화자와 대상, 즉 사건 사이의 거리의 확립을 그 본질로 하는 객관성의 양식이다. 그것은 화자가 청자에게 전달 보고하는 형식이다. 그러므로 설화성의 시는 이제 더 이상 자기 체험을 나타내는 실존적 장르가 아니라 모방 장르화되어 그만큼 객관적 거리를 갖는다. 때문에 역사적으로 우리 인간이 억압적 현실을 당하면 그 현실을 객관적으로 보기 위해 삶의 조건과 과정을 관찰하고 서술하는 양식을 모색한다고

---

14) 발터 벤야민, 반성완 역, 앞의 책, 347쪽.

할 수 있다. 소월이 낭만주의적 관점에서 시를 쓰면서도 시에 설화를 수용하고 일부의 시를 서술성으로 표출한 것은 그도 당대 역사 현실을 객관적으로 파악하려는 노력의 일환이었다.

이러한 민족적 현실의 객관적 파악과 동질성 회복의 역사적 소명으로 설화를 도입한 시를 꼽는다면 국권상실기 백석의 시가 여기에 합당하다. 그의 시는 카프의 시가 갖는 이념 주입식 서술시의 한계를 극복하고 대부분 전통적이고 향토적 성격을 띠는 우리의 이야기를 통해 당대의 현실과 전망을 제시하고 있다. 즉 그의 시에서 중요하게 논의되어야 할 것으로 당시 민간에 떠돌만한 이야기들의 모음이라는 점을 부각시킨다면 이는 그가 설화의 이러한 기능과 가치를 인식했다는 말이 된다. 즉 그는 종래 설화는 아니지만 당시 민중들 사이에 떠돌만한 설화를 민요의 형식과 내용을 빌어 그의 시에 형상화해 놓음으로써 민족 공동체의 동질성 회복과 일본 제국주의와의 태타의식을 그의 시에 형상화해 놓고 있다는 말이다.

3. 민요양식의 수용과 민중정서의 표현

패러디는 과거의 특정한 문학 작품이나 장르를 출발점으로 하여, 그것의 각색을 현재적 문맥에 삽입하는 문학적 전략이다.[15] 항간에 구비 전승해 오는 전통 민요와 굿을 생산적으로 수용하는 신경림의 시 창작상의 방법은 패러디적 성격이 강하다. 패러디의 범주는 광범위하겠

---

15) Patricia Waugh, 김상구 역, 『메타픽션』, 열음사, 1989, 96쪽.

지만 신경림의 시는 민요·굿이라는 전통 구비문학 양식을 생산적이고 창조적으로 수용·계승하는 장르 패러디적 성격이 두드러지다.16) 그의 시에서 민요·굿의 패러디를 통한 초문맥화는 서민적 정서로서의 비애와 설움, 그리고 전통 민중 예술이 근본적으로 함유하고 있는 신명의 낙관성·역동성·집단성으로 재해석된다. 이러한 시적 전략은 민요·굿이라는 전통 장르를 통해 자신의 시를 "한번 껍질 벗기기 위한 진로의 모색"17)이며, 시인이 줄곧 표방하고 있는 서민들의 보편적 정서와 공동체 의식을 표현하는 시적 장치로 재구성된다.

신경림의 문학적 관심은 사람들이 살아가는 모습에 대한 애착으로부터 출발한다. 한국 현대사의 파행적 산업화라는 현실 속에서 그는 "가난하고 억눌린 사람들의 보편적 느낌과 의지와 저항"18)에 관계하고자 한다. 그의 이러한 시적 지향은 우리의 전통 장르, 특히 민요와 굿 등에 강한 관심을 보이며 공동체 의식과 민중적 정서를 확보하고자 한다. 이 같은 문맥에서 그는 전통적 리듬, 후렴구 및 노래체 어구의 교체·반복·병렬, 관용구의 사용 등과 같은 민요나 굿의 형식적 특성은 물론 민요나 무가의 내용이나 정서까지도 적극 차용한다. 그럼으로써 친숙하고 오래된 민요·굿을 현대시라는 낯선 장르에 새롭게 재기능·재문맥화한다.

1970년대 이후 민중적 기반의 허약함을 체험한 이른바 민중시로 알

---

16) 일반적으로 패러디의 범주에는 장르에 관한 패러디, 한 시대나 조류에 대한 패러디, 특정 예술가에 대한 패러디, 개별 작품에 대한 패러디와 작품의 일부분에 대한 패로디, 예술가의 전체 작품의 특징적 양식에 대한 패러디 등이 가능하다(Linda Hutcheon, 김상구·윤여복 역, 『패로디 이론』, 문예출판사, 1992, 191쪽).

17) 신경림, 「시와 민요」, 『삶의 진실과 시적 진실』, 전예원, 1983, 69쪽.

18) 신경림, 앞의 글, 69쪽.

려진 리얼리즘 계열의 당시 문단은 우리의 전통 민중 예술에 대한 관심을 기울이기 시작한다. 특히 신경림과 더불어 김지하가 판소리를, 이동순, 하일 등이 조선조 후기 서민 가사를 차용하여 전통 구비문학 장르를 패러디한다. 그 이후 판소리의 어조로 심청을 물질적 노예로 변용시킨 김진경의 「심청가」나, 흥부를 부동산 투기붐을 탄 졸부로 변형시킨 가사체의 박찬의 「신흥부가」 등이 대표적이다. 이러한 분위기의 방향타로 작용한 것이 신경림의 민요 패러디라 할 수 있다.

패러디는 낡은 형식에 새로운 의미를 부여한다. 패러디는 익숙한 형식을 낯설게 하여 새로운 의미로 재구한다. 낡은 형식의 낯설게 하기를 통한 새로운 의미는 지금 현재의 현장성을 실현한다. 이들 민중시 계열의 전통 구비문학 양식 패러디는 지배 체제나 사회 현실의 모순·부조리에 대한 비판·풍자를 수행한다. 이것은 저항 의식의 정치적 의도를 드러내는 것이며 전통 장르와의 혼합과 상호 텍스트성을 바탕으로 패러디의 시적 전략을 실현한다. 이러한 차원에 신경림의 시들도 위치한다.

신경림은 1973년 첫 시집 『농무』를 상재한 이후 민중시 계열의 한 시적 전형을 보여주는 선구적 시인의 한 사람으로서, 이야기성 서정과 민요나 무가가 지닌 서사성을 절묘하게 구사하는 서사적 서정성을 특징으로 하는 시인이다. 민요와 무가의 의식적 패러디를 통한 신경림의 시적 작업은 그가 말하고 있듯 "민중의 삶에 뿌리박은 시"[19]를 쓰기 위함이다. 다시 말해 신경림은 그가 추구하는 "민중적 상상력을 정서화하기 위한 객관적인 시적 장치로서 민요나 무가 등 전통적인 민중

---

19) 신경림, 「나는 왜 시를 쓰는가」, 『씻김굿』, 나남, 1987, 339쪽.

예술 양식에 대한 새로운 인식"[20)으로부터 출발한다. 이러한 측면에서 그는 의도적으로 전통 민중 예술에 포함할 수 있는 구비 서사 양식을 탐닉한다. 이는 과거의 전통 양식을 차용해 현재 민중들의 보편적 삶과 정서를 표현[21)하려는 의도를 담고 있는 것이며, 아울러 이를 통해 우리의 민족적 동질성과 공동체 의식의 회복[22)을 꾀하는 것이다.

이러한 여러 정황을 참고할 때, 신경림은 민요를 포함한 무가·가사 등 전통 구비문학 장르와의 상호 텍스트성에 의해 독자들에게 인식되었고, 시인 또한 스스로가 전통 민중 예술, 특히 민요나 무가에 강한 애착과 인식에서 시를 창작했음을 알 수 있다.[23) 이 같은 단서는 곧 원텍스트의 전경화 문제에 직결된다. 창작자나 수용자가 모두 동일한 전제, 즉 신경림이 전통 민중 예술에 대한 강한 관심을 가진 시인이라는 점과 원텍스트가 사회적으로 널리 공인된 민요 내지는 무가였다는 점은 창작자가 굳이 원텍스트를 전경화하지 않아도 패러디 기능을 발휘할 수 있도록 한다.

주지하다시피 1960년대 이후 지속적으로 확산되는 파행적인 정치·경제적 현실 속에서 민족적 동질성, 민중적 기반, 현실 비판적 인식의 허약함을 인식한 당시 문단 상황은 우리의 전통 장르, 특히 민요나 무가, 그리고 판소리에 많은 관심을 기울이는 분위기였다. 이러한 배경에서 양산된 일군의 시들은 원텍스트를 전경화하려는 시인의 의식적

---

20) 박윤우, 「민중적 상상력의 양식화와 리얼리즘의 탐구」, 『시와 시학』, 1993, 봄호, 111쪽.

21) 신경림, 「시와 민요」, 『삶의 진실과 시적 진실』, 전예원, 1983, 69쪽.

22) 신경림, 「왜 민요 운동이 필요한가」, 한밤중에 눈을 뜨면』, 나남, 1985, 22쪽.

23) 신경림의 전통 민중 예술에 대한 애착과 관심은 그의 평론 「시와 민요」, 「왜 민요 운동이 필요한가」, 「민요기행」 등에 잘 나타나 있다.

인 장치가 있거나 당시의 사회적 문맥 속에서 원텍스트를 쉽게 감지할 수 있는 전통 구비문학 장르의 텍스트를 패러디한다. 그리하여 전통 민중 예술이 근본적으로 지니고 있는 민족의 공동체적 동질성, 민중적 기반, 현실 비판적 인식을 확충하고자 한다.

문학사적으로 이러한 시대적 환경의 문맥에서 당대의 여러 시인들이 민중적 경향에 편승해서 자기 색깔을 잃고 민중성에 경도된 일련의 작품들을 대거 양산한 것도 사실이다. 이러한 현상은 민중적 서정이나 상상력을 문학적 반성 없이 지당한 말씀으로 받든 단순한 윤리적 변주에서 기인한 때문이다. 사실 이 시기 민중시 계열의 작품이 반성해야 할 과오가 있다면, 그것은 당대가 요구했던 윤리적 환기력과 유토피아의 추구를 지나치게 쉽게 동어 반복적으로 변주하여 역사니 사회니 현실이니 하는 거대 담론의 영역들을 섣불리 세속화시킨 데 있을 것이다. 이런 시들은 문학성을 도외시한 채 계몽성을 앞세워 산문적 알리바이를 만들어냈으며, 그것을 진정한 문학적 감동으로 이끌고 치환하지 못한 채 진부한 상투화에 그친 점이 허다하다.

그러나 신경림의 시가 극복하고 있는 것이 바로 이러한 문학적 결함들이다. 즉 사회적 현실을 담아내되 문학 예술의 근본이라 할 수 있는 문학성을 잃지 않는다. 그는 민중적 주제를 앞세우되 체험의 현장 한 복판에 살아 숨쉬는 구체적 실감의 세부를 촘촘히 한땀 한땀 올과 날로 직조해냄으로써 시가 주는 감동의 영역을 일탈하지 않는다. 이는 곧 신경림의 시가 갖는 미덕으로 전통 민중 예술의 서민 정서와 그 서민 정서를 가장 잘 표현하는 전통 예술 양식에 근원을 두고, 거기에 천착해 그것을 새롭게 현대적으로 재형상해내고 있기 때문에 가능했

던 것이다. 신경림은 전통 구비문학 장르의 창조적 계승과 수용을 통
해서 민중 정서를 환기한다.

70년대 중반 이후 신경림 시에 나타나는 민요양식의 창조적 계승은
구체적으로 전통적 율격의 차용이나 후렴구, 노래체 어구의 반복 등과
같은 형태적 측면에서부터, 비인칭의 집단적 화자를 통한 무가의 주술
적인 목소리의 표출과 그에 따른 신명스런 정서와 역동적인 가락의
창조와 같은 내적 구조의 측면에까지 매우 복합적이며 심층적으로 드
러난다. 민요의 율격, 반복, 병렬, 후렴, 관용어·구와 같은 민요의 형
식적 요소는 물론 그 내용이나 정서를 생산적으로 적극 수용하여 시
적 의미를 새롭게 재구한다.

하늘은 날더러 구름이 되라 하고
땅은 날더러 바람이 되라 하네
청룡 흑룡 흩어져 비 개인 나루
잡초나 일깨우는 잔바람이 되라네
-중 략-
민물 새우 끓어넘는 토방 툇마루
석삼년에 한 이레쯤 천치로 변해
짐부리고 앉아 쉬는 떠돌이가 되라네
하늘은 날더러 바람이 되라 하고
산은 날더러 잔돌이 되라 하네
「목계장터」 중에서

위에 인용한 시는 첫 시집 『농무』에 이어 79년에 상재된 두번째 시
집 『새재』에 나오는 「목계장터」의 일부분으로 민요의 정서와 가락을

원용한 작품이다. 민요의 기본 율격 가운데 가장 흔한 4음보의 완결된 형태에 힘입은 이 시는 대구와 반복의 형식을 통해 정서적으로 뿌리 뽑힌 계층의 삶을 전경화하고 있다. 전형적인 4음보의 율격을 채택한 이 시는 여느 민요와 마찬가지로 음절, 어구, 시행 등의 반복과 병열을 기본 구조로 하고 있다. 민요의 양식적 특성을 그대로 계승하고 있는데, 원텍스트가 민요라는 장르 전체가 되고 있음을 볼 수 있다.

우선 시 전체에 깔려 있는 4·4(4·3)조의 4음보의 율격은 민요의 가장 흔한 율격이다.24) 4음보를 통해 표출되는 정서는 장중한 느낌을 주는 성향이 강하다. 삶의 밑바닥에 깊숙이 자리 잡은 정신적 실체로서 한의 정서가 화자의 목소리를 통해 서럽고 장중하게 감지되는 점은 바로 이 때문이라 할 수 있다. 즉 4음보의 율격이 내포하고 있는 장중한 맛과 음송에 적합한 율격25)으로, 형태상의 별다른 변형 없이 화자의 심정을 안정감 있게 표출하고 있다. 대체로 4음보격은 음영 민요의 율격 형태로 연속체인 서사 민요에 흔하게 보인다. 음영 민요는 사설조로 나열하거나 장황하게 읊조리는 것이 특징이기에 장중하고 안정감을 주는 것이 일반적이다. 이 시가 매끄럽게 읽히는 이유는 바로 서사 민요가 주는 장중한 가락 때문이다.

민요는 또한 일정하게 호응하는 조사와 어미의 활용을 통한 관용적 표현의 독특한 문장 구조가 있는데,26) 이 시에서는 '~은(는) ~이 ~네' 등의 조사와 어미를 교체 반복하는 관용적 표현을 활용하고 있음을 볼 수 있다. 즉 '~은(는) ~이 되라 하고', '~은(는) ~이 되라 하

---

24) 장덕순 외 공저, 『구비문학개설』, 일조각, 1971, 93쪽.
25) 김준오, 『시론』, 문장사, 1982, 100쪽.
26) 박혜숙, 「한국 민요시의 전개양상 연구」, 건국대 박사학위 논문, 1987, 250~253쪽.

네'의 관용적 어구, 시행의 병렬과 교체 반복으로써 민요체의 노래를 듣는 듯한 일정한 리듬감을 부여하고 있다. 특히 '~고', '~네'라는 어미로 계속 반복 교체되는 내적 문법 구조는 각운을 형성한다. 이와 함께 '~고', '~네'의 연결 어미와 종결 어미는 유음과 모음의 결합에 의하여 시에 민요적인 리드미컬한 운율감을 형성한다.

과거의 원텍스트를 변화시켜 현재적 의미로 재구성하는 것은 패러디스트의 일차적 욕망이다. 「목계장터」에서 신경림은 무질서하게 떠돌던 민요 형식의 관습적 구조와 정서를 자신의 언어로 현대화하고 있다. 즉 민요의 전통적 집단무의식 내지는 정서와 현대 시인으로서의 자신의 개인적 내면성을 패러디로 결합하고 있는 것이다. 민요의 형식과 내용을 자신의 언어로 차용하여 민요체에 의한 직접적인 정서의 토로가 독자로 하여금 현실의 총체적 의미를 재구성할 수 있도록 함으로써, 민중 예술의 본래적 의미인 주체적 수용과 창조적 참여의 일치를 꾀하고 있다.

두번째 시집에 실린 그의 다른 시들도 민요처럼 일상 생활 언어를 시어로 채택했을 뿐만 아니라 전통 구전의 민요적 음보의 차용과 여음구 내지는 나름대로 창조한 후렴구를 반복하기도 한다. "어허 달구 어허 달구"(「어허달구」), "둥두 둥두둥 둥두 둥두둥"(「白晝」), "바람아 바람아 돌개바람아/돌아라 한백날 돌개바람아"(「돌개바람」) 등과 같이 민요의 형식인 후렴구와 정서적 내용을 자신의 언어로 재구성한다. 이러한 민요조의 창조적 패러디를 통한 시적 전략 내지 동기는 시인 자신이 말하다시피 민요는 민중의 생활과 감정, 한과 괴로움을 직정적이고 폭넓게 표현하고 있기 때문이다.[27] 곧 민요의 정서와 가락, 혹은 형식과 내용의 재구성은 민중의 삶의 참 모습, 원한과 분노, 지배 체제에 대한 비판과 풍자를 수행하고자 하는 시적 전략이 내재한다.

『새재』에 이어 세번째 시집 『달넘세』, 네번째 시집 『남한강』에 이르면 신경림의 전통 민요와 굿에 대한 패러디는 절정을 이룬다. 이들 시집, 특히 서사시 『남한강』에 수록된 대부분의 시들은 모두 민요와 무가의 영향 관계에 있다고 해도 과언이 아닐 만큼 전통 민중 예술 장르가 혼성적으로 결합되어 시를 결정한다.

> 넘어가세 넘어가세
> 논둑밭둑 넘어가세
> 드난살이 모진 설움
> 조롱박에 주워담고
> 아픔 깊어지거들랑
> 어깨춤 더 홍겹게
> 넘어가세 넘어가세
> 고개 하나 넘어가세
>
> 　　　　「달넘세」 중에서

이 시는 세번째 시집 『달넘세』에 수록된 작품이다. 신경림은 이 시의 말미에 '달넘세'는 경북 영덕 지방의 여인네들의 놀이 '월워리 청청'의 한 대목이라 밝히면서, '달을 넘어가자'는 뜻의 '달넘세'는 어려움을 극복해 나가는 일을 상징한다는 주석을 달고 있다. 제목에 대한 주석을 통해서 원텍스트를 전경화시키고 있음을 볼 수 있다. 주석을

27) 신경림, 「삶의 진실과 시적 진실」, 앞의 책, 69쪽.

덧붙이는 것은 시에 대한 변명과 독자의 작품에 대한 기대 지평을 조절하는 전략적 효과를 노리기 위해서다. 제목은 패러디의 흔적을 전경화하는 가장 보편적인 방법[28]이라 할 수 있다. 인용 시에서는 주석을 붙여 구비 시가에 대한 시인의 의식적인 관심을 잘 드러내주고 있으며, 경북 영덕 지방에서 부르는 민요가 원텍스트임을 알 수 있도록 정보를 제공하고 있다.

따라서 이 시는 이러한 민요의 양식적 특징을 그대로 차용한 채록에 가까운 시이다. 이것은 이 시 전체 텍스트를 살펴볼 때도 쉽게 발견할 수 있는 민요의 형식적 특성과의 동질성 때문이다. 시인이 붙인 제목이이나 부침글 역할을 하는 주석, 그리고 율격, 행의 배열 등을 볼 때 패러디스트의 창조적 상상력이 좀체로 가미된 것 같지 않은 느낌을 준다. 다만 "떠도는 이들의 노래"라는 부제를 통해서 세간을 떠돌던 노래 가락을 채록하여 그것을 시인의 언어로 새롭게 현재화시켰다는 점에서 모방적으로 원텍스트를 재기능화하고 있음을 알 수 있다.

시 전체는 모두 민요의 기본 율격인 4·4조 2음보를 밟고 있다. 2음보는 급격한 맛과 이를 통해 표출되는 정서는 집단적 성향이 짙다. 뿐만 아니라 감정의 흐름이 급박하고 직정적이면서도, 단일한 방향으로 지속되어 안정감이 있다.[29] 4·4조 2음보의 기본 율격을 변형시킴 없이 전체에 걸쳐 배열하여 급박함과 직정적인 특징을 계속 이어나가 빠른 동작으로 하는 놀이의 유희성을 발현한다. 즉 2음보를 통해 급격한 동작으로 비교적 짧은 시간 동안 진행하는 놀이에 있어서의 리듬

---

28) 정끝별, 『패러디시학』, 문학세계사, 1997, 80쪽.
29) 장덕순 외, 앞의 책, 93쪽.
    성기옥, 『한국시가율격의 이론』, 새문사, 1986, 166쪽.

을 창출하고 있다.

민요의 중요한 형식적 특징은 일정한 반복 구조에 있다. 이 시도 역시 마찬가지로 음절, 어구, 관용적 표현, 시행의 반복과 병열을 기본 구조로 민요의 형식적 특징을 계승하고 있다. 1, 2행의 "넘어가세 넘어가세/논둑밭둑 넘어가세"는 민요의 대표적인 aaba의 관용적 반복 구조30)가 드러나 있다. 이러한 1, 2행의 가창은 되풀이 되는 반복을 통해 수미상응·병열구조가 효과적으로 구현되고 있다.

이러한 민요의 노래체 형식을 통해서 얻고 있는 효과는 무엇보다시 전체에 깔려 있는 비애의 정서와 2음보의 급격한 리듬에서 오는 역동적인 가락의 결합일 것이다. 일반적으로 우리의 전통 민중 예술 장르는 서민적 정서로서 비애·설움·한과 함께 신명의 낙관성·역동성·집단성을 동시에 지니는 미학적 특성을 갖는다. 이 같은 의미에서 이 시는 "드난살이 모난 설움"으로 표현되는 현실적 조건으로서의 비애·설움·한의 정서가 나타나 있다. 그러면서 동시에 이를 극복하고자 하는 미래에 대한 낙관적인 태도가 역동적인 리듬과의 결합을 통해서 이루어지고 있다. 이것은 시에 대한 변명과 독자의 작품에 대한 기대 지평을 조절하는 주석에서 볼 수 있듯이 서로 '손을 잡고 어려움을 극복해나가는 일을 상징한다'는 말에서 드러난다. 민요라는 형식을 재구성함으로써 그 형식을 향유하는 계층의 이데올로기에 동조하고 그것을 새롭게 지각하게 하는 패러디 전략이 내포되어 있는 것이다.

전통 민중 예술의 패러디를 통한 신경림의 창조적인 시적 수용은 서사시의 형태를 지닌 『남한강』에 이르면 절정을 이룬다. 『남한강』은

30) 김대행, 『한국시의 전통 연구』, 개문사, 1980, 43쪽.

「새재」「남한강」「쇠무지벌」 등 3부작의 형식을 취한다. 3부로 이루어진 『남한강』의 전체 내용은 1부에서 돌배를, 2부에서는 돌배의 연인 연이를, 3부에서는 집단적 화자를 등장시켜 구한말 국권 상실의 격동기에서부터 식민지 시대, 그리고 분단 시대를 관통하는 역사적 대립·갈등의 모습을 현재적 의미로 새롭게 재구하는 것이다. 다시 말해 현실의 역사적 과거화 혹은 과거의 역사적 현재화를 통해 역사 현실의 단면을 우회적으로 재현해 문맥화한다.

> 저기 저게 무슨 소리
> 줄바위 열두 굽이
> 다람쥐 뛰는 소리
> 저가 저게 무슨 소리
> 정참판네 중대문에
> 왜놈 청놈 나드는 소리
>> 「어기야디야」 중에서

> 소올개야 소올개야 어어디서 와았니
> 가앙건너 바다건너 왜놈나라에서 와았다
> 무얼하러 무얼하러 조선땅엘 와았니
> 병아리 먹고 애기 먹고 사알찌러 와았다.
>> 「단오」 중에서

위에 인용한 시는 민요의 선후창과 문답식 교환창 형식을 빌고 있다. 신경림의 전통 구비문학에 대한 패러디는 비단 민요에만 그치지 않는다. 굿이나 잡가류에 대한 패러디가 또한 보이는데, 특히 시집 『달넘세』에 수록된 대부분의 시 가운데「씻김굿」「소리」「새벽」「열림굿의 노래」「승일교 타령」「허재비굿을 위하여」「병신춤」 등은 그 대표적인 예에 속하는 패러디 텍스트들이다. 이들 시들은 하나같이 모두가 부제를 달고 있는데, 그 부제가 말해주듯이 떠도는 원혼 혹은 혼령과 관계된다.

그리고 굿을 중심으로 하는 시의 어조는 민요조를 바탕으로 한다. 변형된 민요 형식에 굿을 차용하는 방식을 통해서 재기호화하는 패러디 양상을 취한다. 이때 신경림의 시에서 굿은 시의 소재 차원에서 패러디된다. 그의 시에서 굿과 민요는 불가분의 관계를 가지며 진혼굿의 형태에서 민요조는 반복적이고 주술적인 효과를 자아낸다. 민요의 형식적 특성에 대한 패러디가 원텍스트에 대한 호감을 가지고 단순히 이를 계승하는 차원의 모방적 패러디였다면, 민요조에 이질적인 굿의 차용은 혼성 모방적 패러디 양상을 띤다.

> 편히 가라네 날더러 편히 가라네
> 꺽인 목 잘린 팔다리 끌고 안고
> 밤도 낮도 없는 저승길 천리 만리
> 편히 가라네 날더러 편히 가라네.
>   - 중 략 -
> 꺽인 목 잘린 팔다리로는 나는 못가,
> 피멍든 두 눈 고이는 못 감아,
> 못잡아, 이 찢긴 손으로는 못 잡아,
> 피묻은 저 손을 나는 못 잡아.
>
> 되돌아 왔네, 피멍든 눈 부릅뜨고 되돌아왔네,

꺾인 목 잘린 팔다리 끌고 안고
하늘에 된서리 내리라 부드득 이빨 갈면서,
이 갈가리 찢긴 손으로는 못 잡아,
피묻은 저 손 나는 못 잡아,
골목길 장바닥 공장마당 도선장에
줄기찬 먹구름되어 되돌아왔네,
사나운 아우성되어 되돌아왔네.
「씻김굿」 중에서

한국인이라면 누구나 죽은 자를 진혼하기 위한 '씻김굿'이라는 굿을 알고 있다. 따라서 '씻김굿'이라는 제목을 보는 독자는 씻김굿이 원한을 품고 죽은 원혼을 달래고자 하는 전래의 민간 의식을 상기하게 될 것이다. 따라서 이 시도 제목에서부터 원텍스트를 전경화시키고 있다. 이러한 측면은 부제 "떠도는 원혼의 노래"나, 시인이 전라도 지방에서 많이 행하는 굿으로 원통한 넋을 위로해서 저 세상으로 편히 가게 하는 것이 목적이라는 주석을 통해서도 알 수 있는 사실이다. 신경림 스스로 씻김굿이라는 원텍스트를 패러디하고 있음을 밝히고 있는 것이다.

이렇듯 소재 자체는 굿에서 따오고 있지만 율격의 측면에서 보면 역시 민요의 형식을 변형시켜 차용하고 있다. 신경림의 시에서 굿의 내용을 시의 저변에 깔고 있는 시들은 대부분 2음보나 3음보 내지는 4음보를 근간으로 율격상의 변화 없이 차용되고 있다. 즉 민요의 기본 율격을 다양하게 두루 차용한다. 위 시는 3음보와 4음보의 교체 변형을 바탕으로 형성되고 있음을 볼 수 있다.

이 시의 구조적 특징은 화자인 "떠도는 원혼"의 세 가지 행위를 기본 골격으로 하고 있다. 하나는 무당이 원혼인 '나'의 진혼을 위해 요구하는 내용이 무엇이냐를 경청하는 단계다. '나'의 진혼을 위해 요구하는 무당의 주문은 1~3연에서 '편히 가라, 고이 잠들라, 따뜻이 잡으라'는 것이다. 이러한 주문은 반복·병열되어 1~3연까지 동일한 형태로 배열되고 있다. 즉 민요의 관습적 어구의 반복이 1연의 '~가라네 ~가라네', 2연의 '~잠들라네 ~잠들라네', 3연의 '~잡으라네 ~잡으라네'의 반복 구조를 취한다.

이와 함께 각 연은 수미상관적 시행의 배열을 보이고 있는데, 이러한 병행구조가 전경화되어 이 시의 전반부의 장중한 분위기와 정조를 창출한다. 즉 원통하게 죽은 원혼을 달래는 주술적 충동이 계속되는 음운과 음절의 반복 중첩의 병행 구문을 통해 진혼의 분위기를 고조시켜 나간다. 이러한 병행·반복적 회기의 힘은 곧 이에 호응하는 의미의 회기성을 자아내는 것이며, 구조상의 병립성이 구성원리로써 배열에 투영되면 불가피하게 의미의 등가성[31]을 촉진시키기 때문이다.

다음으로 4연에 이르면 원혼인 '나'는 그러한 요구를 강력하게 거부한다. 즉 4연의 '나는 못 간다, 못 감는다, 못 잡는다'는 반복적 표현을 통해 진혼을 강력하게 거부한다. 반복 중첩되는 거부의 표현을 통해 원텍스트인 굿의 내용은 화자에게 내면화되면서 화자의 고조된 부정적 어조는 독자들을 원텍스트의 비극성으로 끌어들인다. 이는 '나' 죽은 후의 이승은 이제 "햇빛 밝게 빛나고 새들 지저귀는/바람 다스운 날"이기 때문에 자신의 원통한 죽음은 더욱 처절하게 느끼기 때문이다. 그래서 자신의 원혼에 대한 진혼을 강력하게 거부하게 되는 것이다.

마지막으로 그 결과 이승에서의 '한' 때문에 저승으로 향하지 못하

---

31) R. Jacobson, 권재일 역, 「언어학과 시학」, 『일반언어학이론』, 민음사, 1989, 222쪽.

는 '되돌아오기'다. 5, 6연에서 심화된 원한을 '된서리, 먹구름, 아우성'으로 되돌아옴을 구체화한다. 그러나 진혼굿으로서의 씻김굿은 떠도는 원혼이 저승으로 향할 때까지 반복해서 지속되는 것이다. 따라서 원혼의 세 가지 행위인 경청하기/거부하기/되돌아오기가 반복적이고 지속적으로 수행된다고 할 수 있겠는데, 그것은 '된서리'와 '먹구름'에 근거를 둔다. 진혼이 지속될수록 원혼의 염원과 복수심은 더 심화되어 이승의 현재 세계로 되돌아오는 순환적 구조를 취하고 있다.

변형된 민요 형식에 굿의 차용은 슬픔과 비통, 절망과 좌절을 통해 역사를 철저히 인식하면서 미래에 대한 어떤 가능성을 예견하고자 하는 패러디적 의도를 읽을 수 있다. 그 가능성이 무엇인지는 분명히 드러나지는 않지만 과거나 현재보다는 좀더 나은 세상이 오리라는 미래에 대한 낙관적 기대와 염원의 바탕이 깔려 있다고 하겠다. 이러한 미래에 대한 기대와 염원은 민요조에 의해서 드러나며, 굿의 모티프가 대표적 예이다. 굿은 민중이 자신의 희망과 소원을 성취하기 위한 하나의 주술적 방법이기 때문이다.

한국 현대시가 발전하는데 있어서 민요를 포함한 전통 장르의 영향은 강력하고 뚜렷한 것이다. 우리의 시문학사에서 근대시가 형성되는 시기는 민요가 민중과 함께 호흡하던 1920~30년대다. 이러한 민요시의 한 계보를 잇는 신경림의 시는 자신만의 독특한 언어의 운용과 의미 구현을 통해 현대시의 새로운 영역을 구축하고 있다.

전통 민중 예술의 장르를 패러디함으로써 신경림 시가 얻고 있는 미학적 성과는 현대시에 민요의 양식적 특성을 차용함으로써 현대시에 전통 율격을 접목시키고, 소재 수용의 다변화를 이룩했다는 데서 찾을 수 있다. 또한 신경림 시를 논의하는 데 있어서 민중성과 서사성은 곧 민요 등 전통 민중 예술에 근본적으로 포함된 서사성에 크게 영향 받아 형성되었다는 점이다. 민요나 전통 구비문학이 지닌 민중적 정서와 공감에 기대어 있기 때문에 그의 시가 대중적 친화력을 확보할 수 있는 계기를 제공하고 있는 것으로 볼 수 있다.

신경림의 전통 장르에 대한 패러디는 전통 장르의 의식적인 계승과 재창조 작업으로 시도되었다. 신경림은 주로 민요의 장르적 특성을 그대로 계승하고 있다. 민요의 채록적 특성이 강한 모방적 패러디나, 변형된 민요 형식에 굿을 차용하는 혼성 모방적 패러디 작품이 대부분이다. 따라서 신경림의 패러디 텍스트들은 우리 현대시에서 소멸해가는 전통 장르를 재인식하여 현대시에 새롭게 접목시켰다는 시사적 의의를 지닌다.

애정시련담의 차용과 민족 정체성의 회복

1. 통속적 애정담의 가치화

시는 장르의 성격상 화자가 어떤 순간의 주관적 감정을 율문 형식으로 직접적이며 즉각적으로 노래한다면, 이야기는 서사물로서 서술자가 등장인물의 행동이나 사건, 그리고 시간적 계기성 등 일련의 서사적 내용을 객관적이고 지속적으로 관찰하고 재구성하여 독자에게 말해주는 것으로서 현실성과 객관성을 지닌다. 그런데 이러한 상반된 성격의 장르적 차이에도 불구하고 서정양식에 이야기라는 서사양식이 수용되는 데에는 어떤 필연적인 까닭이 있을 것이다. 그것은 우리 근대 시 초기인 1920년대부터 지금까지 많은 서술시들이 창작되고 있는 것을 통해서도 잘 알 수 있는 사항이다. 이러한 사실이 시사하는 바는 우리 근대사의 파행적이며 혼란스런 역사현실에 대한 시적 대응의 한 방법으로 이해할 수 있다. 왜냐하면 "서술은 언급되는 사건의 직선적 복사가 아니라 이를 의미로 대체하는 작업으로서 삶의 무질서와 혼란에 대해 질서와 가치를 부여해 주는 형식, 삶의 전체성을 이해하고자 하는 욕망에서 비롯하며",[1] "사건을 가치화하려는 강력한 충동에 기인"[2]하기 때문이다. 따라서 시인들은 한국 근대사의 파행적 질곡 속에서 삶과 현실에 대한 총체적 파악과 질서의 확립, 정체성 회복이 필요하다는 인식에 의해 서사 장르가 갖는 미학적 특성을 적극적이며 생산적으로 시에 수용한 것으로 볼 수 있다. 결과적으로 서사양식의 시적 수용은 삶과 역사현실에 대한 총체적 인식의 필요성에 의한 것이었다.

그 결과 한국 근·현대 시사를 살펴다보면 서사양식이 갖는 미학적 특성을 시에 생산적으로 수용한 작품들을 드물지 않게 만날 수 있다. 한국 근대 시가 모습을 갖추기 시작하는 1920년대부터 이러한 서사양식의 시적 수용이 이루어졌고, 이후의 시사적 전개에서 뚜렷한 한 양상이 되었다. 이와 같은 현상은 "역사·사회 등에 대한 시인의 주관과 가치관이 깊숙이 끼어"[3]들어 나타난 현상으로 이해할 수 있다. 한국 근대 시 초기의 서정양식에서 서사양식의 수용은 식민지 현실의 민족적 수난과 역사·사회적 문제를 드러내고, 억압받는 민족의 슬픔과 비극성을 표현하려는 시인들의 의식적 실천 행위로써 창작되었다. 서술

---

1) 헤이든 화이트, 「리얼리티 제시에서의 서술성의 가치」, 전은경 역, 『현대서술 이론의 흐름』, 솔출판사, 1997, 177~179쪽.
2) 루이스 밍크, 「모든 사람은 자신의 연보 기록자」, 윤효녕 역, 위의 책, 216쪽.
3) 서준섭, 「한국 현대시에 있어서 장시의 문제」, 『심상』10~15호, 1982, 37쪽.

은 인간 존재의 전체성과 질서에 대한 탐색이며 그것은 인간의 사회적 권위나 가치에 대한 확립을 추구한다. 그렇기 때문에 서사양식의 시적 수용은 서술이 갖는 기능으로서 규범적 전달, 즉 계몽적 목적을 의식했던 결과로 볼 수 있다. 한국 근대 시 초기에 서정양식의 서사양식 수용은 이와 같은 맥락에 위치해 있다.

「먼 동 틀 제」는 민요적 양식을 상당 부분 차용하고 있으며, 그것은 잘 알려진 대로 김억의 민요시에 대한 애착이 반영된 결과로 볼 수 있다. 그의 민요에 대한 애착은 널리 알려진 사실이다. 김억의 "민요시 창작에 대한 애착은 서구시의 영향에 의한 운율 의식"4)과 민요의 전통적 운율 의식이 결합된 결과이다. 그리고 다른 한편으로 김억은 유달리 "표현형식의 일정한 규정과 제한이 있는 운문"5)으로서의 시의식이 강한 시인이었다. 그의 민요시에 대한 의식은 "시도 민요처럼 민중에 의하여 음송될 수 있는 음악성을 지녀야 한다."6)는 인식에 기초한다. 그래서 이 작품은 7·5조의 3음보격 운율을 따르고자 하는 강렬한 의식을 보인다. 민요시에 대한 김억의 인식은 "정형율과 일정한 시형에 의하여 시가 씌어져야 한다."7)는 것이며, 이러한 시론적 입장에 기초하여 일정한 행과 연에 규칙적인 외재율을 적용하여 시의 정형율과 압운을 강조하여 표현하고자 하였다. 이와 같은 그의 시론적 입장을 상당 부분 반영하고 있는 작품이 「먼 동 틀 제」이다.

4) 정한모, 『한국현대시문학사』, 일지사, 1974, 260쪽.
5) 김 억, 「작시법」, 『조선문단』 8집, 1925, 4쪽.
6) 오세영, 『한국낭만주의시연구』, 일지사, 1980, 283쪽.
7) 김 억, 「격조시형론 소고」, <동아일보>, 1930. 1. 16~30쪽 참고.

2. 시련의 통속적 애정서사

「먼 동 틀 제」는 김억의 민요의 음악성과 정형·압운의 '격조시'에 대한 의식적 집착에 대답하는 시이다. 김억은 시집 서문에서 이 작품의 창작 동기를 "격조시의 연장선에 있으며 서정시의 가치와 소설의 가치를 동시적으로 지녀야 한다."[8]고 밝히고 있다. 그러면서 서술시란 "소설을 시로 쓰는 것이며 사실의 서술과 서술의 무미함을 보완하기 위해 전체의 정경을 짐작할 수 있도록 같은 의미의 시구를 반복하는 것"[9]이라 이해하고 있다. 이러한 이해를 바탕으로 이 작품은 민요의 음악성과 정형성을 시적 특성으로 삼아 창작하고자 하는 시인의 의도적 산물이라 할 수 있다. 때문에 이 작품에서 다루는 애정시련담의 전개는 다분히 서정적인 허구 화자에 의한 설명적 전달이 지배적이며 형식상으로는 정형시적 특성을 보인다.

김억이 초점인물 상철과 영애의 애정시련담을 통해서 드러내고자 하는 시적 의도는 시집 서문에 피력되어 있다. 그는 '한일합방에서부터 3·1운동, 3·1운동에서부터 8·15까지의 어두운 조선을, 그리고 8·15부터 그 뒤의 독립까지의 현실을 시화하여 3부작으로 조선의 마음을 나타내 볼 작정'[10]이라 밝히고 있다. 여기에 비추어 볼 때 「먼 동 틀 제」는 그가 계획한 3부작 가운데 첫 번째 작품임과 창작의도를 서문을 통해서 알 수 있으며, 작중의 시간적 배경이 한일합방에서 3·

---

8) 김 억, 「먼동이 틀 제」, 백민문화사, 1947, 1쪽.
9) 김 억, 위의 시집 서문, 1~2쪽.
10) 김 억, 앞의 시집 서문, 6쪽.

1운동까지임을 짐작할 수 있다. 이러한 실제시인의 창작의도 내지는 서술의식의 강렬한 욕망 때문에 화자의 존재가 작품의 표층에서 뚜렷이 감지되는 전지적인 화자로 드러난다. 이때 화자는 서술대상에 대해서 정서적으로 매우 서정적이며, 서술태도에 있어서는 자신이 지닌 이념적 계몽성을 피화자에게 전달하려는 설명적인 성격을 갖는다.

어두운 조선의 현실을 시화하려는 창작의식에서 비롯한 「먼 동 틀 제」는 1930년 12월 9일부터 동아일보에 「지새는 밤」이란 제목으로 연재되었던 작품으로 1947년에 「먼 동 틀 제」로 개작 소개된 작품이다. 개작 과정에서 시인의 말처럼 "지난날 내 자신의 심상을 그대로 두고 싶기도 하여 뜻에 맞지 아니하는 개소만을 10여 군데 보충"11)하여 개작이 이루어졌다. 작품의 개작에서 드러난 차이를 비교하면, 시행의 새로운 첨가, 시행의 개작, 3, 4, 5 내지 4, 3, 5의 자수율의 파괴, 수심가나 베틀가 등의 민요나 노래를 삽입한 형태상의 변화, 상황의 변화를 반영하여 민족의식을 고취하는 내용이 첨가되고 있다. 그리하여 총 282연 1120행으로 이루어졌다.

이 시의 서사단락은 서곡 → 성장 → 몰락 → 이향 → 유랑 → 재

---

11) 김 억, 앞의 시집 서문, 4~6쪽. 작품의 서문을 통하여 개작 과정을 살펴보면, 1930년 12월 연재 과정에서 신문의 신년 특집 관계 때문에 본래 의도했던 뜻을 다 이루지 못하고 대강 완성시켰음을 알 수 있다. 그리고 이것을 보완하기 위하여 1931년 8월 개작하였으나 검열에 통과되지 못하여 시집으로 출간하지 못했고, 이를 1946년 12월 시집 출간에 즈음하여 상황의 변화를 고려하여 민족의식을 고취하는 개작의 과정을 거쳤다. 두 차례의 개작을 거치면서도 서사적 골격과 내용에는 큰 변화를 보이지 않는다. 그러나 시인이 최초의 작품을 제목까지 바꾸면서 수정 보완한다는 것은 작품의 내용과 형식을 완결한다는 의미를 지닌다. 즉 최초의 작품에서 드러나는 미진한 부분의 개작은 미학적 완결성을 지향하는 것이다. 작품의 완성도를 위한 결과이므로 분석 텍스트로 「먼 동 틀 제」가 선택되어야 타당할 것이다.

회의 순서로 진행된다. 텍스트에 서사화된 내용은 소년 상철과 소녀 영애 사이의 "한 세상의 길 동무" 과정이다. 이 과정은 운명적 사랑과 이별, 그리고 재회라는 전통적인 통속적 애정시련담의 플롯을 밟고 있다. 화자는 무제한의 능력을 발휘하며 초점인물의 사랑과 이별, 유랑과 재회를 서정적으로 서사화한다. 서사단락상 서곡에서 성장의 과정을 그린 생장까지가 운명적 사랑이라면, 집안의 몰락과 상철의 만주 이향과 유랑, 그리고 영애의 이향과 유랑에 관한 스토리 내용 부분이 이별, 그리고 이 둘이 귀향하여 다시 만나는 결말의 재회 과정으로 나누어 볼 수 있다. 이 과정에서 화자는 주인공의 삶의 궤적을 따라 스토리를 전개하면서 자신의 의식과 이념을 그들의 행위와 의식에 삼투시켜 자신이 말하고 싶은 역사·사회적 의미를 담아낸다.

이 작품에서 서사적 이야기의 산문성은 운문의 정형적 시화라는 형식으로 대치되어 있다. 외형적으로 매 행마다 7·5조의 율격을 취하고, 4행이 모여서 한 연을 이루는 정형성을 고수한다. 그리고 각 연이 압운이라는 형식적 조건을 갖추고 있다. 이러한 측면에서 민요의 율격과 서정시적 정형성을 형식으로 하고 있음을 알 수 있다. 즉 운문적 서술 문장으로 정형시 형태를 갖는다. 정형시라는 형식적 틀을 갖춘 의도는 김억이 밝히고 있듯이 "시가의 근본 의의를 잃지 않기 위하여 서사시를 쓸망정 한수 한수가 독립하여 존재할 수 있고, 서정시의 가치도 잃지 않도록 힘쓰기"12) 위함이다. 즉 정형·압운의 시로서 그가 주장한 격조시의 구현에 상응하는 형태로 볼 수 있다. 이러한 측면은 시인의 시론이라 할 수 있는 「작시법」에 잘 밝혀져 있다. 즉 "운율은

---

12) 김 억, 앞의 시집, 1쪽.

시가를 형성하는 가장 중요한 것으로 시가의 본질이라 해도 과언이 아니"라는 그의 주장에 정형·압운을 기초로 한 창작의 의도성을 드러내는 것이다. 이 작품은 "시에서 운율과 음악적 효과"에 대한 본질적 인식과 "시라는 것은 고조된 감정의 음악적 표현"13)이라는 인식의 소산이며, 이것이 그가 주장하는 격조시의 실현이다.

김억에게 있어서 시의 본질이란 고조된 감정의 음악적 표현인데 이것을 구현한 시형이 격조시이다. 격조시는 "일정한 행과 연에 규칙적인 외재율을 작용하며, 운의 사용이 자유로운 시"14)로서 정형 압운의 장편 서술시가 노래의 음악적 효과를 표현할 수 있다고 믿었다. 따라서 이 시는 그가 주장하는 격조시의 집합적 조직이라 할 수 있다. 실제로 「먼 동 틀 제」로 개작되기 전 「지새는 밤」이란 제목으로 동아일보에 연재할 당시 '정형 압운의 서사시'라는 표제를 달고 있다. 여기서 정형·압운은 그가 주장한 격조시의 보다 구체적 표현일 뿐이다.

서사 내용은 감상적 애정담으로 감상주의의 통속성이라는 측면에서 그 동안 부정적으로 평가된 요소로 볼 수 있다. 그러나 「먼 동 틀 제」에 존재하는 낭만적 감상주의는 부정적이지 않다. 감상주의는 서정시, 나아가서는 서술시의 한 부분을 차지하면서 시적 구조와 정서의 구축에 도움을 주는 요소이기도 하다. 특히 서술시로서의 서사시는 그 적층문학의 배경으로 볼 때 애정담은 주요한 테마로 기능해 왔으며 관습적 제재가 되어왔음은 주지의 사실이다. 더구나 "불순하지 않은 정서를 유도하여 독자에게 올바른 반응을 유도할 수 있다"15)는 바람직

13) 김 억, 「작시법」, 앞의 책, 7·8월호, 5쪽.
14) 오세영, 앞의 책, 188쪽.
15) 최재서, 「센티멘탈론」, 『문학과 지성』, 인문사, 1938, 206쪽.

한 시적 장치라 할 수 있다. 「먼 동 틀 제」는 두 사랑하는 남녀의 개인적 이별과 수난, 그리고 재회의 과정을 전경화하여 이것을 민요적 형식으로 운문화하여 상징적으로 조선 전체라는 국가적 몰락과 몰락의 원인, 그리고 그 몰락을 넘어서 주권을 회복하려는 미래전망을 나타내려는 서사적 전략으로 볼 수 있다.

서사민요처럼 장형의 서술형식을 지향한 「먼 동 틀 제」에서 통속적 애정의 감상성 내지 서정성은 서사구조를 깨뜨리는 것이 아니라 나름대로 시의 본질로서 서정시를 이룩하면서 서사구조의 외적 상황이나 배경, 주인공의 심리적 정황을 설명하는 시적 장치로서 기능한다. 이것은 텍스트의 스토리를 구축하고 독자에게 사건의 이해에 필요한 정보를 지정하는 기능을 한다. 그러면서 실제시인이 의도하는 한일합방에서 3·1운동에 이르는 어두운 조선의 현실을 다루고 이러한 모순을 넘어서려는 의식적 지향을 통속적 애정담이라는 이야기를 통해서 드러내고 있다. 그 사건의 드러냄에 있어서 시인이 내세운 텍스트의 허구적 화자의 목소리는 서정적이며 인물행위와 사건에 대해서 설명적인 방식을 취하고 있다. 이러한 방식은 모두 민요적 형식의 운문으로 처리되어 독자에게 전달된다.

특히 김억은 낭만적 속성이 강한 민요조 서정시를 제작하고, 그리고 적극적으로 민요를 수용하고 있음을 감안할 때, 이 작품에 낭만적 감상성이 수용되기는 어렵지 않았다. 구체적으로 이 작품은 형식적으로 7·5조의 외형율을 따르고 있으며, 전통적 리듬과 후렴구, 노래체 어구의 교체·반복·병렬과 관용구 등의 사용과 같은 형식적 특성은 물론 민요의 내용이나 정서까지 생산적으로 사용하고 있다. 그리고 수심

가나 배틀가 등의 전통 민요나 가요를 직접적으로 삽입하여 사용하기
도 한다. 더구나 이 작품이 1920년대 초반에 유행했던 퇴폐적이고 허
무적인 성향 일변도의 감상주의를 극복하려는 의도를 보이면서 서사
지향을 선택한 것으로 이해할 수 있다.

> 여기는 어촌, 서해에도 외딴 곳
> 넓은 세상 소식은 꿈에 꿈으로
> 푸른 물결 언제나 서로 손잡고
> 들며나며 노래로 뒤설레는 곳.
>
> 뜬 풀로 바닷물은 무심한 것을
> 빈 하늘 지향없이 동서남북을
> 바람따라 이저리 헤매돌다도
> 하루 두 땐 의례히 들리는 것을.
>
> 「서곡」 1·2연 중에서

인용된 시는 정형·압운을 강조한 시형이다. 즉 "곳, 을"과 "도, 오"
를 의도적으로 선택하고 있음은 김억의 정형시형인 격조시론의 실천
이라거나 그의 번역시 경향이 자유스러운 리듬의 상징시에서 정형의
한시로 전이되는 양상의 영향이라고만 볼 수 없는 고집스러움을 보이
고 있다. 작품 전체는 이러한 규칙적인 정형시형을 충실하게 따른다.
이것은 시인이 내세우는 시론과 무관하지 않으며 그렇기 때문에 시인
의 서술층위라 해야겠다. 등장인물들의 사랑과 이별, 재회를 서사화하
고 있지만 그것을 표현하는 서술적 권위는 실제시인의 서술의식에 의
해 지배된다는 것이다.

  김억의 이 작품은 시인의 창조적 역량의 발휘라는 측면에서만 설명하기에는 난점이 따른다. 이와는 달리 전통의 계승과 서구시의 수용이라는 측면도 고려하여야 한다. 이 때 전대의 서사지향적인 문학 유산의 측면에서 주목되는 것은 문학의 담당 계층이 다름에도 불구하고 민요와 서사민요에 대한 관심이다. 민요는 민중에 의하여 향유되면서 풍자적 속성과 낭만적·감상적 성향을 보이고 있으며, 특히 서사민요는 이런 속성에다 서사지향의 속성을 더하고 있다. 또 조선 후기에 불려졌던 서사민요의 여러 전통적인 요소는, 그 후 각기 다른 장르에 수용되면서16) 일제 강점기의 신민요나 서술시에 영향을 끼쳤다.

  「먼 동 틀 제」를 검토해 보면 위와 같은 서술성을 내포하면서 1920년대 서술시에 영향을 주었으리라고 생각되는 전대의 문학 양식은 서사민요임을 쉽게 확인할 수 있다. 특히 앞에서 밝혔듯이 김억은 민요에 많은 관심을 가졌었고, 민요조 서정시의 적극적인 제작자이었음을 상기할 때 더욱 명확해진다. 특히 개작된 「먼 동 틀 제」는 정형적이며 압운의 형태를 고려한 노력이 곳곳에 나타난다. 즉 정형과 압운의 형식을 통해서 음악적 효과를 노리는데, 이러한 형식을 민요에서 차용하고 있다.

  이 작품은 김억이 주장하는 격조시가 서사화되어 서술시로 구현된 작품이다. 이는 민요와 정형시의 형식을 수용하여 당대의 사회상황에 대응하기 위해 선택된 것이라 할 수 있다. 이러한 선택과 전형화된 인물들의 서사를 통해 식민지 상황 아래서 삶의 비인간화와 민족적 삶

---

16) 서사민요의 풍자적이고 비판적인 요소는 개화기의 일부 가사에, 교술 내지는 서술적인 성격은 애국가류나 계몽가류의 작품에 수용되고 있으며, 피지배 계층의 민중적 속성은 신민요 등에 수용된다.

의 황폐화되는 과정을 보여 주려는 것이다. 이 시에서 주인물 상철과 영애의 비극적 삶과 행위는 사회적 형식의 변화에 의하여 당대 조선인의 비극적 삶을 적절히 보여주고 있는 것이다.

이것은 식민 현실이 조선 사람의 삶의 형식을 결정하였다는 인식이다. 상철과 영애의 삶은 전형화된 인물로서 당시 식민 조건에 처한 보편적 조선인의 삶을 대변하는 것이다. 상철과 영애의 삶은 당시 한국인이 처했던 상황 속의 전형화된 인물이다. 이들 전형화된 인물의 삶을 통해서 식민 정치가 조선인의 삶을 유랑민으로서의 삶으로 규정지었다는 것이다. 고향을 상실한 유랑민으로서 조선인의 보편적인 삶은 절망적이며 비극적이다. 이 작품에서 시인은 암유적으로 전형화된 주인물들의 방황과 좌절을 통해 조선의 비극적 현실을 보여준다. 그리고 좌절과 방황에서 자기 각성 끝에 벗어난 상철과 영애의 재회는 조선의 비극적 현실을 넘어선 미래에 대한 전망의 제시이다. 헤어졌던 두 인물의 관계 회복은 단순히 사랑하는 남녀의 재회나 결합이 아닌 근원적 고향 회복이며 민족 독립의 전망이다. 이러한 점은 작품의 대미에서 잘 드러난다. 두 인물이 재회하는 시간은 "닭이 꼬끼요" 홰를 치는, 이 시집의 표제이기도 한 '먼 동이 틀 제'로 고난과 시련을 겪고 난 뒤 민족 독립을 밝히는 전망의 제시에 잘 나타나 있다.

이 작품은 성장과 사랑 → 사포촌의 몰락 → 영애의 만주 이향 → 좌절과 방황 → 귀향 → 재회의 과정을 서사 내용으로 하고 있다. 이와 같이 이 시의 이야기와 진술의 구조는 자연 시간의 연대기적 순서를 따른다. 그리고 시종일관 3인칭의 서정적 화자가 설명하는 방식을 취하고 있다. 이런 이야기 시간과 담화 시간이 일치하는 구조는 탄탄

하다거나 치밀하기보다는 지루한 느낌을 주기도 한다. 그리고 장편 서술시의 정형성이 조선적 형식의 계승이라는 이해 때문에 3, 4, 5 또는 4, 3, 5의 자수율을 중심으로 하는 정형성을 지키려는 태도를 끝까지 고수한다. 뿐만 아니라 3, 4, 5 혹은 4, 3, 5의 자수율을 기반으로 한 7·5조의 4행이 모여 1연을 이루고 있다. 이러한 측면도 역시 텍스트의 마지막까지 마찬가지로 고수된다. 이렇게 정형화된 틀의 고수는 사건의 진행이 지루하게 느껴지도록 기능한다.

사건의 개요에서 드러나듯 주요 사건은 영애와 상철 사이의 운명적 사랑이다. 텍스트에 서사화된 것은 영애와 상철이라는 두 남녀의 운명적 사랑과 이별, 그리고 재회를 다루고 있다. 이야기의 개요에서 서곡과 성장의 서사단락은 이들 남녀의 운명적 사랑이 테마라면, 집안의 몰락과 주인물들의 만주로의 이향를 다루는 서사단락이 헤어짐(이별), 그리고 마지막 결말이 재회의 서사단락을 이룬다. 두 남녀의 사랑은 전형적인 시련의 애정 서사구조를 닮아 있다.

영애와 상철의 사랑과 이별, 재회의 과정은 시간의 역전이나 예시를 통한 사전제시나 소급제시를 통하지 않고 연대기적 자연 시간순서를 따라 그대로 제시된다. 이러한 스토리-사건의 서술은 서정적 어조로 제시된다. 사건의 전달이 다분히 3인칭의 전지적이며 서정적 화자의 의식과 관념에 의해서 중개된다. 중개되는 사건은 철저하게 정형성이라는 형식적 틀을 지키며 서술된다. 그리고 이야기는 민요의 형식적 특성을 기반으로 전달되어, 서정성을 확보해 낸다.

「먼 동 틀 제」의 전체적인 구성은 연대기적 시간으로 구성되며, 두 남녀의 운명적 사랑과 시련, 그리고 이별 후 방황과 좌절을 통한 자각과 재회의 통속적 과정을 밟는다. 전형적인 어촌 마을에서 태어나 운명적으로 사랑한 상철과 영애 두 주인물 남녀의 관계는 식민 상황이라는 외부적 조건에 의해서 파괴된다. 두 남녀가 이별 후에 고향을 떠나 이향할 수밖에 없는 삶은 당시 식민 조선의 보편적인 삶이다. 고향을 잃은 상철의 만주에서의 삶은 유랑민으로서 떠돌이의 삶이며, 여주인공 영애의 삶도 이와 마찬가지로 유랑민으로서의 삶이다. 유랑민으로서 그들의 운명은 결국 삶과 사회에 대한 자각을 통해 의식의 질적 전환을 이룬다. 이러한 의식의 전환을 통해 주인물들 사이의 관계 회복과 미래에 대한 전망으로 작품이 막을 내린다. 이 같은 도식적 과정은 상철과 영애라는 전형화된 인물로 상징화되어 대신되는 당대의 사회적 사건, 식민지 현실이란 당대의 국가·민족적 상황을 서사화하는 것이다.

> 상철이와 영애는 같은 어촌에
> 태어나니 두 몸은 사내 계집애,
> 바람에 꽃과 잎이 나붓기다가
> 같은 물에 떨어져 도는 심이리.
> <생장> 1의 1연 중에서

> 못믿을건 이 세상 쓰라린 운의,
> 고요한 꿈에 쌓여 잠든 사포촌,
> 어제 오늘 설레는 바람과 비에
> 눈을 뜨니 검은 손 피할 길 없네
> <몰락> 1의 1연 중에서

「먼 동 틀 제」에서 주인공들의 운명적 사랑과 헤어짐, 그리고 재회의 과정은 단순히 사건 자체로 서술되는 것이 아니라 서정적 화자의 입을 통한 자연 현상의 서정적 서술과 사건의 서술이 동시적으로 혼합되어 전개된다. 따라서 사건이 서정화자의 입을 통하여 전달되기 때문에 서정시의 목소리와 어조를 느낄 수 있다. 자연 현상에 대한 서정 화자의 목소리가 담아내는 의미는 자연 현상은 곧 삶의 현상이라는 시적 사유의 결과이며, 이것은 화자의 의식이기도 하다. 가령 생장 부분과 몰락 부분의 인용 시 에서 상철과 영애가 '꽃잎'으로 비유되는 것은 그들 삶의 순수성을 은유하는 것이며, 몰락 부분에서 인용한 것처럼 해일에 의한 어촌의 황폐화에 이어 일본인 지주에 의해 어촌의 황폐화로 이어지는데, 이것은 화자가 자연 현상을 환유하여 끊임없이 몰락해가는 일제 강점기 식민적 삶의 비극성을 드러내고자 하는 인식이다.

서곡은 시적 공간과 시간적 배경의 묘사적 서술이다. 공간적 배경은 주인물들이 태어나 성장하고 사랑의 싹을 키운 공간으로서 어촌과 바다, 즉 서해이다. 시간으로서의 계절적 배경은 여름→가을→겨울→봄으로 진행한다. 시적 공간으로서 어촌과 바다는 대립적 의미로 묘사된다. '어촌/물결', '외딴곳/넓은 세상', '노래로 뒤설레는 곳/무심한 것'이라는 의미 가치의 대립적 묘사를 보인다. 어촌은 평안한 안식처의 의미를 지니며, 바다는 유랑의 공간으로 볼 수 있다. 그리고 계절적 추이는 여름에서 시작하여 봄으로 진행하는 순서로 제시되어 있다. 이는 여름이라는 풍요의 이미지에서 가을과 겨울이라는 원형적 죽음의 이미지로 진행하다가 봄이라는 생명의 이미지로 나가는 것이다. 이것은 두 주인물의 사랑과 이별, 그리고 재회의 과정에 대응하는 것이다. 공간적으로 어촌은 여름과 같이 풍요롭고 따뜻한 낙원이며, 그러한 낙원으로부터 가을과 겨울이 주는 이미지로서 이향과 다시 봄이라는 생명으로의 회귀는 재회를 환유하는 것으로 볼 수 있다. 서두의 서곡에서 이러한 상징적 암시의 서술은 처음 묘사적 이미지로 배경을 보여주는 것이다. 그리고 난 후 이야기의 전개는 묘사적 이미지가 지닌 의미를 이별과 유랑, 그리고 재회하는 사건으로 처리하여 서술한다.

서사적 사건의 서술은 작중 주인물인 상철과 영애의 운명적 사랑으로부터 시작된다. 이들의 사랑은 운명적으로 서술된다. 상철과 영애는 "한 세상의 길동무 첫날부터라"는 것처럼 운명적인 사랑의 관계로 설정되어 있다.

> 같은 업 앞 뒷집에 태어난 그들
> 맘마 찾을 때부터 손잡은 그들
> 웃고 울고 싸우며 자라는 그들
> 한 세상의 길동무 첫날부터라
> <성장> 1의 2연 중에서

> 우리는 두 사람은 그만 어느새
> 눈덮인 북녘에서도 뜨거운 맘의
> 생각에서 생각을 서로 예도는
> 애닯은 그 사랑을 소곤거렸네
> <성장> 1의 끝 연 중에서

이들의 운명적 사랑은 인용 시에서 나타나듯이 "그만 어느새"라는 의미가 환기하는 것처럼 부지불식간에 일어난 어찌할 수 없는 운명적인 사랑이다. 그들은 "같은 업"으로 태어났으며 태어난 첫날부터 "그만 어느새" 맺어진 운명적 관계이다. 이들의 사랑은 태어날 때부터 운명적으로 하늘이 정해준 것이며, 그렇기 때문에 장차 이들의 사랑을 방해하는 어떠한 시련이 와도 끝내는 다시 사랑을 회복할 것이라는 점을 암시하고 있다. 이러한 사전예시는 실제로 작품의 결미에서 이별과 방황 뒤의 만남을 통해 그대로 실현된다.

이러한 상철과 영애의 운명적 사랑은 사건전개의 중심이라 할 수 있는 서사 단위상 몰락과 만주 이향의 대목에서 시련에 빠진다. 이들의 사랑은 "이 세상의 쓰라린 운의"와 "검은 손"으로 표현되는 외부적 요인에 의해 저지되고 파괴된다. 그래서 이들은 서로 헤어지게 된다. 이들의 시련은 앞서 보았듯 자연 현상, 시간과 공간의 환유적 비유에 의해 계기적 서사의 단서를 마련한 것이다. 화자는 자연 현상과 시공간의 환유적 비유를 통해 주인물들의 삶과 운명을 거기에 투사시켜 서술해 나간다. 그러니까 자연 현상과 시공간의 배경은 텍스트 안에서 주인물의 운명적 삶과 동일한 것이다.

> 세상일을 아무리 수라곤 하나,
> 대자연의 희롱은 너무 심탈가,
> 해일은 무슨 일고, 잠깐 동안에
> 넓은 들엔 거친 물노래 뿐이라.
> <몰락> 1의 2연 중에서

> 큰 집 먼저 바람이 부셔댄다고

큰 돌 임자 그대로 꺽구려지니
넓은 땅 물도 많은 살찐 이 들도
왜국 딴 사람 웬말인가, 주인 바꿨네.
<몰락> 1의 5 연 중에서

　인용 시는 주인공 상철과 영애가 헤어지게 만드는 몰락의 원인을 서술하는 대목이다. 상철과 영애의 안식처인 사포천에 들이닥친 "세상의 쓰라린 운의"와 "검은 손"은 "대자연의 희롱인 해일"이다. 해일이라는 자연 현상에 의한 어촌의 황폐화는 곧 "왜국 딴 사람"인 일본인 대지주에 의한 어촌의 황폐화로 나간다. 이러한 외부적인 요인에 의하여 이들의 삶은 파괴되고 서로 헤어지게 된다. 자연 현상으로서 해일과 왜국 딴 사람의 지배는 이들의 개인적 사랑을 파괴할 뿐만 아니라 어촌 현실, 즉 사회·민족적 현실의 파괴체로 작용한다. 어촌의 지배자로서 일본인 대지주에 의해서 어촌 주민은 만주로 강제 이주하게 된다. 그래서 상철은 만주로, 영애는 평양으로 이주하여 사랑하는 두 남녀는 결국 헤어진다. 이들의 순수하고 운명적인 사랑은 결국 외적 조건인 사회적 동인에 의하여 훼손되고 만주와 평양으로 헤어지게 되는 것이다. 이향 뒤 두 주인물의 생활은 모두 비극적인 삶을 산다.

　두 남녀 주인물에게 시련을 가져다 주고 이들을 헤어지게 만든 요인은 삶의 외적 조건으로서 식민 사회의 요건 때문이다. 식민적 조건이라는 강제된 타율성이 이들의 삶을 파괴한 것이다. 그것은 텍스트에서 일본인 대지주의 농토 수탈과 어업권 수탈은 식민지 현실에 대한 시인의 인식이다. 이러한 인식은 텍스트에서 전형적인 어촌 마을의 파괴와 몰락을 불러오고 고향을 떠나게 만드는 원인을 서술하는 데에서 잘 나타나 있다. "조선의 소자본이 일제의 대자본에 침식되어 간다, 어업권이 약탈당한다, 소작이란 고생뿐, 가난만 심타, 농채내니 빚만은 나날이 크네"라는 인식은 필연적으로 조선인의 삶을 파괴하고 만주 등지로 이향하게 만들었다는 인식에서 비롯한 것이다. 상철과 사포 사람들의 만주 이동이나 영애의 평양과 삭주로의 이향이 좋은 예이다.

> 사포방천 올벼 논에 누런누런 익은 이삭
> 바람결에 금빛이지,
> 꿈에 봐도 좋은 산천
> 나 떠났네, 나 떠났네 꿈에라도 가고지고
>
> <이향> 2의 5연 중에서

상철의 만주 이주 생활은 농사꾼, 유랑민, 광부로서의 삶이다. 농사꾼, 유랑민, 광부로서 상철의 사회적 삶은 비극적이며 절망적이다. 만주에서의 농부로서의 절망적 삶은 인용 시에서와 같이 고향으로 돌아가고자 하는 의식을 낳게 한다. 시인은 상철의 고향 회귀 의식을 표현하기 위해 그 동안 텍스트에서 지켜온 정형율을 파괴하면서까지 그 이유를 서술한다. 이러한 정형성의 파괴는 고향 회귀 의식이 얼마나 강열한 것인지를 설득력 있게 전달하기 위한 것으로 보인다. 작품 전체 가운데 이렇게 정형성을 파괴하고 있는 대목은 이 부분과 영애의 상철에 대한 상사 의식을 표현하는 두 곳에서만 일어난다. 이것은 모두 상철의 고향 회귀 의식과 영애의 상사 의식을 강렬하게 표현하기 위한 시인의 의식에서 비롯한 것이라 할 수 있다.

만주에서의 상철의 절망 의식은 부모의 죽음으로 인한 가정 파괴에

의하여 귀향하는 행위로 연결된다. 그러나 상철의 귀향은 "만주보다
사포는 더 타향"이라는 고향상실 의식으로 인하여 유랑민으로서의 삶
을 계속 살게 한다. 그 후 유랑민으로서 상철의 삶은 광부로서 종결된
다. 광부로서 상철의 삶은 "술과 계집 노래를 약"으로 삼는 방탕하고
황폐한 삶이다. 그만큼 상철은 미래에 대한 전망을 잃었으며, 그 속에
서 암담하고 황폐한 삶은 결국 고향상실 의식에서 비롯한 것이다. 고
향상실 의식은 곧 나라를 잃은 식민지 전체 백성의 슬픔과 설움, 즉
식민 조선의 비극적 삶을 암유하는 것으로 볼 수 있다.

상철의 사회적 삶이 농사꾼, 유랑민, 광부로 전개되고 삶의 황폐성
으로 인한 절망과 고향 회귀 의식, 가정 파괴와 고향상실 의식은 결국
현실비판이라는 의식으로 나간다. 방탕한 자기 해소와 자기 파괴의 자
학적인 삶은 재회의 서사단락에서 현실비판 의식으로 전환하는데, 고
향을 떠난 영애의 삶도 이와 비슷한 과정의 삶을 살며, 이와 대동소이
한 의식의 전환을 이룬다. 그녀는 가정주부, 품팔이 떡장사, 술집 작부
의 삶을 산다. 그녀는 사랑과 결혼의 실패로 인한 상처와 고향을 잃은
절망으로 인해 삶에 대한 체념과 허무의식, 자기마취에 사로잡힌 삶을
살다가 가난에 대한 극복의지와 현실비판의 의식으로 전환해 나간다.
상철과 영애의 삶과 의식은 서로 비슷한 과정을 밟는다.

> 중매녀석 뜬 말에 어머니 속아
> 좋은 남편 복이라 기뻐했더니,
> 가고 보니 서방은 뜨내기 몸의
> 매일장취를 들렸다, 술만 처먹네
>   <이향> 3의 3연 중에서

상철의 비극적인과 삶과 마찬가지로 이향 뒤 영애의 삶도 순탄치 않은 삶이다. 영애의 삶은 결혼한 가정주부, 품팔이 떡장사, 술집 작부로서의 전락한 생활이다. 사랑의 실패와 상처, 가정 파괴로 인한 절망적 의식은 가정을 갖게 만들고 가정주부의 삶을 살게 된다. 그러나 가정주부로서의 삶은 절망 의식의 극대화이다. 중매쟁이의 "뜬 말에 어머니 속아" 결혼한 영애의 삶은 절망 의식이 극대화되어 삶의 자기 체념과 허무 의식에 빠지게 만든다. 이러한 비극적 전락은 그녀를 품팔이와 떡 장사를 거쳐 술집 작부로서의 삶을 살게 한다. 술집 작부로서 그녀의 삶은 자기 마취적이 자학적인 삶이다. 이러한 자기 파괴적 삶은 근본적으로 가난에 원인이 있는 것이라 인식하면서 상철이 그랬던 것처럼 현실비판이라는 의식의 전환을 이룬다.

영애와 상철의 고향을 떠난 삶은 고난과 시련의 비극으로 연속된다. 시련과 고난, 그리고 방황 끝에 결국 이들은 자기 깨달음을 얻고 삭주 금광에서 재회하게 된다. 이들의 상봉과 재회는 상철의 현실비판 의식과 영애의 가난 극복 의지의 만남이며 동시에 서두에 주어졌던 운명적 사랑의 만남이다. 이들의 극적 재회는 시인이 이 시를 통해서 전달하려는 미래에 대한 전망을 포함한다. 미래에 대한 전망은 다름 아닌 식민지 삶의 비극성을 인식하고 강제된 비극을 극복하기 위한 방법으로서 독립 운동이다. 이들에게 주어진 현실과 삶은 한 개인의 특수한 현실과 삶이 아닌 조선 백성의 일반적 삶이며 조건이다. 이들의 자기 각성을 통한 미래에 대한 전망은 국가와 민족의 공동체적인 것이며, 그러므로 이들의 자기각성과 의식의 전환은 독립에 대한 민족적 의지로 표현된 것이다.

움직이는 세계의 물결을 따라
잎과 꽃이 끝없이 헤매 돌다가
다시금 만난거라, 상철과 영애
잦은 닭이 꼬끼요 먼동이 틀제.

잦은 닭은 두 날개 훨훨 치면서
목을 놓아 꼬끼요 소리치면서
'내일날은 기미년 3월 초하루
어두운 이 강산에 동이 튼다고.'
<재회> 끝 2연 중에서

위의 인용 시는 서사단락상 대미를 장식하고 있는 재회의 마지막 두 연이다. 여기에서 "움직이는 세계의 물결"은 주인물인 상철과 영애를 헤어지게 만들고, 고향을 떠나 정처없이 유랑하게 만든 비극적 삶의 현실적 조건을 말한다. 그 삶의 조건은 식민 현실이며, 식민 조건이라는 비극성으로 인하여 "잎과 꽃"으로 상징되는 이들의 삶은 고향을 잃고 미래에 대한 전망을 상실한 채 "끝없이 헤매" 돌았던 것이다. "잎과 꽃"은 도입 부분인 서곡에서 표현되었듯 상철과 영애를 상징한다. 그들이 재회하는 시간은 "닭이 꼬끼요" 홰를 치는 "먼동이 틀제"이다. 이 시의 표제이기도 한 이 시구는 어두운 고난과 시련, 방황의 시간을 겪고 난 뒤 민족 독립을 밝히는 의지 내지 전망으로 제시된다. 이것은 "내일날은 기미년 3월 초하루/어두운 이 강산에 동이 튼다고" 외치는 것으로 알 수 있다. 한일합방 이후 고단했던 우리 민족적 현실을 극복하기 위한 의지로서 3·1 독립 운동을 암시하고 있다.

「먼 동 틀 제」는 두 남녀의 통속적인 애정시련담을 민족의 미래전망 제시라는 의미로 대체하고 있다. 이 작품에서 애정시련담은 삶의 무질서와 혼란에 대해 질서와 가치를 부여해 주는 형식으로 기능하고 있으며, 김억은 이를 통해 삶의 전체성을 이해하고자 한 것이다. 김억은 애정시련담이라는 통속적 이야기를 통해 '사건을 가치화하려는 강력한 욕망'[17]을 실현하고 있는 것이다. 이와 같은 욕망은 식민 현실의 질곡 속에서 삶과 세계에 대한 총체적 파악과 질서의 확립, 정체성의 회복이 필요하다는 인식에 의해 비롯한 것이다.

결과적으로 「먼 동 틀 제」에서 서사양식의 시적 수용은 삶과 역사 현실에 대한 총체적 인식의 필요성에 의한 것이다. 이렇게 볼 때 이 작품은 "역사·사회 등에 대한 시인의 주관과 가치관이 깊숙이 끼어"[18]들어 나타난 현상으로 이해할 수 있다. 서정양식에서 서사양식의 수용은 식민지 현실의 민족적 수난과 역사·사회적 문제를 드러내고, 억압받는 민족의 슬픔과 비극성을 표현하려는 김억의 의식적 실천 행위로서 이 작품이 창작되었다고 할 수 있다. 서술은 인간 존재의 전체성과 질서에 대한 탐색이며 그것은 인간의 사회적 권위나 가치에 대한 확립을 추구한다. 그렇기 때문에 서사양식의 서정시적 수용은 서술이 갖는 기능으로서 규범적 전달, 즉 계몽적 목적을 의식했던 결과로 볼 수 있다. 이와 같은 의미 범주에 「먼 동 틀 제」가 자리하고 있다.

17) 루이스 밍크, 「모든 사람은 자신의 연보 기록자」, 윤효녕 역, 앞의 책, 216쪽.
18) 서준섭, 앞의 글, 37쪽.

3. 고향회복으로서의 민족 정체성 회복

김억에게 있어서 시의 본질이란 고조된 감정의 음악적 표현인데 이 것을 구현한 시형이 격조시이다. 「먼 동 틀 제」의 서사 내용은 통속적 이며 감상적 애정담으로, 이것은 그 동안 우리 시사에서 부정적으로 평가되어 온 요소이다. 그러나 이 작품에 존재하는 낭만적인 통속적 애정시련담은 부정적이지 않다. 감상주의는 이 작품에서 시적 구조와 정서의 구축에 주요 기능을 담당하는 요소이다. 특히 서술시로서 서사 시는 그 적층문학의 배경으로 볼 때 애정담은 주요한 테마로 기능해 왔음은 주지의 사실이며, 독자의 반응을 쉽게 유도할 수 있는 시적 장 치라 할 때, 이 작품에 나타나는 애정시련담의 감상주의적 통속성은 긍정적 기능을 담당한다.

「먼 동 틀 제」의 주요 사건은 영애와 상철 사이의 운명적 사랑이다. 텍스트에 서사화된 내용은 영애와 상철이라는 두 남녀의 운명적 사랑 과 이별, 그리고 재회를 다루고 있다. 두 남녀의 사랑은 전형적인 시 련의 애정 서사구조를 닮아 있다. 결국 「먼 동 틀 제」는 사랑하는 두 남녀의 개인적 이별과 수난, 그리고 재회의 과정을 전경화하여 이것을 상징적으로 조선 전체라는 국가·민족적 몰락과 몰락의 원인, 그리고 그 몰락을 넘어서 주권을 회복하려는 미래전망을 나타내는 상징적 전 략이다.

장형의 서사성을 지향한 「먼 동 틀 제」에서 통속적 애정의 감상성 은 서사구조를 깨뜨리는 것이 아니라 나름대로 시의 본질로서 서정시 를 이룩하면서 서사구조의 외적 상황이나 배경, 주인공의 심리적 정황을 설명하는 장치로서 기능한다. 이것은 이 작품에서 텍스트의 스토리를 구축하고 독자에게 사건의 이해에 필요한 정보를 지정하는 기능을 한다. 그러면서 실제시인이 의도하는 한일합방에서 3·1운동에 이르는 어두운 조선의 현실을 다루고, 이것을 넘어서려는 의식적 지향을 통속적 애정담이라는 스토리를 통해서 드러내고 있다. 특히 김억은 낭만적 속성이 강한 민요조 서정시를 제작하고, 그리고 적극적이며 생산적으로 민요를 수용하고 있음을 감안할 때, 이 작품에 낭만적 감상성이 수용되기는 어렵지 않다. 이 점은 이 작품이 1920년대 초반에 유행했던 퇴폐적이고 허무적인 성향 일변도의 감상주의를 극복하려는 의도를 보이면서 서사지향을 선택한 것으로 이해할 수 있다.

「먼 동 틀 제」는 민요와 정형시의 형식을 수용하여 당대의 사회상황에 대응의 산물이다. 이 작품은 전형화된 인물들의 서사를 통해 식민지 상황 아래서 삶의 비인간화와 황폐화되는 과정을 보여 주는 것이다. 이 시는 주인물 상철과 영애의 비극적 삶과 행위를 통해서 사회적 형식의 변화에 의하여 당대 조선인의 비극적 삶을 적절히 보여 주고 있다. 이것은 식민 현실이 조선 사람의 삶의 형식을 결정하였다는 인식에 기초한 것이다. 상철과 영애의 삶은 전형화된 인물로서 당시 식민 조건에 처한 보편적 조선인 삶을 대변하는 것이다. 상철과 영애의 삶은 당시 한국인이 처했던 상황 속의 전형화된 인물이다. 이들 전형화된 인물의 삶을 통해서 식민 정치가 조선인의 삶을 유랑민으로서의 삶으로 규정지었다는 것이다. 이것은 고향을 상실한 유랑민으로서 조선인의 보편적인 삶은 절망적이며 비극적임을 암유한다. 이 작품에서 시인은 암유적으로 전형화된 주인물의 방황과 좌절을 통해 조선의 비극적 현실을 보여주려 한 것이다. 그리고 좌절과 방황에서 자기 각성 끝에 벗어난 상철과 영애의 재회는 조선의 비극적 현실을 넘어서려는 미래에 대한 전망의 제시이다. 헤어졌던 두 인물의 관계 회복은 단순히 사랑하는 남녀의 재회가 아닌 근원적 고향 회복이며 민족 독립의 전망이라 할 수 있다.

설화적 화소의 수용과 계급이념의 전달

1. 가족 서사와 계급주의

김상훈은 해방 공간에서 활동하다 월북한 프로 시인이다. 그는 많은 서정시를 썼을 뿐만 아니라 여러 편의 담시와 서사시 『가족』(1948)을 발표하였다. 시인 스스로가 담시라는 이름을 달고 발표한 시[1]나 '장편 서사시'라는 이름을 단 『가족』은 프로 문학의 전반적 성격이 그랬듯이 현실적인 문학 운동에 있어서 가장 강력한 무기는 미래에 대한 전망을 현실 속에 있는 필연적인 요소들로 채우는 것이었다. 프로 문학 운동의 목적은 작품 속에 현실적인 것을 강력하게 통일하고 변혁 주체의 모습을 형상화하는 데 있었는데, 이와 같은 의미에서 이 작품은

---

1) 김상훈은 「소을이」, 「북풍」, 「초원」을 담시라는 명칭으로 발표하였다.

프로 계급의 "미래적 전망을 역사의 필연성으로 인식"2)하려는 것이었다. 이 작품은 이념적으로 계급주의를 내세우고 있으며, 해방 공간의 현실적 문제와 이념적 갈등을 형상화하고 있다.

널리 알려진 대로 미래에 대한 역사적 전망과 정치적 이념, 투쟁적 구호나 의미 전달에 초점을 두는 선전성은 프로 문학에게 있어서 하나의 미학적 강요 사항이었다. 『가족』은 이와 같은 문학적 지형에 위치하는 작품이다. 이 작품은 기층 민중과 가난, 그리고 계급투쟁을 전경화하고 있는데, 이것은 프로 문학이 식민지 시대나 해방 공간에 가릴 것 없이 제재적인 관습으로 사용했던 것이다. 또한 임화의 「우리 오빠와 화로」 등 카프 계열의 서술시에서처럼 가족 단위가 시적 서술의 지배소로 등장하고 있으며, 이 "가족 이미지는 객관적 현실의 총체성을 지향하는 매개항".3)으로 작용하고 있다. 노동 계급이 속한 가족 서사는 당대의 노동자 계급이 처한 현실의 등가물로서 김상훈은 가족 서사를 바탕으로 "가족과 타자와의 공동체적 연대를 추구하면서 한 세대의 혁명화"4)를 지향했다. 이러한 김상훈의 이념적 지형과 문학사적 상황에 비춰볼 때 『가족』은 프로 문학이 내세운 정치적 목적의 이념을 실천하려는 의도의 산물이다.

이 작품은 해방 직후 "우리 문학이 낳은 가장 훌륭한 변혁 주체 세력을 형상화"5)한 시로, 혹은 "리얼리즘을 예술적으로 형상화"6)했다고

---

2) 신범순, 「김상훈 시의 서사시적 목소리와 변혁 주체의 시적 형상화 문제」, 오성호
　·윤여탁 편, 『한국 현대리얼리즘 시인론』, 태학사, 1990, 211쪽.
3) 김준오, 「서술시의 서사학」, 현대시학회 편, 『한국 서술시의 시학』, 태학사, 1998,
　39쪽.
4) 이순옥, 「카프의 서술시 연구」, 현대시학회 편, 앞의 책, 286쪽.
5) 임헌영, 「분단시대 농민시의 원점-김상훈론」, 『우리 시대의 시읽기』, 공동체, 1993,

평가되기도 한다. 그러나 김상훈 스스로가 이 작품을 서사시라는 이름을 달고 발표했지만, 계급주의적 정치성으로 말미암아 시인의 이념과 목소리로 감지되는 화자의 주관적이며 감정적인 서술이 두드러져 서사시로서 객관적 거리를 확보하지 못한 서술적 취약성이 지적되기도 한다.7) 이 작품에서 감정적이고 주관적인 실제 시인으로 여겨지는 화자의 목소리는 직설적이고 정치적인 이념적 성격을 강하게 노출하고 있다. 화자의 이념이나 감정의 직설적 표현이 중심을 이루기 때문에 화자의 입장이나 서술 태도가 분명히 드러난다. 화자의 입장은 당시 프로 문학이 내세웠던 미래적 전망을 역사적 필연성으로 인식하여 이 것을 전달하려는 것이다.

김상훈이 이 작품을 통해서 계급 갈등과 투쟁, 계급 이념과 목적을 전달하려는 방법으로 선택된 소재는 봉건적 굴레에 저항하는 전래의 설화적 화소의 채택에 의한 시의 서술화이다. 설화적 화소는 삽화적 구성에 의해 전개되며, 서사는 주관적 화자의 이념적이며 감정적 서술에 기반하고 있다. 특히 이 작품은 화자의 시적 진술 대신 서술과 묘사를 중심으로 이야기와 사건을 전개하는 점이다. 이 글은 이 점에 주목하여 『가족』의 시적 서술을 이끌어가는 화자의 감정적이며 주관적인 서술 특성을 살필 것이다. 그리고 삽화에 의한 연쇄적 구성의 특성과 설화적 화소의 수용 의미를 조명할 것이다. 이와 아울러 역사·현실에 대한 총체적인 인식이 어떻게 구현되고 있으며, 역사에 대한 전망을 어떻게 제시하고 있는지를 살피려 한다. 이러한 논의를 통해 이

97쪽.
6) 김준오, 앞의 글, 39쪽.
7) 신범순, 앞의 글, 211쪽.

작품이 지닌 서술적 특성과 한계를 조명하는 데 목적이 있다.

2. 삽화적 구성과 설화적 화소의 수용

『가족』은 지주와 소작인의 대립·갈등 관계를 구도로 사건의 축을 설정하고 있다. 그러면서 이들 인물들 사이의 애정 문제와 사상의 선택이라는 문제를 또 다른 사건의 축으로 설정하여 이들 인물들 사이의 다양한 삶의 궤적과 대립·갈등을 보여주고 있다. 또 봉건적 가부장제의 폐습이 존속하는 지주 집안의 비인간적인 악습과 불륜들에 비하여, 토지를 기반으로 성실히 살려는 민중들의 삶이 대비적으로 형상화되고 있다. 그리고 민중들의 의식 선택과 이를 실천하는 굳건한 의지와 지주의 반민족적 행위, 지식인의 나약한 심리도 아울러 대비되어 서사되고 있다. 이 시에는 이념적인 문제와 더불어 애정의 문제를 드러내는 총체적인 세계의 형상 창조를 문학적으로 보여주고 있다.

지주와 소작인의 대립·갈등, 그리고 인물들 사이의 애정 관계와 사상 선택이라는 문제를 다루는 『가족』의 초점화는 이야기 밖의 외부 초점화자의 시선에 의해 중재된다. 사건은 무제한의 능력을 지닌 작가적 외부 초점화자의 눈에 의해 조망되는데 전달되는 목소리는 매우 직설적이며 감정적이다 못해 선동적이고 구호적인 정치성을 드러내기까지 한다. 이 작품에서 독자에게 쉽게 지각되는 화자는 시적 형상화보다는 관념적 메시지의 전달에 더 많은 관심을 갖고 있다. 중심 등장인물들의 발언은 화자의 계급적 이념을 대변하는 특성을 지니고 있으며, 이들의 발언과 행위는 동일한 관념을 반복 강화해주는 역할을 한다. 이와 같은 맥락에서 중심 인물과 대립적 관계를 보이는 행위자들의 발언과 행위는 계급적 모순과 부조리에 대한 비판, 그리고 이에 대한 극복의 당위성을 강화해 주는 역할을 한다. 텍스트에 실현된 서사 단락을 요약하면 다음과 같다.

① 지주인 황참봉이 소작인 박서방의 논을 떼려고 하자 박서방의 모친이 황참봉의 집 앞에서 자살함으로써 소작권을 허락한다.

② 황참봉의 맏아들 위우와 박서방의 딸 복례가 사랑의 불장난을 하다가 위우의 진학으로 인하여 이별하게 된다.

③ 황참봉이 복례를 소실로 삼고, 박서방의 아들 돌쇠는 위우의 소심함을 비판하고 고향을 떠난다.

④ 황참봉 정실(위우와 위득의 모) 부인의 죽음으로 소실 사이의 쟁투가 벌어지며, 소실 설희는 위득을 짝사랑하고, 위득은 사촌 누이 갑순을 사랑하는 삼각관계를 이룬다. 또 황참봉은 친일을 하고, 위득은 징집 영장이 발부되자 위득은 갑순과 만주로 도피하고, 설희는 죽게 된다.

⑤ 해방과 함께 황참봉이 정치인으로 변신한다. 나약한 지성인 위우의 방황과 여성 지도자로 변신한 복례(소실에서 탈출하여 실공장, 약공장 직공을 거쳐 여성 운동에 투신)와 해후한다. 복례는 위우에게 적극적인 자세와 사상의 변모를 권유한다.

⑥ 돌쇠(아내 점이와)는 귀향하여 소작 쟁의에 가담했다가 쟁의가 실패하자 서울로 올라온다. 위우는 여전히 방황을 계속한다.

⑦ 돌쇠가 테러를 당하자 어머니가 투쟁의 현장에서 죽게 된다.
⑧ 돌쇠 어머니의 무덤에서 위우는 방황을 끝내고 새로운 결심을 굳
  히고, 돌쇠와 복례 등과 협동을 다짐한다.

　지주와 소작인의 대립과 갈등, 그리고 연애담이라는 두 가지 화소가
가져오는 서사적 갈등을 시인 자신의 의식으로 느껴지는 스토리 밖의
화자가　사건에 직접적으로 개입함으로써 서사적 거리가 일정하게 확
보되지 못한다. 이 시의 화자는 자신의 감정을 드러내거나 자신의 판
단과 성찰을 스토리 사건에 깊이 개입시키면서 전체 이야기를 이끌어
나간다. 단지 이야기의 충실한 전달자이어야 할 화자의 이러한 모습은
서정시적인 화자의 모습을 탈피하지 못하고 있다. 주관적 감정의 과잉
노출 때문에 텍스트 표면에서 직접적으로 화자를 감지할 수 있다. 이
것은 아마도 시인의 의식으로서 계급적 이념을 전달하려는 시인의 서
술 태도 때문이라 판단된다. 이러한 서술 태도에 의해서 『가족』은 텍
스트 곳곳에 여과되지 않은 주관적이며 선전적인 구호성의 목소리가
지배적으로 느껴진다.
　『가족』은 각 서사 단락마다 중심 행위자를 내세워 이들을 통해 행
동하게 하고 여기에 대해 외부 초점자의 의식이 침입한 시각으로 사
건이 중개된다. 그러면서 인물들의 발화를 통해 장면을 현장감 있게
중개 재현하고자 하는 기법을 쓰고 있다. 그러나 이러한 장면 제시는
진정한 의미의 장면 제시로 볼 수는 없으며, 사건에 대한 요약 설명의
기법이 변용된 것으로 보아야 할 것이다. 그리고 외부에 위치하면서
전지적으로 무한한 능력을 발휘하는 화자의 지나친 사건 개입과 정치

적 선전성이 짙은 목소리 때문에 객관적이지 못한 결함을 지니고 있다.

이와 같이 사건의 중개에 있어서 외부 초점자의 의식이 침입한 서술 특성으로 말미암아 텍스트 속에서 화자의 존재가 뚜렷이 감지될 수 있다. 성격적 특성이 변별되지 않는 계급적으로 전형화된 인물들의 목소리는 시를 예술로서보다는 계급적 이념을 실천하기 위한 수단으로 인식하고 있었던 데서 그 이유를 찾을 수 있다. 계급적 이념의 실천은 당대의 프로 시인들이 공통적으로 지니는 태도로서 예술적 형상화라는 미의 추구보다는 메시지 전달이라는 가치의 추구에 경도되었던 사실을 반증하는 것이다. 프로 시인으로서의 성격이 자신의 사상적 관념을 미학적인 서술적 장치와 기법을 통해 제시하지 못하고 전지적 화자의 목소리를 통해 직접적으로 전달하는 방법을 선택하게 했다고 할 수 있다.

『가족』은 사건의 전개상 돌쇠네 가족으로 대표되는 민중 계급과 지주 계급인 황참봉 사이에서 발생하는 대립과 갈등을 바탕으로 하고 있다. 사건 전개의 중심축을 이루는 두 계급 사이의 대립과 갈등은 이 시가 내포하고 있는 주제와 연관된다. 이 대립과 갈등은 지주인 황참봉이 소작인인 돌쇠네 가족에게 가하는 부당한 억압으로부터 시작된다. 작품의 서두에 보이는 소작권을 지키기 위한 돌쇠 할머니의 자살과 박서방에게 그의 딸 복례를 소실로 줄 것을 요구하는 삽화에서 이들의 대립과 갈등은 표면적으로 잘 드러나 있다. 이러한 갈등과 대립은 돌쇠의 반항으로부터 시작되어 민중적 가족의 혁명적 변혁 운동에 의해 극복되어야 할 것으로 설정되어 있다. 『가족』은 두 계급 사이의 대립과 투쟁을 통해 이를 변혁적으로 극복하고자 하는 주제 의식을 담고 있다.

『가족』은 구조상 설화적 화소의 삽화적 구성을 지닌다. 앞에서 살펴보았듯이 각 서사 단락은 주요 삽화를 중심으로 짜여 있다. 이 작품은 삽화 위주의 플롯을 중심으로 사건을 연쇄적으로 구조화한다. 그리고 각 서사 단락의 삽화들은 중심 행위자를 등장시켜 이들과 관계된 에피소드를 중심으로 이야기를 전개한다. 이러한 삽화 중심의 사건 전개에 있어서 이야기의 근본적 화소를 이루는 것은 계급적 차이로 인하여 헤어지는 두 남녀의 사랑이라는 고전적인 설화적 유형의 것이다. 그렇지만 사건의 핵심은 두 남녀의 사랑 이야기가 아니라 지주와 소작인의 대립과 갈등이다. 그리고 소작인과 지주 사이의 대립·갈등, 지주의 친일, 해방 후 변신, 복례와 위우의 관계 설정 등은 상투적 수법이며, 투쟁의 과정에서 희생적인 인물의 등장과 이런 인물의 희생으로 인하여 상황이 반전되고 투쟁에서 승리를 하거나, 이를 계기로 확고한 사상을 선택하는 구조는 많은 문학 작품에서 나타나고 있는 것이기도 하다.

설화적인 두 가지 서사적 화소는 첫째로 위우와 복례의 사랑 이야기이고, 둘째는 복례가 황참봉에게 소실로 시집가는 이야기이다. 복례와 위우의 사랑 이야기는 신분의 차이에 의한 시련과 고난, 그리고 이별이라는 전통적이며 통속적인 애정시련담의 서사 장치의 수용이다. 한편 복례가 황참봉에게 시집가는 이야기는 이 시에서 드러내고자 하는 주제인 신분적 갈등과 극복이라는 내용을 독자에게 충분히 전달할 만한 요소로 기능한다. 봉건적 윤리와 관습 속에서 시집살이를 하다가는 결국 비인간적 압박을 벗어나기 위해 도망친다거나 반항한다는 이야기는 구전적인 민요에서 자주 등장하는 유형의 내용이다. 시집살이를 견디다 못해 도망치는 설화는 서사 민요에 자주 등장하는 요소로 봉건적 세계에 대한 여인의 적극적인 반항을 의미하는 것이다. 이것은 시집을 잘못 가서 자기를 억압하는 봉건적 굴레에 반항하는 전형적인 설화적 소재이다.[8] 복례를 중심으로 하는 이야기는 이러한 설화적 화소에 근간하고 있다.

이 작품은 해방 공간의 어지러운 역사적 조건에서 창작된 작품인데, 설화적 화소의 차용과 시의 서술화는 이러한 조건에 무관하지 않아 보인다. 그것은 해방 공간이라는 역사·현실에 대한 계급적 인식과 미래에 대한 전망, 그리고 해방 정국의 현실적 조건을 일깨우고자 하는 시적 욕망에 상관해 있다. 이러한 시적 욕망은 "사건을 가치화하려는 강력한 충동에 기인"[9]하는 서술의 근본적 특성과 '계몽의 산물로서 이미 구축된 의미 질서를 들여와 주제를 발생시키고자 하는 설화의 규범적 전달성'[10]이라는 고유의 성격적 특성 때문에 가능하다. 설화가 지니는 장르적 성격과 서술이 지닌 기본적 성격은 서로 같은 맥락을 갖는 것이다. 설화는 규범적 성격을 지니는데, 그것은 '인간 활동의 모범적 모델을 고정시켜주는 기능을 한다. 풍속을 고정시키고, 의미 있는 인간 활동을 위한 행위의 모범을 설정하고, 바람직한 행위를 유도하고 규범화'[11]하는 구실을 하기 때문이다. 이를 통해 본다면 시에 설

---

8) 조동일, 『서사민요연구』, 계명대출판부, 1970, 75쪽.
9) 루이스 밍크, 「모든 사람은 자신의 연보 기록자」, 윤호녕 역, 앞의 책, 216쪽.
10) 호르크 하이머·아도르노, 김유동 외 공역, 『계몽의 변증법』, 문예출판사, 1995, 30쪽.
11) M. 엘리아데, 이동하 역,『聖과 俗』, 성균관대 출판부, 1985, 22쪽.

화의 수용은 무엇보다 계몽적 목적 의식에서 비롯된 것으로 볼 수 있다. 설화적 상황은 문학에서 하나의 규범으로 제시되면서 독자에게 일련의 가치 의식을 부여해 준다. 결국『가족』의 설화 수용과 시의 서술화를 통해 독자에게 전달하고픈 규범적 가치는 프로 문인으로서 프롤레타리아 계급의 공통체적 심의를 되살리고 계급투쟁과 해방 의식을 고취하기 위한 시인 김상훈의 전략적 기투 행위로 이해할 수 있다.

계급투쟁과 해방 의식을 고취하기 위한 설화의 차용은 그것을 운용하는 서술의 방법의 미숙함으로 인해 그 미학적 완결성은 결여되어 있다. 가령 복례가 황참봉에게 소실로 시집 가서 고난을 받고, 그런 과정에서 겪게 되는 갈등과 반항을 결곡하게 보여주지 못하고 있는 데서 결정적으로 드러난다. 여주인공 복례가 황참봉에게 소실로 시집을 가서 겪는 시련과 고난은 생략된 채 변화된 인물로 갑자기 등장하는 우연성은 이 작품의 결정적 결함이며 한계이다. 이야기의 끝에 가서 복례는 아무런 인과적 개연성 없이 갑자기 위우의 앞에 노동 운동의 전위적인 투사로 변신해 있는 비약이 있을 뿐이다. 인과성 없는 인물 성격의 비약적 변화를 통해서 기존 질서와 지배 계급에 맞서 싸우는 변신이 있을 뿐이다. 그리고 이러한 성숙된 성격의 변화 과정은 사건의 전개를 통해 전달되는 것이 아니라 단지 복례의 일방적 연설을 통해 전달될 뿐이다.

이러한 측면은 돌쇠의 변신에서 드러나는 결함이기도 하다. 복례가 황참봉에게 시집가는 이야기는 이 시에서 서사적 이야기를 이끄는 고유한 기능을 갖고 작용함해야 함에도 불구하고 다른 이야기, 즉 복례와 위우의 사랑을 파탄에 몰아넣는 기능을 위해 더 중요한 기능을 한다. 그리고 복례와 위우의 관계 파탄과 복례가 황참봉에게 시집가는 사건은 돌쇠의 반항을 일으키는 결정적인 계기로 작용한다. 그럼으로써 돌쇠가 이 시의 후반부의 가장 중요한 인물로 등장한다.

「나는 농노의 딸이올시다
지주의 수욕(獸慾) 짓밟혔습니다.
몸뚱아리를 팔아서도 가세(家勢)는 염염 가난해갔습니다
실공장에서 짐승처럼 사역(使役)되었습니다
약공장에선 손발이 모두 썩었습니다
이렇게 살아 왔습니다
잔인한 착취자에게 우리는 반항합니다
반항 속에서만 우리들의 목숨은 빛날 것입니다…」

63연 중에서

인용 시에 나타나 있듯이 『가족』에서 돌쇠나 복례가 갑자기 어떻게 해서 소작 쟁의를 위한 투쟁 대열을 지휘하게 되고, 어떻게 청년 운동의 선봉에 서게 되었는가를 스토리 세계의 자연스런 질서나 인물의 행위를 통해서 전달되지 않는다. 인물 성격의 변화에 대한 정보는 화자의 주관적 해설에 의해 설명된다. 이것은 역시 화자의 지나친 사건에 대한 개입이다. 이러한 점은 위우의 의식 전환에서도 마찬가지다. 이에 대한 정보가 뚜렷한 동기적 과정이나 세밀한 인과율에 기초하지 못하고 주관적이며 일방적인 직접 진술로 인하여 객관성을 확보하지 못하고 있다.

인용된 시는 노동 운동가로 변신한 복례가 대중 앞에서 펼치는 연설이다. 복례가 황참봉의 소실로 들어갔다가 어떻게 하여 노동 운동의 진두에 나서게 되었는지에 대한 정보는 생략된 채 갑자기 이 장면에서 대중 앞에 나타나서 연설한다. 복례가 노동 운동가로 변화하는 서사상의 긴 시간이 생략되고 인물 성격 변화가 계기적으로 이루지지 않고 있다. 다만 인용에서 보여지듯 실공장과 약공장에서 일을 하다가 노동 운동에 투신하게 되었다는 정보만이 요약적으로 제시되어 주어지고 있다. 때문에 복례의 입을 통해 말해지고 있지만 화자가 복례의 인물 성격 변화에 대한 정보주기로 비쳐진다. 이렇게 지나친 생략과 요약 서술의 기법에 의해 주어지는 정보의 양이나 질도 절대적으로 부족하다. 때문에 복례의 인물 성격 변화에 대해 논리적으로 인과성이 부족해 수긍하기가 쉽지 않다.

이렇듯 등장인물들은 스스로의 자유로운 개체성을 지니고 독립되어 있지 못하고 시인 자신의 주관적인 사건 개입에 의해 이끌려가는 성격을 지닌다. 화자는 사건 전달에 객관성을 띠고 전달해야 함에도 불구하고 자신의 감정과 판단, 해설을 통해 전달한다. 등장인물들은 주체성을 발휘하며 자신의 상황 속에서 스스로를 완결시켜가는 인물로 그려지고 있지 못하다. 화자의 지나친 사건 개입에 의해 인물 성격의 변화에 대한 정보는 필연적인 개연성을 지니지 못한다. 이러한 결함은 시의 전반부와 후반부를 분할하는 구조적 불균형으로 이어진다. 텍스트는 전반부에서 상황의 압도적인 역할과 후반부의 인물들 행위의 압도적 역할로 각각 분할되어 경험된다. 이러한 양상은 시인의 목소리가 어느 때에는 설화적이었다가 거기에서 이야기의 실마리를 어느 정도 발전시킨 후반에서는 자신이 사건의 전면에 나서 인물들의 행위를 이끌어나가기 때문에 오는 불균형으로 볼 수 있다.

『가족』은 등장하는 인물들의 자유로운 개체성을 행위가 일어나는 인과적인 과정을 통해 드러내지 못하고 있다. 그리고 인물에 관련된 삽화적 이야기는 많은 사람들이 들어본 보편적인 줄거리를 차근차근 충실하게 객관적 입장의 화자에 의해 이루어지지 못하고 있다. 결국 사건이 화자의 지나친 주관과 감정의 침범에 의해 서술적 거리를 상실하고 있다. 이것은 계급 갈등과 이의 극복이라는 이념적이며 정치적인 목적을 실현하려는 과도한 서술 의식의 소산이라 할 수 있다. 주제 내용을 전달하려는데 급급한 나머지 그것을 어떻게 전달하느냐의 문제를 고려하지 못한 결과이다.

『가족』의 기본적인 뼈대는 자신의 세계관을 설화적 화소를 통해 어떻게 현실적 인물들의 삶의 이야기로 만들 것인가이다. 그러나 화자의 주관적 요소가 개입하면서 설화적 화소, 즉 시집살이 이야기 속에 등장하는 여인의 반항 모티프를 내세우면서도 이것이 일관성을 지키지 못한 채 균형을 잃고 있다. 이로 인하여 이야기 전달 내용의 의미가 위우의 혁명적 전환을 이야기하려는 것인지, 아니면 복례와 돌쇠의 혁명적 성숙을 이야기하려는 것인지 초점이 불명확하다.

위와 같은 결함은 복례가 늙은 황참봉에게 소실로 시집을 갈 수밖에 없는 이야기의 설화적 화소를 일관되게 그리고 있지 못한 데서 왔다. 이 이야기에는 식민지 시대의 봉건적 상황 속에서 복례의 반항과 민중적 주체로의 각성을 다룰 수 있는 조건이 마련되었음에도 등장인물을 중심으로 하는 여러 삽화들을 통일적인 중심없이 병치시켜 놓고 있는 데서 오는 결과이다. 즉 『가족』은 서사적 화소를 빌려 왔을 뿐 그것이 전통적으로 지니고 있는 반봉건적 내용을 전혀 드러내지 못하고 있다. 한 인물이 스스로 자신의 의지와 행위를 상황과의 관계 속에서 성숙시키는 것에 의해 전개되어야 함에도 불구하고 화자의 주관적인 개입에 의해 모든 과정이 선택되고 정리되었기 때문에 결함을 보이는 것이다. 서사적 이야기가 궁극적으로는 시인 자신의 주관성을 배제하고 이야기되는 세계에 대해 객관적 서술 태도를 지향한다는 면에서 『가족』은 "주관적 화자의 과도한 개입으로 인하여 일정한 한계를 지닌다."12) 이것은 시인 자신의 주관성을 배제하고 서술 세계에 대해 철저히 객관적 목소리로서 일관해야 하는데 그렇지 못하다.

이 작품은 시에 선택된 주제의 측면에서 대립적 구조를 지닌다. 그것은 서사 대상의 선택과 관계가 있다. 이 작품에서 서사적 대립 구조는 돌쇠네 가족이 지주인 황참봉과의 사이에서 일어나는 대립·갈등의 구조이다. 이 갈등과 대립은 돌쇠의 반항으로부터 시작된다. 이러한 대립에서 드러내고자 하는 시인의 의도는 봉건적 신분 질서와 경제 구조에서 발생할 수 있는 갈등을 민중적 가족의 혁명적 움직임에 의해 극복하여 새로운 세상을 지향해야 한다는 것이다. 그러나 『가족』은 서사적 내용의 뼈대를 이루는 소작인 박서방의 딸 복례와 지주 황참봉의 아들인 위우의 사랑 이야기가 뚜렷하게 그리지 못하는 결함을 보인다. 그것은 과도한 삽화들의 개입에 의하여 전체적인 통일성을 헤치고 있기 때문이다. 이야기의 서사성의 근원이 서로 다른 주제를 갖는 두 가지 이야기의 중첩으로 결합된 것이기 때문에 구조적 결함을 보인다. 이러한 구조적 결함은 인물 행위와 성격의 변화에 있어서 뚜렷한 인과적 과정이나 정보 제시 없이 생략된 채 전달되기 때문에 논

12) 신범순, 앞의 글, 211쪽.

리적 설득력을 획득하지 못하는 측면도 있다.

이 시의 소재는 두 가지 이야기이다. 하나는 복례와 위우의 사랑 이야기이고 하나는 복례가 황참봉에게 시집가는 이야기이다. 이 두 가지 이야기는 서로 중첩되면서 『가족』을 기본적으로 이끌어가는 화소이다. 그런데 신분적 갈등에 의해 주인공들 간의 관계가 파탄되는 전자의 이야기에 후자의 이야기를 개입시킴으로써 시인이 근본적으로 제기하고자 하는 신분적이며 계급적인 갈등의 문제를 아버지와 아들간의 갈등 속에 내재화시켜 버렸다. 즉 이야기 사건의 중심축이 일관성을 지니지 못한다.

이 작품은 민중적인 설화, 즉 전래 설화의 삽화적 구성을 통해 미래적 전망을 시적으로 통일하고자 하는 시도이다. 그러나 설화의 과거성과 그 과거의 현재적 재구성을 통한 미래의 전망을 제시하는 데는 일정한 한계를 보인다. 그것은 서정시적인 세계가 기본적으로 시인 자신의 목소리에 의해 자기 자신이 확인하는 사실이나 자신의 사상 및 감정을 자신의 세계관에 의해 표현하는 양식이라면, 서술시의 서사적 세계는 이러한 시인 자신과는 관계없는 것이라 할 수 있다. 다시 말해 서술시의 목적이 궁극적으로 시인 자신의 주관성을 배제하고 이야기되는 세계에 대해 객관적 서술 태도를 지켜야 하는데 그렇지 못하기 때문이다. 텍스트 곳곳에는 명백하게 시인 자신으로 보이는 시인적 의식이라고 판단되는 주관적 감정 과잉한 노출이 보이기 때문이다. 즉 사건의 전달에 있어서 완벽히 객관적 화자의 서술 목소리가 미흡하다. 『가족』은 전달하고자 하는 내용을 어떻게 표현할 것인가라는 형식적 차원의 물음에는 흡족할 만한 대답을 내릴 수는 없을 것이다. 소통의 차원에서 내용의 전달에만 급급했을 뿐 그것을 어떻게 전달할 것인가라는 서술 기법의 문제에 대한 인식의 결여 내지는 과도한 정치적 목적이 앞선 까닭으로 파악할 수 있다.

3. 설화적 화소의 수용과 계급이념의 전달

『가족』은 우리의 주위에서 찾을 수 있는 민중적인 인물을 전형적으로 형상화하고 그들의 의식과 현실에 대한 인식을 표현하여 역사적 전망을 보여주고자 했다. 프로 문학이 내세우는 계급적 전형의 인물 창조를 통해 이 당시 민중들의 삶의 모습과 이를 극복하려는 의식을 전달하려고 한 것이다. 그래서 당시 사회의 전형적인 계급적 갈등의 문제를 가장 현실적인 제재인 지주 일가와 소작인 일가의 갈등으로 형상화하고자 했다. 그러나 삽화들의 단순한 병치와 사건에 대한 화자의 감정과 이념이 과잉하게 노출되어 서술 대상에 대한 객관적 입장을 취하는데 실패하고 있다. 또한 지나친 사건의 요약과 생략의 서술 수법에 의해 사건의 인과성이 부족한 결함을 노정하고 있다. 이와 같은 결과는 서술 기법상 시인이 계급적 이념의 전달에만 급급한 나머지 그것을 어떻게 표현할 것인가라는 서술적 장치와 기법을 고려하지 못한 탓이라 할 수 있다.

화자의 서술 시점의 차원에서 『가족』은 각 서사 단락마다 중심 행위자를 내세워 이들의 행동을 외부 초점자의 의식과 시각으로 사건을 중개한다. 그러면서 인물들의 발화를 통해 장면을 현장감 있게 중개 재현하고자 하는 기법을 쓴다. 그러나 이러한 장면 제시의 수법은 진정한 의미의 장면 제시로 볼 수는 없으며, 사건에 대한 요약 설명의 기법이 변용된 것이다. 그리고 외부에 위치하면서 전지적으로 무한한 능력을 발휘하는 화자의 지나친 사건 개입과 정치적 선전성이 짙은 목소리 때문에 객관적이지 못한 결함을 지니고 있다. 성격적 특성이 변별되지 않는 계급적으로 전형화된 인물들의 목소리는 시를 예술로서보다는 계급적 이념을 실천하기 위한 수단으로 인식하고 있었던 데서 그 이유를 찾을 수 있다. 계급적 이념의 실천은 당대의 프로 시인들이 공통적으로 지니는 태도로서 예술적 형상화라는 미의 추구보다는 메시지 전달이라는 가치의 추구에 경도되었던 사실을 반증하는 것이다. 프로 시인으로서의 성격이 자신의 사상적 관념을 미학적인 서술 장치와 기법을 통해 제시하지 못하고 전지적 화자의 목소리를 통해 직접적으로 전달하는 방법을 선택하게 했다고 할 수 있다.

이야기를 전달하는 서술 방법에 있어서 미학적 인식의 결여는 설화적 내용이 갖는 근본적 주제와 의미를 결곡하게 구축하지 못하는 한계로 이어진다. 해방 공간이라는 역사·현실에 대한 계급적 인식과 미래에 대한 전망, 그리고 해방 정국의 현실적 조건을 일깨우고자 하는 시적 욕망에 의해서 김상훈은 설화적 화소를 차용했다. 시에 설화의 수용은 무엇보다 계몽적 목적의식에서 비롯된 것으로서 설화 수용을 통해 독자에게 전달하고픈 규범적 가치는 프로 문인으로서 프롤레타리아 계급의 공통체적 심의를 되살리고 계급투쟁과 해방 의식을 고취하기 위한 시인 김상훈의 전략적 기투 행위로 이해할 수 있다. 그런데 이러한 정치적 목적의식의 과잉으로 인해 본래 설화 차용이 지닌 규범적 가치의 미학적 전달에 한계를 노정하고 있다.

　『가족』은 민중적인 설화, 즉 전래 설화의 삽화적 구성을 통해 미래적 전망을 시적으로 통일하고자 하였다. 그러나 설화의 과거성과 그 과거의 현재적 재구성을 통한 미래의 전망을 제시하는 데는 일정한 한계를 보인다. 그것은 서술시의 목적이 궁극적으로 시인 자신의 주관성을 배제하고 이야기되는 세계에 대해 객관적 서술 태도를 지켜야 하는데 그렇지 못하기 때문이다. 텍스트 곳곳에는 명백하게 시인 자신으로 보이는 시인적 의식이라고 판단되는 주관적 감정의 과잉한 노출이 보이기 때문이다. 사건의 전달에 있어서 완벽히 객관적 화자의 서술 목소리가 미흡하다. 그렇기 때문에 『가족』은 전달하고자 하는 내용을 어떻게 표현할 것인가라는 형식적 차원의 물음에는 흡족할 만한 대답을 내릴 수는 없다. 소통의 차원에서 내용의 전달에만 급급했을 뿐 그것을 어떻게 전달할 것인가라는 서술 기법의 문제에 대한 인식의 결여와 과도한 정치적 목적이 앞선 까닭으로 이러한 한계를 노정하고 있다.

문헌설화의 재구성과 전통질서의 재구축

서정주는 1936년 동아일보 신춘문예에 시 「壁」이 당선되어 문단에 등단하였다. 그는 식민지 지배 체제가 구축해 놓은 암울한 시대 상황 속에서 그것이 한 개인에게 안겨준 고통과 좌절을 강력한 생명의 미학으로 형상화하면서 문학적 대응양식을 보여 주었다. 1941년 『花蛇集』을 출간하여 현대시사에 큰 획을 그은 그는 독자적인 한 생애를 이루면서 2000년 타계하기까지 오랜 시적 여정을 펼쳐 왔다. 1948년 제2시집 『歸蜀途』를 출간하면서 시적 여정에 변모의 조짐을 보이기 시작한 그의 시세계는 이후 계속 변화를 거듭하였다. 1972년에 전 5권으로 된 『서정주 문학 전집』(일지사)이 간행되어 시와 문학론과 자서전, 수필 등을 함께 묶은 바 있다. 하지만 서정주 시세계의 전모를 총결산하게 된 것은 1983년 간행된 『미당 서정주 시전집』(민음사)에서이다. 이 전집이 간행됨에 따라 비로소 그의 시세계의 변모 과정과 그 변모의 내면을 관류하는 일관된 정신적 흐름을 조망할 수 있게 되었다.

서정주의 설화 수용은 현실적 난관과 역사의 한계를 극복해 보고자 하는 의식에서 출발했다. 서정주의 설화 수용은 1950년대 발간된 『서정주시선』과 그 이후 『新羅抄』에 이르러 본격화한다. 6·25라는 전쟁으로 폐허가 된 현실에서 심한 공포와 불안으로 인하여 새로운 질서의 모색으로서 과거 정신으로의 회귀가 필요했다. 그는 이를 구체화하기 위한 방법으로 『삼국유사』와 『삼국사기』에 실린 전통 설화를 적극 시에 수용하게 된다.

전쟁을 경험한 한국 사회는 한 마디로 정신적이며 물질적인 폐허의 상태였다. 전통적 가치의 붕괴와 미래에 대한 좌표의 상실로 인한 혼란과 무질서가 판을 치는 상황이었다. "6·25사변 이래 늘 내 의식에 직접 접촉해 와서 치열하게 공격과 협박을 퍼부어 온 정체불명의 공중의 소리 속에 끊임없는 불안을 겪어야 했다"[1]는 고백은 그가 신라 정신의 세계로 돌아갈 수밖에 없었던 이유를 말해주는 것이다. 그는 당시 혼란스러운 현실에다 일정한 질서를 부여하고 문명이 가져온 인간성 황폐의 자리에 인간의 아름다운 심성을 부여하고자 했던 것이다. 이에 따라 서정주는 전통적 질서의 회복이라는 대안으로 설화라는 양식과 서술의 논리를 시에 수요아기에 이른다. 그에게 설화는 좌절된 현실의 돌파구와 같은 기능을 했다.

> 피 예 있으니, 피 예 있으니,
> 너무들 인색치 말고

---

1) 서정주, 『서정주문학전집』3, 일지사, 1972, 289~295 참조.

있는 사람은 病弱者한테 柴糧도 더러 노느고
홀어미 홀아비들도 더러 찾아 위로코,
瞻星臺 위엔 瞻星臺 위엔 그중 실한 사내를 놔라.
살(肉體)의 일로써 살의 일로써 미친 사내에게는
살 닿는 것 중 그중 빛나는 黃金 팔찌를 그 가슴 위에,
그래도 그 어지러운 불이 다 스러지지 않거든
다스리는 노래는 바다 넘어서 하늘 끝까지.

하지만 사랑이거든
그것이 참말로 사랑이거든
서라벌 千年의 知慧가 가꾼 國法보다도 國法의 불보다도
늘 항상 더 타고 있어라
「善德女王의 말씀」에서

『新羅抄』에 실린 이 시는 나눔과 사랑의 소리이다. 이 시가 의도하는 것은 "피 예 있으니, 피 예 있으니, / 너무들 인색치 말고 / 있는 사람은 病弱者한테 柴糧도 더러 노느고 / 홀어미 홀아비들도 더러 찾아 위로코, / 瞻星臺 위엔 瞻星臺 위엔 그중 실한 사내를 놔라."에서 볼 수 있듯이 희생과 사랑의 정신적 풍요함이다. 이러한 정신적 풍요함은 당대의 물질적 궁핍에서 오는 단절과 배척의 상황에서 이웃뿐만 아니라 전통과의 정신적 지속성과 유대감의 표현이다. 때문에 이러한 정신주의적 태도는 현실적 물질적 궁핍을 잊게 하는 초월적 자세를 갖게 한다.

하지만 무엇보다도 이 시의 화자인 선덕여왕의 목소리를 눈여겨 볼 필요가 있다. 시인은 왜 신라 시대 선덕영왕의 목소리를 빌어 현대의

사람들에게 구원의 메시지를 전하고 있는 것일까? 이것의 해명이 서
정주가 설화를 수용한 이유를 해명하는 길이다. 이 시는 『삼국유사』의
「선덕여왕편」에 등장하는 지귀(志鬼)와 선덕여왕 간의 사랑 이야기이
다. 이야기는 이런 것이다.

> 지귀(志鬼)는 신라 활리역(活里驛)의 사람이다. 그는 선덕여왕의
> 아름다움을 사모하여 항상 슬픔과 눈물에 젖어 지낸 연고로 몰골이
> 초췌하였따. 그 소문을 듣고 마침 여왕이 절에 분향하러 행차하는
> 길에 그를 불렀다. 지귀는 탑 아래에서 왕의 행차를 기다리다가 홀
> 연히 잠이 들어버렸다. 왕은 팔찌를 벗어 그의 가슴 위에다 얹어두
> 고 궁중으로 돌아왔다. 뒤에야 잠이 깬 지귀는 오래 동안 넋을 잃고
> 있다가 그만 심화(心火)가 나서 불귀신으로 변해 탑을 에워싸고 태
> 워버렸다.

지귀는 천한 평민의 신분으로 선덕여왕을 사모했다. 그 사랑은 나라
안에 소문이 나 왕도 감동하게 되었다. 그러나 신분적 차이로 인하여
서로 맺을 수 없는 사이이다. 그래서 신화는 두 사람의 직접적 결합을
배제하고 선덕여왕으로 하여금 사랑의 정표로 팔찌를 놓아두게끔 한
다. 정신과 정신의 소통이 평민과 왕 사이에 일어나게 한다. 이러한
소통은 죽음도 초월하게 한다. 그래서 지귀는 사랑의 완성인 불로 전
화해 현세의 욕망으로부터 자유로워진다. 바로 영원한 사랑의 획득으
로서 신라 정신의 구현인 셈이다.
　서정주는 지귀설화에서 바로 이러한 영원주의로 신라 정신을 읽은
것이다. 서정주에게 신라의 세계란 "역사적 신라 그것이라기보다도 인
간과 자연이 완전히 하나가 된 정신적 경지의 등가물"2)로서 "자아와

세계가 결속된 경지, 유한이 승화된 영원의 차원, 因果의 현실적 속박을 벗어난, 자유롭고 초월적 세계"[3]이며, "외부적 현실에 대해 그가 내면에 구축하고 있는 패러다이스의 세계"[4]라 할 만하다.

서정주가 선덕여왕의 목소리를 빌린 것은 과거 역사 속의 목소리와 현재에서 과거의 목소리를 재해석하는 것이다. 이러한 목소리는 과거와 현재의 접목일 뿐 아니라 현재 속에 되살아나는 역사의식인 셈이다. 엘리어트의 표현대로 전통은 역사의식을 내포하며 과거성에 대한 인식뿐만 아니라 과거의 현재성에 대한 인식도 포함하는 것이다. 이 역사의식은 작가로 하여금 시간 속의 자기 위치, 즉 자기의 현대성을 가장 예민하게 의식하도록 만들어주는 것이다[5]라고 말한 역사의식에 해당한다.

이러한 역사의식으로서 전통의 도입에 가장 중요한 것은 동시적 질서의 형성이다. 이것은 동시성의 확보일 텐데, 동시성은 동일성의 회복과 맥을 같이 한다. 즉 하나의 목소리 안에 과거와 현재, 여성과 남성의 목소리가 융해되어 공동체적 심의를 드러낸다. "시적 진술에서 수정적인 반복의 가장 인상적인 부산물은 의미심장한 보충이라고 부를 수 있는 현상"[6]으로 이것은 과거와의 새로운 대화를 통해 현재의 역사적 의미를 창조하는 것이다. 서정주의 설화를 통한 전통정신의 부활은 그러므로 역사적 후퇴의 의미가 아니다. 그것은 근대성이 가져온

---

2) 김우창, 「한국시의 형이상학」, 『세대』, 1968, 7.
3) 김준오, 「신화주의와 결속성」, 『시론』, 문장, 1982, 317쪽.
4) 김시태, 「서정주의 역설적 미학」, 『서정주연구』, 동화출판사, 1980, 359쪽.
5) T. S. 엘리어트, 「전통과 개인의 재능」, 최종수 역, 『문예비평론』, 박영사, 1974, 13쪽.
6) 프레드릭 제임슨, 여홍상·김영희 역, 『변증법적 문학이론의 전개』, 창작과비평사, 1984, 96쪽.

도구성과 소외성, 비인간화에 대한 "역방향에로의 진보"7)를 뜻하는 것이다.

근대적 시간 의식은 과학의 발달과 더불어 미래로의 진보적이며 직선적인 시간관이다. 선조적이고 진보적이며 직선적인 특성을 갖는 근대의 시간 의식은 기독교적 세계관과 시계의 발명, 그리고 근대의 여러 자연과학의 성장과 함께 태동하였다.8) 이러한 시간 의식은 진보라는 근대적 관념 위에서 전통과의 단절을 가져오고 특히 전쟁이라는 문명의 부정적 속성에 의하여 연대기적 시간으로의 붕괴를 가져온다. 서정주 시에 자주 나타나는 공포와 불안 의식은 이러한 파편화된 근대적 시간 의식의 외연화이다. 거기에서는 자아의 정체성을 확인할 수 없다. 자아의 정체성은 통시적 동일성이란 지속성 위에서만 파악되는 것이다.9) 따라서 서정주는 자아를 설화라는 순환적 주기적 시간 속의 자아로 설정함으로써 시간의 해방, 나아가 자아의 해방을 추구하는 것은 바로 근대성이 갖는 부정적 단절성을 극복하고자 하는 전략으로 볼 수 있다.

서정주는 설화의 이러한 근대성의 극복 논리로써 생산적 의미를 계속 추구해 나갔다. 70년대 시인의 목소리를 제거하고 설화적 상황만을 구성해 보여주는 『질마재 神話』를 발간하면서 한국 시사에서 설화가 갖는 의미의 지평을 새롭게 세웠다. 그가 설화를 시에 수용한 것은 결국 전통을 수용한 것이며, 이것은 근대문명이 주었던 극단적 파괴, 즉

---

7) J. P. 사르트르, 박익재 역, 『시인의 운명과 선택』, 문학과지성사, 1985, 181쪽.
8) 송기한, 『한국 전후시의 시간의식』, 태학사, 1996, 26~27쪽 참조.
9) 호르크 하이머와 아도르노, 김유동 외 역, 『계몽의 변증법』, 문예출판사, 1995, 59~61쪽 참조.

근대화의 과정에서 나타났던 부정적 현상을 극복하기 위한 한 방책이
었다. 이러한 근대성의 불모성에 대한 반동으로서의 전통 질서의 회복
과 영원회귀는 80년대 진단시 동인들의 시에서도 드러나는 특징이다.

　이러한 근대성에 대한 반동으로 전통적인 것의 조명은 80년대 들어
와 진단시 동인들에게 집중적으로 수용된다. 이들은 "서동, 동동, 배비
장, 온달, 정읍사, 도깨비, 서낭당, 말뚝이, 수로부인, 백결선생, 꽃상여,
놀부, 장승, 피리, 춘향, 지게, 등잔" 등의 설화적 소재로 한 시를 양산
해낸다.

　　　　바람도 지척이는
　　　　王城 높은 다믈
　　　　市井 뜬소문이 들며 나며 떠돌다가
　　　　지엄한 眞平王의 귀동냥이 되었네.

　　　　서슬 푸른 칼날과 창끝이 쟁패하던
　　　　分爭의 三國時代
　　　　新羅公主와 百濟王子의 密愛는
　　　　國籍 넘은 로멘스였지.

　　　　有史以來 國際結婚 第一號
　　　　善花公主와 薯童王子의 사랑은
　　　　간택도 정략도 和親도 아닌
　　　　宮城돌담을 끼고 돌며 부르던
　　　　어린 新羅녀석들의 노래가 인연이었지.

　　　　善花公主님은 남몰래

밤마다 서동을 안고 간다네.
　　중략

그러니까 천오백여 년 전의 로맨스
예나 지금이나 사랑은 하나인 것을
分斷의 아픔으로 우는 사랑은
西曆 이천 년에도 이루어지지 못할
오늘의 아픔일레
노래 아닌 울음일레.

박진환, 「서동」 중에서

　이 시에서 볼 수 있는 것은 고대적 상황의 반복이다. 물론 표면적 내용은 민족 현실의 분단에 대한 역사적 대응의식을 설화로 노래한 것으로 볼 수 있다. 특히 마지막 연 "그러니까 천오백여 년 전의 로맨스 / 예나 지금이나 사랑은 하나인 것을 / 分斷의 아픔으로 우는 사랑은 / 西曆 이천 년에도 이루어지지 못할 / 오늘의 아픔일레 / 노래 아닌 울음일레."라는 표현을 두고 볼 때 이 시는 분단 민족 현실을 의식한 역사의식으로서 전통적 설화 상황을 보여준다.

　이러한 상황은 우리 시대가 안고 있는 문제에 대한 교훈적 메시지를 주는 것이다. 그것은 신화가 문학적 상징으로 쓰이는 데는 두 가지 목적이 있다. 종교와는 달리 세속적 배경 속에서 인간 상황을 무시간적으로 관찰하는 방법을 시사하기 위한 목적이 하나이며, 다른 하나는 연속감과 인류 일반과의 일체감을 우리에게 전달하려는 목적이다.[10]

10) 한스 마이어홉, 김준오 역, 『문학과 시간 현상학』, 심상사, 1979, 121쪽.

이것은 서동 왕자와 선화공주의 사랑 이야기가 결코 우리와 동떨어진 이야기가 아니라는 것이다. 과거의 연속성 위에서 현재의 우리가 해석되고 평가되고 있다는 의식을 보여주는 것이다. 이는 인식론적 단절에 의해 발생하는 고립감과 몰정체성을 극복하고 과거의 연속성 위에서 우리의 처지를 파악함으로써 현재의 민족적 정체성을 확립하자는 계몽적 의도의 표현이다.

이 시를 두고 일반적으로 설화는 과거에 의해 현재를 설명하고, 현재에 의하여 미래를 설명하여 어느 개인이나 집단은 단절된 어느 시기에 고립되어 있는 존재가 아니라 연결된 하나의 고리라는 연대의식과 유대감을 가지게 하는 것이다. 그리하여 어떤 질서가 영구히 계속됨을 확인하는 것이다.

이러한 연장 선상에서 현대시에 설화가 수용되는 까닭을 살펴볼 수 있게 한다. 현대문학이 신화를 차용한 것은 신화를 통해 인류의 원형적 통일성을 재발견함으로써 결국 결속의 원리라는 원형적 이념에 따라 기술문명에 부수된 인간의 모든 소외 현상을 극복하려는 데 의의가 있다. 결국 현대시에서 설화의 수용은 우리들의 인식적 한계와 고립감을 넘어 인간의 영원성과 공동체성을 지향하는 행위로 볼 수 있다.

액자형 영웅서사와 현실극복의 미래전망

1. 액자형 영웅서사의 서술의도

한국 전쟁을 경험한 전후 장편 서술시의 특징 가운데 하나는 액자 형식과 같은 이중서술 구조를 갖는다는 점이다. 소설로 말하면 액자소설의 구성 형식을 말한다고 할 수 있겠다. 형식상 이중구조를 갖는 "액자란 일반적으로 이야기 속에 하나 또는 여러 개의 비교적 짧은 내부 이야기를 내포하는 구성 형식"[1]을 일컫는다. 달리 말하자면 서술 형태의 측면에서 한 텍스트에 서술층위를 달리하는 서술행위가 이중으로 이루어지고 있는 서사물을 의미한다. 이러한 "액자형의 서사물은 서술의 근원 상황, 즉 화자, 서술된 사건, 청중이라는 삼면성을 강

1) 이재선, 『한국단편소설연구』, 일조각, 1986, 95쪽.

화"2)하는 역할을 한다.

서사물의 소통구조에서 본다면 단일한 서사물은 한 명의 화자가 단일한 시점으로 하나의 스토리를 전달하는 데 비하여 액자형식의 서사물은 틀 이야기와 내부 이야기라는 두 개 이상의 이야기를 지니고 있다. 따라서 화자도 두 명 이상이 된다. 이때 내부 이야기인 2차 서사의 화자와 수화자는 1차 서사의 틀 이야기의 작중인물이 되는 것이 일반적이다. 그렇기 때문에 독자는 내부 스토리를 액자 스토리의 작중인물들의 말과 의식을 통해서 전달받게 된다.

액자 서사물은 텍스트 내의 허구적 화자의 목소리에 텍스트 외적인 실제작가의 목소리를 가탁한 수법이다. 이것은 액자 스토리의 신뢰성의 정도에 따라 텍스트의 이야기에 사실성을 강화하거나 아니면 보다 허구적인 것임을 강화하는 작용을 하기도 한다. 따라서 서사물의 작가적 목소리는 실제작가의 목소리를 위장한 허구적 화자의 목소리다. 그리고 이 허구적 화자의 목소리를 가탁한 작가적 목소리는 사건을 이야기하는 행위3)로서 서술의 한 전략으로 볼 수 있다.

텍스트, 즉 스토리 사건을 이야기하는 행위의 차원에서 볼 때 작가적 목소리는 숨겨진 목소리로서의 시각을 화자의 목소리나 인물의 목소리에 편승시키기도 하고 때로는 역으로 인물의 시각에 편승한 목소리를 구사하기도 한다.4) 이것은 사건의 전달을 위한 서술의 한 방략

---

2) 볼프강 카이저, 김윤섭 역, 『언어예술작품론』, 대방출판사, 1982, 315쪽.
3) S. 리몬 - 캐넌, 최상규 역, 『소설의 시학』, 문학과지성사, 1985, 14쪽. 스토리는 일련의 사건들이다. 이는 사건의 참여자와 함께, 텍스트내에서의 배치로부터 요약되고 시간적인 순서에 따라 재구성된, 서술된 사건들을 가리킨다. 반면 텍스트는 그 사건을 이야기하는 행위의 기능을 하는 구술 또는 기술된 담화로 규정할 수 있다.
4) 김병로, 『한국 현대소설의 다성담론 시학』, 국학자료원, 1999, 37~38쪽.

이라 할 수 있다. 이러한 서술 방략은 실제시인의 작가적 권위를 이용하여 텍스트 전반에 영향력을 발휘하기도 한다. 그리고 필요에 따라서는 실제시인이 속한 텍스트 외적인 시·공간의 현실적 조건을 텍스트 내적으로 수용하기도 한다.5) 특히 장편 서술시는 시인의 작가적 권위와 목소리를 활용하여 역사·현실에 대한 비판적 의식과 이념을 전달하려는 의도를 발견할 수 있다.

전쟁을 치른 1950년대 이후 특히 많은 장편 서술시가 창작되었다. 그것은 아마도 장편 서술시가 근본적으로 지닌 역사·현실에 대한 민족적 발언이라는 맥락과 상통한다. 다시 말하면 민족적 혼란의 시기에 민족정신과 주체성을 확립·고양하고 이를 극복하고자 하는 문학적 표현으로서 장편 서술시의 창작이 활발하게 이루어졌다. 일제 강점기의 장편 서술시가 현실에서 일어나는 일을 작품의 소재로 택하고 있다면, 이 시기 장편 서술시의 특성은 「남해찬가」와 같이 역사적으로 실재했거나 혹은 「조국」처럼 허구적 사실이거나, 「금강」처럼 실재했던 사건과 인물을 바탕으로 실재하지는 않지만 허구적 인물을 통해 작품을 서술했다는 점이다. 그리고 영웅적인 인물의 생애를 다루어 여기에 시인의 작가적 의식을 전달하려는 서술의도가 뚜렷하다는 점이 특징이다. 이것은 전쟁을 치른 직후 민족적 문제를 과거의 역사적 사실을 현재화하여 극복하고자 하는 의도의 발로로 볼 수 있다. 구성상 지배적인 특성으로서 액자형식은 내부의 과거 이야기를 액자 외부의 현재적 의미로 전환하는 기능을 한다. 영웅 인물의 삶이 지니고 있는 위대성이나 의미를 현재화하여 당대의 문제를 돌파하려는 의도로 읽

5) 김병로, 앞의 책, 38쪽.

을 수 있다. 그 결과 미학적 차원에서 작품을 통해 전달하고자 하는 내용을 어떻게 표현할 것인가를 고려하지 않은 채 사건을 평면적으로 서술하는 한계와 더불어 화자의 사건개입과 영웅적 인물의 애국주의를 일방적으로 찬양하는 결함을 낳고 있기도 하다는 점이 결함으로 작용하고 있다.

2. 액자형 영웅 서사문법와 국난극복의 서사

김용호의 「남해찬가」는 1592년 임진왜란 당시에 활약한 이순신 장군의 생애와 업적을 서사대상으로 삼은 작품이다. 이 작품은 있는 그대로의 현실 세계가 아니라 마땅히 있어야 하는 현실 세계를 추구한다. 즉 당위적 진실의 형상이 시 창작에 강요되고 있다. 당연히 있어야 하는 세계를 지향하는 것은 보편적 세계관이다. 이러한 보편적 세계관은 고대나 중세의 서사시에서 나타나는 영웅적 인물을 중심으로 하는 서사행위에서도 잘 드러나는 특징이다. 이 작품은 이러한 전통적 영웅서사를 잘 보여주는 작품이다. 시인은 영웅적 인물을 초점대상으로 서술함으로써 그의 생애와 그가 펼치는 행위를 통해서 국난의 극복과 민족의 미래에 대한 서사적 전망을 제시하고 있다.

영웅은 주로 전쟁과 같은 집단적 위기와 고난의 산물이라 할 수 있다. 전쟁과 같이 평범한 인간이 감당할 수 없는 극한 상황에 대결하여 이를 극복하려 투쟁하는 인물을 일컬어 영웅이라 부른다. 전쟁은 민족이나 집단의 위기이거나 시련인데 이 과정에서 영웅이 탄생한다. 이러한 "호전적이며 투쟁적인 영웅이 직면하는 상황의 크기에 따라 그의 인물성격은 과장된다."[6] 이런 면에서 「남해찬가」는 일종의 영웅서사시의 성격을 지니고 있다고 볼 수 있다. 이 작품의 서사적 이야기는 영웅적 인물의 행위와 업적, 위대성을 과장하거나 예찬하는 송가적(頌歌的)인 화자의 태도와 어조에 의해서 사건이 전달되는 특징을 지니고 있다.

영웅의 일생을 송가적 어조로 노래하는 「남해찬가」는 서사구조상 액자의 형태[7]를 지닌다. 즉 액자형의 이중구조를 통한 영웅의 생애에 대한 전기서술의 형태를 갖는다. 영웅서사의 일종으로 볼 수 있는 「남해찬가」는 역사적으로 실재했던 인물을 초점화하여 서술한 작품이다. 영웅 인물의 위대성을 바탕으로 당대의 모순을 극복하고 미래에 대한 전망을 제시하고자 하는 작품으로 볼 수 있다. 화자는 과거의 역사적 사건을 소급해 올라가 이순신이라는 인물이 지닌 영웅적 행위의 위대성을 전경화하여 중재한다.

김용호의 「남해찬가」는 일종의 액자적 구성형식을 취하고 있다. 이 시는 액자적 구성에 의해서 외부 이야기와 내부 이야기로 구성되어 있다. 핵심적 이야기인 내부 이야기의 출처 내지는 그것을 현재적 전망의 의미로 이끌고자 "핵심 이야기인 외측에 또 하나의 화자의 시점을 설정하는 이중적 서술행위"[8]가 펼쳐지고 있다. 화자는 액자 틀을

---

6) K. Burke, *Attitudes towards History*, University of California Press, 1959, p.35~36.
7) 서사구조상 액자형의 담론은 한국서사문학의 전통적인 한 방식이다. 한국 서사문학에서 액자담론의 전통은 고대 민담류에서부터 『삼국사기』와 『삼국유사』의 서사물, 전(傳) 양식이나 몽유록 계열의 서사물, 그리고 김동인의 작품과 이후 현대 소설에까지 계승되면서 지속적으로 나타나고 있는 양식이다.
8) 이재선, 앞의 책, 83쪽.

이루는 외화에서는 현재시점에서 1인칭으로 서술해 나가고, 내화의 핵심 이야기는 3인칭 전지적 시점에서 사건을 서술한다. 이때 내화의 화자는 모습을 감추고 있지만 외화의 1인칭 화자로 보이는 시각이 침입한 관점에서 서술된다. 때문에 종종 서술의 객관성을 유지하지 못하고 주관적 감정의 표출이 드러나기도 한다.

이 시에서 액자 내부의 핵심적인 이야기를 서술함에 있어서 3인칭 화자의 성격은 사건에 대해서 종종 객관성을 잃고 액자 외부에 자리한 화자의 주관적 의식을 대변하는 특성을 지닌다. 이러한 작가적 목소리의 화자는 일반적인 중립적 화자나 인물화자와는 달리 실제시인(작자)의 작가적 권위를 차용하여 텍스트 전반에 영향력을 행사하기도 하고, 필요에 따라 실제시인이 속해 있는 현실적 시공간을 텍스트 내적으로 수용해 텍스트의 의미를 현재화하기도 한다. 이와 같은 화자의 성격은 민족의 수난기에 창작되어 이를 극복하고자 하는 의도성을 가진 화자이다. 화자는 집단적 이념을 고취하고자 하는 창작의식의 대변자로서 기능한다. 이것은 시인이 위치한 당대 현실에 대한 인식이 예술적 충동보다 강했기 때문으로 보인다. 국가적 위기의 상황에 대한 지식인으로서 역사현실에 대한 사명감이 시인으로서의 예술적 창작 충동보다 앞선 데서 비롯한 결과로 보인다. 그 결과 텍스트에서 민족적 영웅을 초점화하여 서술하는 화자는 시인의 이념을 간접적으로 제시하고 이를 대변하는 기능을 한다.

이 작품의 구성은 도입부를 이루는 서시와 16장의 본사, 마지막 17장의 결사로 구성되어 있다. 그런데 서시는 현재의 시점에서 조상의 얼과 조국에 대한 찬미가 주요 서술 내용이다. 본사는 이순신의 출생과 활약, 수난, 인간성, 장렬한 죽음에 이르는 일련의 생애를 서술하는 본 이야기로 1장에서 16장까지 연속된다. 그러니까 본사는 출생에서 성장, 시련과 고난, 투쟁, 죽음에 이르는 전통적 영웅 서사문법을 그대로 수용하고 있으며 영웅의 일생이 주요 서술 내용이다. 화자는 영웅의 일생이 지닌 애국주의적 행동을 찬양[9]한다. 그리고 역시 현재적 관점에서 영웅 정신과 영웅적 감명에 대한 에필로그인 결사 17장으로 이루어져 있다. 형식상 서시와 결사가 액자 틀을 이루며, 본사의 내부 이야기를 감싸고 있는 서술구조를 이루고 있다.

「남해찬가」의 액자 틀은 서사 시인으로 감지되는 일인칭 화자가 현재의 시점에서 조상의 얼과 조국에 대한 찬미를 늘어놓는다. 액자 틀은 본사의 핵심 이야기에 대한 화자의 태도 표명으로서 시인의 창작의식을 드러내는 기능을 한다. 액자 틀의 화자는 본사의 이야기를 통해서 독자에게 전달하려는 의미 내용이 무엇인지를 암시한다. 액자 틀의 기능은 현재시점에서 본사의 핵심 이야기를 현재적 의미로 전환하는 역할을 한다.

「남해찬가」의 내부 이야기는 한 인물의 전기적 서술 형태를 취하고 있기 때문에 사건의 진행이 평면적이다. 화자는 주인공 이순신의 일생을 자연 시간의 순서를 따라 제시하며 인물에 관련된 중요한 사건을 편집자적인 능력을 발휘하면서 요약하여 서술한다. 영웅이라는 전형적인 인물의 전 생애를 스토리 시간으로 서술하고 있기 때문에 전지적 화자에 의한 사건의 요약된 설명이 주를 이룬다. 그래서 화자는 실록에 의거해 사건을 평면적으로 서술하는 결함[10]을 가지고 있다는 지적

9) 문덕수, 「김용호 시 연구」, 『시문학』, 1984, 4월호, 109쪽.

을 받기도 하였다.

작품의 핵심 이야기인 본사는 중심인물 이순신의 행위를 전지적 화자의 시점으로 중재한다. 이 전지적 화자는 주인공 이순신의 영웅적 행위를 초점화하여 그 위대성을 전경화하여 중재한다. 화자는 외부에서 사건을 객관적인 관찰자의 눈으로 재현하여 수화자에게 전달·보고하는 것이 아니라 그 인물행위가 갖는 의미를 논평하고 평가하여 가치를 부여하는 관념적 수준의 화자이다.[11] 화자는 사건과 인물행위를 평가하고 여기에 의미 가치를 부여해 수화자에게 전달한다. 이 관념적 수준의 시점에 의해서 화자는 자신이 서술하는 세계를 관념적으로 감지하고 평가한다. 이 관념적 수준의 시점은 숨겨져 있거나 공공연히 드러나 있기도 하고, 작가 자신의 것일 수도 있고, 작가의 체계와는 구별되는 화자의 규범 체계일 수도 있다. 또는 등장인물들 한 명의 것일 수도 있는데, 「남해찬가」는 등장인물이 아닌 사건을 외부에서 바라보는 전지적 화자의 것이다.

「남해찬가」는 영웅의 일생을 노래한 시이다. 이 시는 전쟁 중에 일어난 갖가지 사건을 화자가 편집자적인 능력을 발휘하여 연대기적으로 서술한다. 영웅의 일생이 보여주는 위대한 삶을 통해서 집단적 진실을 추구하는 작품이다. 집단적 진실은 독자에게 정신적 연대감과 일체감을 불러일으키고자 하는 서술의도를 갖고 있다. 그래서 서사대상은 주로 민족 집단의 영웅에 의하여 국가적 난관을 극복하는 역사 가운데 특정한 시간과 공간이 서사대상이 되는데 이 텍스트에서는 임진

10) 이성교, 「김용호론」, 『한국문학』, 1983, 5월호, 222쪽.
11) 보리스 우스펜스키, 김경수 옮김, 『소설구성의 시학』, 현대문학사, 1992, 31쪽.

왜란에서 활약했던 이순신 장군이 서사대상이 된다. 따라서 주인물은 이순신이라는 전쟁 영웅이며 서사는 영웅의 일생이라는 구조를 갖는다. 그렇기 때문에 인물과 인물의 행위도 역시 전형적인 영웅적 성격과 서사문법을 따르고 있다. 이와 같이 영웅의 일생을 서사화한 「남해찬가」의 전체적인 서사단락을 요약하면 다음과 같다.

서사 ; 조국과 조상의 얼에 대해 예찬한다.
제1장 ; 이순신이 탄생한다.
제2장 ; 왜국의 침략과 선조가 피천한다.
제3장 ; 이순신이 출전한다.
제4장 ; 옥포, 당포, 한산, 부산에서 대승한다.
제5장 ; 원균과 남·북인이 이순신을 모해한다.
제6장 ; 이순신이 투옥된다.
제7장 ; 이순신이 백의종군한다.
제8장 ; 이순신의 애국충정과 원균이 학정을 일삼는다.
제9장 ; 삼도수군통제사로서 전비를 전열한다.
제10장 ; 배류의 진을 친다.
제11장 ; 명량에서 대승전을 한다.
제12장 ; 아들 면의 죽음과 우국충정이 소개된다.
제13장 ; 명나라 원군 진린이 횡포를 부린다.
제14장 ; 진린의 배신과 왜군이 노량에 진입한다.
제15장 ; 이순신의 대의충정이 소개된다.
제16장 ; 명량대승과 장렬한 전사를 한다.

제17장(결사) ; 영웅에 대한 감명과 예찬이 서술된다.

이상의 서사단락에서 조국과 조상을 찬미하는 서시는 도입부로서의 서사, 영웅 이순신의 일생을 다룬 제1장에서 16장까지의 본사, 그리고 마지막 영웅적 정신과 감명을 다룬 에필로그는 결사에 해당한다. 이러한 이중적 구성에서 서시의 조국에 대한 예찬과 결사의 영웅적 감명과 영웅 정신의 현재성을, 본사는 역사적 과거로 돌아가 영웅의 일생을 재구한 것이다. 이 작품은 역사적 과거의 현재화라는 전략적 의도를 내세우고 있다.

시인이 영웅의 이야기를 서사화한 배경은 전래의 민족·영웅 서사시가 의도하는 바와 대동소이하다.12) 실제시인의 의도와 목적은 텍스트를 구성하고 서술에 나가는 방향에 일정한 영향을 미친다. 그 일정한 영향은 텍스트를 구축해 나가는 화자의 이념적 시점을 지배한다. 바로 이러한 지배적 이념은 영웅 이순신의 생애를 통해서 당대의 민족적 현실을 타개하려는 화자의 목소리를 지배한다. 따라서 화자의 목소리와 서사대상 사이의 거리는 밀착되어 있으며 사건에 대한 정보 제공은 거의 전지적으로 주어진다.

소통이론의 입장에서 보았을 때 작가는 텍스트를 통하여 독자와 간접적인 방법으로 의사소통을 한다. "역사적 작가에 대한 가장 직접적인 텍스트의 내의 대응물로서"13) 허구 외적 목소리(extrafictional voice),

---

12) 시인은 시집 후기에서 영웅적 감명과 영웅 정신을 장편 서술시화 한 배경을 다음과 같은 이유로 들고 있다. 첫째는 1950년대 전후의 당대는 민족적 수난기이다. 둘째는 대인격의 완성자이자 민족 이상의 구현자인 이순신의 정신을 계승해 자기반성의 계기로 삼아야 한다. 셋째는 민족 수난의 극복과 민족 이상의 실현 등이 그것이다. 여기에서 드러나듯 시인이 장편 서술시를 창작하게 된 동기와 의식을 알 수 있다.

즉 내포작가(implied author)를 가정할 수 있다. 즉 텍스트에 제목을 붙이고 스토리 세계를 구성하고 화자의 특성을 결정하는 존재, 즉 작가의 제2의 자아(함축된 작가)를 상정할 수 있다. 일반적으로 이러한 내포작가는 "텍스트에 암묵적으로 존재하며 텍스트 전체의 지배적인 의식으로서 내포독자"[14)에게 인지될 뿐이다. 즉 내포독자는 독서하는 과정에서 작가가 이 텍스트를 통하여 어떤 신념과 주제를 전달하려고 하는가를 깨닫게 되는데 바로 그 독자에 의해서 축조된 작가의 이미지가 내포독자인 것이다.

그런데 「남해찬가」는 작가의 목소리, 즉 내포작가가 직접 텍스트의 표면에 등장한다. 서사와 결사에서 조국애라는 현실적 문제에 깊은 관심을 표명한 화자의 목소리와 텍스트 내용의 핵심을 이루는 내부 이야기의 목소리를 구분하는 것은 용이하지 않다. 이것은 전지적 작가 시점으로 쓰여졌기 때문에 화자의 서술적 권위는 시인으로서의 작가적 권위에 가깝게 느껴진다. 이 작품은 전쟁을 겪은 직후에 쓰여졌다. 국난 극복의 대표적 사례라 할 수 있는 임진왜란에서 이순신 장군의 전기를 소재화한 것은 시의적인 문학 행위였다. 시인은 내포작가를 통해 자신의 작품에 대한 관념적 태도를 분명히 밝힘으로써 텍스트의 교훈적 계몽성을 높이고 있다. 동시에 시인은 액자를 통해서 독자에게 독서의 방향을 제시하는 효과를 거두려 하고 있다. 텍스트의 창작의도, 주제의 설명 등은 독자가 시인의 신념과 주제에 맞추어 스토리를

---

13) Susan S. Lanser, *The Narrative Act*, Princeton : Princeton Univ. Press, 1981, p.12.
14) 내포독자는 한 텍스트를 즐기기 위해 자신의 마음과 정신을 그 텍스트의 신념과 주제에 전적으로 종속시키는 텍스트 안의 독자의 이미지를 말한다. 즉 텍스트에 미리 조직되어 텍스트가 어떤 유형의 반응을 유발하도록 기능한다(웨인 C. 부우드, 최상규 역, 『소설의 수사학』, 새문사, 1985, 175~176쪽).

이해하도록 만들며 따라서 작가의 의도가 최대한 반영된 독서행위를 유도하도록 기능한다.

「남해찬가」는 이미 너무나 잘 알려진 이순신 장군의 생애와 업적을 그리고 있기 때문에 내용상 전혀 낯설지 않다. 뿐만 아니라 텍스트를 구성해나가는 구성방법이나 서술방법 또한 전대의 영웅 서사문법을 그대로 따르고 있기 때문에 형식상 새로울 것도 없다. 그것은 일반적으로 잘 알려진 민족 수난기의 영웅적 인물의 생애를 따르는 서사가 갖는 서술적 특성인 격앙된 열정으로 예찬하는 서술태도와 의식에 연유한다. 그렇기 때문에 독자에게 전달되는 사건에 대한 화자의 정보제시는 매우 격정에 차 있으며 서사대상에 대하여 서정적 인식이 강하다.

그런데 「남해찬가」는 문학 사회학적으로 민족 서사시가 부재한 상황에 대한 반성의 결과로 보여진다. 그 결과 영웅적 인물을 소재로 한 장편 서술시로 나아갈 수밖에 없었으며, 임진왜란과 한국 전쟁을 민족 공동체 의식에 결부시켜 연결하고자 했다. 문학 사회학적으로 위기에 대한 응전 양식으로서 장편 서술시의 형식을 취했으며, 그것을 서정적 서사행위로 새롭게 그리고 있다. 이러한 형식과 기법상의 특징은 시적 의도나 동기·욕구가 강했으며, 그것을 드러내는 방법상의 기법에 대한 인식이 이중구조의 서술로 선택된 것이다. 즉 형식과 기법상의 창조적 인식이 시인의 시대의식 내지는 시 정신과 결합한 결과로 볼 수 있다. 그러나 인물행위에 대한 새로운 제시와 재구성이 확보되지 않고 사회학적 이념과 서정적 서술주체의 스토리 세계에 대한 지나친 개입은 작품의 현실감을 훼손하고 있다.

이순신이라는 영웅의 일생은 위인 전기적 서술방법에 따라 기록된다. 장편 서술시의 장르상 역사적으로 실존했던 민족적 영웅의 일생과 업적을 형상화했다는 점에서 영웅 서사시의 일종으로 볼 수도 있다. 그리고 동시에 임진왜란의 민족적 수난을 헤쳐 나가는 영웅적 정신과 행위, 그것이 발산하는 감명을 서사화했다는 점에서 민족 서사시로 규정할 수 있다.15) 이런 점에서 전통적 서사문학, 특히 영웅·신화적 인물의 행위와 업적을 위주로 사건을 펼치는 설화나 조선조 영웅소설에서 널리 쓰인 영웅의 일생을 다룬 문학적 구조와 영웅 정신의 서사문법을 충실하게 따르고 있다. 시인은 이러한 문학적 구조와 영웅정신을 당대의 국가·민족적 역사의식에 통합하고자 하는 창작의도를 내보인다.

뿐만 아니라 이 작품은 영웅의 일생을 서술하는 고전적 문법이나 장치를 그대로 따르고 있다는 점 때문에 독자에게 전달되는 스토리는 신선하게 다가오지 못한다. 그것은 본사에서 서술대상인 초점인물 이순신의 생애와 업적에 관한 사건을 제시하는 방법에서 극단적으로 나타난다. 초점인물 이순신의 생애는 별다른 미학적 장치 없이 탄생과 성장, 그리고 그에게 닥친 시련과 고난에 대한 투쟁, 그리고 죽음이라는 과정을 연대기적으로 밟아 나간다. 그런데 이러한 스토리의 전개는 기존의 영웅 서사문법을 그대로 따르는 것이다. 그렇기 때문에 텍스트에 제시되는 스토리는 단조롭고 평면적이다. 그리고 인물의 직접적 행위가 아닌 화자에 의한 인물행위의 설명적 정보제시에 의해 인물의 행위가 제시되기 때문에 극적 긴장감을 느낄 수 없다.

따라서 독자들은 전대의 민족·영웅 장편 서술시나 고전 영웅소설

---

15) 민병욱, 『한국 서사시와 서사시인 연구』, 태학사, 1998, 218쪽.

과의 변별성을 그다지 느낄 수 없으며, 미세한 내용의 불일치성 밖에
는 새로운 것을 느낄 수 없다. 이러한 전대 영웅서사와의 친숙성은 화
자의 서사대상에 대한 서술과 스토리 사건에 대한 서술방식에 대해
독자들은 전혀 낯설다는 느낌을 받지 못한다. 이것은 스토리를 서술함
에 있어서 전대의 영웅서사가 보여주는 화자가 거의 공통적으로 소유
하고 사용하는 내용 형식상의 고답적인 서술방식에 따른 결과라 할
수 있다.

익히 알려진 대로 임진왜란이라는 국난을 극복하기 위해 싸우다 마
침내 장렬하게 최후를 마친 이순신의 생애야말로 국난 극복을 위한
민족의 귀감으로 누구든 알고 있다. 그는 독자라면 누구나 의심의 여
지없이 영웅으로 추앙하는 인물이다. 「남해찬가」는 이런 집단 무의식
적으로 뇌리에 박힌 영웅적 주인공의 탄생에서부터 죽음에 이르는 과
정을 자연 시간순서대로 재구성한다. 그러면서 그의 전략과 전술, 인
품과 덕성, 원균과 같은 적대자 등과의 대립과 갈등을 통해서 고난과
충정을 부각하는 데 서술의 초점을 맞춘다. 그렇기 때문에 서사적 구
성을 이루는 본사는 독자에게 한 인물의 전기적·역사적 사실이나 이
미 익숙한 생애의 재구성에 지나지 않는다.

이것은 결국 이 작품이 본래 의도하는 바와 같이 인물의 생애나 업
적을 찬양하는 것에 목표가 있는 것이 아니라 당대의 민족적 수난을
극복하고자 하는 전언을 담고 있는 것을 보여주는 것이다. 다시 말해
이규보의 「동명왕편」이 고려조에서 몽고의 침략이라는 국난의 시기에
고구려의 건국 영웅 동명왕을 통해서 민족적 주체성과 자주성을 회복
하기 위해 쓰여진 것과 같은 맥락이다. 시인은 한국 전쟁의 민족적 비

극 속에서 임진란의 구국 영웅 이순신을 통해서 국난 극복의 의지를 노래하고 있다. 따라서 「남해찬가」는 과거의 역사적 사실보다 현재의 상황에 중심을 두고 있다. 민족·영웅의 일생을 통해 역사적 사실의 현재화에 서술의 의도를 두고 있다.

그러나 지나치게 교훈적이며 설교적인 목소리, 과거의 역사적 사실을 작가로서의 시인의 상상력을 통해 새롭게 재구성하는 것이 아닌 사실(史實)의 나열은 작품의 문학성을 저해하고 있다. 역사적으로 잘 알려진 사실을 화소로 채택할 수는 있지만 작가로서의 시인의 상상력이 작용함으로써 역사적 사실과 상상력의 팽팽한 긴장력이 배태되어야 함에도 불구하고 사실의 시간적 순서를 그대로 따름으로써 나타나는 단조로운 나열은 이 작품의 결함으로 작용한다.

배경이나 인물에 대한 상세한 묘사나 설명은 작품의 플롯을 전개하는 데에 필수적인 정보의 제공이라는 의미를 갖는 것이 아닌, 선/악, 미/추의 대립적 관계를 드러내기 위한 상투적 표현이라 할 수 있다. 따라서 텍스트에 제시된 이순신은 독창적이고 개성적인 인물이 아닌 영웅적 전형성만을 느낄 수 있다. 이것은 전지적 화자의 서사방식의 몰개성성에 기인하는 것이라 할 수 있다. 영웅적 인물에 대한 과도한 감명에 경도된 나머지 화자의 고유한 목소리를 느낄 수 없고 찬양 일변도의 음색만 느낄 수 있다.

영웅의 일생과 업적으로서 이순신의 생애는 주어진 현실이 고난과 시련, 위기에 처할수록 그것은 극복 의지와 노력, 투쟁의 대상이 된다. 그의 업적으로서 투쟁으로서의 승전과 조국에 대한 충정이 그것이다. 이러한 시련과 고난, 위기, 투쟁, 목적을 성취하는 우국충정의 생애가 텍스트의 지배적 서사구조를 이룬다. 그런데 이러한 서사구조에서 보이는 화자의 태도와 관점은 위인 전기적 역사, 인물 이해 방식을 그대로 따르고 있어서 역사에 대한 새로운 해석적 사유를 보여주지 않는다. 전통적 서술방식의 선/악, 애국/매국의 뚜렷한 이원적 대립 속에서 궁극적으로 영웅의 일생을 전경화한다. 이러한 것은 시인의 작가적 서술의식이 두드러진 서사와 결사의 에필로그에서 극단화되어 영웅 정신과 영웅에 대한 찬양으로 집약된다. 그리하여 화자의 사건 서술은 영웅적 인물에 대한 칭송의 목소리를 느낄 수 있다.

「남해찬가」의 액자 내부 스토리는 임진왜란의 영웅 이순신의 생애를 재구하면서 그의 생애가 지닌 조국애에 서술의 초점이 맞추어져 있다. 액자구성에서 독자는 내부 스토리를 액자 스토리의 작중인물들의 말과 의식을 통해 전달받는 것이 아니라 화자의 일방적 설명과 논평을 통해서 전달받는다. 화자는 실재하는 영웅의 전기적 사실을 기초로 국난을 극복해나가는 전쟁 영웅의 모습을 일관되게 송가적 목소리로 서술한다. 이것은 화자의 서술의도가 분명히 드러나는 데서 기인하는 것이다. 이 점은 민족적 영웅의 삶을 통해 집단적 정체성이라는 민족적 이념을 고취하고자 하는 화자의 현실인식이 강했기 때문으로 보인다. 이로 인하여 초점인물 이순신은 스토리 세계에서 시인의 이념을 간접적으로 제시하기 위한 장치로서 행위만 있고 자신의 고유한 의식이나 목소리는 존재하지 않는다.

이순신의 생애는 단순하게 연대기적 순서를 따라 서술된다. 초점화된 이순신의 영웅적 삶에 포함된 사건과 행위의 서술은 전지적 시점으로 서술된다. 무제한의 서술적 권위를 지닌 화자는 국난 극복의 영웅으로서 이순신의 생애를 탄생과 시련, 고난과 투쟁, 그리고 죽음에 이르는 과정을 전달한다. 그러면서 이 전지적 화자는 이야기에 적극 개입하여 그에 대한 적절한 논평과 해설을 덧붙이고, 그에 대한 의미 가치를 긍정적으로 부여한다. 화자는 인물행위가 갖는 의미 가치를 평가함으로써 독자로 하여금 텍스트의 서술의도, 주제, 화자의 신념에 맞추어 스토리를 이해하도록 요구하는 것이다. 이것은 독자로 하여금 화자가 의도가 최대한 반영된 독서행위를 은연중에 강조하도록 기능한다.

화자는 내부 이야기를 실록에 기초해서 서술을 이끌어가면서 자신의 시각과 의식에 맞추어 사건을 재조정해 독자에 전달한다. 화자는 단순히 실록의 기록을 편집하는 역할을 넘어서 자신의 언어로 바꾸어 재구한다. 수미쌍괄식의 폐쇄 액자구조를 지닌 이 작품에서 도입액자는 내부 스토리에 대한 사실성을 증명하고 역사적 진실성을 통해 독자에게 전달하려는 의미 가치로서 창작 의식 내지는 서술의도를 표방하도록 한다. 그리고 종결액자는 내부 이야기가 지니고 있는 진실성이 역사현실에 주는 의미를 강조하도록 기능한다. 액자 틀의 이러한 기능은 내부 이야기가 함축하고 있는 의미를 독자에게 전달하기 위해서 화자의 의식에 따라 사건을 재조정하도록 요구하는 것이다. 역사적 실록에 기초해 영웅의 생애를 전달하는 화자의 의식은 송가적 찬양의 성격을 지니고 있다.

장편 서술시는 일반적으로 서사성과 서정성이 유기적으로 결합된 형식이다. 장편 서술시는 소설과 같은 산문과는 달리 양식의 특성상 화자의 주관적 서정 토로가 적극 개입되는 것을 얼마만큼 허용한다.

이 서정 토로는 실제시인 자신의 감정표현은 물론 인물과 사건에 대한 자신의 의견과 태도를 적극 드러내는 방법이다. 특히 신화적이며 역사적인 영웅을 등장시켜 애국심과 같은 이념적 목적성이 강한 메시지를 독자에게 전달하려고 하는 의식의 지향은 고대 영웅 서사시가 내포한 특징 가운데 하나이다. 「남해찬가」도 역시 마찬가지로 이러한 서술적 특징을 지니고 있다. 그래서 화자는 객관적 시점에 의해서 스토리 사건을 제시하지 못한다. 즉 작품 세계에 필요 이상으로 실제시인의 의식으로 보이는 주관적 의식이 침입해 있다. 이러한 주관적 의식은 서술대상에 대한 찬미적인 목소리를 높인다.

화자의 서술대상에 대한 찬미적인 서술태도는 서술의 어조를 결정짓고 있다. 화자의 권위는 실제 서사시인의 권위에 가깝다. 그럼으로써 시인이 이 텍스트를 통해 어떤 신념과 주제를 전달하도록 기능한다. 액자 틀을 이루는 외부 이야기와 핵심 이야기인 내부 이야기를 서술하는 화자의 어조는 구별되지 않고 거의 동일하게 들린다. 하지만 서시나 결시에서 말하고 있는 존재는 텍스트의 근원인 측면, 즉 시인의 창작 동기, 드러내고자 하는 사상, 독자들에 대한 당부 등의 내용을 언급하고 있다는 점에서 내부 이야기를 서술하는 역할을 담당하고 있는 화자와는 구분된다. 그렇기 때문에 액자 틀의 화자는 허구적 존재로서의 화자라기보다는 시인에 가까운 목소리다.

그래서 이 작품은 서사행위의 특징 가운데 하나로서 화자의 비개성적인 목소리와 목적적 의식의 지향이 지배적으로 감지된다. 즉 작가 전지적 시점으로 서술되어 화자는 자신만의 개성적인 독특한 어조와 목소리로 스토리를 서사하는 것이 아니라 고대의 서사시나 영웅서사에서 보여주는 한결같은 어조와 목소리, 서술태도와 의식으로 스토리를 서사해 나간다. 그렇기 때문에 현실감이 없어 보이며 때로는 지나친 찬양으로 인해 감상적으로 전달되기도 한다.

> 가난한 날에도
> 맘 아픈 날에도
> 갖가지 못참을 슬픈 날에도
> 오로지
> 한 얼, 한 길에 뭉쳐 살았거니
> 골고루 이루우리다 맹세코
> 내 사랑하는 강산이여!
>   서시 제5연 중에서

인용된 시는 도입부를 이루는 서시의 제5연으로서 조국과 조상에 대한 화자의 찬양적인 발언이 중심을 이루고 있다. 이 고조된 감정에서 비롯한 찬미의 어조는 작품 전체를 지배하는 서술 목소리이다. 작품 밖 실제시인의 주관적 의식이 베어 있는 화자의 목소리는 서술대상에 감정적으로 격정에 쌓여 있으며, 이러한 격앙된 감정은 초점인물인 영웅 이순신에 대한 일방적 예찬으로 계속된다. "사랑하는 강산"에서 "한 얼, 한 길"로 "뭉쳐" 공동체적 삶의 역사를 "이루우리다"에서 보이듯 화자의 감정은 매우 고조되어 있으며, 서술대상에 대해 극도의 찬미적 태도를 드러내고 있다. 그것은 "이루우리다" "내 사랑하는 강산이여!" 등의 영탄조의 시어와 시구에서 드러나듯이 서술대상에 대하여 찬미적인 서술태도를 엿볼 수 있다.

이러한 서술대상에 대해 서술주체의 경도된 감정은 고대의 영웅 서사시가 갖는 서술적 특징이라 할 수 있다. 도입부에 보인 이러한 서술 대상에 대한 지나친 밀착과 서술 목소리, 서술태도는 본사의 초점인물 이순신의 생애와 업적을 서술해나가는 관점으로 그대로 작용한다. 이 격정적 서술태도는 당연히 있어야 할 세계를 지향하는 실제시인의 이념이라 할 수 있으며, 이순신의 생애와 행위가 지닌 위대성을 제시하기 위한 것이다.

당위적 진실의 세계 지향은 서사시의 전형적인 이념으로 볼 수 있다. 전형적인 이념은 전형적 영웅으로서 이순신을 긍정적이며 고상한 성격의 소유자로 제시한다. 따라서 이러한 전형적 인물의 행위와 업적의 위대성에 대한 칭송과 예찬의 감정이 주된 서사시적 어조를 형성한다는 점에서 송가적인 형태를 지닌다. 그래서 스토리 사건을 이끄는 화자의 어조는 인물행위의 위대성을 드러내고자 하는 칭송을 기본 어조로 깔고 있다. 이러한 서사대상에 대한 격정적 어조는 화자의 목소리를 몰개성화시킨다.

> 영원히 민족의 이름으로
> 떠오르는
> 저어 태양
>
> 이 나라 이 백성 함께
> 길이길이 빛날
> 저어 태양
>
> 제16장 제3·4연 중에서

인용한 시는 초점인물 이순신의 최후를 그린 대단원의 대목이다. 여

기에서도 드러나듯 화자는 서술대상과의 거리를 최대한 좁힌 채 이순
신의 죽음을 민족적 의미로 미화하고 있다. 그의 죽음은 단순한 생명
의 소멸이 아닌 영원한 민족의 빛과 태양이라는 새로운 생성의 의미
로 미화된다. 그의 죽음은 "영원히 민족의 이름으로 떠오르는 태양"이
다. 이와 같은 서술의식과 태도는 텍스트 전체를 통해 관찰된다. 서술
대상에 대한 전지적 화자의 경도된 서술의식과 태도는 찬양으로 일관
되어 있으며, 이러한 측면은 전대의 영웅 서사시나 영웅의 생애를 다
룬 서사물에서 흔히 발견되는 일반적인 요소이다. 영웅에 대한 신격화
와 그 행위와 업적에 대한 감명은 작품 전체에서 강렬한 격정에 의해
서 토로되고 있다. 때문에 몰개성적인 목소리가 지배적으로 감지된다.
　그리고 영웅적 인간상을 부각시키기 위한 대립적 인물 관계의 설정
은 상투적이다. 대립관계에 의한 영웅성의 전경화는 초점인물 이순신
이라는 영웅 탄생의 서술에서부터 시작된다. 황폐화된 조선의 "인종
원년 3월 8일"에 이순신의 탄생은 조선의 황폐한 역사적 현실과 성웅
이순신의 대립적인 의미로 이미지화되어 서술된다. 이러한 대립적 이
미지는 작품에서 줄곧 드러나듯이 "어둠"과 "빛"의 대립적 이미지와
같은 맥락이다. "어둠"과 "빛"의 대립은 혼란의 "구름"과 "하늘의 빛"
으로 지속되어 대립된다. 대립적 이미지를 통한 송가적 서술태도는 작
품 전체를 관통하는 장치로 쓰인다. 이는 이순신과 원균, 이순신과 왜
군의 적대적 대립관계에서도 마찬가지이다.

운수당 댓마루엔
밤낮으로 술 잔치가 벌어지고
질탕한 풍악소리

　계집들의 깔깔대는 웃음소리
　담장을 넘어
　못난 백성 헐벗고 주리는 웃음소리
　전쟁을 잊은 듯
　군사의 조련이 없어지고
　兵器의 수리가 없어지고
　　　　　　　　제8장 9연 중에서

　인용 시는 이순신이 원균과 간신배 일당 등의 모함에 의해 한산도에서 쫓겨난 뒤 적대적 인물 원균의 횡포와 가렴주구에 대한 이야기이다. 적대적 인물 원균은 전시에 "군사의 조련"이나 "兵器의 수리"는 하지 않고 "밤낮으로 술 잔치를 벌이는"는 인물로 그려지고 있다. 민생은 돌보지 않고 학정을 일삼는 관리로서 원균의 이러한 모습은 고전설화에서 많이 경험한 내용이다. 선인과 악인, 애국자와 매국노라는 대립적 관계에 의한 스토리 사건의 전개는 권선징악적 주제를 다루는 고대 서사물의 일반적 서사방식이다. 그런데 이러한 뚜렷한 대립구도에 의해서 전개되는 서술방식을 그대로 원용함으로써 화자의 고유한 개성적인 목소리를 느낄 수 없다.

　이러한 대립적 의미는 민족 현실의 고난과 고난 극복의 전망을 제시하는 데 궁극적인 서술의도가 있다. 서술의도는 현실의 고난을 극복하고자 하는 의지의 표출이다. 그렇기 때문에 이순신의 탄생은 고난을 극복하는 빛의 탄생이며, 그의 죽음은 단순한 생물학적 소멸이 아닌 빛의 재창조로서 "민족의 이름으로 떠오르는 태양"으로 상징된다. 따라서 황폐화된 현실 세계가 어둠이라면 그 속에서 이순신은 빛이며 태양이다. 이런 면에서 영웅의 일생이라는 서사구조의 반복을 보인다. 영웅의 탄생과 죽음은 보편적으로 신이(神異)하며 이를 통해 인물을 신격화한다. 이러한 신격화는 이순신의 "빛"으로서의 탄생, "영원히 민족의 이름으로 떠오르는 태양"으로서의 죽음은 이를 반증하는 것이다.16) 아울러 주어진 시련과 고난의 장애 속에서 탁월한 이적을 수행하거나, 위기와 고난을 투쟁적으로 극복하고 마침내 목적을 성취하는 의미에서도 마찬가지다.

「남해찬가」는 이순신의 일생과 영웅 정신, 영웅 찬미를 서사화한 것으로 민족 수난의 극복의지를 담아내려는 서술의도를 드러내는 작품이다. 임진왜란과 육이오라는 민족적 수난과 위기의 역사적 상황을 당대성으로 등가하여 국난 극복의지를 드러내고자 하는 시인의 작가적 서술의도를 극명하게 드러내고 있다. 그렇기 때문에 당대 현실상황의 지나친 요구에 의해 역사 교과서적이며 위인 전기적 역사 이해와 서술방식으로 일관한다. 그래서 지나치게 설교적이며 교훈적인 화자의 의식과 목소리로 인해 서사적 한계를 노정하고 있다.

한국 전쟁 직후 이 작품이 창작되었다는 점을 고려한다면 민족적 위기와 그 극복이라는 시대정신을 시적으로 형상화하려는 시인의 현실적 욕구에 의해 이 시는 창작되었다고 할 수 있다. 시적 표현의 방법적 한계와 더불어 내용의 인식 면에서도 피상적인 이해에 머무르는 한계를 드러낸다. 창작 시기가 한국 전쟁이라는 점을 감안한다면 시인이 민족적 위기와 그 극복 의지를 고양하기 위해 이러한 작품을 썼다

16) 김열규, 『한국민속과 문학연구』, 일조각, 1971, 61쪽.
   조동일, 「영웅의 일생, 그 문학사적 전개」, 『동아문화』10집, 동아문화연구소, 1971,
   169쪽.

고 할 수 있는데, 그러나 이순신에 대한 이야기의 서술이 상식적인 수준에서 벗어나지 못했고, 실록에 기초한 평면적 서술의 줄거리 전개에 불과한 점 또한 결함으로 지적될 수 있다. 이것은 이 작품이 이순신에 대한 찬양적 의미화에 이야기의 초점을 맞추고 있기 때문에 발생하는 결함이다. 작품을 통해서 전달하고자 하는 내용에만 치중한 나머지 그것을 어떻게 표현할 것인가라는 미학적 문제를 고려하지 못한 결과이다. 결과적으로 이것은 당대 지식인으로서의 역사현실에 대한 사명감이 시인으로서의 예술적 충동보다 우세한 데 따른 결과라 할 수 있다. 즉 시적 형상화보다 시인이 지닌 현실인식의 이념을 전달하려는 시적 태도를 반영한 결과이다.

이와 더불어 이 시기 장편 서술시의 서사적 특징은 영웅적인 인물의 생애를 다룬다는 점이다. 민족적 영웅이 지닌 위대성을 통해 시인이 전달하려는 민족애라는 서술의도가 뚜렷이 나타난다는 점이다. 이것은 전쟁을 치른 직후 민족적 문제를 과거의 역사적 사실을 현재화하여 극복하고자 하는 의도로 볼 수 있다. 구성상 지배적인 특성으로서 일종의 액자형식은 내부의 과거 이야기를 액자 외부의 현재적 의미로 전환하는 기능을 하며, 또 영웅 인물의 삶이 지니고 있는 위대성이나 의미를 현재화하여 당대의 문제를 돌파하려는 시인의 의도를 전달하도록 작용하고 있다. 그 결과 미학적 차원에서 작품을 통해 전달하고자 하는 내용을 어떻게 표현할 것인가의 문제는 소홀한 채 사건을 평면적으로 서술하는 한계와 더불어 화자의 사건개입과 영웅적 인물의 애국주의를 찬양하는 결과를 낳고 있다.

$3.$ 허구적 영웅서사와 민족적 미래전망

김소영은 그가 활약한 당대 1950~60년대에 거의 알려지지 않은 시인이었다. 그러다 보니 그의 작품은 당대의 비평적 관심에서도 배제되었다. 「조국」은 그의 두 번째 장편 서술 시집[17]으로 시인 자신의 말을 빌리면 "1959년에 기고하여 오늘", 즉 1974년에 "이르기까지 10여 년을 다듬은 숙망의 서사시 텍스트이다."[18] 숙망의 서사시 텍스트라는 작품 후기의 발언에서 나타나듯 시인의 경험 세계와 세계관을 총체적으로 집약한 작품으로 받아들일 수 있으며, 서사시적 세계를 지향하고 있음을 알 수 있다. 이와 아울러 김소영은 시집 후기에서 작품의 창작 의도 내지 자신의 시론적 입장을 밝히는데, 텍스트를 이해하는데 시사하는 바가 크다.

> 시는 말 가운데서도 가장 아름다운 말이기에 이 나라의 시를 사
> 랑하는 마음은 곧 이 민족의 정신인 말을 사랑하는 마음일 것이고
> 아름다운 조국을 사랑하는 간절한 마음일 것이다.[19]

위의 발언에서 알 수 있듯이 김소영은 시를 언어, 민족정신, 조국애와 동궤의 개념으로 파악하고 있다. 이러한 시론적 입장으로 "사회에 대한 애정과 조국의 미래에 대한 신념"을 구체화한 것이 장편 서술시 「조국」으로서 그가 말하는 숙망의 서사시 텍스트이다. 그의 시론적 입

---

17) 첫 번째 작품은 「어머니」로서 1970년 『신문학』10월호에 게재되었다.
18) 김소영, 「조국」후기, 현대문학사, 1974, 99쪽.
19) 김소영, 앞의 책, 96쪽.

장은 "민중의 말로 민중에게 호소해야 하고, 민중의 가슴에 역사의식을 가져다주어야 한다."[20]는 시의식의 발로에서 이 시가 창작되었음을 알 수 있다. 이 텍스트는 서사의 내용상 "민족이나 국민이 자기들의 존재와 그 귀속감을 주제"[21]로 하고 있는 시이다.

시집 후기에서 밝히고 있듯이 이 작품은 조국에 대한 사랑, 즉 조국애와 민족의 미래에 대한 신념을 드러내려는 목적, 혹은 서사적인 의도를 가지고 있다. 이러한 서사적 주제 내용의 의도를 실현하기 위해 시인은 허구적 영웅 인물을 창조해 초점화한다. 화자는 영웅적 인물을 초점대상으로 그의 생애와 그가 펼치는 행위를 통해 조국애와 민족의 미래에 대한 희망이라는 서사적 전망을 제시하고자 한다.

김소영의 「조국」은 액자구성을 취하고 있다. 액자구성에 의해서 틀 이야기와 내부 이야기라는 두 층위의 이야기를 가지고 있다. 핵심적인 이야기인 내부 이야기의 출처 내지는 그것을 현재적 전망의 의미로 이끌고자 "핵심 이야기의 외측에 또 하나의 화자의 시점을 설정하는 이중적 서술행위"[22]가 이루어지고 있다. 따라서 화자는 액자 틀을 이루는 서사에서 '우리'로 표현된 1인칭 시점으로 서술해 나가고, 역시 액자 틀을 이루는 결사는 '우리'로 전환한 '나'라는 1인칭 화자에 의해서 서술된다. 그리고 액자 내부의 핵심 이야기는 3인칭의 전지적 시점과 모습을 감추었지만 액자 틀의 1인칭 화자로 보이는 시점에 의해서 서술된다.

액자 내부의 핵심적인 이야기를 서술함에 있어서 3인칭의 전지적

20) 김소영, 앞의 책, 98쪽.
21) 민병욱, 앞의 책, 30쪽.
22) 이재선, 앞의 책, 83쪽.

화자와 모습을 감춘 1인칭 화자에 의한 스토리 사건의 전개는 집단적 이념을 고취하고자 하는 작자의 당대의 현실인식이 강했기 때문으로 보인다. 즉 국가적 위기의 상황에 대한 지식인으로서의 사명감이 시인으로서의 예술적 창작 충동보다 앞선 데서 생긴 결과라 할 수 있다. 특히 1인칭으로 보이는 화자 내지 작중인물은 스토리 세계 내에서 작자의 이념을 간접적으로 제시하기 위한 장치로서 별다른 행동은 없고 서술대상에 대한 의식과 목소리만 있는 형태를 지닌다.

서사물의 소통구조상 액자구성은 화자가 두 명 이상이 된다. 액자틀 내부의 이야기인 2차 서사의 화자와 수화자는 바로 1차 서사인 틀 이야기의 작중인물이 되는 것이 보통이다. 따라서 독자는 내부 스토리를 액자 스토리의 작중인물들의 말과 의식을 통해서 전달받게 된다. 그런데 「조국」은 틀 이야기에 보이는 작중인물로서 1인칭 화자와 함께 3인칭의 전지적 화자에 의해서 사건이 중재된다.

화자는 전지적 시점에서 주인물을 초점화하여 그의 일생이 갖는 서사적 사건이나 행위, 내면세계를 보여주고 이에 대해 해설한다. 초점화된 주인물이 펼치는 행위와 사건은 주로 장면제시로 보여지며, 화자는 3인칭 전지자가 때로는 1인칭의 '나'가 제시한 장면과 사건, 그리고 인물행위에 대한 해설을 위주로 서술해 나간다. 이들 화자의 해설은 강한 어조를 형성하며 텍스트를 구조화하는 수사적 장치로 쓰인다. 서사 내용의 전체적 국면을 요약하면 다음과 같다.

서사 ; 우리와 한 가시내의 출발
장면 1 ; 강증섬과 그 가족의 일화

　　　　　강증섬의 어머니 회상
　　　　　강증섬의 자각과 성장의 일화
　　　　　강증섬의 사람됨
　　　장면 2 ; 강증섬의 3·1운동 참여
　　　　　강증섬의 3·1운동 실패 후 자각
　　　　　강증섬의 만주 망명
　　　장면 3 ; 강증섬의 독립군 자원과 활동
　　　　　강증섬의 특공대 자원과 작전
　　　　　강증섬의 체포와 관동군의 고문
　　　　　강증섬의 사형과 죽음의 의미
　　결사 ;　어머니와 나의 전진

　　위와 같은 액자구성에서 드러나는 것은 액자 틀을 이루는 외화는 서사적 현재이며 본 이야기인 내화는 역사적 과거이다. 이때 액자 틀의 서사는 기능상 내화인 본 이야기의 과거로 들어가는 입구 역할을 한다. 그러니까 내부 이야기의 출처를 제시해 주기 위한 하나의 방법으로써 기능한다. 그리고 결사는 본 이야기인 내화의 강증섬의 생애를 분단 조국의 현재적 전망으로 제시하는 기능을 한다. 즉 결사는 내부 이야기를 현재적 의미로 전환하는 기능을 담당한다.

　　그런데 발화의 차원에서 서사와 장면, 그리고 결사는 다른 서술시점을 채택하고 있다. 서사는 '우리'의 발언과 '가시내'의 서술로, 장면의 속 이야기는 '우리'의 발언과 강증섬의 생애에 대한 3인칭 화자의 전지적 서사, 그리고 결사는 '나'의 발언과 서술로 이루어져 있다. 즉 강증섭의 생애라는 서사적 사건이 서술의 중심을 이루고 있으며, 그에 관련된 상황이나 '나'와 '우리'의 발언이 서술된다. 그리고 장면은 '우리'가 전지적 역할을 하면서 발언하는 것으로 서술된다.

> 어둠이 가고 하늘과 땅이 밝아오는 아침에
> 증섭이는 자기도 모르게 입술을 깨문다
>   … 중 략 …
> 너 자신은 알 수 없는 권위가
> 너 가슴 속 깊은 골짝을 흘러 내린다
> 이제 너는 무엇이 무엇인가를 알게 되었다
> 빛이 어떻게 반짝이는가를 알게 되었다
> 속의 눈썹은 어떻게 뻗는 것인가를 알게 되었다

위의 인용 시에서 볼 수 있듯이 전지적 화자는 상황에 따라 3인칭과 숨어 있는 1인칭 시점으로 서술한다. 인용 시의 앞 부분은 서술적 표현방식에서 3인칭 시점을 선택하고 있다면, 중략 이후의 부분은 보이지 않는 1인칭 화자의 입을 통한 발언으로 서술한다. 이러한 3인칭 서술시점과 보이지 않는 숨은 화자로서 1인칭 서술시점은 작품 전체를 지배하는 서술시점이다. 나타나지 않는 숨은 화자의 발언을 작중의 청자인 '너', 다시 말해 작중의 주인물 강증섭이 듣는 피화자로 설정된 것이 특징이다. 화자는 초점인물 강증섭의 생애를 다루면서 피화자를 초점인물인 강증섭으로 삼고 그에게 말을 하는 형식을 지니고 있다.

그런데 이때 화자는 강증섭의 일생의 생애에 일어나는 서사적 사건이나 행위, 그의 내면세계 등을 전지적 화자의 시점에서 장면으로 보여 주고 이를 화자 자신의 입과 의식을 통해 해설을 가하여 내포독자에게 전달한다. 따라서 화자는 전지적 권위를 가진 자로서 '우리'의 발언을 서술하는 것이다. 그렇다면 서사의 화자 '우리'와 각 장면 속의 화자 '우리'는 전지적 서술 능력을 지닌 자로서 동일하며, 서사의 '가시내'는 내화를 이루는 각 장면의 초점인물 강증섬과 관계한다는 것을 알 수 있다. 그래서 내화의 보이지 않는 1인칭 화자는 서사의 '가시내'로 여겨진다.

텍스트의 전체 사건의 구성은 서사, 내화인 장면, 결사의 액자구조로 짜여 있다. 서사는 도입부의 역할을 하며 결사는 결말부의 기능을 한다. 서사와 결사는 액자 틀의 겉 이야기인 외화에, 강증섬의 생애에 대한 장면제시는 속 이야기인 내화에 속하는 액자이다. 속 이야기는 주로 초점화된 주인물 강증섬의 생애라는 서사적 사건이 중심을 이룬다. 따라서 서사는 주인물 강증섬이라는 허구적 인물에 초점이 맞추어져 진행된다. 초점인물 강증섬에 대한 서술은 주로 전지적 작가 시점에 의해 제시된다. 결사는 다시 서사적 현재로 돌아와 당대 현실에 대한 서술이다. 그럼으로써 역사적 과거를 현재화한다.

텍스트의 구성방식과 서술방법으로 볼 때 액자 틀을 이루는 도입부의 서사는 내화인 장면 1, 2, 3의 중심적 서술대상인 초점인물 강증섬의 생애와 결사의 분단 조국의 전망을 타진하는 현재적 요청을 위한 출발이다. 즉 역사적 과거를 통해 역사적 현재인 당대의 현실적 의미로 전환한다. 역사의 현재화를 통해 화자가 속한 당대 사회에 어떤 계몽적 이념을 전달하려는 의도를 보이는 것이다. 이 서사적 의도는 계몽적 이념의 전달을 위해 액자 틀 내부의 허구적 여성영웅 인물을 창조하여 서사화한다.

우리들이 병상에서 앓음소리 지르르는 것은
우리 정신이 병들어 있었기 때문이다
그것은 병자를 다스릴 수 있는 처방을 내릴 수 없었기 때문이다
<서사> 1연 중에서

너 젊고 아름다운 꿈은
그 시련을 이겨내야 하고
어떠한 슬픔이 찾아 올지라도 슬퍼하지 않을 것이다
어느날 우리들의 가슴에서 빛이 활짝 피어나는 날
자랑스럽게 활개쳐야 할 그 날을 위하여
너는 길을 떠나라
새벽길을 떠나라
<서사> 5연 중에서

　전지적 작가 시점으로 서술되는 '우리'의 현재 상태는 역사적 삶이 결여된 혼돈과 위기의 상황이다. 인용 시에서처럼 그것은 "우리 정신이 병들어 있"어 "병상에서 앓음 소리를 내"면서 신음하는 것이며, "병자를 다스릴 수 있는 처방을 내릴 수 없"는 상태이다. 액자 틀 층위의 '우리'가 속한 서사적 현재의 역사현실은 어둠이 지배하는 죽음과 혼돈의 위기 상황이다. 그러한 삶의 총체적 위기 상황 속에서 '가시내'는 역사적 전망과 삶과 세계에 대한 건강성을 지닌 전형적 인물로 제시된다. '가시내'는 '우리'와는 다른 긍정적 인물이며 '우리'가 본받아야 할 규범적이며 모범적인 인물이다. 따라서 '우리'는 이러한 서사적 현재의 시련과 고난을 극복하기 위하여 '가시내'와 같이 새로운 역사적 전망의 세계로 나가야 한다. 새로운 역사적 전망의 세계는

미래에 대한 긍정적 확신이며 삶의 건강성과 총체적 질서의 회복이다. 이와 같은 윤리적 실천 이념은 화자의 서술의식으로서 계몽적 화자가 피화자에게 전달하고자 하는 중심 내용이며, 궁극적으로 실제독자와 소통하고자 하는 텍스트의 근원적 욕망이다.

총체적 위기의 현재상황에 대립되어 있는 삶이 '가시내'의 삶이다. '우리'와 '가시내'는 서로 대립되는 상태에 있다. '우리'가 병들어 있다면 '가시내'의 삶은 건강하며 미래에 대한 전망적 삶을 살고 있다. 그의 삶은 모범적이며 전형적인 인물이다. 우리의 병든 삶과 '가시내'의 건강한 삶의 대립은 서사에서 지속적으로 서술된다. 그럼으로써 새로운 전망적 삶의 형태로 제시되는 강증섬의 생애로 함께 찾아 나아가야 한다는 것을 독자에게 요청한다. 다시 말해 '우리'와 '가시내'는 '젊고 아름다운 꿈은 시련을 이겨내고 어느날 우리들의 가슴에서 빛이 활짝 피어나는 미래의 그 날을 위하여' "새벽길을 떠나"야 하는 것이다. 이것은 당위적 진실의 반드시 있어야 할 세계를 추구하고자 하는 주제의식의 표현이며, 시인의 서사적 이념이기도 하다.

가령 '우리'와 '가시내'의 대립적 측면은 "병상"과 "물이 오를대로 오른 능금나무 숲 저편"의 공간적 대립, "정신의 병듦/열심히 책을 읽음"의 상대적 대립, "앓음 소리를 지름/산과 들, 푸른 산맥을 바라봄" 등의 행위적 대립에서 드러난다. 이러한 대립적 상태나 행위에서 드러나는 것은 '우리'의 삶이 현실 대응력을 상실한 패배한 삶이라면 '가시내'의 삶은 미래에 대한 전망과 지향을 드러낸다.

어둠을 밭이랑처럼 갈아번지지고
어둠을 씨알처럼 파종하고

어둠을 가을처럼 걷어들이는 땅에도 봄은 오느냐
우리들의 내일은 새 아침을 발견하기 위하여
<서사> 7~8연 중에서

새로운 길을 찾으려고 몸부림쳐야 할
우리는 무엇을 어떻게 이야기하는 것이 옳으냐
날개도 부러진 깃의 상처를 안고
어떻게 저 하얀 추위 속을 날아갈 수 있느냐
어떻게 저 눈보라 속을 날아갈 수 있겠느냐
<서사> 끝 연 중에서

'가시내'는 어둠의 혼돈과 죽음의 해체의 공간에서 "새 아침"의 질
서와 광명의 삶을 위하여 "새벽길을 떠나는" 선지자적인 인물로 서술
된다. 그 새벽길은 미지의 "새로운 길"이다. 그 새로운 미지의 길을
"날개가 부러진 상처를 안고" "하얀 추위"와 "눈보라 속"을 어떻게
날아갈 수 있느냐는 자기에 대한 질문을 통해 그 새로운 길은 강증섬
이 살아온 생애임을 말한다. 그러면서 본 이야기의 내화로 나아가는
길을 튼다. 그리하여 액자 틀의 서사는 내화의 핵심 이야기로 전환하
는 서사적 계기를 이루며 허구적 이야기가 현재화된다.

「조국」의 액자구성에서 액자 틀을 이루는 외화는 서사적 현재이다.
본 이야기인 내화는 역사적 과거이다. 이때 액자 틀의 서사는 기능상
내화인 본 이야기의 과거로 들어가는 입구 역할을 하며, 허구적 사실
의 현재화에 기여한다. 그러니까 내부 이야기의 출처를 제시해 주기
위한 하나의 방법으로써 기능한다. 그리고 결사는 본 이야기인 내화의
강증섬의 생애를 분단 조국의 현재적 전망으로 제시하는 역할을 한다.

결사는 내부 이야기를 현재적 의미로 전환하는 기능을 담당한다. 결국 액자 틀의 화자는 내부의 서사적 과거인 허구적 독립투사로서의 여성 영웅 이야기를 통해 조국과 민족의 미래에 대한 전망을 제시한다.

화자는 허구적 여성영웅이라는 인물과 그의 일련의 영웅적 행위에 대한 집중적 관심을 보이며 독자가 이에 대해 일정한 정서적 반응을 일으키도록 한다. 화자가 이야기하는 여성영웅 강증섬의 행위와 사건은 실제 현실의 이야기가 아니다. 그것은 상상력에 의해 창조된 현실의 반영이다. 화자가 들려주는 강증섬에 대한 이야기는 허구화된 현실로서 피화자에게 그 세계에 대한 일정한 심리적 거리를 유지하면서 객관화시키도록 한다. 그러면서 동시에 화자는 피화자가 작품세계에 대해 거리감과 함께 정서적 공감을 가지도록 한다. 이 정서적 공감은 이야기하는 화자의 의식이나 듣는 피화자의 의식이 작품세계를 자신들의 처지와 관련하여 현재화함으로써 갖게 되는 정서적 자기동일화의 경험이다. 이것은 궁극적으로 독자로 하여금 작품세계에 몰입시켜 서술적 경험을 자기화 내지 현재화하기를 바라는 전략이다. 허구화된 서술적 경험을 자기화 내지 현재화하여 독자에게 의미영향을 미치고자 하는 실제시인의 욕망은 조국과 민족의 미래에 대한 전망이다.

액자 내부 스토리는 독립군 투사 강증섬의 생애를 재구하면서 그의 행위가 갖는 조국애를 서사화한다. 액자구성에서 독자는 내부 스토리를 액자 스토리의 작중인물들의 말과 의식을 통해 전달받게 된다. 이것은 신뢰성의 정도에 따라 독자로 하여금 그 이야기를 사실로 믿게 만들기도 하고, 혹은 보다 허구적인 이야기로 여기도록 기능한다. 그런데 여기에서 액자 틀의 화자는 초점인물 강증섬이 실제 존재했던 인물이라는 사실성을 강화하는 기능을 한다. 전지적 위치에서 화자는 독자에게 강중섭의 행적을 역사적 사실로 받아들이게 만들며, 그 인물 행위가 갖는 의미를 격정적 어조로 해설한다. 그것은 화자에 의해 전달되는 인물행위에 대한 정보가 실제로 존재했던 독립군 투사의 모범적 삶을 독자에게 전달하고자 하기 때문이다. 그리고 격정은 당연히 있어야 하는 세계를 지향하는 정념[23]이기 때문이다. 내부 스토리 세계는 자신의 상상력을 통해 허구적으로 창조한 세계가 아닌 이미 역사적으로 존재했었던 인물의 생애를 사실적으로 기록한 것임을 강조하기 위한 서술적 장치라 할 수 있다.

강중섭의 생애는 단순하게 연대기적 순서로 서술된다. 초점화된 강중섭의 삶에 포함된 사건과 행위의 서술은 전지적 시점으로 서술된다. 무제한의 서술적 권위를 지닌 화자는 독립군 투사로서 강중섭의 생애를 탄생과 시련, 고난과 투쟁, 그리고 죽음에 이르는 과정을 서사화한다. 또한 이 전지적 화자는 이야기에 적극 개입하여 그에 대한 적절한 논평과 해설을 덧붙이는 해설적 화자이다. 초점대상 강중섭의 생애는 영웅의 일생이라는 플롯의 전례를 모범적으로 따른다. 특이한 것은 강중섭이 여성영웅이라는 점이다. 독립군 투사로서 여성 인물의 설정은 새롭다. 일종의 여성 영웅서사라 할 수 있기 때문이다. 전지적 화자는 일제 강점기에 그녀의 행위가 갖는 영웅적이며 투사적 삶을 전경화시키는 데 노력을 기울인다.

초점인물 강중섭의 생애는 성장기, 청소년기, 청년기로 나뉘어 서술된다. 장면 1에서는 성장기의 서술로 백두산 향나무골을 공간적 배경

---

23) E. Steiger, 이유영·오현일 옮김, 『시학의 근본개념』, 삼중당, 1978, 243쪽.

으로 가족 관계와 독서행위, 민족적 의식이 움트기 시작하는 자각의 일화가 연쇄적으로 서술되어 있다. 장면 2는 청소년기의 삶으로 3·1 운동의 참여와 만주 망명의 사건이 서술되어 있다. 장면 3은 청년기의 만주에서의 독립 투쟁과 헌병대에 체포되어 죽음에 이르는 과정이 서술되어 있다. 그의 삶은 영웅의 일생이 보여주는 일반적인 시련과 투쟁의 삶이다. 액자 속의 내부 이야기인 장면 1, 2, 3은 일제 강점기 식민 상황에서의 초점인물 강증섬의 생애가 지닌 투쟁적 모습을 액자틀 결사의 분단상황의 현실로 연결하는 기능을 한다.

> 산비탈 향나무 골에는
> 강지언이라는 농부가 3대째 살고 있다
>   … 중　략 …
> 강노인의 큰딸 증섬이는 날이 가고
> 해가 바뀔수록
> 나라 없는 민족의 설움을 안타깝게 여겼다
>   … 중　략 …
> 두만강을 건너 만주와 중국대륙으로 떠나간
> 독립투사의 이야기를 듣고
> 조국이란 무엇인가를 생각하게 되었다.
> 장면1의 제2연 중에서

인용 시는 허구적 영웅 강증섬이 탄생하여 성장하는 공간적 배경과 함께 민족의식의 형성에 대한 서술이다. 연대기적 시간순서에 따라서 진행되는 사건은 모두 그의 생애가 주는 영웅적 의미를 부각하는 데 초점이 맞추어져 있다. 장면 1에서 강증섬이 탄생한 유년의 공간적 배경은 "백두산 산비탈 향나무골"이며 시간적 배경은 1910년대이다. 공간적 배경으로 "백두산 아래 향나무골"은 조선의 전통적 농촌이며 전형적인 "고요한 마을"로 설정되어 있다. 이러한 주인물의 성장 배경의 설정은 말하자면 백두산이 갖는 민족적 의미를 부각하고자 하는 작자적 의도를 볼 수 있다. 백두산 중심의 국토 개념과 민족적 자주 사상의 상징을 들어 인물성격을 부여하려는 의도를 읽을 수 있다.24) 공간적 배경으로서 "백두산 산비탈 향나무골"은 우리 민족의 정체성과 시원을 이루는 원형적 공간이며 유토피아적 공간으로 제시한 것으로 볼 수 있다. 반면에 시간적 배경으로 설정된 1910년대는 "짓밟힌 죽음만이 쌓이는" 고통과 죽음의 시간이다. 주인물 강증섬은 우리 민족의 전통적 삶의 평화로운 공간이 파괴된 절망적 한계 상황에서 생애가 시작한다.

이러한 환경에서 자라는 강증섬에 대한 일화는 그녀의 인물됨을 드러내기 위한 것이다. 한 인물의 물리적 환경은 인간적 환경과 함께 인물 특성을 내포하는 환유로 사용된다.25) "해삼위로 망명한 외삼촌", "감옥에 갇혔다가 정신병자가"된 "외가 언니" 등의 가족적 환경과 "두만강을 건너 중국 대륙으로 떠나간 독립군 투사의 이야기" 등에서 형성된 정신은 조국애와 민족의식이다. 화자는 성장 과정의 이러한 환

---

24) 특히 북한의 문학에서 백두산이라는 공간은 김일성의 항일 무장 투쟁의 근거지로서 역할을 하며, 혁명 역사의 정통성, 심지어는 김일성을 신격화하는 상징물로 쓰이고 있다. 대표적 작품이 조기천의 장편 서술시 「백두산」이다. 그리고 남한에서는 고은의 「백두산」이 1994년 전체 3부 7권으로 완간되었다. 이 작품은 백두산으로 상징되는 민족의 정체성과 주체성, 생명성과 대륙성, 그리고 통일에 대한 의지와 민중들의 공동체적 삶을 방대한 양으로 담아내고 있다.
25) S. 리몬 - 케넌, 최상규 역, 앞의 책, 102쪽.

경과 일화를 통해서 그녀가 투철한 민족의식과 조국애를 형성하게 되는 정보를 극단화시켜 들려준다. 화자는 장면 1에서 이러한 극단적 일화들을 통해 그녀의 인물성격을 규정하여 전달하려는 데 노력한다. 여기에서 성장기의 성격 형성에 대한 서술 빈도를 높여 그 인물됨을 강조하려는 화자의 의도를 엿볼 수 있다. 인물성격을 강조하기 위한 화자의 노력은 초점인물 강증섬의 독서행위에 관한 일화, 그리고 삶의 방식에 대한 자각의 일화들로 연속적으로 연쇄된다. 그리하여 그녀는 "자기 운명을 제 힘으로 지배할 수 있는 가시내"로 성장하는 것이다. 화자는 이러한 서사적 계기를 통해서 강증섬이 지닌 그녀의 남다른 성격 지표를 직접적으로 한정[26]하고 있다.

장면 2는 "나라 빼앗긴 지 10년이 되던 해"이다. 화자는 장면 1과의 10년이라는 시간적 거리를 생략하고 스토리를 이어나간다. 10년의 시간이 생략 단축되어 제시되는 장면 2의 상황은 시련과 고난이 더 증폭된 난폭한 상황이며, 그런 상황 속에서 강증섬의 투쟁적 삶이 서술의 중심을 이루고 있다. 여기에서 "나라 빼앗긴 지 10년 되던 해"의 조국은 "일본도의 난도질"에 의하여 민족적 삶은 절망적인 상황에 빠져 있다. 그러면서 동시에 이 시간은 이러한 고난과 시련의 삶과 세계의 조건으로부터 벗어나려는 해방 의지를 불태우는 투쟁의 시간이기도 하다. 장면 1에서 그녀의 성격 지표로 규정된 민족의식과 조국애는 그녀로 하여금 3·1운동에 참여하도록 만들고 운동의 실패로 만주 망명 길에 올라 독립군 투사로서의 삶으로 연쇄된다. 그러니까 스토리는 그녀가 투철한 독립투사로 변신하기까지의 과정을 점층적으로 연쇄해

---

26) S. 리몬 - 케넌, 최상규 역, 앞의 책, 93쪽.

나가도록 의도적으로 안배되었다고 할 수 있다.

그러나 인물행위의 영웅성 내지는 위대성을 드러내기 위한 화자의 격정적 서정 토로의 목소리와 인물 예찬이 계속 반복되는 변주는 서사의 흐름을 방해하고 서정성과 서사성의 조화를 깨는 결함으로 작용하고 있기도 하다. 그리고 여러 에피소드와 그에 대한 서정 토로의 의미 가치의 부여는 대상에 대한 칭송이 기본 어조를 이룬다. 화자의 어조를 통해 전달되는 인물행위의 위대성, 업적은 칭송의 감정이 지배하고 있다. 이러한 칭송의 감정은 이 작품에서 인물의 연대기적 형식을 취하면서 인물의 행적에 신성한 가치를 부여하고자 하는 화자의 서술 태도 때문에 기인하는 것이다. 이것은 주인공의 영웅적 투쟁을 의식적으로 과장하여 긍정적이며 숭고한 전형적 인물을 창조하기 위한 것이라 볼 수 있다.

장면 3은 1930년대를 시간적 배경으로 하고, 만주를 공간적 배경으로 하는 중국에서의 독립투쟁을 그리고 있다. 그녀의 삶은 일제에 대항하는 전형적 인물로 규정되면서 이에 관계되는 에피소드들로 구성되어 있다. 전지적 화자는 그녀의 독립투사로서의 갖가지 에피소드를 제시하면서 그녀의 행위가 지닌 영웅성을 강조해 나간다. 인물행위의 영웅성은 화자의 주관적 의식과 격정적 감정으로 과장되어 있으며, 인물행위의 위대성을 드러내고자 하는 찬미적인 태도와 한결같은 칭송의 목소리로 전달되고 있다. 중국 대륙으로의 공간적 배경의 전환은 독립군으로서 활동하는 절정을 보여준다. 이 지점에서 영웅적 행위와 업적에 대한 숭고한 찬미와 이야기의 절정에 대한 정서적 충동이 최고조에 이른다. 그녀는 철저하게 독립투사로 그려지며, 독립군으로서 그녀의 죽음은 "민족의 해방의 날은 오고야 말 것이다"는 확신에 찬 어조로 미래에 대한 전망을 열면서 투사로서의 삶을 완결 짓는다.

독립투사로서 완성된 주인물 강증섬의 생애는 결사에서 분단상황의 조국의 현실로 돌아온다. 그리하여 화자는 일제 강점하의 그녀의 투쟁적 삶이 "내일의 미래의 사람"이며 "어머니의 손길"이라는 모성적 포용의 이미지로 비유하고 있다. 분단의 현실 아래서 일제 강점의 상황에서 강증섬이 보여준 민족 해방의 염원은 "통일된 민족의 평화"에 대한 염원으로 당대적 의미로 이어진다. 이렇게 해서 서사에 제시되었던 서사적 의도를 실현한다. 액자 내부의 핵심 이야기인 장면 1, 2, 3의 강증섬의 일제 강점기 생애를 바탕으로 결사의 분단 조국의 현실을 타개할 전망을 제시한다.

4. 액자형 영웅서사와 현실극복의 미래전망

김용호의 「남해찬가」는 액자형 이중서술의 서술의식과 영웅서사의 주제를 담고 있는 작품이다. 이 작품은 영웅에 대한 전기서술로 이루어져 있으며, 그렇기 때문에 화자는 일방적 찬양의 송가적 목소리로 영웅을 칭송한다. 이 작품은 액자형 구성에 의해서 외부 이야기와 내부 이야기로 구성되어 있다. 핵심적 이야기인 내부 이야기의 출처 내지는 그것을 현재적 전망의 의미로 이끌고자 핵심 이야기인 외측에 또 하나의 화자의 시점을 설정하는 이중적 서술행위가 펼쳐지고 있는 셈이다.

이 작품에서 액자 내부의 핵심적인 이야기를 서술함에 있어서 3인 칭 화자의 성격은 사건에 대해서 종종 객관성을 잃고 액자 외부에 자리한 화자의 주관적 의식을 대변하는 특성을 지닌다. 이러한 작가적 목소리의 화자는 일반적인 중립적 화자나 인물화자와는 달리 실제시인(작자)의 작가적 권위를 차용하여 텍스트 전반에 영향력을 행사하기도 하고, 필요에 따라 실제시인이 속해 있는 현실적 시공간을 텍스트 내적으로 수용해 텍스트의 의미를 현재화하기도 한다. 이와 같은 화자의 성격은 민족의 수난기에 창작되어 이를 극복하고자 하는 의도성을 가진 화자로 보인다. 화자는 집단적 이념을 고취하고자 하는 창작 의식의 대변자로서 기능한다. 이것은 시인이 처한 당대 현실에 대한 인식이 예술적 충동보다 강했기 때문으로 보인다. 국가적 위기의 상황에 대한 지식인으로서 역사현실에 대한 사명감이 시인으로서의 예술적 창작 충동보다 앞선 데서 비롯한 결과로 보인다. 그 결과 텍스트에서 민족적 영웅을 초점화하여 서술하는 화자는 시인의 이념을 간접적으로 제시하고 이를 대변하는 기능을 한다.

「남해찬가」는 이순신의 시련과 고난, 위기와 투쟁, 그리고 목적을 성취하려는 우국충정의 생애가 텍스트의 지배적 서사구조를 이룬다. 그런데 이러한 서사구조에서 보이는 화자의 태도와 관점은 위인 전기적 역사·인물 이해 방식을 그대로 따르고 있어서 역사에 대한 새로운 해석적 사유를 보여주지 못한다. 전통적 서술방식의 선/악, 애국/매국의 뚜렷한 이원적 대립 속에서 궁극적으로 영웅의 일생을 전경화한다. 김용호는 임진왜란과 육이오라는 민족적 수난과 위기의 역사적 상황을 당대성으로 등가하여 국난 극복의지를 드러내려는 작가적 서술의도를 극명하게 드러내고 있다. 그렇기 때문에 당대 현실상황의 지나친 요구에 의해 역사 교과서적이며 위인 전기적 역사 이해와 서술방식으로 일관한다. 그래서 지나치게 설교적이며 교훈적인 화자의 의식과 목소리로 인해 서사적 한계를 노정하고 있다.

시적 표현의 방법적 한계와 더불어 내용의 인식 면에서도 피상적인 이해에 머무르는 한계를 드러내고 있다. 이순신에 대한 이야기의 서술이 상식적인 수준에서 벗어나지 못했고, 실록에 기초한 평면적 서술의 줄거리 전개에 불과한 점 또한 결함으로 지적될 수 있다. 이것은 이 작품이 이순신에 대한 찬양적 의미화에 이야기의 초점을 맞추고 있기 때문에 발생하는 결함으로 볼 수 있다. 작품을 통해서 전달하고자 하는 내용에만 치중한 나머지 그것을 어떻게 표현할 것인가라는 미학적 문제를 고려하지 못한 결과이다. 결과적으로 이것은 당대 지식인으로서의 역사현실에 대한 사명감이 시인으로서의 예술적 충동보다 우세한 데 따른 결과이다. 시적 형상화보다 시인이 지닌 현실인식의 이념을 전달하려는 시적 태도를 반영한 결과이다.

이와 더불어 이 시기 장편 서술시의 서사적 특징은 영웅적인 인물의 생애를 다룬다는 점이다. 민족적 영웅이 지닌 위대성을 통해 시인이 전달하려는 민족애라는 서술의도가 뚜렷이 나타난다는 점이다. 이것은 전쟁을 치른 직후 민족적 문제를 과거의 역사적 사실을 현재화하여 극복하고자 하는 의도로 볼 수 있다. 구성상 지배적인 특성으로서 일종의 액자형식은 내부의 과거 이야기를 액자 외부의 현재적 의미로 전환하는 기능을 하며, 또 영웅 인물의 삶이 지니고 있는 위대성이나 의미를 현재화하여 당대의 문제를 돌파하려는 시인의 의도를 전달하도록 작용하고 있다. 그 결과 미학적 차원에서 작품을 통해 전달하고자 하는 내용을 어떻게 표현할 것인가의 문제는 소홀한 채 사건을 평면적으로 서술하는 한계와 더불어 화자의 사건개입과 영웅적 인물의 애국주의를 찬양하는 결과를 낳고 있다.

「조국」은 시인이 밝히고 있듯 민족·국가의 미래에 대한 신념과 전망을 구체화한 시이다. 그래서 내용상 민족이나 국민이 자기들의 존재와 귀속감을 확인하고 이를 실천하려는 계몽적 주제를 지니고 있다. 이 작품은 조국애와 민족의 미래에 대한 신념을 드러내려는 목적 혹은 서사적 의도를 가지고 있다. 이러한 서사적 주제 내용의 의도를 실현하기 위해 시인은 일제 강점기의 과거로 거슬러 올라가 독립투사로서의 허구적 영웅 인물을 창조해 초점화한다. 화자는 영웅적 인물을 초점대상으로 그의 생애와 그가 펼치는 행위를 통해 조국애와 민족의 미래에 대한 희망이라는 서사적 전망을 제시한다.

이 작품은 액자구성에 의해서 틀 이야기와 내부 이야기라는 이중적 서술층위를 가지고 있다. 핵심적인 이야기인 내부 이야기의 출처 내지는 그것을 현재적 전망의 의미로 이끌고자 핵심 이야기의 외측에 또 하나의 화자의 시점을 설정하는 이중적 서술행위가 이루어지고 있다. 이러한 액자 형태의 이중적 서술행위를 통해서 역사적 과거의 현재적 의미화를 실현하고자 한다.

액자 내부의 핵심적인 이야기를 서술함에 있어서 3인칭의 전지적 화자와 모습을 감춘 1인칭 화자에 의한 사건의 전개는 집단적 이념을 고취하고자 하는 시인의 사회·현실적 인식을 드러내기 위한 서술적 장치로 보인다. 특히 1인칭으로 보이는 화자 내지 작중인물은 스토리 세계 내에서 시인의 이념을 간접적으로 제시하기 위한 장치로서 별다른 행동은 없고 서술대상에 대한 의식과 목소리만 있는 형태를 지니는 것이 특징이다. 그것은 텍스트를 통해 사회적 이념이나 계몽적 의식을 전달하려는 작품 외적 현실의 강요에 의한 결과로 볼 수 있다.

화자는 전지적 시점에서 주인물을 초점화하여 그의 일생이 갖는 서사적 사건이나 행위, 내면세계를 보여주고 이에 대해 해설한다. 초점화된 주인물이 펼치는 행위와 사건은 주로 장면제시로 보여지며, 화자는 3인칭 전지자가 때로는 1인칭의 '나'가 제시한 장면과 사건, 인물 행위에 대한 해설을 위주로 서술해 나간다. 이들 화자의 해설과 논평은 격정적이며 서정적 어조를 형성하며 텍스트를 구조화하는 수사적 장치로 쓰인다. 뿐만 아니라 초점인물을 독립군 투사의 전형적 영웅인물로 형상화하기 위해 그에 걸맞는 에피소드를 위주로 사건을 이끌어 나간다.

이 작품은 이 시기 대부분의 장편 서술시가 공통적으로 표방하듯이 민족 공동체에 대한 사랑을 주제로 담고 있다. 이것은 조국애와 민족의 미래에 대한 집단적 신념을 드러내려는 의식의 결과로 볼 수 있다. 이러한 주제 내용을 실현하기 위해 시인은 허구적 영웅 인물을 창조해 서사화하였다. 화자는 영웅적 인물을 초점대상으로 그의 생애와 그가 펼치는 행위를 통해 조국애와 민족의 미래에 대한 희망이라는 서사적 전망을 제시하였다. 이 작품은 액자구성을 취하고 있다. 액자구성에 의해서 틀 이야기와 내부 이야기라는 두 층위의 이야기를 가지고 있다. 즉 핵심적인 이야기인 내부 이야기의 출처 내지는 그것을 현재적 전망의 의미로 이끌고자 핵심 이야기의 외측에 또 하나의 화자

의 시점을 설정하는 이중적 서술행위가 이루어지고 있다. 액자라는 장
치를 통해서 시인은 작품의 의미를 역사적 과거, 여성영웅의 허구적
사실을 역사적 현재의 의미로 치환한다.

판소리 양식의 수용과 현실비판

1. 전통 양식의 창조적 계승과 재문맥화

　김지하의 『오적』은 우리 근대 시사에서 보기 드문 남성적 힘과 저항 의식의 계승에서 온 소산으로 볼 수 있다. 만해·소월에서 영랑·미당으로 이어지는 근대 시사의 여성적 전통과는 멀리 떨어진 지점에서 김지하는 자신의 시적 여정을 출발했다. 그는 육사·청마로 이어지는 지사적 전통과 남도의 판소리에 보이는 서민 정서, 그리고 전통 구비 서사 문학이 근원적으로 내장한 현실 비판과 풍자·해학을 통한 저항 의식을 『오적』에 결합시킨다. 그는 당대 현실을 외면하지 않고 정면으로 맞서는 투철한 현실 대응력을 보인다. 그 가운데 하나가 『오적』이다.

김지하는 『오적』을 발표하면서 담시라고 이름을 붙였다. 그가 담시라 명명한 것은 항간에 떠도는 구비 전승의 이야기 구조를 지칭하는 민담에서 담(譚)자를 취하고, 노래를 지향해 씌어진 율문이라는 뜻에서 시(詩)를 결합한 명칭이다.[1] 온갖 비어와 속어를 동원하여 독자를 향해 풍자적으로 이야기하고 있는 이 시는 기존의 서정시와는 다르다. 일반 서정시에 비해 길이가 길고 장편 장시보다는 짧고, 극적 서사성이 있는 산문적 율문으로 짜여 있다.[2] 그리고 판소리의 어법과 형상화 방법을 차용하고, 구체적인 현실 반영적 요소 및 정치적 풍자성을 지니고 있다.

김지하의 『오적』은 다양한 전통 문학 양식에 대한 적극적인 수용에 의해 구축된 장시이다. 특히 이 작품은 판소리의 차용이 서사를 이끄는 주요 기능을 한다. 판소리는 광대가 구연하던 소리를 기록한 구비 문학의 범주에 속한 장르이다. 판소리는 조선 후기인 18세기 초에 민중 문화가 크게 일어날 때 민중 문화의 집약적 표현의 하나[3]로 나타난 예술 형태다. 이것은 전문적이고 직업적인 예능인인 광대가 하나의 이야기를 북 장단에 맞추어 창으로 부르는 연창 예술이다. 따라서 이때 판소리 광대는 작품의 스토리 전개를 담당하는 화자이면서 동시에 작중 인물의 배역을 연기하는 연기자로서의 이중적 역할을 한다. 즉

---

1) 최일남, 『우리 시대의 말들』, 동아일보사, 1984, 193쪽.
2) 담시와 같이 일반 서정시보다 길이가 긴 장형화된 시들에 사용된 명칭들은 단편 장시, 장시, 연작 장시, 장편 장시, 이야기 시, 서술시 등으로 창작자 자신이 명명하기도 하고 평자나 연구자들이 붙인 이름들이기도 하다. 이에 대한 자세한 내용은 연구사 검토에서 밝힌 목록을 참고하기 바란다.
3) 조동일, 「판소리의 전반적 성격」, 조동일·김홍규 편, 『판소리의 이해』, 창작과비평사, 1979, 15쪽.

광대는 이야기를 구연하는 과정에서 어떤 때는 화자의 목소리로 이야기를 하고 또 어떤 때는 작중 인물들의 목소리로 말한다.

『오적』은 다양한 전통 구비문학 양식에 대한 적극적인 차용에 의해 구축된 작품이다. 판소리의 재담·욕설·한문·경전 등의 차용에 의한 현실 비판적 풍자성 내지는 해학성이 작품의 핵심 내용이다. 전통 구비문학 유산의 적극적이며 생산적인 차용은 『오적』의 뚜렷한 서술 방식으로 쓰인다. 특히 화자는 전지적 입장에서 판소리의 스토리의 전달자로서 광대가 지닌 서술적 권위를 유지하면서 서술을 이끌어 나간다. 판소리의 차용을 통한 시의 형상이라는 측면에서 화자는 광대의 역할과 기능을 모방하고 있다. 광대의 서술적 권위를 지닌 화자는 전지적인 전능한 관점과 위치에서 특유의 재담적 입담으로 서술을 이끌어 스토리를 압도해 나간다. 시인이 전통 구비문학 장르를 현대시라는 전혀 다른 낯선 장르에 어떻게 창조적이며 생산적으로 수용·계승하고 있으며, 판소리의 양식적 계승을 통한 시적 전략과 효과를 밝히고자 한다.

패러디는 과거의 특정한 문학 작품이나 장르를 출발점으로 하여, 그것을 "재편집하고, 재구성하고, 전도시키고, 초맥락화(trans-contextualizing)하는 통합된 구조적 모방"[4]을 말한다. 즉 이전의 예술 작품을 각색하여 현재적 문맥에 삽입시키는 문학적 전략이다. 이러한 의미에서 항간에 구비 전승해 오는 전통 민중 예술인 판소리를 시 창작상의 주요한 방식으로 채택하고 있는 『오적』은 패러디적 특성을 두루 갖추고 있다. 김지하는 스스로 서정 민요, 노동요, 서사 민요, 판소리, 탈춤 등을 새

---

4) Linda Hutcheon, 김상구·윤여복 역, 『패로디이론』, 문예출판사, 1992, 23쪽.

로운 풍자시의 보고5)로 제시한 적이 있다. 그는 이러한 우리 고유의 전통 구비문학 장르가 특징적으로 내장한 풍자 언어를 패러디하여 새로운 양식의 풍자시를 생산해 낸다. 김지하는 판소리의 사설뿐만 아니라 탈춤의 사설, 유행가, 민요, 한문, 경전, 비속어, 재담과 욕설 등 모든 이질적이고 불연속적 담론들을 혼성적으로 통합 재구성하여 현대적 의미로 재문맥화한다.

『오적』의 현실 비판과 풍자성의 근간을 이루는 시적 방법은 전통 구비문학 장르인 판소리의 구체적 패러디를 통해서 구축된 것이다. 따라서 화자는 판소리를 텍스트에 어떻게 생산적으로 재구성하여 현대적 의미로 재문맥화하는가를 따짐으로써 『오적』의 시적 특성으로 간주할 수 있는 현실 비판적 풍자와 해학성을 밝힐 수 있을 것이다. 전통 구비 서사 문학적 양식인 판소리의 요소들이 어떻게 상호 관계하면서 『오적』의 시적 구조를 형성하고, 서사적 가치를 실현하는지 따져 물을 때 그의 시의 한 특성을 밝힐 수 있을 것이다.

2. 판소리 양식의 차용과 풍자의 정신

김지하는 근대시사에서 중요한 의미를 지닌다. 이것은 그의 서정시를 논외로 치고, 시집 『오적』이나 『남』에 국한해 본다면 시적 방법론 때문일 것이다. 전통적인 서정시는 이미지에 의한 시적 형상을 꾀한다. 그러나 해학적이고 현실 비판적인 그의 풍자시들은 이미지에 의존

---

5) 김지하, 「풍자냐 자살이냐」, 『민중의 노래, 민족의 노래』, 동광출판사, 1984, 188쪽.

하지 않고 인물의 행위나 사건을 이야기하듯 서사적 방법으로 시적 구조를 형상한다. 이는 시 속에 사회 현실을 적극적으로 반영하려는 실제 작가의 욕망과 관련을 맺는다. 그래서 전통 구비문학 장르의 형식적 특성은 물론 그 내용이나 정서를 현대적 의미로 재구성하는 새로운 시 양식의 방법적 확산으로 나간 것이다. 구비 서사 문학이라는 전통의 창을 통해 새로운 형식, 새로운 시 창작 방법의 문을 들어 선 것이다.

판소리는 기본적으로 '…창 - 아니리…'의 반복과 병치의 전개 구조를 지니며, 창과 아니리는 운문과 산문의 대조라는 양상을 지닌다.6) 아니리는 산문이며 창은 율문이다. 판소리에서 율문과 산문의 조화는 원래 판소리 가창의 기본 전개 방식인 '…창 - 아니리 - 창 - 아니리 …'와 상응하는 문체적 특징을 갖는다. 『오적』의 산문과 율문의 조화는 바로 이 판소리의 문체적 특징을 수용한 것이다. 판소리 광대와 같은 화자에 의한 스토리 사건의 전달은 이러한 산문과 운문의 선택·배열, 교직·교차되면서 구축되는 판소리 사설을 연상시킬 뿐만 아니라, 서술의 차원에서도 아니리(산문)로 처리되는 부분과 창(율문)으로 처리되어야 하는 부분이 비교적 명료하게 구분된다.

> 詩를 쓰되 좀스럽게 쓰지 말고 똑 이렇게 쓰랏다.
> 내 어쩌다 붓끝이 험한 죄로 칠전에 끌려가
> 볼기를 맞은지도 하도 오래라 삭신이 근질근질
> 방정맞은 조동아리 손목댕이 오물오물 수물수물
> 뭐든 자꾸 쓰고 싶어 견딜 수도 없으미, 에라 모르것다

6) 김대행, 「판소리 사설의 구조적 특성」, 『한국시가구조연구』, 삼영사, 1979, 211쪽.

몰기가 확확 불이 나게 맞을 때는 맞더라도
내 별별 이상한 도둑이야길 하나 쓰것다.
<도입 외화>

이런 행적이 백대에 민멸치 아니하고 人口에 회자하여
날같은 거지시인의 싯귀에까지 올라 길이 전해오것다.
<결말 외화>

　총 326행으로 구성된『오적』은 처음 도입 대목부터 판소리 사설의
도입 부분의 표현 방식을 빌려 쓰고 있다. 겉 이야기에 속하는 도입외
화는 도입부의 시작 부분이며, 결말외화는 끝 대목이다. 도입외화는
속 이야기를 진행시키기 위한 서두로 서사단위상 겉 이야기에 속하는
부분이다. 판소리로 치자면 '아니리'에 해당한다. 음악적 감각이 아닌
일상적 어조로 표현된 "볼기가 확확 불이나게 맞을 때는 맞더라도"
"도둑 이야기를 쓰"겠다는 화자의 골계적 재담은 분명한 사설 전달에
주력하기 위해 일상적 대화체의 어조로 처리하고 있음을 볼 수 있다.
화자는 스토리 사건에 대한 정보의 화자로서 "붓끝이 험해서 볼기를
맞은 적이 있다"고 말하며 자신의 전력과 폭력적 현실 상황을 제시하
는 진술을 통해 자신이 이야기하고자 하는 현실에 대한 풍자적 서술
의도를 노출한다.
　도입 대목의 행은 "북을 치되 잡스러이 치지 말고 똑 이렇게 치랷
다"와 "내 별별 이상한 고담 하나를 히야 보리라"라는『흥부전』의 서
두 구절을 그대로 차용하고 있다. 판소리는 시작할 때 스토리 사건의
전달자로서 광대가 목을 푸는 소리 또는 허두가를 부르는 것이 관례

이다.[7] 『오적』의 재담적인 화자는 서두에서부터 이러한 판소리의 관례적 규범을 따른다. 『흥부전』의 이 서두 방식은 판소리 광대의 허두 사설인데 이 대목을 그대로 이어 쓴 것은 『오적』의 화자가 광대의 역할을 하고 있음을 의도적으로 드러내고자 한 것이다. 화자는 판소리의 광대와 같은 역할과 기능을 수행한다. 판소리의 아니리로 처리될 법한 이 대목은 산문으로 된 스토리 사건의 요약 서술이다.

맨 뒷 부분의 외화에 나오는 대목에서도 화자는 판소리 사설 맨 뒷부분의 표현 방식을 그대로 이행하고 있다. 결말외화는 『흥부전』의 맨 뒷 부분 대목에 보이는 "그 일흠이 백셰에 민멸치 아니할 뿐더러 광대의 가사의까지 올나 그 사적이 백대의 전해오더라"는 구절의 분명한 차용이다. 즉 판소리에 보이는 후일담 내지 후평 형식의 화자 발언이다. 이러한 부분도 역시 구연의 측면에서 화자는 광대의 서술적 역할을 그대로 수행한 것이다.

판소리 광대와 같은 역할의 화자는 작중 현실을 무제한적으로 자유롭게 넘나들며 사건을 전달하는 이야기꾼 혹은 작중 등장인물로서 사건을 엮어나간다. 광대로서의 화자는 판소리 사설의 문체적 특징을 차용하고, 창과 아니리 등의 형식에 기대어 이야기를 펼친다. 아울러 화자는 입체적이고 다성적인 목소리를 지니며, 정치·사회 전반에 대한 방대한 관심과 전능한 역할을 수행한다. 화자는 스토리 사건의 화자로서, 극적 인물로서의 역할을 동시에 수행한다. 실제 작가는 과거와 현재, 사설과 창, 아니리, 등장인물과 독자 사이를 자유롭게 넘나드는 화자를 선택하여 풍자의 전략을 강화한다.

7) 조동일, 「판소리의 전반적 성격」, 조동일·김홍규 편, 앞의 책, 20쪽.

판소리 광대와 같은 화자에 의해 전달되는 오적들의 도둑 행각은
본 이야기인 내화다. 겉 이야기가 『흥부전』의 시작과 끝을 패러디했다
면, 속 이야기의 시작과 끝은 민담의 시작과 끝을 이루는 관용적 서술
표현 기법이다. 민담은 이야기를 시작할 때와 마칠 때 사용되는 표현
은 일정한 공식적 전례를 따르는 것이 일반적이다. 민담은 시작할 때
구체적으로 제한된 시간이 없다. 단순히 '옛날 옛적에' '옛날 옛적 호
랑이 담배 피울 시절'이라는 서사적 과거로 나타나며, 끝날 때는 '이
런 이야기란다'고 맺는다.8) 화자는 속 이야기를 시작하면서 '옛날도
먼옛날 백두산 아래 나라 선 뒷날'과 '이때 오적도 피를 토하며 거꾸
러졌다는 이야기'로 마치는 내화의 끝맺음은 민담의 시작과 끝맺음의
서술 기법과 형태를 그대로 이어 쓴 것이다. 『오적』의 내용을 이루는
서사 단락을 요약하면 다음과 같다.

① 옛날 서울 장안에 잘먹고 잘사는 오적이 모여 살았다.
② 오적들이 도적 시합을 벌인다.
③ 오적을 잡아들이라는 어명이 떨어져 포도대장이 나서는데, 좀도둑
  꾀수가 잡혀 무자비한 고문을 당한다.
④ 포도대장이 오적을 잡으러 간다.
⑤ 오적들의 잔치에 포도대장은 기가 죽는다.
⑥ 포도대장은 오적의 호위병이 되고, 죄없는 꾀수만 잡아 감옥에 보
  낸다.
⑦ 오적과 포도대장이 어느날 갑자기 벼락맞아 죽는다.

8) 장덕순 외 공저, 『구비문학 개설』, 일조각, 1971, 60~61쪽.

오적의 도둑 행각을 다루는 내화는 서사적 시간을 "옛날도 먼옛날 상달 초사흗날 백두산아래 나라선 뒷날"로 과거 시간에 한정시킴으로써 현실에 대한 풍자적 거리를 형성한다. 속 이야기의 등장인물인 오적과 좀도둑 꾀수의 행적이 전해 내려오는 "옛날 이야기"임을 강조하는 이 설화적 관용구는 허구적 세계, 즉 알레고리의 세계로 들어가는 통로 역할을 한다. 이러한 장치에 의해서 도둑 이야기는 당대 이야기이면서 과거의 허무맹랑한 이야기가 될 수 있다. 이 같은 허구화 전략은 화자에게 현실의 세계와 허구의 세계를 자유로이 넘나들 수 있는 단초를 마련해주고 독자로 하여금 당대 현실에 대해 일정한 풍자적 거리를 유지하게끔 한다.

풍자적 거리는 풍자의 대상을 우화적으로 비유함으로써도 유지된다. 풍자 대상인 오적은 재벌, 국회의원, 고급공무원, 장성, 장차관을 말한다. 이들은 모두 狋豵, 匊獫狋猿, 跕磔功無豵, 長猩, 瞕猲矖처럼 우의적 수법을 통해 짐승으로 비유된다. 이들의 명명법을 보면 짐승을 지칭하거나 아니면 성격상 유사한 한자음을 통해 그 속성을 조롱하고 폭로한다. 재벌을 미친 개(狋), 국회의원을 교활하고(獫) 개싸움(狋)하는 원숭이(猿), 고급공무원을 높은 자리(磔)에 걸터앉은(跕) 돼지(豵), 장성을 성성이(猩), 장차관을 눈을 부릅떠(矖) 막이 낀(瞕) 미친 개(猲)처럼 하나같이 짐승에 비유되는 알레고리 기법과 동음의 한자를 통한 언어유희로 풍자하면서 이들의 허위를 비꼬고 조롱한다. 대상을 동물에 비유하는 알레고리 수법은 전통적인 서사 양식에 보이는 서술 수법 가운데 하나이다.

孫子에도 兵不厭邪, 治者卽 盜者요 公約卽 空約이니
雲雨魚水 攻防戰에 神出鬼沒.

<국회의원 묘사 대목>

　판소리 사설은 유식한 말을 상스러운 욕설과 육담으로 희화 내지는 희롱해서 뒤집는 데에도 있다. 광대의 상스러운 욕설과 육담 등의 재담적인 언어유희로 희롱해서 현실적 규범과 질서를 전복하는 것은 판소리의 매력이다. 『오적』은 판소리의 서술 기법과 형식을 창조적으로 수용해 기존의 규범적인 시적 형식과 시적 전통을 위반하여 기존의 지배 이데올로기를 전복한다. 이것은 실제 작가가 지니고 있는 서술 시적 의도 또는 전략이라 할 수 있다. 그럼으로써 실제 시인의 모습은 허구적 화자의 목소리에 의해 텍스트에서 유희성과 풍자성, 희화성을 담보해낸다. 인용한 시에서와 같이 판소리에 나타나는 유식한 문자와 상스러운 말의 혼용, 반복과 병치, 과장, 언어 유희 등 문체상 재담적 화자의 특징을 그대로 이어 쓴다. 이러한 화자는 텍스트의 곳곳에서 "털빠진 닭똥구멍", "에잇 개같은 세상", "계집젖통", "아가리" 등과 같은 비속어나 욕설을 사용한다.

　오적의 한자 유희에 의한 등장인물 오적의 이름 붙이기나, 위의 인용 시처럼 경전에 나타나는 한문투의 유식한 문자 표현과 곳곳에 보이는 상스러운 말를 혼용해 언어 유희적이고 희화적인 서술적 효과를 얻는다. 이것은 얼핏 보아도 한자와 한글이라는 문자 표기에 의해서 외형적으로도 쉽게 변별된다. 그런데 오적에 대한 이름 붙이기나 유식한 한자투의 표현 의미는 터무니없다.9) 터무니 없음이 실소를 자아내는데, 현실 비판 대상을 유희적으로 제시함으로써 풍자적 거리는 계속 유지된다. 이는 바로 '전복적인 의도로서 당대 70년대의 지배 체제의 허위를 전면적으로 폭로하고 신랄하게 풍자'[10]하는 서술 전략이다. 이러한 전략적 의도는 지배 이데올로기에 저항하는 뚜렷한 풍자적 의미를 부각시킨다. 오적의 이름 붙이기나 인용한 시에서 보듯 기존의 고답적 형식과 서정적 전통을 깨고 비속어와 음차 표기, 언풍농월[11] 등을 혼성적으로 뒤섞어 쓰면서 광대의 입담이 지닌 재담적 유희성을 한껏 발휘한다. 특히 화자에 의한 오적들의 등장 장면과 인물 내력 소개에 나타나는 특징적 묘사와 인물 평가는 재담적 성격으로 인해 희화적인 웃음을 자아내게 만든다.

> 간뗑이 부어 남산만 하고 목질기기 동탁배꼽 같은
> 천하 흉폭 五賊의 소굴이렷다.
> 사람마다 뱃속이 오장육보로 되었으되
> 이놈들의 배안에는 큰 황소불알만한 도둑보가 곁붙어 오장칠보
>
> <오적 소개 대목>

위의 인용 시는 오적들의 소굴을 소개하면서 화자는 이들의 겉모습을 희화적으로 소개하는 장면 묘사다. 이들은 "동탁배꼽 같은" "큰 황

---

9) 가령 <蜚語-소리내력>의 「無許可着足罪, 제가뭔데 肉身休息罪, 싹아지없이 心氣安定罪 -중략- 反國家的 內亂陰謀劃策的 强力心情保有及同思想抱持潛在的 可能性確實明白可能罪」 등에서도 잘 드러난다.

10) 김인환, 「화법과 시」, 『사회비평』 8호, 나남, 1992년 가을호, 345～347쪽.

11) 한시 양식을 그대로 차용하면서 한자 대신 국문자체를 쓰는 것을 일컫는 말이다. 관직명이나 직함을 음차하여 동음의 짐승에 비유하는 언어유희를 통해 규범화된 한시의 틀을 파괴하고 허위의식이나 권위의식에 대한 풍자와 비판을 보여준다. 대표적으로 조선조 김시습의 시에 잘 나타난다.

소불알만한 도둑보가 곁붙어 오장칠보"로 희화적으로 묘사되어 비유된다. 오적의 특징을 희화해 묘사하면서 "천하흉폭하다"는 화자의 논평적 발언을 통해 이들을 부도덕한 사회 계층으로 규정하여 풍자 대상을 암시적으로 예고한다. 이는 『흥부전』에서 놀부를 소개하는 대목 "이놈의 심술을 볼진대 다른 사람은 오장육보로대 놀보난 오장칠조엿다 엇지하야 그런고 하니 심술보 한아이 더하야 것간엽헤가 붓터서"의 서술적 표현을 따르는 것이다. 『흥부전』의 광대가 놀부의 부도덕성을 전경화하기 위해 쓴 인물 희화법을 이어 쓰는 것이다.

『오적』의 종결 어미와 연결 어미는 대개 '…것다, …랏다(렷다), …이라, …으되, …으나, …으니, …아라' 등과 같은 것들이다. 문장의 종지형에서 볼 수 있는 종결 어미들과 서술을 잇는 연결 어미도 판소리 사설의 서술적 표현법인 관용적 어미 활용을 그대로 차용한 것이다. 화자는 마치 판소리에서 광대가 청중에게 말을 건네는 듯한 어투로 독자를 의식하고 말을 건네는 관용적 표현을 빈번히 쓴다. 판소리의 문체적 특징인 말건넴의 어투는 인물의 대화에서는 말할 것도 없고 화자의 지문에서도 분명히 드러난다. 특히 「다섯 도둑이 모여 살았것다, 長猩놈 재조봐라, 오라를 받으렷다」 등 판소리 문체의 한 특징인 듣는 사람을 의식한 듯한 말은 문장의 종지형 어미[12]에서 잘 나타난다.

　　　　이리 한참 시합이 구시월 똥호박 무르익듯이 몰씬몰씬 무르익어
　　가는데

12) 김현주, 「판소리 문학에서 구술성과 기술성의 관련 양상 및 장르적 의미」, 『판소리 연구』 제2집, 판소리학회, 1991, 134쪽.

　　여봐라
　　게 아무도 없느냐
　　나라망신시키는 五賊을 잡아들여라
　　추상같은 어명이 꽝,

　　　　　　　　　　　　　　　<오적을 잡아들이라는 대목>

　　이놈
　　네놈이 오적이지
　　아니요
　　그럼 네가 무엇이냐
　　날치기요

　　　　　　　　　　　　　　　<꾀수와 포도대장의 대화>

　　이놈 내리훑고 저놈 굴비엮어
　　종삼 명동 양동 무교동 청계천 쉬파리 답십리 왕파리 똥파리 모
　두 쓸어 모아다 꿀리고 치고 패고 차고 밟고

　　　　　　　　　　　　　　　<오적을 잡아들이는 대목>

　　판소리를 구성하는 주요 기능적 요소는 창, 아니리, 너름새(발림)이
다.13) 위의 인용 시를 보면 판소리의 이러한 서술의 기능적 요소를 그
대로 답습해 이어 쓰고 있음을 알 수 있다. 판소리의 …창-아니리-창-
아니리…의 양식은 긴장-이완이 반복되는 구조다.14) 인용된 시의 대목
은 판소리의 독특한 스토리 전개 방식인 창 - 아니리의 교체 반복 방

13) 창이란 성가를 이름이고, 아니리란 음곡을 배제한 서술이고, 발림이란 몸짓을 뜻한
　　다(정병욱, 「판소리의 사실성과 서민정신」, 조동일·김홍규 편, 앞의 책, 62쪽).
14) 김홍규, 「판소리의 서사구조」, 조동일·김홍규 편, 위의 책, 117쪽.

식을 차용한 대목이다. 꾀수와 포도대장의 대화는 재담으로 전개하는 아니리에, 오적을 잡아들이는 대목은 휘몰이와 같은 창에 해당될 것이다. 여기에서 화자의 다채로운 기능을 볼 수 있다. 전체적인 사건의 화자로서의 목소리와 대사 부분에서 드러나는 등장인물의 목소리 등이 그것이다. 화자가 다중적 목소리를 지닌 것은 창, 아니리, 너름새(발림) 등을 활용하여 광대 혼자서 사건을 극적으로 전달하는 판소리의 가창 방식을 따르고 있기 때문이다. 게다가 반복과 나열, 과장과 왜곡, 비속어와 의성·의태어, 언어유희 등 판소리의 제반 서술적 표현 가능성이 모두 구현되고 있음을 볼 수 있다.

꾀수와 포도대장의 대화는 율문이 아닌 산문적 요약 서술로 인물들 간의 대화체로 처리된 대목이다. 이야기는 음률이나 장단의 가락에 의하지 않고 일상적 어조로 전달된다. 판소리로 치자면 아니리에 해당한다. 화자는 특유의 장황한 수사에 의하지 않고 한두 마디의 짤막한 대사를 써서 사건의 진행을 빠른 속도로 이끈다. 판소리의 문체적 특징인 급박한 상황에 처한 인물들의 행위를 빠른 속도의 대화를 통해 드러내고자 하는 바탕글을 생략하는 수법이다.[15] 이것은 아니리가 판소리에서 작품 전개의 기능 면에서 "면과 장면의 접속을 담당"[16]하는 것처럼 여기에서도 꾀수와 포도대장의 짤막한 대화를 통해서 오적을 잡으러 가는 장면으로 전환하는 기능을 한다.

이러한 장면 전환의 아니리적 요소는 오적들이 차례로 등장하는 대

15) 예컨대 『춘향전』의 "사또 이 말 들으시고 화열이 상충하야", "이 년 잡어 내려라" (아니리), "춘향의 머리채를 두루루루 잡어쥐고", "급창!", "예이!", "춘향 잡아 내리랍신다!", "예이!"…(휘몰이) 등에서 나타듯 인물이 처한 다급한 상황을 전달하는 문체적 수법을 말한다.
16) 김흥규, 앞의 글, 117쪽.

목에서서도 잘 드러난다. 장면을 전환하여 새로운 인물이 등장할 때마다, 그리고 그들의 인물 내력을 소개할 때 화자는 다양한 작중 인물들의 목소리로 이야기를 전달하는 혼성적이며 다성적인 세계를 보인다. 스토리 사건을 조직하고 전달하는 화자는 자신의 목소리를 통해서 각각의 등장인물들의 말을 극적으로 모방하여 전한다. 그럼으로써 상황의 현장감 있는 재현을 추구한다.

> 匐獝狋猿 나온다
> 곱사같이 굽은 허리, 조조같이 가는 실눈
> 가래끓는 목소리로 응승거리며 나온다
> 털투성이 몽둥이에 혁명공약 휘휘감고
> 혁명공약 모자쓰고 혁명공약 배지차고
> 가래를 퉤퉤, 골프채 번쩍, 깃발같이 높이들고 대갈일성, 쪽 째진
> 배암 샛바닥에 구호가 와그르르
> 혁명이닷, 舊惡을 新惡으로! 改造닷, 부정축제는 축재부정으로!
> 근대화닷, 부정선거는 선거부정으로! 重農이닷, 貧農은 離農으로!
> <국회의원 등장 대목>

『오적』은 판소리에 나타나는 창자(화자)와 인물들 간의 자유로운 넘나듦을 비롯하여 율문과 산문의 조화를 이룩한 작품이다. 위의 인용시에서 화자는 등장인물에 대한 희화적 묘사에 뒤이어 나오는 표어적인 선전구의 서술에서 알 수 있듯이 자유롭게 각 인물들 사이를 왕래한다. 판소리에서 화자와 인물들 사이의 넘나듦이 자유로운 것은, 판소리는 본질적으로 판소리 광대 개인의 목소리에 의해 모든 사건 내용이 진술되고 펼처지기 때문이다. 장르 범주로 서사성이 지배적인 『오

적』은 판소리의 광대처럼 화자가 사건과 대사를 서술하는 가운데 다양한 인물들의 목소리가 뒤섞여 나오는 다성적 성격과 혼성 모방적 형식을 지닌다. 대상을 서술·묘사하는 화자의 관점과 태도는 작중 현실과 분리된 객관적 관찰자가 아니라 스스로 스토리 사건과 서술 대상에 밀착하거나 일치시킨다. 대화체로 처리되는 부분에서는 등장인물의 입을 빌은 목소리로 화자와 등장인물이 일치하거나 서술과 묘사에서는 대상에 밀착된다. 그리고 대상에 대한 논평이나 평가는 다분히 주관적이며 전능한 기능을 담당한다. 서술 대상에 대한 묘사나 대개의 논평은 골계적이거나 비장하다.

인용 시 ⑦은 오적이 거만하게 거들먹거리며 등장하는 모습을 4음보격의 율격을 통한 골계스런 표현이다. 이 대목은 등장인물의 외양적 특징을 중심으로 묘사하는 판소리의 전형적 인물 등장법과 인물 내력 소개법의 차용이다. 화자의 인물에 대한 묘사는 작중 현실보다 과장하고 왜곡해서 표현함으로써 그 인물적 특징을 강조하는 골계적 웃음을 자아낸다. 화자는 서술 대상의 비리, 결함, 위선, 허구를 과장하고 확장해 폭로함으로써 독자로 하여금 웃음을 자아내게 만든다.

웃음을 유발하는 골계적 효과는 빠르고 경쾌한 리듬을 동반하면서 풍자적 의미를 배가한다. 인물 대상에 대해 빈정거림이나 과장·왜곡 표현할 때 보이는 장단이나 음조를 차용한 것이다. 이러한 골계적 표현은 중중모리 또는 자진모리로 구연될 수 있을 것이다. 4음보로 이어지는 율격과 '~이닷, ~를(는) ~으로!'로 계속 반복되는 어미와 조사는 서술을 유창하게 만들어 운율감을 부여한다.

소리소리 내지르며 질풍같이 내닫는다
비켜라 비켜서라
안비키면 五賊이다
간다 간다 내가 간다
부릉 부릉 부르릉 찍찍 우당우당 우당탕 쿵쾅
五賊 잡으러 내가 간다.
-중략-
서슬푸른 용트림이 기둥처처 승천하고 맑고푸른 수영장엔 벌거벗은 仙女가득
몇십리 수풀들이 정원속에 그득그득, 백만원짜리 庭園樹 백만원짜리 외국 개
천만원짜리 瘦石肥石, 천만원짜리 石燈石佛, 일억원짜리 붕어 잉어, 일억원짜리 참새 메추리
<오적 체포와 오적의 집 묘사 대목>

　판소리는 비장과 골계를 통한 정서적 긴장과 이완의 반복이다. 비장은 청자를 작중 현실에 몰입시켜 정서적 일치를 유발한다. 청자가 작중 현실에 몰입함으로써 생성된 긴장된 정서는 골계적 구절에서 해소·이완된다.[17] 작중 현실을 정상적인 것보다 과장하여 일그러지게 표현하는 수법이 골계인데 이때 생기는 위화감이 웃음을 촉발한다. 이러한 골계적 수법에 의하여 해학과 풍자가 나타나게 된다. 『오적』은 이러한 판소리의 미적 체험 구조를 원용한다. 그리하여 독자에게 정서적 긴장과 이완을 통한 비장과 골계의 맛을 느끼게 만든다.
　인용된 시의 앞 부분은 오적의 소굴에 꾀수를 앞세운 포도대장 출

17) 김흥규, 앞의 글, 118~125쪽.

도 장면을 묘사하는 대목이고, 뒷 부분은 오적의 소굴을 묘사한 대목이다. 판소리는 창과 아니리의 계속적인 교체 반복을 통해 정서적으로 긴장과 이완의 반복 효과를 주는데, 이 부분은 판소리의 구성 형식을 차용하여 사건을 극적으로 이끈다. 앞 부분은 『춘향전』의 어사 출도 장면의 패러디로 클라이막스에 해당한다. 『춘향전』이 어사 출도 장면에서 극적 반전이 이루어지는 것과 같이 『오적』은 이 부분에서 극적 절정을 이룬다. 포도대장이 꾀수를 앞세워 오적을 체포하러 가는 부분에서는 숨 가쁜 모습을 효과적으로 연출하기 위해서 급박하고 경쾌한 흐름을 감지할 수 있다. 자진모리로 처리될 법한 이 대목에서는 스토리 사건이 분주하고 긴박하게 전개된다. 그리고 뒤이어 터무니없게도 오적을 잡으러 간 포도대장은 오적의 호위병이 되고, 오적 대신 무고한 꾀수가 잡혀 들어가는 전도된 기대 지평과 함께 화자의 수다스런 사연들을 골계적인 사설조로 나열하여 풍자적인 서술 효과를 거둔다.

위의 시는 판소리 사설의 특징적 문체인 장황한 수사, 길게 부연된 사설, 모순된 표현[18]을 잘 보여주고 있다. 오적의 소굴에 대한 묘사는 길게 부연된 사설과 장황한 수사, 모순되고 과장된 언어 표현을 통해 골계적으로 펼쳐진다. 내용은 단지 포도대장이 꾀수를 앞세워 오적의 소굴에 쳐들어간다는 정도이다. 그런데 화자의 극도의 희화적 과장으로 연속된 사설, 장황한 수사, 모순된 언어의 조합은 독자로 하여금 상황이 지닌 의미와 정서를 수사와 음악적 리듬으로 느낄 수 있도록 확대 · 강화한다.

18) 김흥규, 앞의 글, 108쪽.

> 때는 노을이라
> 서산낙일에 客愁가 추연하네
> 외기러기 짝을찾고 쪼각달 희게 비껴
> 강물은 붉게 타서 피흐르는데
> 어쩔거나 두견이는 설리설리 울어쌌는데 어쩔거나 콩알같은 꾀수
> 묶어 비틀 비틀 포도대장 개트림에 돌아가네
> 어쩔거나 어쩔거나 우리꾀수 어쩔거나
> … 중략 …
> 기어이 가는구나 가막소로 가는구나
>
> <꾀수가 잡혀가는 대목>

위의 시는 무고죄로 꾀수가 끌려가는 대목으로 비장미가 절정을 이룬다. 이 장면에서 느낄 수 있는 것은 계면조나 느린 중모리로 부를 법한 『춘향전』의 이별가나 옥중가, 흥보 마누라의 가난타령의 대목을 연상시킨다. 꾀수가 무고죄로 억울하게 끌려가는 이 대목에서 화자는 비애에 잠겨 애절히 탄식하고 슬픈 사연을 호소한다. 애절한 심정은 서정적 정경을 통해 노래됨으로써 그 효과를 강화한다. 그리고 비장한 어조는 체념조의 문장 종결 어미 '～네'의 계속되는 반복을 통해 슬픈 정조가 극대화된다.

꾀수의 억울함과 비통함을 고조시키는 비장한 정서는 그동안 웃음과 희화로 지속시켜 온 풍자적 거리를 무너뜨리고 독자에게 이야기가 주는 폭력성을 느끼도록 한다. 판소리의 문체적 특징인 동일한 시구를 반복적 운율에 실어[19] 전해지는 노을을 배경으로 한 "외기러기, 흰 조

---

19) 김현주, 앞의 글, 133쪽.

각달, 붉게타는 강물"이 자아내는 서정성은 애절한 사연을 더해 준다. 이와 함께 "어쩔거나 어쩔거나 우리꾀수 어쩔거나"반복되는 운율[20]과 "기어이 가는구나 가막소로 가는구나"의 대구적 반복 형식과 병치에 의한 유장한 리듬은 꾀수가 끌려가는 슬픈 사연의 비극적 장면을 극대화한다. 이렇게 해서 화자는 광대, 등장인물, 독자들 사이의 비극적 일체화 내지는 비장미를 실현한다.

꾀수의 비통함과 억울함을 고조시키는 비장미는 꾀수가 가막소로 간 뒤 오적과 포대도장이 벼락을 맞아 피를 토하며 급살했다는 후일 담과 뒷풀이 대목에 이르면 반전된다. 후일담과 뒷풀이 대목인 마지막 겉 이야기 "거지시인의 싯귀에까지 올라 길이 길이 전해"진다는 허구화에 의해 서사는 다시 풍자적 거리를 되찾는다. 골계적인 해학과 풍자를 거쳐 비장으로 다시 비애와 비장에서 풍자적 거리로 되돌아 간다. 동정, 안타까움, 슬픔 등 비장을 통해서 조성된 심리적 분위기는 풍자에 의해 제거되고 조롱 섞인 웃음으로 비속한 작중 현실을 대하는 관점이 생성된다.

3. 전통 양식의 수용을 통한 현실 비판과 풍자의 정신

지금까지 논의한 결과 『오적』은 전통 구비문학의 풍자성과 해학성을 창조적으로 계승하면서 당대의 지배 이데올로기에 대립·대항하는

---

20) 예컨대 『춘향전』의 "갈까부다 갈까부다 임따라서 갈까부다", "들어가세 들어가세 내방으로 들어가세"처럼 노래한 형식을 말한다.

피지배 계급의 이데올로기를 내세우는 것이다. 김지하가 전통 구비문학 장르에 애착을 보이며 이를 포괄적으로 수용하면서 새로운 시양식 창조에 노력한 이유는 무엇보다도 기존의 서정시로는 당대 현실에 대응할 수 없다는 시적 인식에서 비롯한 것이다. 이런 이유로 시적 전략으로서 전통을 이어 쓰고 고쳐 쓰며 관습화된 규범들을 고의적으로 위반한다.[21] 그럼으로써 당대의 지배 이데올로기와 권위에 대한 부정과 전복을 꾀한다. 전복과 부정의 정신은 민중 지향적인 전통 구비문학 장르를 계승·발전시켜 민중의 이데올로기를 구현하는 동시에 당대의 정치 현실에 대한 전면적 비판·풍자를 효과적으로 수행하려는 것이다. 『오적』은 풍자시의 형식으로 현실의 폭력과 부조리에 대항하고 지배 체제의 모순과 지배 이데올로기에 야유와 조롱을 보낸다.

김지하는 구비 전승하는 전통 민중 예술이 지니고 있는 풍부하고 다양한 풍자성, 해학성, 비판성을 계승하여 새로운 풍자시의 영역을 개척했다. 『오적』이 지닌 패러디적 특성은 무엇보다도 풍자적 언어들을 패러디하여 새로운 시 양식을 실험적으로 시도한다는 점이다. 이러한 실험적 태도에 의하여 장르 간의 혼합과 경계 허물기가 이루어진다. 패러디와 전통 민중 예술이 동시에 내장한 강한 비판·풍자성을 통해 당대 현실에 대한 전면적인 비판과 풍자라는 전략적 의도를 실현한다.

주지하다시피 1970년대 파행적인 정치·경제적 현실 속에서 민중적 기반과 현실 비판적 인식의 부재를 자각한 당시 문단 상황은 우리의 전통 민중 예술의 장르에 많은 관심을 기울이는 분위기였다. 이러

21) Patricia Waug, 김상구 역, 앞의 책, 91쪽.

한 배경에서 쓰여진 일군의 시들은 당시의 사회적 문맥 속에서 원텍스트를 쉽게 감지할 수 있는 전통 구비문학 장르를 전경화하여 패러디한다.[22] 그리하여 전통 민중 예술이 근본적으로 지니고 있는 민중적 기반 내지는 현실 비판적 인식을 확충하고자 했다. 이러한 역사·사회적 조건 속에『오적』이 자리하는 것이다.

그런데 다양한 이질적이고 다양한 요소를 패러디한『오적』은 판소리와 같은 구비문학의 장르적 특징뿐만 아니라 그 차이점도 뚜렷하다. 패러디를 '차이를 가진 반복'[23]이라고 규정하는 것은 그 차이성에 무게를 싣고 있음을 시사한 것으로 이해할 수 있다. 차이는 바로 원텍스트와의 비평적 거리이며, 이 거리가 시인의 창조성과 당대인 70년대의 역사 현실을 향한 비판적인 전략적 의도를 명확히 해준다. 즉 전통 민중 예술이 내장한 형식뿐만 아니라 내용을 새롭게 패러디하여 역사 현실의 모순 내지는 부조리를 비판하려는 풍자적 목적을 갖는다. 현실의 역사적 과거화 혹은 과거의 역사적 현재화를 통해 역사 현실의 단면을 우회적으로 풍자한다.

지금까지 살펴본 것처럼『오적』의 구비문학 양식의 차용은 패러디에 의한 것이라 할 수 있다. 패러디는 선행하는 특정한 문학 작품이나 장르를 현재적 문맥에 삽입시키는 문학적 전략이다. 구비문학 패러디에 의한 새로운 시양식의 전략적 창조는 무엇보다도 기존의 서정시로

---

22) 특히 이른바 민중시 계열의 당시 문단은 우리의 전통 민중 예술에 대한 적극적 관심을 기울인다. 김지하가 판소리를, 신경림이 민요를, 이동순, 하일 등이 조선조 후기 서민 가사를 패러디한다. 그 이후 판소리의 어조로 심청을 물질적 노예로 변용시킨 김진경의『심청가』나, 가사체의 어조로 흥부를 부동산 투기붐을 탄 졸부로 변형시킨 박찬의『신흥부가』등이 대표적이다.

23) Linda Hutcheon, 김상구·윤여복 역, 앞의 책, 62~63쪽.

는 당대 현실에 대응할 수 없다는 시적 인식에서다. 판소리의 어법과 형상화 방법을 전략적으로 패러디해 전통을 이어 쓰고 고쳐 쓰며 관습화된 규범들을 고의적으로 위반하는데, 이는 당대의 지배 이데올로기와 권위에 대한 전복과 부정을 뜻한다. 전복과 부정의 실험적 태도에 의하여 장르 간의 혼합과 경계 허물기가 이루어져 당대의 정치 현실에 대한 전면적 비판과 풍자를 가한다. 풍자적 수법을 통해 현실의 폭력과 부조리에 대항하고 체제의 모순과 지배 이데올로기에 야유와 조롱을 보낸다. 결과적으로 판소리에 대한 적극적이며 생산적인 패러디의 시학적 전략은 풍자성과 해학성으로 요약할 수 있다. 작품 분석을 통해 드러난 결과를 요약하면 다음과 같다.

첫째, 『오적』의 화자는 패러디되는 판소리와 같이 화자·창자, 인물들 간의 자유로운 넘나듦을 비롯하여 창과 아니리의 율문과 산문의 조화를 이루고 있다. 이야기를 서술하는 시적 화자는 판소리의 광대처럼 사건과 대사를 서술하는 데 있어 다양한 인물들의 목소리가 뒤섞여 나오는 다성적 성격과 혼성 모방적 형식을 지니고 있다. 산문과 율문의 조화는 바로 원래 판소리 가창의 기본 전개 방식인 '…창 - 아니리 - 창 - 아니리 …'와 상응하는 문체적 특징을 따른 것이다. 이러한 산문과 운문의 선택·배열, 교직·교차는 판소리 사설을 그대로 연상시킬 뿐만 아니라, 아니리로 처리되는 부분과 창으로 처리되어야 하는 부분이 비교적 명료하게 구분된다.

둘째, 외화에 속하는 도입과 결말 부분은 판소리 사설의 도입과 결말 부분의 표현 방식을 이어 쓰고 있다. 판소리는 시작할 때 목을 푸는 소리 또는 허두가를 부르는 것이 관례인데, 서두에서부터 이러한 판소리의 관례적 규범을 패러디한다. 도입 대목에서 판소리 광대의 허두 사설을 그대로 이어 쓴 것은 시적 화자가 광대의 역할을 하고 있음을 의도적으로 드러낸 것이다. 그리고 내화의 시작과 끝맺음은 민담의 시작과 끝맺음의 형태를 그대로 이어 쓴 것이다. 속 이야기의 시작과 끝은 민담의 시작과 끝을 이루는 관용적 표현의 패러디이다. 광대로서의 시적 화자는 4·4조를 근간으로 하는 판소리 사설을 차용하고, 창과 아니리 등 형식에 기대어 이야기를 펼친다. 아울러 입체적이고 다성적인 목소리를 지니며, 정치·사회 전반에 대한 방대한 관심을 갖고 풍자적 역할을 수행한다. 이때 풍자의 대상은 하나같이 짐승에 비유되는 알레고리 기법과 동음의 한자를 통한 언어 유희로 조롱하면서 이들의 허위를 부각시킨다. 그리고 판소리에 나타나는 유식한 문자와 상스러운 말의 혼용, 반복과 병치, 과장, 언어 유희 등 문체상 특징을 그대로 이어 쓴다.

그리고 등장인물의 외양적 특징을 중심으로 묘사하는 판소리의 전형적 인물 등장법과 인물 내력 소개법의 차용이다. 화자의 인물에 대한 묘사는 작중 현실보다 과장하고 왜곡해서 표현함으로써 그 인물적 특징을 강조하는 골계적 웃음을 자아낸다. 판소리는 비장과 골계를 통한 정서적 긴장과 이완의 반복되는 미적 체험인데, 이러한 판소리의 미적 체험 구조를 원용한다. 그리하여 독자에게 정서적 긴장과 이완을 통한 비장과 골계의 맛을 느끼게 만든다.

독서의 쾌락

"

시는 상상력의 산물이다. 인간의 이성 이면에는 무질서처럼 보이는 또 하나의 세계가 존재한다. 시인은 상상력으로 시 속에 무질서처럼 보이는 개인적 존재의 경험을 표현한다. 시인은 상상력을 통해 존재의 경험과 혼란된 충동을 질서화한다.

"

서정주 시의 원형 이미지 연구

1. 서정주, 구도의 접신술사

시는 상상력의 산물이다. 인간의 이성 이면에는 무질서처럼 보이는 또 하나의 세계가 존재한다. 시인은 상상력으로 시 속에 무질서처럼 보이는 개인적 존재의 경험을 표현한다. 시인은 상상력을 통해 존재의 경험과 혼란된 충동을 질서화한다. 상상력은 "위대한 질서의 원리이며 제재를 분별하고 질서화하며 통합할 수 있게 하는 능력"[1]이다. 상상력은 존재의 변화를 이룩하는 힘이다. 시를 포함한 예술작품은 상상력에 의해 빚어진 "이미지의 계시요 완성"[2]이다.

---

1) 이승훈, 『시론』, 고려원, 1981, 56~57쪽 참조.
2) R. Huyghe, 김화영 역, 『예술과 영혼』, 열화당, 1979, 203쪽.

이미지의 계시로 구축된 한 편의 시를 읽는 것은 시인의 창조적 상상력이 투영된 독특한 시적 공간과의 만남을 의미한다. 깊은 몽상 끝에 시인이 흔든 영혼의 종이 다양한 시적 이미지를 통해 우리의 내면 공간 속에 울리는 순간, 우리는 존재의 전환을 이룩한다. 이때 "시는 그 자체가 하나의 이미지이면서 동시에 여러 이미지들의 무리"3)로 나타난다. 이러한 이미지들은 "창조적이고 능동적인 상상력의 표출"4)에 의한 것이다. 이미지를 만드는 힘인 상상력은 한 편의 시를 형성하는 데 결정적인 작용을 한다. 시인의 상상력에 의해 떠오른 하나의 시적 이미지가 어떻게 형상화되며 작품 속에서 어떤 체계를 이루고 있는가를 이해하는 작업은 중요하다. 왜냐하면 이미지의 주된 기능은 의미의 전달에 있기 때문이다. 이미지는 시의 정확한 해석으로 독자의 감상을 돕는다. 이미지는 제재의 환기·화자의 정조·사상의 외면화·독자의 태도5) 등을 지시하기 때문이다.

이 글은 서정주 초·중기시에 나타나는 '피'·'황금'·'꽃'·'물'의 이미지에 주목하여 그의 초·중기시에 이르는 시적 여정을 조명하고자 한다. 요컨대 서정주 초기시의 특성을 피의 이미지와 관련하여 원죄의 절규와 관능성을, 그리고 중기시를 황금과 꽃의 이미지와 연관하여 영원성을 규명하고자 한다. 특히 서정주 초·중기시에 중점적으로 나타나는 이들 이미지를 분석하여 상상력의 질서를 해명하고, 그의 초기시의 관능성에서 중기시의 영원성으로 전이하는 과정을 조명하고자 한다. 서정주 초·중기시의 특성이 육욕적 관능과 영원성의 세계를 표

3) 이승훈, 앞의 책, 114쪽.
4) 곽광수·김현, 『바슐라르 연구』, 민음사, 1979, 41쪽.
5) 이승훈, 앞의 책, 126쪽.

백하고 있다는 사실은 일반화된 평가이지만, 이 글은 그것을 '피'의 이미지에서 '황금'과 '꽃', 그리고 '물'과 '바다'의 이미지로 전이하는 시적 변모 과정을 통해 해명하고자 한다.

이 글은 서정주 시에 나타나는 원형 이미지에 주목하면서 그의 시적 여정을 조명하고자 한다. 서정주 초기시의 특성은 대개 피의 이미지와 관련하여 원죄의 절규와 관능성이 중심을 이루며, 중기시 이후에는 황금과 꽃의 이미지와 연관한 영원성의 세계를 드러낸다. 요컨대 미당 시는 "반항과 일탈 지향에서 너그러운 긍정"으로 또는 "내적 갈등의 세계에서 관념의 형이상학을 통해 갈등이 해소되는 영원성의 시학"6)으로 진행하였다. 이러한 시적 여정에 대한 평가는 지극히 상반된다. 이 점은 그에 대하여 기만적인 접신술사7)나 탁월한 구도의 시인8)으로 평가하는 것에서 극단적으로 드러나고 있다. 이것은 그의 시가 "매우 고무적인 출발을 했으나, 그 출발부터 경험과 존재의 모순과 분열을 보다 넓은 테두리에 싸쥘 수 있는 변증법적 구조를 발전시키는 방향"으로 나가는 대신, 점차 "그것들을 적당히 발라 맞추어 버리는 일원적 감정주의로 후퇴"9)하였다는 것을 의미한다.

서정주가 『新羅抄』의 「婆蘇 두번째 편지 斷片」에서 "피가 잉잉거리던 病은 이제 다 낳았읍니다"라고 노래하는 지점에서 그의 시는 초기시의 강렬한 관능과 죄의식의 세계를 벗어나 영원성의 문제에 천착하게 된다. 『花蛇集』과 『歸蜀途』 이후 『徐廷柱 詩選』에서부터 서정주

---

6) 유성호, 「서정주의 『화사집』 연구」, 『문예연구』, 문예연구사, 1998, 여름호, 86쪽.
7) 구중서, 「서정주와 현실도피」, 『청맥』, 1965. 6.
8) 원형갑, 「서정주의 신화」, 『현대문학』, 1965. 7.
9) 김우창, 「한국시와 형이상」, 『궁핍한 시대의 시인』, 민음사, 1977, 66~67쪽.

의 시는 뚜렷이 새로운 시대를 맞이한다. 초기시에 나타나는 '피'의 세계를 정리하면서 1950년대 이래 서정주가 뚜렷하게 천착하기 시작한 문제는 영원성이다. 관능성과 영원성은 그의 초기시와 중기시를 구분 짓는 하나의 뚜렷한 변별점이다. 그런 시적 편력 가운데 이 글은 서정주의 시에서 물의 원형 이미지가 어떻게 작용하고 있는지 살펴보고자 한다. 원형 이미지는 지각 경험 가운데 지속적이며 반복적으로 나타나는 요소이며 대부분의 사람들에게 동일하거나 유사한 의미 내용을 갖는다. 서정주 시에서는 '피', '보석', '꽃', '물', '바다' 등이 지속적이며 반복적으로 나타나는 원형 이미지이다. 이러한 원형 이미지는 지각되는 경험 자체만으로는 충분히 전달될 수 없는 광범위한 의미 혹은 일련의 의미 내용을 내포하며, 그의 정신 활동 궁극에서 시적 상상력을 촉발하는 근본적인 힘으로 작용한다.

특히 이 글은 원형 이미지를 중심으로 텍스트에 대한 분석적 방법론에 주안점을 두어 서정주 시의 진정한 맥은 어디에 있으며, 시적 변용의 실체는 과연 무엇인가를 고구함으로써 그의 시의 원형성을 확인하고자 한다. 일반적으로 이미지는 "대상을 감각적으로 인식하도록 자극하는"[10] 말을 통칭하는 용어인데, 이것은 정신적 심상·비유적 심상·상징적 심상의 유형으로 나 수 있다. 이 가운에 상징적 심상은 반복과 회귀의 양상을 통해 상징적 형식으로 극화되거나 신화 또는 원형과 관련될 수 있다.[11] 서정주 시에서는 바로 이 상징적 심상과 원형적 심상이 중요한데 이러한 고찰은 자연스럽게 바슐라르의 물질적 상

---

10) 이상섭, 『문학의 이해』, 서문당, 1972, 76쪽.
11) 이승훈, 『시론』, 고려원, 1981, 114쪽.

상력과 휠라이트의 원형이론, 그리고 융의 원형이론에 관한 탐색으로 우리를 이끈다.

2. 원형적 상상력과 이미지

이미지를 산출하는 작용이 상상력(imagination)에 있다는 견해는 오랫동안 수용되어 왔으며 여기에 별다른 이의는 없는 것처럼 보인다. 상상력이란 예술 창조에 수반되는 내면적 정신 작용의 측면에서 예술 작품을 해명하기 위해 행해졌던 무수한 시도와 관련이 있으며, 일단 문학 작품에 적용될 때에는 이른바 창작(composition)이라고 칭하는 것과 관련이 된다.12) 이러한 상상력에 대한 논의는 아리스토틀(Aristotle)에서부터 계속되어 왔다.

문학 속에서 상상력에 대한 논의를 본격적으로 전개한 것을 코울리지(S. T. Coleridge)의 『文學評傳』에서부터이다. 코울리지는 낭만주의적 미학의 입장에서 상상력의 이론을 집성한 사람이다. 그는 지금까지 기억 속에 저장되어 있는 상상력을 깊이 있게 체계적으로 연구하였다. 그에 의하면 상상력은 세계를 창조하는 힘이다. 그는 상상력을 제 1상상력(primary imagination)과 제 2상상력(secondary imagination)으로 나눈다. 그에 의하면 제 1상상력은 정신에 반영된 것이기 때문에 인간의 입장에서 보면 수동적이다. 그리고 제 1상상력은 모든 인간의 원동력이며 근본 원인이고 무한한 자아 안에서 이루어진다. 제 2상상력은 혼란스

12) R. L. Brett, *Fancy and Imagination*, London, Methuen & Co Ltd. 1970. p.7.

런 충동을 이념화하고 통일하려는 능력이다.[13] 그러니까 제 1상상력
은 신화와 관련되며 제 2상상력은 개성과 관련된다.

이와 같은 이론적 근거를 바탕으로 코울리지가 체계적으로 연구한
상상력에 대한 개념 규정은 문학의 상상력을 연구하는 후학들에게 논
지 전개의 초석으로 수용되고 있다. 휠라이트(P. Wheelwright)는 상상력
의 작용에 대하여 상세히 설명한다. 그는 상상력의 작용을 네 가지로
나누어 설명하는데,[14] 그 중에서 가장 고차원적이고 심오한 것은 원형
적 상상력(archetypal imagining)이다. 이는 플라톤적 성격의 고차원과 프
로이트적 심오함[15]을 뜻하는데 플라톤의 이데아(idea)의 세계와 프로이
트의 무의식의 세계에서 발상한 것이다. 그가 말하는 상상력의 작용은
융이 말한 원형(archetype)과 같은 개념으로 받아들일 수 있다. 즉 개인
의 의식을 떠난 집단적이고 신화적인 공동체로서 신성하고 원초적인

---

13) I. A. Richards, Coleridge on Imagination, Indiana University Press, 1965, pp.24~57.
코울리지(S.T.Coleridge)에 의하면 상상력은 모방(imitation)과 구별된다. 모방의 본질
이 보았던 것, 또는 알려진 것에 대한 가능한 한 근사(近似)하도록 재현이나 모방에
그친 것에 대하여 상상력은 새로운 창조를 위해서 융합되고 혼합되며 소모되는 힘
이기 때문이다. 그리고 그는 상상력을 공상(fancy)으로부터 구별한다. 이 두 개념의
구별이야 말로 그의 상상력 이론의 본질이다. 우리의 마음속에는 기능이 다른 두 개
의 상이한 힘이 존재하는데, 상상력은 기억을 융합하는 창조적인 힘을 갖고 공상은
단지 기억을 집합하는 정도에 지나지 않는다. 즉 조형력으로 작용하는 상상력과 집
합하는 상상력과 집합하는 힘으로서의 공상은 그들이 의도하는 목적을 위하여 마음
속에 구별되어 존재한다.

14) P.Wheelwright, The Burning Fountain, Indiana University Press, 1968, pp.34~55.
첫째는 卽物的 想像力(confrontative imagination)으로 어떤 대상을 볼 때 그 대상이
특수성을 순간적으로 파악하고 인식하는 것이다. 즉 대상을 즉물적으로 인식하고
조화시키는 것을 말한다. 둘째는 想像的 疎遠(imaginative distancing)으로 우리의 환
경(습관)으로부터 일정한 거리를 두고 대상을 바라봄으로써 대상을 객관적으로 관찰
한다는 의미이다. 셋째는 構成的 想像 作用(compositive imagining)으로 상상력의 기
능은 상호 이질적이며 절대적인 요소들을 조화 또는 융합시키는 것을 뜻한다.

15) 위의 책, 51쪽.

것에 대한 보편적 상상 작용을 의미한다.

리차즈(I. A. Richards)는 상상력과 공상을 구별하는 코울리지의 상상력 이론을 답습하여 극단화시킨다. 그는 상상력을 여섯 가지로 분류하여 설명하는 데, 모든 예술에서 상상력이 보여주는 것은 단절된 충동의 굽이치는 소용돌이를 단일하고 정돈된 반응으로 용해시키는 데 있다.16) 그의 이러한 견해는 시를 충동의 평형 장치로 보는 데서 출발한다. 즉 혼란된 충동의 무리를 평형시키는 힘이 상상력이라는 것이다.

상상력에 관한 이론은 시적 상상력의 형이상학을 정립하려고 노력한 바슐라르(G. Bachelard)에 의하여 더욱 본질적으로 연구된다. 그에 의하면 상상력이란 단순히 이미지를 형성하는 기능이 아니라 하나의 토착적이고 자기 발생적인 영역을 구축하는 것이며, 지각에 의해 제공된 이미지를 변형하게 하고, 최초의 이미지로부터 우리를 해방시키는, 이미지를 변화시키는 기능을 갖는다.17) 즉 존재의 변화를 이룩하는 힘이라는 것이다. 이와 같은 존재 생성의 힘인 상상력은 의지력이나 생의 도약보다도 더 정신적인 창조의 힘 그 자체이다. 상상한다는 것은 현실을 떠나는 것이며, 새로운 삶을 향해 돌진하는 것이기 때문이다.18) 따라서 시에 나타난 상상력의 움직임을 통해 우리는 초월적인 자아에 이를 수 있다. 이를테면 우리 내부에 존재하는 존재 생성의 힘이 바로

---

16) I. A. Richards, 김영수 역, 『문예비평의 이론』, 문예출판사, 1977, 332~326쪽. 리처드는 상상력을 1) 생생한 이미지를 낳는 것, 2) 직유나 은유같은 비유적인 말의 용법, 3) 타인의 마음의 상태, 정서의 상태에 공감적으로 재현하는 것을 의미, 4) 일상적으로 연결되어 있지 않는 여러 요소들을 환기하여 결합하는 창의성. 5) 사물들의 적합한 관련, 6) 이질적인 것들을 결합하고 조화시키는 속성을 갖는다고 한다.
17) G.Bachelard, 민희식 역, 『불의 정신분석』, 삼성출판사, 1979, 101쪽.
18) 곽광수·김현, 앞의 책, 25쪽.

진정한 의미에서 상상력이라는 것이다.[19]

　바슐라르(G. Bachelard)에 의하면 이미지를 낳는 상상력은 무의식이고 의식의 영역인 기억과는 다르게 구별된다. 기억이 과거 사실을 재현하는 일반화된 이미지를 환원하는데 반하여 상상력은 창조력이다. 상상력은 시적 이미지의 상태를 환기한다. 그는 이런 상상력을 '형태적 상상력, 물질적 상상력, 역동적 상상력'으로 구별하였다. 형태적 상상력은 이미지를 재현적으로 생각하며 개념화되고 합리화되어 하나의 패턴으로 굳어버린 상상력을 말한다. 물질적 상상력은 존재의 근원에까지 파고들어가 원초적인 것과 영원적인 것을 동시에 존재 속에서 찾아내려 하는 것이고, 역동적 상상력은 물질로서의 대상을 우리의 의지대로 변형시키고자 하는 힘이며 본질적으로 미래를 향하는 기능이다.[20] 상상력에 의해 산출된 시의 이미지는 신비스런 힘과 정열을 내포하고 있다. 그것은 일상적으로 죽어 있는 사물에 생명을 부여해 주며 주관인 시적 자아와 객관인 시적 대상을 일치시킴으로써 대상을 단순히 감각적인 재료로 인식하는 영역을 넘어선다. 나아가 사물을 새롭게 창조하고 그 존재를 파악하는 것이다.

　상상력의 작용은 이미지를 산출한다. 시의 언어가 일상적 의미의 지시 기능을 거부하고 상상력을 여과한 이미지의 언어라는 사실에 동의한다면, 한 편의 시를 형상화하기 위해 동원된 모든 시어는 이미저리 표상에 관련되지 않을 수 없다. 사실 현대시의 이론 가운데 이미지만

19) 위의 책, 25쪽.
20) G.Bachelard, 이가림 역, 『물과 꿈』, 문예출판사, 1980, 6쪽. 물질적 상상력과 역동적 상상력은 매우 밀접한 관계를 맺고 있으며, 형태적 상상력과는 대립되어 있다. 물질적 상상력은 그것이 형태를 변모시키고 대상의 내면으로 깊이 들어갈 수 있다는 점에서 물질적일 뿐만 아니라 역동적이다.

큼 개념 규정이 모호한 것은 없을 것이다. 좁은 의미로 은유나 직유를 가리키는 말로 사용되는 데서부터 극단적으로는 사물과 주관의 관계 인식을 의미하는 경우까지 매우 잡다한 논의가 있어 왔다.[21] 우리의 잠재의식 속에는 의식 생활이 받아들인 체험이 뿌리내리고 있어서 시 어를 듣거나 읽을 때 체험의 재현으로 인한 영상이나 느낌을 가지고 있는데, 그것을 바로 이미지라고 할 수 있다. 결국 "이미지는 시적으로 인식된 대상인 바, 인식된 대상의 시적 진술이라는 측면에서 이미 지는 시인의 상상력 속에 내재한 인식 대상의 한 모형이다."[22]

이미지를 만드는 힘은 앞서 지적하였듯이 상상력이다. 그러므로 시 에 나타난 이미지를 연구하는 것은 곧 상상력에 대한 연구와 직결된 다. 이 상상력은 일반적으로 심상을 낳는 정신적 능력으로 정의된 다.[23] 리차즈(I. A. Richards)는 상상력의 여섯 가지 의미 가운데 첫번째

---

21) 브룩스(C. Brooks)는 시에 있어서 경험된 지각의 재현을 이미지라고 부른다. 이미지 는 단순히 정신 속의 그림으로 이루어지는 것이 아니고 감각의 어떤 것에 호소하여 야 한다고 하여 시의 이미지를 감각 체험의 재현에 두고 있다(C. Brooks & A. Warren, Understanding Poetry, Henry & Company, 1959, p.689). 루이스는 이미지를 정서 또는 정열을 갖춘 언어로써 구성된 회화라 하여 시적 이미지는 문맥 속에 인 간의 정서를 저류로 가진 어느 정도 은유적인 언어를 사용한 다소라도 감각적인 회 화이다. 즉 언어로써 구성된 감각적인 회화라는 것이다(C. D. Lewis, 앞의 책, 18쪽). 리차즈의 이미지에 대한 견해는 마음의 눈으로 보는 그림 혹은 마음의 귀로 듣는 소리이다(I. A. Richards, 김영수 역, 앞의 책, 165쪽). 리차즈의 이와 같은 정의를 그 대로 답습한 웰렉은 이미저리는 반드시 시각적일 필요는 없고 과거의 감각상 혹은 지각상의 체험을 지적으로 재생한 것, 즉 기억을 의미한다(R. Wellek & A. Warren, 이경수 역, 『문학의 이론』, 문예출판사, 1987, 270쪽). 프라이의 견해는 시적 이미지 들은 결코 어떤 사물을 지시하거나 진술하지 않고 그들 상호간을 지시함으로써 시 를 반성하고 분위기를 형성하며 그들은 분위기를 표현하나 뚜렷하게 한다(N. Frye, 임철규 역, 『비평의 해부』, 한길사, 1989, 116쪽).
22) 오세영, 「이미지구조론」, 서울대대학원 현대문학연구회, 1970, 32쪽.
23) J. R. Kruzer, 권종준 역, 『시의 요소』, 학문사, 1983, 158쪽.

로 "생생한 이미지를 생산해 내는 것"[24]을 들고 있다. 이처럼 이미지를 생산하는 것이 상상력의 힘이라고 하는 견해는 오랫동안 수용되어 오고 있다. 이미지의 주된 기능은 의미의 전달에 있다. 이미지는 시의 정확한 해석으로 감상을 돕는다. 이미지는 제재의 환기·화자의 정조·사상의 외면화·독자의 태도[25] 등을 지시한다.

이미지를 만드는 힘인 상상력은 한 편의 시를 형성하는 데 있어 결정적인 작용을 한다. 창의적이고 능동적인 시인의 상상력에 의해 떠오른 하나의 시적 이미지가 어떻게 형상화되며 어떤 과정을 통해서 우리 가슴 속에 울리고 반향하는가를, 또 그러한 시적 이미지들은 한 시인의 작품 속에 어떤 체계를 이루고 있는가를 이해하지 않고서는 올바른 분석에 이를 수 없을 것이다.

상상력의 궁극성에 의해 이미지의 생성은 원형을 지향한다. 원형은 이미지의 목표로서 이미지의 생성을 결정하는 것이다. 시인에게 있어서 대상이나 사물은 그 존재 자체로 이미 시적 이미지이면서 동시에 상상력의 가치이다. 실재 대상과 사물은 그것이 원형에서 받아들이는 정열적인 관심에 의해서만 시적 힘을 갖는다. 원형은 자체의 힘을 가진 이미지이다. 따라서 그것은 이미 만들어지고 유전된 이미지이면서 또한 재현 가능성을 함께 포함한다.

원형은 인간의 원시적인 사고에 뿌리가 닿아 있다. 그런데 인간의 원시적인 사고가 집약된 것에는 신화가 있다. 신화는 신화가 자라난 문화적 환경에 따라서 독특한 모습을 지녔다 하더라도 그것은 일반적

---

24) I. A. Richards, 김영수 역, 앞의 책, 322쪽.
25) 이승훈, 『시론』, 고려원, 1981, 126쪽.

인 의미에서 보편적인 것이다. 이는 유사한 모티프나 테마가 상이한 신화들 가운데 발견될 수 있으며 시공상으로 떨어진 신화에서의 이미지도 공동의 의미를 지니는 경향이 있다.26) 즉 신화는 유사한 심리적 반응을 일으키고 유사한 문화적 기능을 한다. 이러한 모티프와 이미지가 원형이다. 한마디로 원형이란 '보편적 상징'(universal symbol)이다. 이것은 인간 심성의 근저에 흐르며 끊임없이 나타났다 없어지는, 그리고 다시 나타나는 어떤 이미지라 할 수 있다. "낮과 밤, 계절의 변이, 생물체의 모든 활동, 생물의 수란기, 음악, 기타 자연의 원리를 포함한 모든 것들에는 주기성을 띤 리듬"27)이 있는데, 이러한 리듬과 같이 인간의 심성 근저에서 되풀이 되어 나타나게 하는 근원적인 어떤 무엇이 원형이다.

문학 속에 '집단무의식'(collective unconscious)의 형태로 잠재해 있는 원형은 "시공을 초월한 관습적 패턴으로 이것은 인류의 가장 근본적인 경험이다."28) 여기에서 집단무의식이란 융(C. G. Jung)의 용어로서 "보편적 인간 상황에 대한 인간의 전형적인 반응의 집약"29)이다. 이러한 인간 심성 속에 흐르는 집단무의식, 즉 원형은 여러 작품 속에 계속적으로 끊임없이 되풀이 되어 나타날 수 있다. 이른바 원형은 작품 속에 숨어서 무의식적으로 독자의 마음에 반향을 일으키는 것이다. 왜냐하면 인간의 마음은 그 개인의 역사를 가질 뿐만 아니라 인류 문화의

---

26) W. L. Guerin, A Handbook of Critical Approaches to Literature, New York Harper & Row, 1966, p.118.
27) 윤홍로, 『한국문학의 해석학적 연구』, 일지사, 1978, 21쪽.
28) 김시원, 「원형의 샘」, 『한국문학』, 1979. 7, 314쪽.
29) J. Jacobi, 이태동 역, 『칼 융의 심리학』, 성문각, 1978, 20쪽.

최초의 단계로부터 남겨진 인류 공통의 심리적 유산을 잠재의식 속에 이어받기 때문이다.

원형비평은 이러한 원형적 패턴, 즉 보편적 질서를 찾는 작업이라 여겨진다. 인간의 마음 속에 흐르는 인류 공통의 심리적 유산이 곧 원형인 것이다. 이 원형을 보드킨(M. Bodkin)은 "의식적이거나 명확한 의미를 넘어선 특수한 감정의 존재를 인정하고 이를 원초적 이미지(primordial image) 또는 원형(archetypes)"[30]이라 정의하고 있다. 융(C. G. Jung)에게 있어 원형은 의식적 사고의 감춰진 바탕이며 행위를 위한 준비의 체계인 동시에 이미지들이며 또한 감정이다. "원형은 사고의 구조들과 더불어 유전된 것으로서 무엇보다도 심리적이다."[31] 이를테면 모든 상황에 대한 심리적 사고의 본능적으로 필요한 반사 작용이다. 그러므로 원형이란 시에서 의식적으로 꾸며진 것이라기보다는 그러한 이미지를 가능하게 한 무의식의 한 패턴이다.

한편 보편적 상징으로서의 원형 모티프와 원초적 이미지는 상당 부분에 걸쳐 꼭 같거나 유사한 의미를 지닌다. 그렇기 때문에 아버지인 하늘, 어머니인 땅, 빛, 피, 상, 하 등과 같은 상징이 시공상으로 떨어져 있어서 그들 사이에 어떠한 사적 영향과 유연한 관계도 있을 법하지 않는 상이한 문화들에서도 자주 되풀이 되는 것을 찾아낼 수 있다.[32] 그리고 작품상에 자주 나타나는 원형 이미지로는 물, 불, 태양,

---

30) M. Bodkin, *Archetypes Patterns in Poetry*, Oxford University Press, 1951, p.1.
31) J. 베어드, 박준성 역, 「문예비평에 있어서의 칼 융」, 김열규 외, 『정신분석학과 문학비평』, 고려원, 1992, 40쪽.
32) P. Wheelwright, *Metaphor & Reality*, Broomington & London, Indian University Press, 1968, p.111.

색채, 圓, 뿔, 숫자, 바람, 원형적인 여성, 숫자, 수목, 정원, 사막 등이 있으며, 원형적 모티프 또는 유형으로는 창조, 영원불사, 영웅의 원형 등이 있다.33) 특히 프라이(N. Frye)는 그의 저서 『비평의 해부』에서 네 계절에 상응하는 '사계의 원형'을 제시한다. 그는 '봄의 신화 : 희극', '여름의 신화 : 로만스', '가을의 신화 : 비극', '겨울의 신화 : 아이러 니'라는 순환 논리를 펴면서 신화가 문학 형식의 '구조적 조직 원리' 이자 원형이 본질적으로 '문학의 체험적 요소'라 주장함으로써 신화와 문학을 동일시하고 있다.34) 그에게 원형의 개념은 인간과 사물의 동일 화와 반복적 사고로 나타나는 우주의 순환 구조이다.

이 원형은 전달이 가능한 상징의 단위이다. 이러한 원형적 이미지는 '하나의 시를 다른 시와 연결하고 그렇게 함으로써 문학 경험을 통일 하고 종합할 수 있게 한다.35) 그러므로 원형 이미지를 탐색하는 것은 보편적 상징을 발견·모색하는 작업이기도 하다. 그것은 상징이 시에 서 사용될 때 어떤 대상이나 관념을 단순히 지시하거나 전달하지 않 고 간접적이며 암시적인 방법으로 대상을 표상한다는 점에 있어서 이 미지와 유사하기 때문이다. 시를 포함한 모든 문학 작품에서 원형은 이미지를 산출하는 기능적 역할을 담당하며 작품에서 이미지의 울림 (共鳴)을 가능하게 하는 심리적 요인으로 나타난다. 즉 상징은 시에서 원형 자체로 또는 개념화된 이미지로 나타나기 때문이다.

33) W. L. Guerin, 앞의 책, 118~121쪽.
34) N. Frye, 임철규 역, 앞의 책, 228~337쪽.
35) 위의 책, 140쪽.

3. 피의 절규와 관능의 생명성

서정주 시의 생애는 단적으로 말해서 "자신의 피를 어떻게 다스려 나가는가의 고된 싸움의 과정이다. 피는 인간의 숙명이요, 맹목적인 세력인 것이다. 피는 숙명이므로 인간 존재의 근원이지만, 또 그것은 맹목적인 세력이기 때문에 도리어 인간 존재 그 자체를 말살할 수도 있는 파괴력"36)을 가지고 있다. 천이두의 적절한 지적처럼 서정주의 시적 여정에서 피의 이미지는 중요한 역할을 한다. 그의 첫 시집 『花蛇集』에서 피는 격정적 관능의 세계를 표현한 것이다. 이러한 관능성은 대개 '뱀, 능구렁이, 수캐, 고양이' 등의 동물적 상상력을 수반하며, '붉다, 붉은, 붉게, 붉어' 등의 원색적 색깔의 형용사와 어울리고 있다. 그 외에도 '코피, 입술, 능금, 석류, 해바라기, 심장, 샛빨간 囚衣, 닭의 벼슬' 등 강렬한 붉은 색 계통의 시어들이 동물적 이미지들을 동반하면서 육욕적 관능과 내면적 갈등의 세계를 표백한다.

서정주의 시에 나타나는 원초적 물질 중에서 중요한 위치를 차지하는 피는 인체의 가장 중요한 요소이다. 바슐라르는 우주의 물질을 '물, 불, 공기, 대지'의 4원소로 구분했다. 그러면서 이 피는 "물과 빛이 결합된 중간적 성질"의 것이며, "액체인 피의 유동적 성질은 물에 가깝지만 시각적인 면에서 볼 때 불에 가깝다"37)고 하였다. 말하자면 피는 물과 불의 결합이다. 서정주의 시적 상상력에서 피는 구체적으로 '이슬'과의 대립관계에서 시작된다.

36) 천이두, 앞의 글, 208쪽.
37) G. Bachelard, 민희식 역, 『불의 정신분석』, 삼성출판사, 1982, 97쪽.

스믈세햇동안 나를 키운건 八割이 바람이다.
세상은 가도가도 부끄럽기만하드라
어떤이는 내눈에서 罪人을 읽고가고
어떤이는 내입에서 天痴를 읽고가나
나는 아무것도 뉘우치진 않을란다.

찰란히 티워오는 어느아침에도
이마우에 언친 詩의 이슬에는
멫방울의 피가 언제나 서꺼있어
볓이거나 그늘이거나 혓바닥 느러트린
병든 숫개만양 헐덕어리며 나는 왔다.
「自畫像」 중에서

위의 시를 지배하는 이미지는 '피'와 '이슬'이다. 피와 이슬은 붉은 색과 흰색, 뜨거움과 차가움의 성질로 대립된다. 같은 액체이지만 피는 불에, 이슬은 공기나 빛에 가깝다. 피는 부정적인 면에서 "금기 혹은 죽음을 상징"한다. 이는 "탄생과 죽음이라는 육체적 양상을 대표"한다. 또한 "자연적 원리로서 무서운 형벌"[38]을 의미하는 반면, 이슬은 "물의 진실한 결정이며 천국의 물질이 배어들어간 순수한 물로서 모든 것을 뚫고 들어가는 우주적인 섬세함의 정신"[39]이다. 불타는 피는 서정주 시에서 타오르는 관능을 상징하고, 빛나는 액체인 이슬은 순수하고 선명한 정신을 의미한다. 따라서 이 시에서 피와 이슬의 대립적 관계는 시적 자아의 내적 갈등을 의미한다.

38) P. Wheelwright, 김태옥 역, 『隱喩와 實在』, 문학과지성사, 1982, 116쪽.
39) G. Bachelard, 민희식 역, 『대지와 의지의 몽상』, 삼성출판사, 1982, 385쪽.

서정주의 시세계를 밝혀내는 데 "유력한 단서로 제시될 수 있는"40) 위의 시는 관능의 미와 내적 욕망의 세계로 나가게 되는 피를 발견할 수 있다. "애비는 종이었다."는 천한 신분이기 때문에 받아야 했던 동물적 굴욕 의식, 그것은 다시 "손톱이 깜한 에미의아들"로 상징되어 인간으로서 언제나 지니고 있는 죄의식에 대한 절규와 갈등을 드러내고 있다. 정신의 가장 선명한 정수인 "詩의 이슬에"도 "몇방울의 피가 언제나 서꺼있"으며 자신을 "병든 숫개"로 단정 짓고 있기 때문이다.

이 시는 동물적 이미지로 가득 차 있다. 마지막 연만을 놓고 보더라도 동물적 이미지와 피의 이미지, 그리고 육감적 관능의 이미지가 서로 결합된 것을 볼 수 있다. '숫개'라는 동물적 이미지와 "몇방울의 피"라는 피의 이미지가 결합하고, 이어서 "헐덕어리며"라는 관능적인 역동적 이미지로 연결되어 있다. 이러한 이미지들의 결합은 대체로 "인간의 대지성적인 문제들, 즉 육체성·본능성·구속성·운명성 등의 문제들과 관련"41)이 있음을 말해주는 것이다. "애비는 종이었다." 는 진술과 "나를 키운건 八割이 바람"이라는 진술은 시적 자아의 이러한 존재론적 상황을 암시한다. 또한 "八割의 바람"은 이 같은 상황을 벗어나고자 하는 의식의 지향성으로 제시되고 있지만, 그가 안착한 곳은 타오르는 관능의 세계, 피의 붉은 이미지가 환기하는 격렬한 열정과 무질서의 세계이다. 이는 곧 붉은 피로 뜨거운 열기를 지니고 타오르는 불의 세계이다.

40) 조연현, 앞의 글, 10쪽.
41) 김재홍, 『한국현대시인연구』, 일지사, 1986, 323쪽.

麝香 薄荷의 뒤안길이다.
아름다운 베암…….
을마나 크다란 슬픔으로 태여났기에, 저리도 징그라운 몸둥아리냐

꽃대님 같다.
너의할아버지가 이브를 꼬여내든 達辯의 혓바닥이
소리를잃은채 낼룽그리는 붉은 아가리로
푸른 하눌이다. ……물어뜯어라. 원통히무러뜯어.

다라나거라. 저놈의 대가리!

돌 팔매를 쏘면서, 쏘면서, 麝香 芳草ㅅ길
저놈의 뒤를 따르는 것은
우리 할아버지의안해가 이브라서 그러는게 아니라
石油 먹은듯…… 石油 먹은듯…… 가쁜 숨결이야
　　　　　　　　　　「花蛇」 중에서

　'花蛇'는 꽃뱀이다. 뱀이 유발하는 징그러움과 추악함 등의 이미지
와 꽃이 의미하는 아름다운 이미지의 결합은 여러 가지 상징성을 포
함한다. 뱀은 미일 수도 추일 수도 있는 양면 가치를 띤 상징적 등가
물이다. 꽃뱀은 무엇보다도 모순성과 양면성의 문제로 귀착된다. 꽃뱀
은 아름다운 색과 무늬를 지니고 있으면서도 동시에 속성상 징그러운
모습을 지닌 운명적인 아이러니의 존재이다. 꽃뱀은 선악·미추 양면
성을 띤 모습으로 인간의 모순된 삶의 반영일 수 있다. 꽃뱀은 아름다
움과 징그러움을 함께 지닌 모순된 존재인 동시에 원죄를 타고난 존
재이기 때문이다.

서정주 시의 원형 이미지 연구　**233**

뱀은 구약성서에 나오는 뱀의 이미지, 곧 사악과 부패 혹은 관능성의 이미지를 내포한다. 낙원에서 "이브를 꼬여내든 達辯의 혓바닥"은 이브의 후손이라 할 수 있는 "크레오파투라의 피먹은양 붉게 타오"른다. 그것은 뱀이 지니고 있는 원죄의 속성 때문이다. 뱀은 "크다란 슬픔으로 태여났기에" 추악한 형상을 하고 있다. 이렇게 태어난 뱀은 "붉은 아가리"로 "푸른 하눌"을 "원통히무러뜯"는다. 이러한 행위는 「自畵像」의 피와 이슬의 대립처럼 붉은 피와 푸른 하늘과의 대립을 의미한다. 하늘색은 "정신적인 면에서 작용하는 색깔이며 인간에게 무한의 세계와 순수에 대한 동경을 주는 색깔"[42]이다. 따라서 「花蛇」의 피는 「自畵像」의 피와 마찬가지로 정신적인 순수나 각성과는 대립되는 육욕적 관능이다.

이러한 피의 이미지는 관능적 성의 욕망과 결합되어 죄의식에 불타오른다. 피의 붉은 색의 이미지에 의하여 강렬하고 대담하게 다루어진 성은 동물적 상상력으로 더욱 적나라하게 나타난다. 성을 동물적 차원으로 떨어뜨림으로써 순간적 쾌락과 함께 죄의식을 불러일으키게 한다. 동물적 이미지들은 시에서 성행위를 상징하거나 죄의식에 찬 시적 자아의 내면적 갈등의 세계를 나타낸다. 그것은 시적 자아의 내적 고통에 찬 절규이다.

> 바윗속 山되야지 식 식 어리며
> 피 흘리고 간 두럭길 두럭길에
> 붉은옷 닙은 문둥이가 우러

42) W. Kandinsky, 김화영 역, 『예술에 있어서 정신적인 것에 대하여』, 열화당, 1987, 79쪽.

땅에 누어서 배암같은 게집은
땀흘려 땀흘려
어지러운 나ㄹ 업드리었다.
                    「麥夏」 중에서

따서 먹으면 자는듯이 죽는다는
붉은 꽃밭새이 길이 있어

핫슈 먹은듯 취해 나자빠진
능구렝이같은 등어릿길로,
님은 다라나며 나를 부르고……

强한 향기로 흐르는 코피
두손에 받으며 나는 쫓느니

밤처럼 고요한 끌른 대낮에
우리 둘이는 웬몸이 달어……
                    「대낮」 전문

  성은 모든 인간의 가장 근원적인 본능이다. 그것은 "이 세상에서 가
장 불가사의하고 가장 위대한 신비의 하나이며 인간 정신의 방대한
미개발 동력원이다."43) 위의 시들은 인간의 원초적 본능이라 할 수 있
는 성적 관능을 노래하고 있다. 「麥夏」는 동물적 이미지와 피의 이미
지, 그리고 육감적 이미지가 결합되어 있다. '산돼지, 배암' 등의 동물
적 이미지와 "피흘리고"라는 피의 이미지가 결합한 후 "땀흘려 땀흘

43) Colin Wilson, 이경식 역, 『문학과 상상력』, 범우사, 1978, 317쪽.

려” “어지러운 나―ㄹ 업드리었다.”라는 관능적인 동태적 이미지가 연결되어 시 전체는 뜨겁게 불타오른다. 그리하여 마지막 연의 충격적인 성행위의 묘사로 전율하는 관능의 세계를 보여준다. 이것은 “식 식 어리”는 산돼지, “피 흘리고 간 두럭길”, “붉은 옷”, “배암같은 게집” 등의 동태적이며 격정적 이미지로 연쇄되어 타오르는 관능적 욕망으로 충만된 상태의 표현이다.

「대낮」에서는 김용직의 표현대로 “그 농도가 짙어서 차라리 원색적이라고 생각되는 성격의 상상력”[44]과 만날 수 있다. 이 원색적이라 할 만한 성격의 상상력은 불처럼 뜨겁게 타오르는 진한 피와 거친 동물적 호흡으로 이루지고 있다. “따서 먹으면 자는듯이 죽는” “붉은 꽃밭”과 “핫슈 먹은듯 취해 나자빠진” “능구렝이같은 등어릿길”, 그리고 “强한 향기로 흐르는 코피”로 연쇄되는 도취적 분위기는 끝 연의 “고요한 대낮에” “웬몸이 달”았다는 성적 행위로 결속되어 강화되고 있다. “상상력은 흔히 관능의 선을 쫓아 이미지를 모으며 마침내 유혹의 정점에서 이미지는 성적인 목표로 변”[45]하는 것처럼, 이 시에서는 내적으로 가열된 관능적 욕망이 외적으로 뜨거운 상황을 연출한다. 강렬한 관능적 상태는 “정신으로부터 분리된 육체의 괴로움과 타락”[46]에서 비롯된 것이다.

> 어찌하야 나는 사랑하는자의 피가 먹고싶습니까
> 「雲母石棺속에 막다아레에나!」

---

44) 김용직, 『한국문학의 흐름』, 문장사, 1980, 143쪽.
45) G. Bachelard, 이가림 역, 『물과 꿈』, 문예출판사, 1980, 58~59쪽 참조.
46) 김현·김윤식, 『한국문학사』, 민음사, 1979, 260쪽.

- 중략 -

카인의 쌔빩안 囚衣를 입고
내 이제 호을로 열손까락이 오도도떤다.

愛鷄의生肝으로 매워오는 頭蓋骨에
맨드램이만한 벼슬이 하나 그윽히 솟아올라……
　　　　　　　　　　　　　　　「雄鷄」 중에서

이 시도 관능적 도취의 상태가 극단적으로 표현되어 있다. 첫 행의 "어찌하야 나는 사랑하는 자의 피가 먹고싶습니까"라는 진술에서 탐미적 쾌락의 극단을 만날 수 있다. 이 시는 붉은 색의 색채 이미지가 뚜렷한데, "붉은 색은 인간 본능의 육체화이다."[47] 대담하고 충격적인 시적 진술은 '닭의 벼슬, 心臟, 꽃, 장미, 해바라기, 쌔빨간 囚衣, 生肝' 등의 원색적이며 잔인한 붉은 이미지가 서로 어울리면서 시 전체를 극한 상황으로 내몬다. 이와 같은 피의 관능성은 서정주의 시에서 생명성의 다른 이름이기도 하다. 살아 있다는 것은 구체적으로 뛰는 심장과 온몸을 흐르는 뜨거운 피로써 확인된다. 이처럼 생명은 피로써 표현된다. "내가 살고 있다고 인정하는 것은 곧 내가 뜨겁다고 인정하는 것이다."[48] 서정주 시에서 피는 생명의 또 다른 상징이다.

복사꽃 피고, 복사꽃 지고, 뱀이 눈뜨고, 초록제비 무처오는 하늬
바람우에 혼령있는 하눌이어. 피가 잘 도라…… 아무病도없으면 가

---

47) S. Freud, 김대규 역, 『꿈의 해석』, 동서문화사, 1975, 381쪽.
48) G. Bachelard, 민희식 역, 『불의 정신분석』, 삼성출판사, 1982, 101쪽.

시내야. 슬픈일좀 슬픈일좀, 있어야겠다.

「봄」 전문

거북이여 느릿 느릿 물ㅅ살을 저어
숨 고르게 조용히 갈고 가거라.
머언데서 속삭이는 귀ㅅ속말 처럼
물니랑에 네리는 봄의 꽃니풀,
발톱으로 헤치며 갔다 오느라.

「거북이에게」 중에서

「봄」에서는 피가 그대로 생명과 연결된다. "피가 잘 도라"야 "아무 病도없"다. 그것은 "복사꽃 피고, 복사꽃 지고, 뱀이 눈뜨고, 초록제비 무처오는 하늬바람"의 봄에 느끼는 감정이다. 봄은 재생의 계절이다. 생명의 봄은 아름답다. 생명은 봄이다. 그 생명의 봄은 인체에서 피로 나타난다. 격정적 관능의 피는 「거북이에게」에서처럼 이제 안정된 세계를 지향한다. "먼山에 보라ㅅ빛 은은히 어리는" 해질 무렵은 "둥둥 거리는 설장고를 쳐줄께"라는 주술적 분위기와 함께, 느리면서 오랜 생명력을 지닌 거북이를 시적 대상으로 등장시켜 충동적이고 관능적 인 세계는 여기서 완만하면서 안정된 세계로 변화한 것을 볼 수 있다.

모시밭 골 감나뭇집 薛莫同이네 寡婦 어머니는 마흔에도 눈썹에 서 쌍긋한 제물香이 스며날 만큼 이뻤었는데, 여러해 동안 도깝이란 別名의 사잇서방을 두고 田畓 마지기나 좋이 사들인다는 소문이 그 윽하더니, 어느 저녁엔 대사립門에 인줄을 늘이고 뜨끈뜨끈 맵고도 비린 검붉은 말피를 쫘악 그 언저리에 두루 뿌려 놓았읍니다.

- 중략 -

　　이 말피 이것은 물론 저 新羅적 金庾信이가 天官女 앞에 타고 가
던 제 말의 목을 잘라 뿌려 情떨어지게 했던 그 말피의 效力 그대로
서, 李朝를 거쳐 日政初期까지 온 것입니다마는 어떨갑쇼? 요새의
그 시시껄렁한 여러 가지 離別의 方法들보단야 그래도 이게 훨씬
찐하기도 하고 좋지 않을갑쇼?

「말피」 중에서

　　위 시에서 피는 동물적 관능의 세계를 표상하는 것이 아닌 관능의
세계를 다스리는 방법으로 쓰인다. "뜨끈뜨끈 맵고도 비린 검붉은 말
피를 좌악" 정분난 "둘 사이에 뿌려 놓았습니다."라는 진술에서와 같
이 원초적 특성으로서의 피는 장력적이며 역설적으로 나타나 있다. 즉
피는 선과 악의 두 요소로 구성되며 또한 금기와 탄생을 암시하기도
하고 무서운 형벌을 의미하기 때문이다. 서정주의 시에서 피가 관능적
이미지로 쓰일 때 대개 동물적 상상력을 수반한다. 이는 동물적 이미
지들이 피와 결합되어 성행위를 표현하거나 강렬한 관능이 잔인한 상
태의 쾌락에까지 이르게 된다. 그런데 피의 격정적인 이미지는 「말피」
에서와 같이 관능성을 극복하는 기제로 기능한다. "성적 타부를 깨려
는 충동은 대체로 그 본질에 있어서 자유를 회복하려는 데 목적을 둔
반항의 기도"49)이다. 서정주는 밀폐된 무의식의 공간에서 그 진실과
자유에 대한 욕구를 성적 생명력으로 발산한다. 그런데 성적 생명력의
발산은 스스로의 죄의식에 의해 고통 받지 않을 수 없다. 따라서 육체
적인 욕망에 휩쓸리면서도 그 죄의식은 정신적인 절대성을 향한 승화
의 노력을 낳게 한다. 그리하여 피의 세계는 정화되고 안정성을 획득

---

49) Erich Fromm, 김진홍 역, 『소유냐 삶이냐』, 홍성사. 1978, 106쪽.

하기에 이른다.

격렬한 동물적 세계에서 벗어나 『花蛇集』 후반에서부터 나타나는 삶과 죽음에 대한 의식은 피의 이미지를 통해서 『歸蜀道』에까지 지속된다. 그러나 『서정주시선』에서는 피의 이미지가 나타나지 않다가 『新羅抄』에 다시 집중적으로 나타난다.50) 이러한 피의 이미지들은 시집 『冬天』에 와서 완전히 해체된다. 곧 『花蛇集』의 동물적 관능의 세계에서 벗어나 인간의 삶과 죽음을 인식하게 되면서 생명의식의 탐구를 보여주던 『歸蜀道』를 거쳐 『新羅抄』에서 『冬天』으로 오면서 피는 완전히 소멸하게 된다.

> 피여
> 紅疫같은 이 붉은 빛갈과
> 물의 연합에서도 헤여지자.
>
> 붉은 핏빛은 장독대옆 맨드래미 새끼에게나
> 아니면 바윗속 굳은 어느 루비 새끼한테,
> 물氣는 할수없이 그렇지
> 하늘에 날아올라 둥둥 뜨는 구름에…….
>
> 　　　　　　　　　　　　「無題」 2연과 3연

이 시에서 피의 이미지는 근본적으로 해체되고 있다. 화자는 젊음을 온통 격정적 관능의 세계로 몰아 넣었던 "紅疫같은 붉은 빛깔과" "헤여지자." 말한다. 그래서 타는 듯한 "붉은 빛갈"은 색채적으로 유사한

50) 『新羅抄』에 실려 있는 42편의 시 가운데 피의 이미지가 나타나는 시는 모두 12편이다.

"장독대옆 맨드라미 새끼"나 "바윗속 굳은 어느 루비 새끼한테"나 주어버리자고 한다. 그리고 "물氣는" "하늘에 날아올라 둥둥 뜨는 구름"을 이룬다. 여기에서 피를 이루었던 물과 불의 원형적 이미지는 완전히 소멸하기에 이른다. 서정주가 「婆蘇 두번째 편지 斷片」에서 "피가 잉잉거리던 病은 이제는 다 낳았읍니다"라고 노래할 때, 서정주의 시는 초기의 강렬한 관능과 죄의식의 세계를 벗어나 영원성의 문제에 천착하게 된다.

4. 황금과 꽃의 영원성

황금은 광물의 거대한 미래이며 물질의 희망이고 내밀한 견고함의 영역에 있어서 장기간의 노력의 결실이다.[51] 황금은 안정된 형태를 지닌 빛으로 그 내밀함과 영원함 때문에 완성된 가치를 상징한다. 서정주의 시에서 꽃의 이미지도 마찬가지여서 황금과 같은 의미내용을 함축한다. 서정주의 시에서 황금과 꽃은 영원 세계를 지향하는 매개체로서 黃金, 黃金 팔찌, 純金 반지, 生金, 黃金 가락지, 피는 꽃 등으로 나타난다. 이러한 보석과 꽃의 이미지는 『新羅抄』이후에 집중적으로 나타나는데 시적 자아가 관능의 격정적 세계를 벗어나 영원 세계로 들어서는 데 중요한 매재로 기능한다. 『新羅抄』자체가 현상계의 시공을 초월하여 상고의 고대적 시간까지 영감의 영역을 확대함으로써 영원회귀를 꿈꾼다.

51) G. Bachelard, 민희식 역, 『대지와 의지의 몽상』, 삼성출판사, 1982, 333쪽.

상상력은 미래로 열려 있으며, 때문에 "상상력은 우리를 과거와 현재에서 떼어낸다."[52] 서정주는 인간의 육체로는 도달할 수 없는 영원세계인 하늘로의 비행을 꿈꾸게 되는데, 그 통로를 황금과 꽃을 통해 이루어낸다. 서정주에게 있어 영원성은 그의 중기시가 추구하는 하나의 절대적 지침이다. 영원은 무한한 시간이 아닌 무시간성, 즉 물리적 시간을 초월하고, 이 시간 밖에 있는 경험의 한 현실이다.[53] 대개의 시는 인간 경험이 띠고 있는 이러한 무시간성을 포착하여 표현한다. 이 같은 논리는 문학 일반이 지니는 시간 현상학적 측면을 이야기하는 것이지만, 서정주에게 있어 그것은 시적 내용과 정신, 방법과 형식을 이루는 절대적인 개념이다. 그의 시정신이 추구하는 절대적인 영원성은 황금과 꽃으로 표상된다.

石榴꽃은
永遠으로
시집가는 꽃.
구름 넘어 永遠으로
시집가는 꽃.
「石榴꽃」 3연

『徐廷柱 詩選』에서 『冬天』에 이르기까지 서정주의 시에서 '영원'이라는 단어를 아주 빈번하게 만날 수 있다. 그가 말하는 영원은 다양한 의미를 내포하고 있다. 사전적인 의미에서 영원은 시간적 개념이다.

---

52) G. Bachelard, 곽광수 역, 『공간의 시학』, 민음사, 1990, 325쪽.
53) 한스 마이어홉, 김준오 옮김, 『文學과 時間現象學』, 심상사, 1979, 91~92쪽 참조.

그러나 그의 시에서 영원은 추상적 시간 혹은 물리적 시간이 아니다. 그것은 주관적 경험의 시간이다. 그래서 영원은 시적 자아가 경험한 것의 한 형태이다. 그는 영원을 내적 경험의 시간으로 가시화하며, 추상의 범주 속에 있는 영원을 지각의 범주로 변화시킨다. 그리하여 "서정주의 영원은 자연적 공간, 인간적인 경험 속에서 나타나는 영속적적인 진리의 일부이다."54) 그의 시에서 이러한 영원성은 꽃과 황금의 이미지와 결부되어 나타난다.

"모든 금속적 몽상에는 일종의 시간의 공간화가 나타난다."55) 『新羅抄』와 『질마재 神話』에서 서정주가 보여준 영원 세계의 공간은 시간이 정지된 상태의 신화적 공간이다. 그는 신화적 공간의 영원 세계로 회귀를 꿈꾼다. 『新羅抄』에서 보인 개인의 신화적 공간은 『질마재 神話』에서 개인의 기억 속에 잠재해 있는 집단적 공간을 살려냄으로써 이를 발전적으로 심화 확대한다. "고대 정신의 근원을 찾자면 결국 종족의 신화와 만날 수밖에 없으며 그는 그 신화가 형성되는 현장을 포착하려고 시도한 것"56)이 『新羅抄』와 『질마재 神話』이다.

> 피가 아니라
> 피의 全集團의 究竟의 淨化인 물로서,
> 조용하디 조용한 물로서,
> 이제는 자리잡은 新房들을 꾸미었는가.
>
> 　　　　　　　「바다」 중에서

54) 이광호, 「영원의 시간, 봉인된 시간」, 『환멸의 신화』, 민음사, 1995, 234쪽.
55) G. Bachelard, 민희식 역, 『대지와 의지의 몽상』, 삼성출판사, 1982, 329.
56) 황동규, 「탈의 완성과 해체」, 『현대문학』, 1981. 9, 276~277쪽.

　　피가 잉잉거리던 病은 이제는 다 낳았읍니다.

　　대여섯 달 가꾸어 지낸 오늘엔,
　　홍싸리의 수풀마냥. 피는 서걱이다가
　　翡翠의 별빛 불들을 켜고
　　요즈막엔 다시 生金의 鑛脈을 하늘에 폅니다.
　　　　　　　　　　「婆蘇의 두번째 편지 斷片」 중에서

　「바다」에서 물은 모든 피의 정화로 나타난다. 격정적인 관능의 세
계는 이제 "조용하디 조용한 물"로 정화되고 방황과 갈등은 "이제는
자리잡은 新房"과 같이 안정성을 획득한다. 이것은 「婆蘇의 두번째
편지 斷片」에서도 마찬가지이다. 이 시에서는 피가 "生金의 鑛脈"으
로 전이된다. 개인으로서의 핏줄이 그대로 소멸하는 것이 아닌 생금의
광맥으로 길게 뻗쳐 계속 이어진다. 그리하여 피는 짐승까지 포함해서
모든 만물의 앞에서부터 맨 뒤에 이르기까지 뻗쳐나가는데, 이 빛나는
광맥은 핏줄이 변화한 것이다. 오랜 시적 여정을 통해 시인이 영원 세
계의 이미지로서 황금을 발견하는 것은 당연한 귀결일 수 있다. 신선
수행을 떠나기 전에 파소는 그의 집 꽃밭에서 인간의 한계를 깨닫고
벌써 입맛을 잃어버린다. 이러한 절박한 상황을 벗어나기 위하여 "닫
힌 門에 기대어" 꽃을 보고 "門 열어라"(「꽃밭의 獨白」) 소리친다. 그
문 안의 세계, 꽃이 열어준 세계가 신라 정신으로 표현되는 영원 세계
이다.

朕의 무덤은 푸른 嶺 위의 欲界 第二天.
피 예 있으니, 피 예 있으니, 어쩔 수 없이
구름 엉기고, 비터잡는 데 ····· 그런 하늘 속.
살[肉體]의 일로써 살의 일로써 미친 사내에게는
살 닿는 것 중 그중 빛나는 黃金 팔찌를 그 가슴 위에,
그래도 그 어지러운 불이 다 스러지지 않거든
다스리는 노래는 바다 너머서 하늘 끝까지.

「善德女王의 말씀」 중에서

위의 시는 志鬼라는 자의 선덕여왕에 대한 짝사랑을 위로해서 그가 잠든 사이 가슴에 팔찌를 벗어놓았다는 이야기에 근거한 작품이다. 1연의 "朕의 무덤은 푸른 嶺 위의 欲界 第二天"이라는 상황 설정에서부터 신라라는 과거의 아득한 공간으로 회귀한다. 이러한 신비의 세계는 시 전체를 지배하고 있다. 이 시에 나타나는 연금(緣金)은 아직 금이 아닌 연금(鍊金)되어야 하는 금이며, "生金의 廣脈"도 역시 금이 있는 광맥이므로 금이 되어 가는 과정에 있다. 금이 되어 가는 과정에 있는 연금과 생금 광맥은 미래의 이상적 금이다. 황금의 이미지는 고사와 어울리며 황금 팔찌, 즉 원의 형태를 띠게 된다. 황금 팔찌는 모든 물질 중 가장 빛나는 보석으로서 "살의 일로써 미친 사내"의 가슴과 "어지러운 불"을 다스린다. 가슴의 불은 곧 피로 성적 욕망이다. 이러한 부정적 요소인 욕망을 통일되고 안정된 황금 팔찌를 통하여 다스리고 있다.

영원성에 대한 시적 경험의 상상력은 황금 팔찌, 순금 반지, 황금 가락지 등의 원의 형태를 띠고 있다. 원은 마음의 상징으로서, 그것은 "마음의 전체를 모든 측면에서 표현한 것이며, 거기에는 인간과 자연

의 관계를 포함한다."[57] 황금 팔찌 등은 둥근 원의 형태로 현상계를 모두 포용한다. 바슐라르는 원의 이지에 대하여 "가득 찬 둥금의 이미지들이 우리를 응집시키고 우리들 자신에게 최초의 구성을 부여하고 우리들의 존재를 내밀하게 안을 통해 확립시키는 데에 우리를 도와준다"[58]고 정의한다. 서정주의 시에서 황금 팔찌, 순금 반지, 황금 가락지 등 황금의 이미지는 원의 이미지를 환기한다. 황금 팔찌는 그 빛과 둥근 형태에 의해서 영원히 돌아가는 윤회의 세계를 나타내는데, 그것은 현상계인 내 하늘을 포용하는 것이다. 원은 이 세계에서 가장 완벽한 형태이다. 그것은 죽음과 재생의 끊임없는 반복과 윤회를 상징한다. 이것은 『冬天』에서 연꽃에 의해 순수와 고요의 세계, 즉 전체성과 통일성을 갖춘 세계로서의 동일성과 같은 의미를 갖는다. 시집 『冬天』에는 이러한 원의 이미지가 자주 등장한다.

> 이 븨인 金가락지 구멍에
> 끼었던 손까락은
> 이 구멍에다가 그녀 바다를 조여 끼어 두었었지만
> 그것은 구름되어 하늘로 날라 가고…….
>
> 이 븨인 金가락지 구멍에
> 끼었던 손까락은
> 한 하늘의 구름을 또 조여서 끼었었지만
> 그것은 또 우는 비 되어 땅으로 내려지고…….
>
> 「븨인 金가락지 구멍」 1연과 2연

---

57) C. G. Jung, 조승국 역, 『인간과 상징』, 범조사, 1981, 281쪽.
58) G. Bachelard, 곽광수 역, 앞의 책, 401~404쪽 참조.

인용 시의 구조는 원의 이미지로 이루어졌다. 이 시에서 손가락은 그녀 자신의 "바다를 조여 끼워" 두지만 그것은 구름으로 변하여 하늘로 날아가 버린다. 그래서 다시 그 "구름을 또 조여서 끼었"지만, 이번에도 그것은 비가 되어 금가락지 구멍을 벗어나 버린다. 할 수 없이 그녀는 누군가의 주머니 속으로 손가락을 집어 넣는다. 그러자 그 사람은 "그녀 어질머리로" "梧桐꽃 내음새 나는 피리 소리를" 금가락지 "구멍으로 불어넣어" 보낸다. 상상력의 구조가 바다 - 구름 - 비가 되는 과정을 통하여 지상 - 천상 - 지상으로 환원되는 순환 구조는 존재의 동일성과 영원성을 드러내는 것이다. 금이 갖는 모든 물질 중 최고의 가치와 가락지의 원이 환기하는 어떤 절대의 세계, 영원의 세계에 이르기 위한 몸부림이 바다 - 구름 - 비로 환원되는 이미지를 통해 나타난다. 여기에서 원의 이미지는 존재의 통일성과 동일성이라는 영원성을 상징한다.

서정주는 인간의 내면과 자연의 내면을 일치시키고 있는 원의 이미지의 특성을 이루어 영원회귀의 지향을 이룩하게 된다. 이것은 황금의 이미지뿐만 아니라 꽃의 이미지를 통해서도 나타난다. 특히 연꽃과 난초 등이 빈번히 사용되는데, 연꽃의 경우 『冬天』에 집중적으로 등장한다. 이것은 이 시집에서 두드러지게 표백되는 불교적 윤회사상의 세계를 단적으로 표현해주는 것이다. 한편 난초는 『떠돌이의 詩』에 자주 등장하는데, 이 난초는 동양적 선비정신과 깊은 관계를 맺고 있다. 이로 보아 서정주의 꽃은 대개의 경우 불교의 인연설과 생사윤회설에 접근하고 있다. 그의 초기시에서는 깊은 죄의식이 바탕이 된 화사와 같은 징그러움, 비굴감, 원죄의 형벌 등에 접맥되어 있으나 신라정신과 불교적 인연설, 전통적 동양정신으로 회귀한 뒤로부터는 보다 차원 높은 정신적 영원성을 표현하는 의미로 귀착된다.

차라리 맑은 모랫벌 위에
피어 있는 *海棠花* 꽃 같이 될까

우리 하늘의 분홍 불 부치고 서서
이 분홍불의 남는것은
또 모래알 들에게나 줄까
「일요일이 오거든」 중에서

꽃은 하늘을 향해 조용히 피어나는 존재이다. 꽃은 "어떤 공통적인 성격과 어떤 본질적인 특징을 갖는다. 즉 모든 꽃들은 정령이 미의 존재인 것처럼 순수한 꽃피는 존재"[59]이며, "강렬히 타오르는 피의 붉은 열기는 피어 있는 꽃의 붉은 빛"[60]이 되기도 한다. 서정주의 시에서 열정적인 피는 강렬한 욕망에의 상승을 다스려 영원을 지향하는 꽃이 되고자 한다. 위의 시에서 꽃들은 "빛이 되기를 바라는 불꽃이며 하나의 생명을 표시할 수 있는 불꽃"[61]들이다. 빛은 정신적이며 정적인 것을 상징하는 것으로 정신과 영혼을 지배할 뿐만 아니라 자극하는 것이다. 이러한 상상력은 상승의 개념과 연결된다. "불은 위로 타오르는 속성을 지니며 더욱 불과 빛의 궁극적인 원천은 태양이며, 위에 자리한다는 상징적 함의는 대체로 선을 의미"[62]한다. 때문에 불타는 꽃 역

59) J.-P. Richard, 윤영애 역, 『시와 깊이』, 민음사, 1984, 219쪽.
60) 위의 책, 45쪽.
61) G. Bachelard, 민희식 역, 『초의 불꽃』, 삼성출판사, 1982, 147~149 참조.

시 상승의 이미지와 관련되어 긍정적 의미를 지닌다. 서정주의 시에서 격정적인 피는 강렬한 상승의 욕망을 다스려 꽃으로 전이된다. 위의 시편에서 나타나는 것과 같이 서정주의 시에서 꽃은 항상 갓 피어난 상태의 한창 아름다운 모습을 하고 있다. 꽃은 "하늘의 분홍 불 부치고 서" 있으며, "海棠花 분홍 불이 붙"(「나는 잠도 깨여 자도다」)는 "꽃핀 존재의 생명의 불꽃"63)으로 조용히 타올라 상승한다.

　이러한 꽃의 이미지는 "열려있는 꽃봉오리"나 "숨 쉬는 꽃봉오리"(「密語」), "가도 오도 않는 우물"로 고이고 "우물 보단 더 가만한 한송이 꽃"(「가만한 꽃」)으로 영원을 지향한다. 꽃의 개화는 열림으로의 지향을 뜻한다. 이들 시에서 꽃은 하늘의 푸르름을 향해 스스로를 연다. 이러한 꽃의 움직임은 기화하는 액체와 마찬가지로 무한하고 영원한 공간인 하늘과 빛나는 기체인 햇빛의 자유로움 속으로 상승하는 운동이다. 서정주의 시에서 꽃은 열려진 공간으로 영원을 지향한다. 그것은 수직적 상상력에 의한 상승을 나타내는 것이다. 꽃이 피어나는 상태에 머물고 있음은 열림으로의 열렬한 추구라기보다는 시적 자아가 안정된 상태를 지향하고 있음을 드러내는 것이다. 원죄의식 혹은 비굴감에 젖어오는 울부짖음과 내적 갈등을 해소시키려는 자기 달램의 언어로 꽃이 사용된 『화사집』이후 꽃의 의미는 정신적 안정을 이룬다. 그가 귀착한 곳은 영원이며 신라의 영토이고, 그 다른 표현이 동양 정신이며 선비정신이다.

62) P. Weelwright, 앞의 책, 119쪽.
63) G. Bachelard, 민희식 역, 『초의 불꽃』, 삼성출판사, 1982, 155쪽.

> 내가/돌이 되면//돌은/연꽃이 되고//연꽃은/호수가 되고//내가/호수
> 가 되면//호수는/연꽃이 되고//연꽃은/돌이되고
>
> 「내가 돌이 되면」 전문

　이러한 영원성의 추구는 『歸蜀途』 이후에는 꽃의 이미지가 불교적 사상과 깊은 연관을 맺고 있다. 특히 연꽃은 시집 『冬天』에 집중적으로 나타나 불교적 윤회의 세계와 인연설에 깊이 접맥되어 있다. 인용시에서 연꽃은 불교의 상징적인 꽃인데, 연꽃은 가시적인 한계 밖에서 존재한다. 연꽃은 시공상으로 무한성, 즉 영원성을 지니고 있다. 연꽃이 함축하고 있는 의미는 진리의 무한함과 영원함이다. 연꽃은 이 시에서는 불교의 윤회설을 표백한다. 돌(내)-연꽃(돌)-호수(내), 호수(내)-연꽃(호수)-돌(연꽃)의 관계는 그대로 인연관에 의한 윤회이다. 즉 탄생-죽음-재생이라는 반복적 순환구조를 통하여 모든 시간과 공간, 현세적인 공간을 초월하여 추구하고자 하였던 원초적이고 근원적인 영원성의 투사이다. 이러한 순환구조는 나와 연꽃과 호수와 돌과의 동일성에 대한 회복의지와 지속적이고 영원성을 지닌 행동적 의지에의 미래지향적 구조이며, 곧 태초의 시간으로의 영원회귀를 상징한다.

　난초는 시집 『떠돌이의 詩』에 자주 나타난다. 이 식물(꽃)이 한국적 선비정신과 깊은 관련을 맺고 있음을 상기할 때 그 정신 세계의 면모를 쉬이 짐작할 수 있다. 가령 난초는 "그늘과 고요를 더 오래 겪"었기 때문에 "가장 깊은 마음의 水深"을 지녔고, 그 "깊은 마음의 水深"에 의하여 "훨씬 더 짙게 푸른 빛을 낸다." 그 친근함에 이끌려 선비가 가까이 하는데, 난초는 또한 "인류의 五億三千二百萬年쯤을" "우리의 하루로 하고 싶은 생각"(「蘭草 잎을 보며」)이 들 정도로 영원한 세

계를 나타낸다. 그리고 난초가 영원 세계를 상징하는 것은 蘭草를 소재로 한 시에서도 대부분 마찬가지이다.

서정주의 시에서 꽃은 열정적인 피의 강렬한 상승에의 욕망을 다스려 꽃으로 전이된다. 이는 진정한 꽃으로서 가장 조용한 꽃이며 정신적 안정성을 획득한 꽃으로서 그가 표방하는 영원을 상징하는 것이다. 그리고 그 꽃의 개화는 열림으로의 지향인데 그것은 완성을 지향하는 존재로서의 꽃으로, 그 완성은 영원이다. 결국 서정주의 시에서 꽃과 황금의 이미지는 견고하고 안정된 세계를 완성하는 것이다. 보석이나 황금, 피어나는 꽃을 통한 광물적이며 식물적 상상력은 『歸蜀途』이후 온화한 생성과 안정된 세계로 이르고자 한다. 그 세계는 곧 영원이다. 이것은 황금의 이미지가 주는 견고함과 내밀함 그리고 보석의 빛나는 빛이 궁극적인 존재로서 온화한 생성과 안정된 빛을 표상하고 있기 때문이다. 또한 황금 팔찌, 순금 반지, 황금 가락지, 금가락지 등이 주는 원의 이미지를 통해 윤회의 세계를 나타내주며 『冬天』에 이르러 순수와 고요의 세계인 전체성과 통일의 안정된 상태를 이룩한다. 이렇게 하여 그가 도달한 곳은 동양 정신이며 영원의 시간이다. 그것은 영원히 봉인된 신화의 시간이다.

5. 물, 정화와 심화

액체의 이미지인 물은 더럽고 불순한 것을 씻어내는 정화의 기능과 생명을 지속시키는 기능을 함께 갖는다. 그래서 물은 순결과 새 생명을 상징하며 기독교의 세례성사는 물의 정화를 의미한다는 것을 증명해 주는 대표적인 예이다. 물은 순수함과 새로운 삶을 상징한다.[64] 씻기워진 존재는 변화된 존재, 새로워진 존재이므로 정화는 존재의 변화, 즉 존재의 창조를 이룩한다. 서정주의 시에 나타난 물의 이미지는 그 다양함과 빈번한 사용에 의해 우선 다른 이미지를 압도한다. 그의 시에 나타나는 물의 이미지로는 '우물, 샘물, 눈물, 못물, 연못, 호수, 비, 구름, 강' 등 무수히 많은 것들이 등장한다. 이러한 것들은 그의 시에서 빈번히 나타나는 '피', '황금' 등의 이미지에 비해 훨씬 지속적이며 다양하게 쓰이고 있다.

물의 이미지에 대한 집중적인 편애는 그의 유년 시절을 지배했던 강, 바다 등의 원초적 무의식이 상상력을 통해 투영된 것이라 생각할 수 있다. 미당의 고향은 전북 고창군 부안면 선운리 바닷가였기 때문에 무의식은 물의 영감을 받게 된 것이다. 한 시인의 내면세계에 가장 뚜렷한 영상을 남기는 유년 시절은 작품을 통해서 은밀하게 반영된다. 그것은 최초의 상상력의 이미지가 우리의 삶 전체를 지배하기 때문이다.[65] 원초적 물질은 일종의 원초적 무의식이다.[66]

한 사회가 만들어낸 모든 기호란 그 사회의 상징체계가 만들어낸 상징적 힘을 갖는다.[67] 이때 상징은 알레고리도 아니고 어떤 표식도 아니며 주로 의식을 초월한 어떤 내용에 대한 이미지이다.[68] 존재의

---

64) P. Wheelwright, 앞의 책, 125쪽.
65) G. Bachelard, 이가림 역, 앞의 책, 250쪽.
66) 곽광수·김현, 앞의 책, 267쪽.
67) 김　현, 앞의 책, 191쪽.
68) J. Jacobi, 이태동 역, 앞의 책, 155쪽.

실체를 끊임없이 변모시키는 근원적 운명을 지닌 물은 유동적 이미지이다. 인간 존재 자체가 흐르는 물의 운명을 갖고 있기 때문에 물의 이미지는 무엇보다도 우리들의 본질 가까이에 있다고 할 수 있다.

물은 피처럼 강렬한 생명을 갖고 있지도 않고 또한 보석의 이미지가 나타내는 불변성이나 견고성도 없다. 그러면서 물은 이미지를 집합시키고 또 실체를 분해하면서 상상력의 동화 작용을 돕는다. 서정주 시에서 물의 이미지는 동적인 물과 정적인 물의 유형으로 나눌 수 있다. 동적인 물은 '바다, 해일, 강, 폭포, 소나기, 비' 등의 물로 그 역동성에 의하여 도도한 삶의 추구를 나타낸다. 다른 하나는 정적인 물이다. 그것은 고요한 물로서 '호수, 연못, 우물, 샘' 등으로 반사된 세계의 아름다움과 존재의 근원에 이르는 삶의 깊이를 나타낸다.

앞서 언급하였듯이 서정주의 시에는 매우 다양한 종류의 물이 등장한다. 편의상 보편적으로 작용하는 물의 속성인 물의 정화 작용과 존재의 근원에 이르는 삶의 깊이를 나타내는 정적인 물의 심화 작용, 그리고 동적인 물의 이미지 중 소나기와 비의 역동성을 주목하여 살피기로 한다.

> 꽃처럼 붉은 우름을 밤새 우렀다
> 　　　　「문둥이」 중에서

> 바윗속 山되야지 식 식 어리며
> 피 흘리고 간 두럭길 두럭길에
> 붉은옷 닙은 문둥이가 우러
> 　　　　「麥夏」 중에서

물은 순수성에 의한 가치 부여 작용의 대상이다. 물은 순수함의 모든 이미지를 받아들인다. 위의 시에서 '울음', '울어' 등의 시어에 나타나는 '눈물'은 물의 이미지 중 정화 작용의 대표적 예라 할 수 있다. 눈물은 상처 없이도 흐른다. 그러나 눈물은 우리의 천성과 우리의 내적인 고통을 고백한다. 눈물은 어떤 감성의 발로이기 때문이다. "울게 하는 것, 그것은 영혼에 상처를 주게 하는 것이요, 깊은 물을 건드리는 것, 그것은 물을 밖으로 흐르게끔 강요하여 우리들 내부에 있는 영원한 갈등을 해소시켜주는 것이다."69) 즉 내면의 고통을 가시적인 눈물로 표출하여 감정을 카타르시스 상태에 이르게 하는 것이다. 정화 작용은 감정상의 출구를 제공함으로써 심적인 걱정을 풀어준다. 속 시원히 울어버리는 것은 감정의 완화제로 작용하는 훌륭한 청결함인 것이다.70) 아리스토틀(Aristotle)이 그의 『시학』에서 비극을 설명하며 펼친 카타르시스의 개념을 떠올리면 쉽게 이해할 수 있을 것이다. 그것은 눈물의 본질적 가치가 여러 가지 감정상의 퇴적물들을 정화하고 새로운 생명의 의미를 갖게 하는 데 있기 때문이다.

「문둥이」에서의 눈물은 붉고 붉은 피눈물이다. 천형(天刑)의 병인 문둥병을 치유하기 위하여 몰래 갓난 애기를 먹지만 죄의식에 사로잡혀 붉은 눈물을 흘리는 것이다. 그가 밤새워 흘리는 피눈물은 그의 몸과 마음속에 스며 있는 죄의식을 포함하고 있으며, 이것을 몸 밖으로 흘려 내보냄으로써 새로운 생명으로 정화되는 것이다. 「麥夏」에서 울음은 관능적 행위에 의한 죄의식에 가득 찬 화자의 마음을 표현하고 있

69) J.-P. Richard, 윤영애 역, 앞의 책, 132쪽.
70) W. H. Frfe, 김재홍 역, 『시학평설』, 평민사, 1980, 50쪽.

다. 울음은 '피, 붉은 옷' 등의 이미지와 얽혀 붉은 영상을 띠고 있으
며 격렬한 육체적 관능성을 드러낸다.

내 남루와 피리 옆에서
삼천 사발의 냉수 냄새로
항시 숨쉬는 그 숨결 소리.
「내 아내」 중에서

그의 가진 것에다 살을 비비면 病이 낫는다고,

아직도 귀때기가 새파란 새댁이 論介의 江물에다 두 손을 적시고
있는 것을
詩人 薛昌洙가 손가락으로 가리켜 주어서 보았다.
「晋州에 가서」 중에서

내 마음 속 우리 님의 고은 눈섭을
즈문밤의 꿈으로 맑게 씻어서
하늘에다 옴기어 심어 놨더니
동지 섣달 나르는 매서운 새가
그걸 알고 시늉하며 비끼어 가네
「冬天」 전문

　「내 아내」에서 "냉숫물"은 곧 정화수이다. 이것을 장독대에 떠놓고
빌음으로써 나의 죄와 더러움은 맑고 깨끗한 물에 의해 정화되는 것
이다. "순수한 한 방울의 물이라도 대양을 정화시키기에 충분하며, 불
순한 한 방울의 물은 우주를 오염시키기에 충분한 것"71)이기 때문이

다. 강은 생명과 창조의 신비에 대한 원형적 상징이다. 즉 탄생과 시간의 영속적인 흐름과 재생의 상징인 것이다.72) 「쯥州에 가서」에서 물의 정화 작용은 죽은 자의 혼이 섞인 강물에서 이루어지고 있다. 시인은 임진왜란 때 진주 남강에서 왜장을 끌어안고 강물에 빠져 죽은 論介가 "神이 되어 정말로 살아 계시는 것을" 본다. 사람들은 "論介의 江물에다 두 손을 적시고" 있으면 "病이 낫는다고" 믿는 것이다. 강물은 논개의 神性으로 말미암아 정화의 힘을 갖는다. 정화의 작용을 통해서 새로운 생명을 주고 있는 것이다. 짧고 투명한 「冬天」은 우리에게 놀랄 만큼의 신선감을 불러일으킨다. 달을 "님의 고운 눈썹"으로 파악한 상상력과 "심어 놨더니"에서 느껴지는 역동적 힘에 원인이 있겠지만, "매서운 새가 비끼어" 갈 정도로 신선감을 주는 것은 "맑게 씻"었기 때문이기도 하다. "즈문밤의 꿈으로" "고은 눈섭"을 "맑게 씻"음으로써 눈썹은 완전하고 순수하게 정화된다. 씻는다는 행위는 단순히 깨끗하게 한다는 의미를 넘어서 한층 깊은 뜻을 환기하는 것으로 나타난다.73) 이처럼 물은 정화 작용을 통해서 신선함과 새로운 힘과 생명을 불어넣어 주는 것이다.

서정주 시에 나타나는 물의 이미지는 또한 심화 작용으로 쓰인다. 서정주는 '연못, 호수, 우물, 샘물' 등을 통하여 심화 작용이 이루어지는데 물에 반영된 세계를 통해서 삶의 깊이를 꿈꾼다.

71) G. Bachelard, 이가림 역, 앞의 책, 205쪽.
72) W. L. Guerin, 앞의 책, 119쪽.
73) 곽광수·김 현, 앞의 책, 109~110쪽.

누님.
눈물 겨웁습니다.

이, 우물 물같이 고이는 푸름 속에
다수굿이 젖어있는 붉고 흰 木花 꽃은,
누님.
누님이 피우셨지요?
「木花」 중에서

바다 넘어 九萬里
山 넘어서 九萬里
등ㅅ불 들고 네려 가면,
우물 물이 있느니라.
　(…중　략…)

도적놈은 어디 가고
우리누님 홀로 되야
거울 앞에 흰옷 입고 앉었느니라.
「누님의 집」 중에서

　「木化」에서 푸른 하늘은 "우물 물 같이 고이는"이라는 표현에 의하여 물은 역동적인 힘을 갖는다. 그 푸르름은 지하에서 물이 흘러나와 우물이 점점 더 고이듯이 더욱 푸르러지는 듯한 영상을 가져다준다. 그래서 "퉁기면 울릴듯한 가을의 푸르름엔 / 바윗돌도 모다 바스라져 네리는데……"라는 역동적 표현이 나타나는 것이다. 물은 반영에 의하여 세계를 이중으로 만들며 사물을 이중으로 만든다.74) 그래서 목화

꽃은 젖어 있는 것이다. "다수굿이"와 "누님"이 어울리면서 부드러운 여성적 세계는 우물의 이미지를 효과적으로 뒷받침해 주고 있다. 여기에서 물은 꿈꾸는 사람을 감싸고 침투하며 따뜻하고 충실한 안락감을 가져다준다.[75] 우주의 맨 처음 밑바닥까지 우리를 끌고 가는 「누님의 집」에서는 물이 갖는 수직적인 깊이에 있어서 무한의 세계를 보여준다. "거울 앞에 흰옷 입고" 앉아 있는 누님을 만날 때까지 시가 진행될수록 시적 자아는 존재의 까마득한 처음으로 내려간다. 누님에 이르기까지의 짙은 어둠은, 그 가장 깊은 내부에 앉아 있는 밝은 누님의 이미지에 의해서 극복된다. 그 어두운 길은 우물 속으로 내려가는 길이다. 여기서 물은 수평적 삶에서 벗어나 존재의 근원에 이르는 심화 작용으로서 나타난다.

서정주의 시에서 그 깊은 심원의 바닥과 현상계를 이어주는 매개체는 우물 속을 오르내리는 두레박이나 밧줄의 형태를 갖고 있다.

> 하늘에서 내려오는 성한 동아줄이나 있다면
> 샘 속이라도 몇 萬里라도 갈 길이나 있다면
> 샛바람이건 무슨 바람이건 될 수라도 있다면
> 매달려서라도 자맥질해서라도 가기야 가마.
>
> 「古調 壹」 중에서

> 옹달샘 속 금동아줄을
> 타고 올라 오면서
> 임 마중 가는 만세 만세를

74) G. Bachelard, 이가림 역, 앞의 책, 41쪽.
75) 위의 책, 74쪽.

침묵으로 부르네.

　　　　「고요」 중에서

　무한의 세계는 하늘과 마찬가지로 물 밑에도 깊다. 하늘과 깊은 물
의 이러한 결합에서 무한과 동시에 정확한 은유가 생겨난다.[76] 하늘은
깊은 물에 반영되기 때문에 물 속으로 가는 길은 곧 하늘에 이르는
길이다. 위의 두 작품에서 현상계와 영원세계를 연결해 주는 것은 동
아줄이다. 이렇게 존재의 근원에까지 내려가는 심화 작용에 의해 우리
의 삶은 우주적으로 심화·확산되는 것이다. 샘물은 곧 열려진 길[77]
이기도 하다. 물은 심화 작용에 의해서 깊이 간직된 삶의 기억들을 어
느 날 다시 천천히 밀어 올려 보낸다. 이처럼 물은 그 깊이의 심화 작
용에 의해서 우리를 근원적인 곳으로 데려다 준다.
　상상력에서 흐르는 것은 물에 속해 있다. 인간은 유구히 흐르는 물
을 바라보며 지속되는 생명과 미래를 꿈꾼다. 강물은 흐르는 물의 대
표적인 것으로 역동성과 지속성을 나타내 준다. 언제나 강물은 흘러
지속되지만 한번 가면 소리 없는 곳으로 향해 간다. 그러나 삶은 무지
개에 의해서 다시 재생되는 것인지도 모른다.

　　쉬여 가자 벗이여 쉬여서 가자
　　여기 새로 핀 크낙한 꽃 그늘에
　　벗이여 우리도 쉬여서 가자

76) 위의 책, 14~80쪽.
77) 위의 책, 37쪽.

맞나는 샘물마닥 목을추기며
이끼 낀 바위ㅅ돌에 택을 고이고
자칫하면 다시못볼 하늘을 보자.
「꽃」 중에서

이 시에서 '샘물'은 피곤한 삶을 정화시키고 새로운 생명으로의 의
지를 심어주는 것으로 쓰이고 있다. 이 물은 삶을 지속시켜 주며 새로
운 생명을 탄생시키기도 한다. 물은 탄생과 죽음의 뜻을 혼합하고 있
으며,[78] 무의식적인 기억과 미래를 내다보는 것이다.[79] 그리하여 "아
침 山골에 새로 나와 밀리는 밀물살 같던 / 우리들의 어린 날"(「편지」)
에서처럼 기억할 수 있는 먼 어린 시절부터 지금까지 지속되어진 삶
을 늘 새롭고 신선하게 밀리는 '밀물살'로 표상하고 있다.

물의 이미지 중에서 가장 역동적인 힘을 가지고 있는 것은 소나기
와 해일일 것이다. 미당의 시에서 소나기와 해일은 삶을 고통스럽게
하는 어두운 힘의 상징으로 나타난다.[80] "여름 하늘 쏘내기 속의 천둥
번개나 벼락'(「분지러진 불칼」)에서처럼 소나기 속에는 번개와 벼락이 포
함되어 있다. 역동적 상상력이 창조적인 것은 그것이 생성을 가능하게
하기 때문이다.[81] 소나기는 그 속에 또 하나의 남성적 이미지, 번개와
벼락을 생성함으로써 더 큰 역동성을 갖는다. 결국 서정주 시에서 물
은 그 순수함에 의해 삶의 정화를, 그리고 끊임없이 흐르는 것으로서
삶의 지속성을 나타내며 역동성에 의하여 삶에 충격을 주고 변화시키

---

78) W. L. Guerin, 앞의 책, 118~119쪽.
79) G. Bachelard, 곽광수 역, 앞의 책, 125쪽.
80) 김종철, 『시와 역사적 상상력』, 문학과지성사, 1978, 120쪽.
81) 곽광수·김 현, 앞의 책, 195쪽.

는 기능을 한다.

6. 바다, 열림의 비상과 재생

바다는 열린 세계를 의미하는 공간이다. 이 바다는 시인의 영혼을 노출시켜 시인의 가슴 속에 간직된 고유한 감정을 그대로 드러나게 한다. 바다의 물은 우리의 모든 것을 포용하는 전체적인 존재로서 나타난다. 그래서 바슐라르는 "다른 어떤 원소보다도 물은 완전히 시적 현실이며, 물의 시학도 확실히 통일성을 갖고 있다. 이와 같은 통일성이 없으면 물질적 상상력은 존재하지 않을 것"[82]이라는 말처럼 물의 시학이 통일성을 갖고 있으며, 이 통일성이 상상력을 만족시키고 결합시키는 역할을 한다. 그러므로 물의 이미지는 바로 상상력의 힘에 의해서 온다고 할 수 있다. 물은 시적 상상력을 열어주는 본질이라 할 수 있다.

열림의 세계를 지향하는 공간인 바다는 서정주의 시에서 기화하는 물을 통한 하늘로의 비상의 이미지를 표상하고 있다. 하늘은 서정주의 시에서 번번이 등장한다. 그것은 햇빛과 구름이 있는 푸른 공간이다. 무한 공간인 하늘은 자유로운 삶의 공간이며 인간이 본능적으로 이르기를 원하는 무한한 높이이기도 하다. 아래의 시에서와 같이 높은 곳에 있는 것은 모두 초월적인 것을 계속해서 계시한다.[83]

82) G. Bachelard, 이가림 역, 앞의 책, 27쪽.
83) M. Eliade, 이동하 역, 『성과 속』, 학민사, 1976, 26.

> <싸움에는 이겨야 멋이라>는 말은 있읍지요만 <져야 멋이라>
> 말은 없사옵니다. 그런데, 지는 게 한결 더 멋이 되는 일이 陰曆 正
> 月 대보름날이면 이 마을에선 하늘에 만들어져 그게 1年 내내 커어
> 다란 한 뻔보기가 됩니다.
>
> 「紙鳶勝負」 중에서

이 시에서는 연싸움에 '져야 멋이라'는 패자를 찬양하는 노래를 한
다. 가물거리는 연에 마음을 실어 보내는 자유 의지는 하늘을 닮으려
는 원시 신앙이 재생된다. 그러므로 시인은 어쩌면 자기의 작품 속에
서 초자연적인 재료를 취급하여 현실에서 잃어지는 자기의 욕망을 만
족시키고 있는 사람인지도 모른다. 연을 날리는 것은 엘리아데(M.
Eliade)가 말하는 "중심을 향한 俗에서 聖으로의 통과제의이며",84) 비상
의 기쁨 속에 유년의 푸른 하늘을 닮고자 하는 재생의 원형으로 파악
할 수 있다. 이 푸른 공간으로의 비상은 인간의 자기상승, 자기성취를
상징한다. 상승의 생각과 연관된 다양한 이미지, 즉 "날고 있는 새, 공
기 속을 뚫고 있는 화살, 벌, 산, 탑은 도달해야 할 어떤 것, 성취의
희망, 즉 선을 의미한다."85)

바다가 지니고 있는 이미지는 모성적 생명의 창조와 관련이 깊다.
서정주의 시에서 바다의 이미지도 이와 관련하여 해석할 수 있다. 그

---

84) M. Eliade, Cosmos & History, New York, Harper & Row, Princeton Univ. Press,
1958, pp.17~18. 중심은 곧 성역이다. 거룩한 것의 성취를 갖고자 하는 영웅적 모
험은 자기부재의 중심에 이르는 길을 찾는 탐구자의 고난 등에서 발견할 수 있다.
이 길이 험난하고 고통이 뒤따르는 것은 그 길이 통과제의이기 때문이다. 즉, 俗에
서 聖으로, 환각적인 것에서 실재와 영원으로, 죽음으로부터 삶으로, 인간으로부터
神性으로 옮겨지는 통과제의이기 때문이다.
85) P. Wheelwright, 앞의 책, 112~113쪽.

러나 물이 갖는 이미지는 하나로 귀일하는 것은 아니다. 문학 작품에 사용되는 바다는 매우 다양한 형태를 지니며, 그것이 일으키는 이미지도 매우 다양한 상징성을 내포하고 있기 때문이다. 엘리아데는 우주론적 종교적 관점에서 바다는 "실질적인 전우주를 상징화"한다. 그것은 모든 "잠재 능력의 저장소이며 죽음뿐만 아니라 재생을 포함한다."86)고 말하고 있다.

생명의 창조와 상반되는 죽음의 물이 있는데 그것은 나르시시즘의 물이다. 바슐라르(G. Bachelard)는 이러한 것을 '오필리아 컴플렉스'라 불렀다. 죽음이나 자살 등의 불길한 운명에 대한 끝없는 몽상 전부가 물과 관련되어 있다.87) 그렇지만 바슐라르 자신도 그의 저서『물과 꿈』에서 "바다는 모성(母性)이며, 물은 놀라운 것이다."88)라고 기술하며 모성적인 물과 여성적인 물에 많은 지면을 할애하고 있다. 바다가 지니고 있는 이미지가 재생이라면 무엇을 재생하는 것인가. 모든 우주의 만물은 태어나고 죽고 다시 재생하기 마련이다. 보드킨(M. Bodkin)은 이것을 재생의 패턴이라 말한다. 재생이란 어떤 것이 몰락에 떨어져도 본질적으로 변화를 받지 않고 그 작용이 이윽고 상승하게 되는 것을 의미한다. 정신과 육체는 좌절과 회복, 전진과 후퇴라는 과정이 항상 일어나는데, 이것이 재생의 기본적 패턴이다.89)

서정주의 시세계에서 ≪花蛇集≫이 천형병자(天刑病者)로 자처하며

---

86) M. Eliade, *Image & Symbols*(신익호,『기독교와 한국 현대시』, 한남대출판부, 1988, 119쪽) 재인용.
87) G. Bachelard, 이가림 역, 앞의 책, 103∼132쪽.
88) 위의 책, 171쪽.
89) 문덕수,『현대한국시론』, 삼우사, 1975, 104쪽.

가혹한 운명의 몸부림과 육욕적 관능의 본능에 몸부림하던 때라면 작품 「바다」 이후의 시들은 보다 안정된 어조를 이룬다.[90] 니체의 말을 빌리자면 디오니소스(Dionysus)적 도취에서 아폴로(Apollo)적 질서로의 변이에 해당한다고 할 수 있다.

> 귀기우려도 있는것은 역시 바다와 나뿐.
> 밀려왔다 밀려가는 무수한 물결우에 무수한 밤이 往來하나
> 길은 恒時 어데나 있고, 길은 결국 아무데도 없다.
>
> 아 - 반딧불만한 등불 하나도 없이
> 우름에 젖은얼굴을 온전한 어둠속에 숨기어가지고……너는,
> 無言의 海心에 홀로 타오르는
> 한낫 꽃 같은 心臟으로 沈沒하라.
>
> 「바다」 중에서

1연 1행의 "있는"에 주목해 보면, 일상 문법의 관점에서는 마땅히 '들리는'이라야 주어와 서술의 관계가 정상적으로 성립된다. '있다'는 말은 지금의 상황이 존재론적 물음의 상황임을 나타낸다. 그리고 "나뿐"의 '뿐'은 의존명사로서 작중에서 그 뜻은 유일 절대를 표상한다. 그리하여 지금 시인이 처함 상태는 절대적 유일, 절대적 고독의 상태라 생각할 수 있다. 이 시에서 바다는 폐쇄된 공간 속에서 나의 마음을 투영하는 대상이다. "밀려왔다 밀려가는" 움직임으로써 막힌 상황을 벗어나려 하지만 "길은 결국 아무데도 없다." 이러한 절박한 심정의

90) 김준오, 『시론』, 문장, 1984, 184쪽.

토로는 결국 시인으로 하여금 "한낮 꽃같은 心臟으로 沈沒하라." 외치
게 한다. 이러한 절박한 침잠의 상태는 곧 절대적 유일, 절대적 고독
의 상태라 생각할 수 있다.

　결국 1연의 폐쇄된 공간에서의 고독감은 2연의 "등불"과 3연의
"꽃"에 의해 열림의 상태를 지향한다. 그것이 곧 침잠하는 상태, 즉
"침몰하라." 외치는 상황을 벗어나 6연에 와서 "눈뜨라, 사랑하는 눈
을뜨라"는 새로운 세계에 대한 개안으로 표상되고 있다. 그리고 시인
을 둘러싼 바다는 하늘을 향한 열린 공간이면서 폐쇄된 공간이기도
하다. 바다가 제아무리 광대하더라도 갇힌 물의 운명일 수밖에 없다.
바다는 밀물이나 해일 등의 역동적인 힘에 의해 육지로 올라오고 수
증기로 기화하여 상승의 꿈을 실현한다.

「처녀 총각 다시 돼선 어딜 가서 살려구?」
「헌 門牌를 떼어 들고 바다로 간다.
바다에 가서는 멀리 던져 버리고
바다 속 龍宮의 냄새를 맡는다.
門牌보단 아조 좋은 청각 냄새를……」

「神仙아. 바다도 다 맛보았으며는
하늘에도 한바탕은 올라 가 봐야지」
「왜 아니야, 김치 속엔 잣나무 바람,
잣나무 바람 옆엔 소나무 바람,
그 바람에 하늘 가서 또 한바탕 살자우」
　　　　　　　　　　　「김치타령」 중에서

이 시에서는 바다에 대한 강렬한 그리움이 농도 있게 나타나고 있다. 바다는 어머니의 품이다. 그것은 세상의 모든 괴로움과 고통의 아픔을 삼켜버려 어머니 품처럼 넓고 포근한 애정을 느끼게 해준다. 대지에 뿌리를 두고 있는 인간은 대지성에 중점을 두면서 모태 회귀로 항상 바다를 동경한다. 즉 인간을 포함한 포유동물은 물에서 진화해왔기 때문에 모태의 양수 속에 있는 태아는 생명력을 물에서 갖고 있다. 따라서 삶의 근원지인 바다에 대한 회귀 사상은 '원형적 집단무의식'의 발로라 하겠다.91)

"바다 속 龍官의 냄새를 맡는다"의 의미는 모성 회귀인 상징으로서의 신비·탄생·죽음의 재생이거나 풍요와 성장, 생명의 순환의 변천 양식이 되고 있다. 정신분석학에서는 "물 속에 빠진다든가, 물 속에서 나온다든가 하는 꿈의 경우는 탄생을 상징"92)한다고 했다. 『沈靑傳』의 심봉사는 냇물에 빠졌다가 구출되면서 開眼을 이루며 심청이 또한 인당수에 빠진 것도 재생의 의미를 가진 구원이라는 비약을 이룩하였다. 하강과 상승이라는 상징적 차원에서 전개되고 있는 이 시에서 "헌 門牌"는 현실의 부채이며 절망 의식이 될 수 있다. 이것을 바다에 던져버리고 재생하여 상승을 이룬다. 이 문패는 공포의 현실이며 이것을 버리고 "하늘가서 또 살자"의 "또"는 다시 만난다는 재생을 나타나는 것이다.

> 失戀한 女弟子가 <落葉같다>줏어온 돌이
> 내 눈에는 돛 단 배의 돛만 같아서

91) 신익호, 앞의 책, 123쪽.
92) S. Freud, 장병림 역, 『정신분석』, 법문사, 1969, 188쪽.

<돛>이라 새 이름 부쳐 그네에게 돌리나니
사랑하는 사람들의 사랑의 落葉들이여
모조리 돛이나 되어 또 한번 떠 가자쿠나.
「모조리 돛이나 되어」 전문

  '낙엽의 돌'을 "돛단배의 돛"으로 떠나보내는 통과제의 속에 시인의 젖은 가슴을 본다. 낙엽은 낙하의 질서 속에, 바람이 불면 괴로운 상황에 처한다. 그러나 매듭지으며 낙화하던 그 자리마다 '새봄'이란 '작은 소망'을 둔 채 자유를 누린다. 이 시에서 서정주의 상상력은 일상적으로 결합되지 않는 요소를 환기하여 생생한 이미지를 만들어내는 창의성을 발휘하고 있다. 돌과 돛은 서로 대립되는 속성을 지니고 있다. 돛은 배를 바다로 밀려가게 하는 기구이고, 반면에 돌은 그 무거움의 속성에 의하여 한 곳에 머무르고 물에 가라앉는 성질을 지니고 있다. 이러한 대립되는 요소, 즉 이루지 못한 사랑에 대한 집착을 상징하는 돌을 자유로이 떠날 수 있는 돛으로 환기하여 현실적 삶의 범주를 벗어나 더 높은 정신세계를 추구하는 초월의 세계를 그려내고 있다.

  생성과 재생을 태고 때부터 잊어버린 채 죽음과 환생 속에서 사는 돌, 그 돌의 이미지를 "돛단배의 돛"으로 힘차게 바다로 떠나보내는 곳에 시인의 상상력의 심화가 있고 '돛'은 어머니인 바다와 우주로 밀리는 생명의 부활이며 재생을 이루어내는 것이다.

  가마솥에 軟鷄닭이
  사랑김으로 날아오르는

구름더미 구름더미가 되도록까지는
오 바다여!

　　　　　　　　　「바다」 중에서

香丹아 그넷줄을 밀어라
머언 바다로
배를 내어 밀듯이,
香丹아

이 다수굿이 흔들리는 수양버들 나무와
벼갯모에 뇌이듯한 풀꽃뎀이로부터
자잘한 나비새끼 꾀꼬리들로부터
아조 내어밀듯이, 香丹아

　　　　　　　　　「鞦韆詞」 중에서

　먼저 인용된 「바다」에서는 폐쇄된 공간인 바다와 그 바다로부터 벗어나 하늘로 증발해 오르는 물의 기화하는 모습이 표상되어 있다. 바다는 해일이나 밀물로 땅에 올라와 보기도 하지만 이내 다시 바다로 되돌아가게 되며 연속적인 흐름이 불가능하다. 무한한 자유로움의 공간인 하늘로 올라가는 것은 이런 불연속적인 흐름의 공간인 바다의 공간으로부터 벗어나는 것을 의미한다.

　김종길은 「鞦韆詞」에 대하여 탁월한 해석을 가하고 있다. 그는 여기에 나오는 '그네'가 춘향이 자신을 그것에 맡겨 자신의 지상적 괴로움과 운명을 벗어나려는 "상징의 그네"[93]임을 지적하였다. 이어서 그

---

93) 김종길, 「추천사의 형태」, 조연현 외, 『서정주 연구』, 동화출판공사, 1980, 45쪽.

는 바다와 하늘, 배와 그네, 배를 내어 미는 동작과 그네를 미는 동작 사이의 완전한 대응을 살피고 끝으로 '자잘한 수양버들, 풀꽃더미, 나비새끼' 등의 지상적 번뇌로부터 떠나고 싶은 욕망과 다른 한편 지상적인 것에 대한 역설적 애착의 표리를 읽어낸다.

여기에서 지상적인 것에서 아주 떠나버리고 싶다는 욕망 뒤에 숨어있는 역설적 애착을 읽어내는 것은 매우 적절하다. 밀어 올려진 그네나 파도는 수평 위 푸른 하늘로 솟아오르는 것이 가능하다. 이 시에서 천상에 대한 동경과 갈망은 반복과 점층법을 통해 제시된다. 그네 - 바람 - 구름 - 하늘로의 상승은 대지적 구속성과 운명으로부터 벗어나 천상으로의 비상에 대한 의지와 존재로부터의 자유로움을 표상한다. 특히 구름은 피가 여과되어 가벼움을 획득한 이미지로서 정신적 투명함과 상승의 욕구를 잘 대변해 준다. 그러나 이것은 순간적이고 힘겨운 비상이다. 지상적 괴로움과 운명을 벗어나 푸른 하늘의 자유로움에 채 이르지 못한, 그러면서 이르고 싶은 격렬한 욕구의 역설적 표현이다.

그러므로 바다는 스스로의 형태를 변화시켜야 하늘로 상승할 수 있다. 하늘로 상승할 수 있는 것은 증발을 통해서 무한 공간인 하늘에서 자유로이 흐를 수 있음을 의미하기 때문이다. 물은 스스로의 형태를 변화시킴으로써 폐쇄된 공간에서 개방된 공간으로 옮겨갈 수 있는 것이다.

울음은 海溢
아니면 크나큰 祭祀와같이
춤이야 어느땐들 골라 못추랴
멍멍히 잦은 목을 제쭉지에 묻을바에야

> 춤이야 어느 술참땐들 골라 못추랴
> 긴 머리 자진머리 일렁이는 구름속을
> 저, 우름으로도 춤으로도 참음으로도 다하지못한 것이
> 어루만지듯 어루만지듯
> 저승곁을 나른다.
>
> 「鶴」 중에서

파도나 해일은 갇혀 있는 바다가 가장 역동적으로 움직이는 것이기도 하다. 미당 시에서 바다는 중요한 의미를 갖는데, "바다가 프로이트적인 성감의 상징으로 한정되어 사용된 다른 시인들에 비해"[94] 미당 시에서는 다양한 의미와 형태를 지니고 나타난다. 고여 있는 바다는 해일을 통해서 우리의 삶 속으로 힘차게 스며들어 온다. 그것은 삶을 우주적으로 확산시키기도 하고, 그 역류 현상에 의해서 우리의 먼 과거와도 만나게 해 준다.

「鶴」에서 '울음'은 '해일'로 비유되면서 우리를 거대한 우주적 공간 속으로 이끈다. 시인은 상상력을 통해서 개인적 삶의 보잘 것 없는 사건을 우주적 단계에까지 상상시키는 것이다.[95] 학은 정적 정서의 이미지로 동양적인 이미지를 풍기고 있는 새이다. 그러한 학이 빚어내는 조화미와 禪的 구원이 잘 나타나 있다. 경이로움과 美가 빛나는 "누이의 繡틀"은 그 속에 神性과 이상을 나타내는 원형적 이미지인 빛이 내포되어 있다. 그리고 춤은 곧 비상이고 상승이다. "어루만지듯 어루만지듯 / 저승곁을 나른다"에서 학의 진정한 상향의 모습이 나타나고

---

94) 김 현, 『상상력과 인간』, 일지사, 1973, 291쪽.
95) G. Bachelard, 이가림 역, 앞의 책, 24쪽.

있다. 이러한 상향으로의 지향성은 완전성과 이상 세계로의 조용하고 부단한 지향이 이루어지면서 상승의 원형 이미지를 통하여 우주적 단계에까지 이르는 것이다.

그러한 역동성의 해일도 하늘에 이르고자 하는 욕구일 뿐이다. 그러므로 바다는 스스로의 형태를 변화시킬 수 있는 방법은 증발로 인하여 하늘로 상승하는 수밖에 없다. 하늘로 상승할 수 있다는 것은 무한 공간인 하늘에서 자유로이 흐를 수 있음을 의미하기 때문이다. 물은 스스로의 형태를 변화시킴으로써 폐쇄된 공간에서 개방된 공간으로 전이되는 것이다. 그러므로써 상상력은 열림의 상태를 지향하는 것이다.

> 외할먼네 마당에 올라온 海溢엔요,
> 예쉰살 나이에 스물한살 얼굴을 한
> 그러고 천살에도 이젠 안 죽기로 한
> 신랑이 돌아오는 풀밭길이 있어요
>
> 「외할머니네 마당에 올라온 海溢」 중에서

그때에는 왜 그러시는지 나는 아직 미처 몰랐읍니다만, 그분이 돌아가신 인제는 그 이유를 간신히 알긴 알 것 같습니다. 우리 외할아버지는 배를 타고 먼 바다로 고기잡이 다니시던 漁夫로, 내가 생겨나긴 전 어느 해 겨울의 모진 바람에 어느 바다에선지 휘말려 빠져 버리곤 영영 돌아오지 못한 채로 있는 것이라 하니, 아마 외할머니는 그 남편의 바닷물이 자기집 마당에 몰려 들어오는 것을 보고 그렇게 말도 못 하고 얼굴만 붉어져 있었던 것이겠지요

> 「海溢」 중에서

알뫼라는 마을에서 시집 와서 아무것도 없는 홀어미가 되어버린 알묏댁은 보름사리 그뜩한 바닷물 우에 보름달이 뜰 무렵이면 행실이 궂어져서 서방질을 한다는 소문이 퍼져, 마을 사람들은 그네에게서 외면을 하고 지냈읍니다만, 하늘에 달이 없는 그믐께에는 사정이 그와 아주 딴판이었읍니다.

「알묏집 개피떡」 중에서

바다가 그득하게 차올랐을 때 그것은 인간의 성적인 문제에도 영향을 미친다. 위의 인용시 시에서 해일은 바로 성적 이미지를 함축하고 있다. 바다에 역동적인 힘을 부여해 주는 해일은 "갑술년이라던가 바다에 나갔다가" 돌아오지 않는 할아버지의 혼신(魂身)을 데리고 온다. 해일은 "생솔가지 울타리, 옥수수밭 사이를 / 올라" 온다. 거기에 마중 나온 외할머니도 해안에 넘쳐 올라온 외할아버지와 재회를 하는 것이다.

해일은 남성적인 이미지에 가까운 말이다. 이 남성적 이미지가 외할머니, 그것도 고기잡이 나갔다가 숨져간 외할아버지를 기다리는 외할머니와 대립되어 이미지 구축에 있어서 산문시가 갖는 산만성을 극복하고 있다. 그의 시적 경험의 상상력은 결국 외할머니가 "바다쪽만 멍하니" 바라본 이유를 "남편의 바닷물이 자기집 마당에 들어온 것을 보고 그렇게 말도 못하고 얼굴만 붉어져 있었던 것이겠지요"로 마무리하면서 외할머니와 외할아버지의 성적 해후를 나타내고 있다.

「알묏집 개피떡」역시 '해일'이 인간의 성적인 문제에 영향을 미치고 있음을 볼 수 있다. '알묏댁'의 삶을 지배하고 있는 것은 달이다. 달은 바다와 함께 부풀어 올랐다 가라앉는다. 꽉 차오른 사리의 바닷물 위에 보름달이 뜰 때 '알묏댁'은 강한 성적 충동을 받는다. 그것은 "그득한 바다물"에서 감지할 수 있다.

이상으로 살펴본 서정주의 시에서 바다는 열린 세계를 지향하는 공간으로 나타난다. 그의 시에서 바다는 기화하는 물을 통한 하늘로의 비상을 표상하는 것이며, 재상과 모성 회귀의 상징으로서 신비와 탄생을 나타내는 것이다. 또한 해일은 바다의 역동적인 움직임이면서 동시에 인간의 성적 문제에도 관여하는 것이다.

7. 서정주와 원형적 상상력

한 시인의 시세계는 무지개처럼 다양한 빛깔로 구성되어 있다. 그럼에도 불구하고 한 시인의 다양한 시적 빛깔과 향기를 하나로 축약하여 분석하고 평가하는 것은 대개의 비평가나 연구자가 지니고 있는 보편적 태도이다. 우리는 다만 한 시인의 시세계가 발현하는 다양한 빛깔 가운데 하나를 잡고 굳이 그것에 의미를 부여하려 애쓴다. 무수한 예외적 자질이 존재함에도 불구하고 그것에 그 시인의 시적 특질을 규정지으려 한다. 그러나 의심할 여지없이 한 시인이 함유하고 있는 시정신의 세계와 미학적 특질은 단일한 형상으로 그 지형을 가늠할 수는 없다. 그러나 한 시인의 시세계와 시의 미학적 특질이 단일성을 거부하고 다양한 빛깔을 발현한다 하더라도 거기에 흐르는 심층적 저류를 찾는 것까지 불가능한 것은 아니다.

서정주의 시는 다양한 빛깔과 향기를 함유하고 있다. 그의 시는 단

일한 형상과 균일한 지형으로 파악하기 힘든 깊은 심연을 지니고 있
다. 그러나 본고는 서정주 시의 다양한 미학적 자질 가운데 '피'·'황
금'·'꽃'·'물'·'바다'의 이미지에 주목하여 그의 초·중기시의 시
적 여정을 조명하고자 시도했다. 그 결과 초기시의 특성을 피의 이미
지로 대표되는 원죄의 절규와 관능성으로 파악하고, 이러한 초기시의
피의 이미지가 순화되어 중기시를 대표하는 황금과 꽃의 영원성의 세
계로 전이한다고 파악하였다. 이러한 중심 이미지의 변화에 따른 서정
주의 시정신의 변모는 초기의 정신적 방황과 반항에서 생명과 존재의
운명에 대한 긍정의 과정으로 볼 수 있다. 내적 갈등의 세계에서 화해
의 과정으로 전이하는 서정주의 시적 여정은 곧 시적 자아가 세계와
마주하며 겪게 되는 정신적이며 내적인 불화와 갈등의 세계에서 피의
순화를 통한 갈등의 해소와 화해의 과정이다.

서정주가 『新羅抄』의 「婆蘇 두번째 편지 斷片」에서 "피가 잉잉거
리던 病은 이제 다 나았습니다."라고 노래하는 지점에서 그의 시는 초
기시의 강렬한 관능과 죄의식의 세계를 벗어나 영원성의 문제에 천착
한다. 그 중심에 피의 절규, 황금의 영원, 꽃의 화해가 있다. 『花蛇集』
과 『歸蜀途』 이후 『徐廷柱 詩選』에서부터 서정주의 시는 뚜렷이 새로
운 시대를 맞이한다. 초기시에 나타나는 '피'의 세계를 정리하면서 '50
년대 이래 서정주가 뚜렷하게 천착하기 시작한 문제는 영원성이다. 관
능성과 영원성은 그의 초기시와 중기시를 구분 짓는 하나의 뚜렷한
변별점이다. '피'의 이미지와 관능성의 문제는 그의 초기시를, '황금'
과 '꽃', '물'과 '바다'의 이미지가 발현하는 동양정신과 영원성은 중
기시를 주제와 기법의 면에서 지배하는 놀라운 힘이다.

그런데 '50년대 이후 그가 천착하는 영원성은 역사·사회적인 것이기도 하다. 그가 역사의 광기와 살의의 현장을 경험하면서 현실 세계와 정반대의 영원 세계를 동경하고 지향한 것은 존재의 필연성이다. 분단과 전쟁이 남긴 인류의 파괴와 폐허에서 새로운 근대의 건설이 막 시작되는 현실은 한 마디로 초월적 가치로서의 영원성의 붕괴이다. 현실이 비극적이면 비극적일수록 인간은 영원을 꿈꾼다. 이와 같은 상황에서 '50년대 전후(戰後)의 공간은 인간의 보편적 가치를 짓밟는 공간이었다. 이로 미루어 볼 때 역설적으로 영원에 대한 인간적 갈망과 동경은 '천년왕국' 영원의 나라로 가고픈 서정주의 욕망은 짐작할 만한 일이다. 이 같은 욕망이 서정주 시의 힘이다.

서정주는 현실적 모순과 대결하기 위해 웅장하고 초월적인 영원의 논리가 필요했다. 그가 돌아가고자 했던 영원은 고대적 시간과 공간이다. 이를 통해서 그는 당대의 모순을 돌파하려 했다. 그의 영원에 대한 애착은 말하자면 우리 사회가 "구체적이고 역사적인 시간에 대하여 반항하고 있다는 사실, 곧 사물이 비롯된 태초의 신화적 시간, 즉 위대한 시간에로의 주기적인 복귀에 대한 향수를 지니고 있다"96)는 사실을 증명하는 것이다. 서정주가 피의 실존적 회의와 반항에서 황금과 꽃의 영원주의로 나아가는 것은 이와 같은 맥락에 있다.

시란 상상력의 산물이다. 그리고 한 편의 시를 읽는다는 것은 결국 시인의 창조적 상상력이 투영된 독특한 시적 공간과의 만남을 의미한다. 시의 가치란 시가 그 존재 자체로 가치 있고 특수한 종류의 자각이나 통찰이라 할 수 있는 상상력의 종합으로 세계를 성취하고 전달

---

96) M. 엘리아데, 정진홍 역, 『宇宙와 歷史』, 현대사상사, 1976, 89쪽.

할 때 드러난다. 이러한 상상력은 창조적이고 능동적으로 표출되어 다양한 시적 이미지를 만들어 낸다는 것은 앞에서 밝혔다.

한 편의 시는 그 자체가 이미지이면서 동시에 여러 이미지들의 무리로서 나타나는데, 우리의 잠재의식 속에는 의식 생활이 받아들인 체험이 뿌리내리고 있어서 시어를 듣거나 읽을 때 체험의 재현으로 인한 영상이나 느낌을 이미지라 할 수 있다. 즉 이미지는 시적으로 인식된 대상으로 인식된 시적인 진술이라는 점에서 이미지는 시인의 상상력 속에 내재한 인식 대상의 한 모형이라 할 수 있다.

서정주의 시에서 창조적이고 능동적인 상상력의 작용에 의하여 산출된 중심적인 이미지는 앞에서 분석한 것처럼 '피', '물', '바다' 등의 액체 이미지이다. 이러한 이미지들은 상징적인 이미지와 원형적인 이미지로 서정주의 시에서 중요한 작용을 한다. 즉 이러한 이미지들은 반복과 회귀의 양상을 통해 신화 또는 원형과 밀접한 연관을 맺고 서정주 시 전체에서 주된 형태적 특질로 작용한다.

한편 원형이란 보편적 상징으로 인간의 원시적인 사고에 그 뿌리가 닿아 있는 것이다. 인간의 심성 근저에 집단무의식의 형태로 내재해 있는 이 원형은 여러 작품 속에 끊임없이 되풀이되어 나타난다. 때문에 독자의 마음에 무의식적으로 반향을 일으키는 것이며, 한 편의 작품을 다른 작품과 연결하고 그렇게 기능함으로써 우리의 문학적 경험을 통일하고 종합하게 하는 것이다.

시인은 자신의 실제 경험이나 상상적 체험들을 미학적으로 형상화시킬 때 이미지에서 그 수단을 찾는다. 그것은 이미지가 의미를 전달하는 기능을 수행하기 때문이다. 따라서 개개의 독립된 형태로서의 이미지나 혹은 유기적으로 상호 관련을 맺고 있는 형태로서 이미지의 무리를 고찰하여 주제를 추적할 수 있다. 이러한 개개의 이미지들은 한 시인의 시적 변용의 실체를 이루며 시적 상상력을 자극하는 원초적 물질이다. 서정주의 시에서 우리의 마음에 반향하며 우리의 문학적 경험을 통일하고 종합하는 이미지는 원형적 상상력에 의해 표출된 원형 이미지에 의해서이다. 그것은 '피', '황금', '꽃', '물', '바다' 등이다. 이러한 이미지들은 서로 밀접하게 연결되어 서정주 시의 시적 변용의 실체를 이루며 시적 상상력을 유발시키는 원초적 물질 혹은 대상이라 할 수 있다.

원초적 물질과 대상은 일반적인 의미에서 보편적인 것이다. 이는 모든 인간에게 심리적으로 유사한 반응을 일으키고 유사한 문화적 기능을 담당한다. 이러한 모티프와 이미지가 원형, 즉 보편적 상징이다. 이것은 시공을 초월한 관습적 패턴으로 인류의 가장 근본적인 경험이며 인류가 공통적으로 잠재의식 속에 이어받은 심리적 유산이기 대문에 여러 시인들의 작품에서 상당 부분에 걸쳐 동일하거나 유사한 의미를 지닌다. 그러므로 원초적 물질과 대상은 모든 시인들에게 무의식적으로 작용하여 보편적 의미를 지니는 것이다.

원초적 물질은 여러 시인들에 의하여 의미의 옷을 입고 시화(詩化)된다. 그러나 정서·경험·추구하는 시정신의 차이로 인하여 개성화되어 나타나기도 한다. 원초적 물질은 그것이 원형적으로 고정된 의미의 틀을 벗어나 그 시인에만 독특한 의미로 쓰이게 되어 '개인 상징'으로 발전한다. 이때 원초적 물질은 시인의 경험과 상상력을 자극함으로써 시적 오브제(object)를 구성하는 조건이 된다. 이러한 경우 작품에 나타난 원초적 물질이나 대상은 그 시인의 개성에 따라 독특한 변별적 특수성을 띠고 표상된다.

서정주의 시에 나타난 '피', '물', '바다'의 원형적인 액체 이미지도 원초적 물질이 갖는 공통적인 보편적 의미와 그의 개성에 의하여 그 자신만의 독특한 의미로 나타난다. 그의 시에서 '피', '물', '바다'의 이미지는 공통적인 보편적 이미지로 작용한다. 문학 작품에 사용되는 원초적 물질과 대상의 이미지는 매우 다양한 상징성을 내포하며 그 의미하는 바도 쉽게 확정되지 않는다. 서정주의 시에서 피의 이미지는 동물적 상상력과 결합하여 격정적 관능의 세계를 표백한다. 피는 격렬한 열정과 무질서, 혼란의 세계를 의미하는 부정적 측면으로 쓰이고 있다. 피는 또한 서정주의 시에서 생명을 탐구하는 이미지로 쓰인다. 젊음을 온통 격정적 관능의 세계로 몰아넣었던 부정적 의미의 혼란과 무질서의 피가 아니라 인간의 생명을 탐구하는 긍정적 의미로서의 전환이다.

물은 정화와 재생, 탄생과 부활 등 존재의 생명을 발생시키는 원초의 물질이다. 서정주의 시에서 물은 정화 작용으로써 감정의 퇴적물을 배출하여 새로운 힘과 생명을 나타내어 존재의 전환을 이룩하는 것이다. 물의 정화의 기능은 소월의 시에서도 나타나며 여러 시인들의 작품에 가장 빈번히 나타나는 원형 이미지이기디도 하다. 바다는 모든 인간에게 있어서 모성적 상징으로 가장 크고 불변하는 것이기 때문에 바다의 속성은 모든 생명의 어머니, 그리고 풍요와 무한성을 상징한다. 이것은 열려 있는 세계, 즉 풍요와 무궁을 지향하는 개방의 이미지이다. 서정주의 시에서 바다는 이와 같은 의미로서 열린 세계를 지향하는 공간이다. 그의 시에서 바다는 기화하는 물을 통한 하늘로의 비상을 표상하는 것이며 재생과 모성 회귀의 상징으로서 신비와 탄생을 나타내는 것이다.

바슐라르(G.Bachelard)에 의하면 한 시인의 시적 변용의 실체를 이루며 시적 상상력을 촉발시키는 원초적 물질 혹은 시적 대상은 심화와 비약이라는 두 개의 가치를 갖는다고 한다. 심화의 방향에서는 신비와 같이 헤아릴 수 없는 것으로 나타나고, 비약의 방향에서는 기적과 같이 아무리 퍼내도 끝이 없는 힘으로 나타난다.[97] 서정주의 시에서 '피', '물', '바다' 등의 원형 이미지는 그의 정신적 세계의 변모 과정에 따라 심화와 비약의 방향이 모두 나타난다. 특히 그의 시에서는 심화의 방향이 두드러지게 나타나며 비약의 경우는 역동성을 수반하고 있다.

물의 이미지가 주로 존재의 깊이에 이르고자 하는 심화의 방향을 갖는다면, 인간의 생명을 확인시켜주는 피는 그것이 뜨겁게 가열되는 순간 비약하여 또 다른 공간으로 이미지가 전이한다. 피는 강열한 상승의 욕망을 다스려 꽃으로 전이되어 비약을 이룩하며, 인간의 육체로는 도달할 수 없는 영원 세계로의 비행을 광물적 상상력에 의한 보석의 이미지를 통해서 이룩한다.

상상력은 이미지를 만들어내며 동시에 이미지는 상상력에 의해 무한히 변화를 당함으로써 그것이 표현하는 대상에 끊임없는 변형과 변질을 가져다준다. 그것은 '대상을 우리의 의지대로 변형시키는 힘'[98]

---

97) G. Bachelard, 이가림 역, 앞의 책, 8쪽.
98) 곽광수 · 김 현, 앞의 책, 33쪽.

으로서 역동성으로 표현된다. 이처럼 비약은 서정주의 시에서 역동성을 수반하고 있다. 이러한 역동성은 스스로의 운명을 만들어가기 위해 자신 스스로의 목적을 창조하는 힘인 것이다. 이 역동성으로 하여금 그의 영혼을 움직이는 것이며, 또한 총체적인 성격을 가지고 그의 영혼에 통일적인 힘으로 작용하여 시적 이미지의 변이를 이루어낸다.

결국 서정주의 시에서 중심적인 이미지는 '피', '황금', '꽃', '물', '바다' 등이다. 그는 이러한 이미지를 반복·변형하여 사용함으로써 지속성과 안정성을 얻으므로 그 독특한 의미를 획득하는데 성공한 시인이라 할 수 있다. 그리고 이러한 기본적이고 원초적인 이미지는 하나의 원형으로 그의 시에 있어서 초월적인 가치로 그의 정신 활동을 그 근본에서 지배하며, 그리하여 그의 정신 활동의 궁극성으로 나타난다. 즉 이러한 기본적이고 원초적인 이미지가 그의 상상력을 촉발시키고 상상력의 힘으로 그 이미지를 원형 이미지로 만든다. 그래서 그 이미지가 상상력의 전적인 움직임 속에서 원형의 이미지로 동적 변화를 수행하여 그의 시에서 시적 울림을 일으키는 것이다.

위반과 호기심으로서의 독서

1. 문학 작품을 읽는 이유

동물이 생존을 위해 살아가는 반면, 인간은 삶을 풍요롭게 하기 위하여 이상을 추구하며 문화적 욕구를 갖고 살아간다. 어떤 사물이나 대상을 바라보았을 때, 인간은 사고를 통해 감정을 질서화하려는 표현 욕구를 가지고 있다. 이와 같이 감정을 질서화하는 정서를 바탕으로 인간은 다양한 예술 문화를 창출해 왔다. 인간이 오랜 세월 동안 문화를 창조하면서 위대한 문화유산을 남길 수 있었던 것은 이성과 더불어 정서가 존재했기 때문에 가능했다.

문학이란 우리가 살아가는 삶을 언어로 표현한 것이기 때문에 문학이 무엇인가를 말하는 것은 그리 어려운 일만도 아니다. 물론 우리의 삶을 언어로 표현한다고 해서 그것이 모두 문학이 되는 것은 아니다. 문학이란 정서를 바탕으로 하되 일정한 질서를 가지고 있어야 하기 때문이다. 우리들의 삶을 정서적인 글로 표현하되 일정한 틀에 따라 형상화의 작업을 거칠 때, 어떤 것은 시나 소설이 되기도 하고 어떤 것은 수필이나 희곡이 되기도 한다. 다시 말해 시, 소설, 수필, 희곡, 평론은 인간의 다양한 삶을 각기 다른 양식으로 표현해 냈을 뿐, 문학의 총체적인 측면에서 바라보면 인간의 정서를 형상화한다는 공통점을 지닌다.

따라서 문학적인 글을 이해하는데 있어서 중요한 점은 문학의 장르별 영역이나 개념을 파악하는 것보다는 일정한 틀에 따라 짜여진 삶의 정서를 어떻게 잘 이해하는가에 있다. 문학이 인간의 삶을 반영한 것이고 보면, 그것은 언어로 형상화된 보편적 삶의 모습이기 때문에 우리에게 중요한 것이며, 여기에 우리가 문학을 배워야 할 이유가 있다.

사람들은 문학 작품을 왜 읽는 것일까? 인간은 문학을 통해 얻은 감동을 바탕으로 자기와 다른 형태의 기쁨과 슬픔, 고통을 확인하고 그것이 자기의 것일 수도 있다는 점을 느낀다. 문학은 억압하지 않으므로 원초적인 단계에서는 감각적 쾌락을 동반한다. 그러나 인간은 문학에서 쾌락만을 느끼는 것이 아니라 쾌락을 넘어서 인간의 총체적 파악에 이르게 한다. 한 편의 아름다운 시는 그것을 향유하는 자에게 영혼의 아름다움을, 한 편의 슬픈 소설은 그것을 읽는 이에게 인간을 억압하고 불행하게 만드는 것에 대한 자각을 불러일으킨다.

제발, 제발 기차를 좀 세워라……
아무리 이를 악물어도 갈수록 통증은 심해지며 오줌이 곧 쏟아질 것만 같았다. 전신이 비비꼬이며 숨까지 막히는 것 같았다. 소변으로 이런 고통을 당하기는 난생 처음이었다.

… 중략 …

얼마인가 더 달리던 기차가 마침내 멈추었다. 남자들이 우르르 양쪽문으로 몰려갔다.

「빨리 문 열어, 문!」

「다 죽는다. 문 빨리 열어!」

그들은 소리 소리 질러대며 문을 쾅쾅 치고 마구 걷어차며 야단법석이었다. 그들의 아들인 젊은이 대여섯도 합세하고 있었다.

한참이 지나 밖에서 외침이 들렸다.

「떠들지 말엇! 소란 피우면 문 안 열어준다.」

사람들은 일시에 조용해졌다.

밖에서 문 따는 쇳소리가 났다. 그와 동시에 사람들이 문을 열어젖혔다. 문은 한쪽밖에 열리지 않았다.

사람들은 와아! 소리치며 미친 것처럼 밖으로 뛰어내리기 시작했다. 밖은 어슴푸레한 새벽이었다. 밖으로 뛰어내린 사람들은 모두 제정신이 아니었다. 남녀 가릴 것 없이 이리저리 뛰었다. 그러나 그들은 멀리 가지 못했다. 아무데서나 소변을 보기 시작했다. 여자들의 그 부끄러운 모습을 새벽의 어스름이 겨우 가려주고 있었다. 40여 칸의 화물차에서 쏟아져 나온 사람들은 엄청났다.

조정래, 「아리랑」 중에서

위에 인용한 예문은 일제 강점기 때 연해주에서 살던 조선 사람들이 중앙아시아로 이주하는 화물차에서 겪었던 참상을 묘사하고 있다. 당시 민중들의 비극적 삶의 양상을 압축적으로 보여 주는데, 여기서 우리는 우리가 직접 겪지 않고도 당시 민중들의 처절한 생활상을 아프게 경험할 수 있다. 사람들은 자신이 체험하지 않은 다양한 삶의 세계나 세상의 이치를 문학을 통해서 경험하는 것이다.

인간에게는 내가 아닌 다른 사람의 삶과 정신, 내가 체험할 수 없는 사회 역사적 현실, 혹은 생각은 할 수 있지만 현실에서 직접적으로 이룰 수 없는 꿈이나 금기(禁忌), 미지의 영역에 대한 호기심과 궁금증이 있다. 이것은 인간이 지닌 근원적 욕망이다. 그런데 현실에서 직접적으로 체험하거나 실현할 수 없는 이러한 욕망을 사람들은 예술을 통해서 충족하고자 한다. 특히 문학 예술은 인간 삶의 다양성을 구체적으로 표현한다. 우리는 위의 예문에서와 같이 과거 역사의 비극적 삶의 양상을 문학 작품을 통해서 구체적으로 실감할 수 있으며, 당시의 시대적 삶에 대해 생생하게 경험할 수 있다. 이와 같이 문학은 여러 유형의 삶을 압축해서 보여 주는 상징물이다. 따라서 다양한 문학 작품을 읽는 것은 곧 시대나 사회 혹은 타인의 삶을 총체적으로 체험하여 세상의 이치를 알고 폭넓은 사고와 안목을 가지게 되는 것을 의미한다.

그렇다면 소설을 읽는 이유는 무엇일까. 그것은 시공을 달리하여 존재하는 다른 사람의 삶에 대한 호기심과 궁금증 때문일 것이다. 이야기는 나의 삶과 현실 밖에 무엇이 있을까 하는 호기심을 끊임없이 자극한다. 그러나 이야기를 아무리 듣고, 영화를 아무리 보고, 소설을 아무리 읽어도 그 호기심은 채워지지 않는다. 호기심이라는 욕망은 언제나 채워지지 않고 결핍된 상태로 지속된다. 그러면서도 우리는 이야기를 통해 일정한 쾌락을 얻고, 우리가 살고 있는 삶과는 다른 어떤 삶이 있다는 것을 분명하게 느낀다.

이야기를 하려는 사람이나 들으려 하는 사람이나 그 마음의 뿌리는 가능하면 쾌락원칙에 가까이 가서 현실 원칙의 금기를 넘어보려는 욕망에 닿아 있다. 쾌락원칙이 현실원칙을 이기면 사회는 유지될 수 없다. 이야기는 쾌락원칙이 자신을 드러내는 자리이기도 하면서 현실원칙이 쾌락원칙을 어떻게 억압하고 있으며, 그것이 올바른 것인가 아닌가를 무의식적으로 반성하는 자리이기도 하다. 인간은 쾌락 원칙만을 좇아서 살 수는 없다. 그렇게 되면 사회는 유지될 수 없기 때문이다. 그러나 현실 원칙이 쾌락 원칙을 적절하게 규제하고 있는가 그렇지 않은가는 반성할 수 있다.

두 편의 옛날 이야기를 들어보자. 『아라비안 나이트』에는 천 하루 동안, 말하자면 영원하리라고 할 수 있을 정도로 오래도록 밤마다 이야기를 하게 운명지어진 한 여인이 등장한다. 세헤라자드라는 이름의 그녀는, 아내의 부정에 크게 노하여 여자의 정절을 믿지 못하게 된, 그래서 하룻밤을 보낸 뒤 같이 잔 여자를 죽이는 고약한 버릇을 지닌 왕 앞에서 재미있는 이야기를 함으로써 자신의 죽음을 유예시켜 나가다가, 결국 왕의 나쁜 버릇을 고쳐 놓는다. 그녀의 이야기는 죽이고 싶어 하는 왕의 욕망과 살고 싶어 하는 그녀의 욕망 사이에 있다. 그녀의 이야기는 그 두 욕망 사이를 연결하는 통로이며, 이야기가 진행되는 한 두 욕망은 팽팽한 긴장 관계를 유지하게 된다. 그 어느 쪽 긴장이 풀어져도 그 결말은 죽음이다.

레비 스트로스라는 프랑스의 문화인류학자는 그리스 신화에 나오는 미다스 왕 이야기에서 세헤라자드 이야기와 유사한 연관성을 발견한다. 미다스 왕 이야기는 물론 우리 나라의 『삼국유사』에 나오는 경문

왕 이야기와 매우 유사한 설화적 친족성을 갖는다. 즉 임금님 귀는 당나귀 귀라는 이야기를 하고 싶어 죽음에 이르는 한 복두장이의 이야기 역시 이야기가 죽음과 연관되어 있다는 것이다. 임금님은 자기의 비밀이 퍼지면 조롱거리가 되기 때문에 이야기를 끝까지 막으려 한다. 복두장이는 이야기를 말하면 죽는다. 그런데도 그는 이야기를 하고 싶어 죽을 지경이다. 실제로 복두장이는 이야기가 하고 싶어 죽을 병에 걸린다. 급기야 그는 대나무 숲에 가서 이야기를 하고서야 살아난다. 이것은 이야기에 정신분석학자 프로이트가 말하는 쾌락원칙이 숨어 있다는 것을 말한다. 쾌락원칙을 감추고, 현실원칙을 감수하면서 사실은 변형된 모습으로 쾌락원칙을 드러내려 하고 있기 때문에 이야기는 죽음, 곧 금기에 닿아 있다. 이야기는 근원적으로 금기에 대한 호기심으로부터 출발한다.

이야기를 하려는 사람이나 들으려는 하는 사람이나 그 마음의 뿌리는 가능하면 쾌락원칙에 가까이 가서 현실원칙의 금기를 넘어보려는 욕망에 닿아 있다. 쾌락원칙이 현실원칙을 이기면 사회는 유지될 수 없다. 그래서 사회는 쾌락을 좇는 사람들을 감옥이나 정신병원으로 보낸다. 이야기는 감옥이나 정신 병원에 들어가지 않기 위해서 쾌락원칙이 현실원칙을 피해 자신을 드러내는 자리이다. 이야기는 쾌락원칙이 자신을 드러내는 자리이기도 하면서 현실원칙이 쾌락원칙을 어떻게 억압하고 있으며, 그것이 올바른 것인가 아닌가를 무의식적으로 반성하는 자리이기도 하다. 인간은 쾌락원칙만을 좇아서 살 수 없다. 그렇게 되면 사회는 유지될 수 없기 때문이다. 그러나 현실원칙이 쾌락원칙을 적절하게 규제하고 있는가 그렇지 않은가 하는 반성은 할 수 있다. 그래야 자유로운 공간이 조금씩 넓어질 수 있기 때문이다.

소설 속에는 세 개의 욕망이 들끓고 있다. 그 가운데 하나는 소설가의 욕망이다. 소설가의 욕망은 세계를 변형시키려는 욕망이다. 소설 속의 사건은 현실의 사건을 변형시킨 것이다. 이때 사건은 어떤 형태로든 해석되고 변형되어 전달된다. 소설의 세계는 그런 의미에서 작가의 욕망이 말이 되어 나타난 것이며, 그 세계는 작가가 해석하고 바꿔놓은 세계이다. 두 번째는 소설 속 주인공들의 욕망이다. 소설 속 인물들 역시 소설가의 욕망에 따라, 혹은 그 욕망에 반대하여 자신의 욕망을 드러내고 자신의 욕망에 따라 세계를 변형하려 한다. 등장인물들의 욕망은 서로 부딪쳐 다채로운 모습을 드러낸다. 그리고 독자의 욕망이다. 독자들은 소설을 읽으면서 소설 속의 인물들이 어떤 욕망에 시달리고 있는가를 느끼고, 나아가 소설가의 욕망까지를 느끼게 된다. 독자의 욕망은 그 욕망들과 부딪쳐, 때로 소설 속의 인물들을 부정하기도 하고, 나아가 소설까지를 부인하기도 하며, 더 나아가 소설을 모방하려고도 한다.

이러한 과정을 통해서 읽는 사람의 무의식 속에 숨어 있던 욕망은 그 모습을 서서히 드러내, 독자는 세계를 어떻게 변형시키려 하는가를 깨닫게 한다. 소설 속의 인물들은 무엇 때문에 괴로워하는가, 그 괴로움은 나도 느낄 수 있는 것인가, 아니면 소설 속의 인물들은 왜 즐거워하는가, 그 즐거움에 나도 참여할 수 있는가. 그것을 따지는 것이 독자가 자기의 욕망을 드러내는 양식이다. 그 질문은 이 세계가 살만한 세계인가, 이 세계의 현실 원칙은 쾌락 원칙을 어떻게 억압하고 있는가라는 질문과도 같다.

　　모든 예술 중에서 소설은 가장 재미있게, 내가 사는 세계는 살만한 세계인가 아닌가를 반성하게 한다. 그러한 반성은 일상성 속에 매몰된 의식에 채찍을 가하는 것과 같다. 이 세계는 과연 살만한 세계인가, 우리는 그런 질문을 던지기 위해 소설을 읽는 것이다.

　　지난해 여름 장마가 갠 어느날 봉선사로 운허 노사를 뵈러 간 일이 있었다. 한낮이 되자 장마에 갇혔던 햇볕이 눈부시게 쏟아져 내리고 앞 개울물 소리에 어울려 숲 속에서는 매미들이 있는 대로 목청을 돋구었다.

　　아차! 이때에야 문득 생각이 난 것이다. 난초를 뜰에 내놓은 채 온 것이다. 모처럼 보인 찬란한 햇볕이 돌연 원망스러워졌다. 뜨거운 햇볕에 늘어져 있을 난초잎이 눈에 아른거려 더 지체할 수가 없었다. 허둥지둥 그 길로 돌아왔다. 아니나 다를까, 잎은 축 늘어져 있었다. 안타까워하며 샘물을 길어다 축여주고 했더니 겨우 고개를 들었다. 하지만 어딘지 생생한 기운이 빠져 버린 것 같았다.

　　나는 이때 온몸으로 그리고 마음속으로 절절히 느끼게 되었다. 집착이 괴로움인 것을. 그렇다. 나는 난초에게 너무 집착해 버린 것이다. 이 집착에서 벗어나야겠다고 결심했다. 난을 가꾸면서는 산철에도 나그네길을 떠나지 못한 채 꼼짝 못하고 말았다. 밖에 볼일이 있어 잠시 방을 비울 때면 환기가 되도록 들창문을 조금 열어 놓아야 했고, 분을 내놓은 채 나가다가 뒤미처 생각하고는 되돌아와 들여놓고 나간 적도 한두번이 아니었다. 그것은 정말 지독한 집착이었다.

　　며칠 후, 난초처럼 말이 없는 친구가 놀러왔기에 선뜻 그의 품에 분을 안겨 주었다. 비로소 나는 얽매임에서 벗어난 것이다. 날 듯 홀가분하고 허전함보다 홀가분한 마음이 앞섰다. 이때부터 나는 하루

한가지씩 버려야겠다고 스스로 다짐을 했다. 난을 통해 무소유의 의
　미 같은 걸 터득하게 됐다고나 할까.

법정, 「무소유」 중에서

　이 같은 글을 접했을 때 누구나 그 속에 몰입되는 진지성과 함께
정신적 고양과 같은 순수함을 맛보게 된다. 집착을 버리고 소유하지
않겠다고 다짐하는 지은이의 마음이 교훈적 감동을 넘어서 상승된 정
신의 세계를 보여 준다. 소유와 소비가 미덕이 된 현대 물질 문명의
사회에서 어떤 대상에 대하여 집착하지도 소유하지도 않는 수도승의
삶과 정신의 자유를 느끼게 한다. 아울러 인간을 억압하고 억압당하는
것의 정체가 무엇인가를 파악하게 하는 부정적 인식의 힘을 통해 우
리로 하여금 바른 삶과 정신의 세계가 무엇인가를 반성하게 한다. 법
정은 글을 쓰는 나의 입장, 즉 수도승의 입장에서 내가 경험한 사실을
바탕으로 거기에 삶과 세계에 어떤 태도를 표명하고 있다. 어떤 태도
를 표명한다는 점에서, 그것은 철학적 세계관을 드러내는데 그것은 무
소유의 자유와 해방이다. 이러한 경험은 한 편의 시를 통해서도 가능
하다.

　　밑뿌리야 節制 없이 뻗어 있겠지만
　　아랫도리의 두어 가닥 튼튼한 줄기가 꼬여
　　큰 둥치를 이루는 것을 보면
　　그렇다 너와 내가 자꾸 꼬여 가는 그 속에서
　　좋은 꽃들은 피어나지 않겠느냐?

송수권, 「藤꽃 아래서」 중에서

위반과 호기심으로서의 독서　　**289**

이 시는 등꽃이라는 사물의 본질을 통해서 인간 삶 속의 생명과 사랑의 의미를 노래한 작품이다. 시인은 등나무 줄기들이 서로 얽혀 있는 모습을 통해 자연처럼 서로를 포용하며 살아가는 것이 인간의 참된 삶의 의미임을 제시하고 있다. 등나무라는 사물의 본질을 통해 상징적으로 인간 삶이 어떠해야 한다는 의미를 전한다. 문학에서 시란 이처럼 사물에 숨겨져 있는 다의성을 통해 삶의 진실이나 가치를 터득하게 한다. 문학을 통해서 사물이 지닌 다양한 뜻을 발견하고 배운다는 것은 참으로 귀중한 일이다. 문학을 이해하고 터득하면서 우리들의 삶은 더욱 가치 있고 풍요롭게 나아 갈 수 있기 때문이다. 다음의 시는 정신의 고매한 경지를 잘 느끼게 해 주는 작품이다.

어느 새벽보다도 일찍이 화계사 숲속의 약수터로 오르다가 보았다.
紫色 안개에 휘감긴 아름드리 太古木들의 숙연한 全身沈點을, 한결같이 그 주변에서 무릎을 꿇고 있는 큰 바위들의 端坐를.
그때던가 어제까지도 죽었다고 생각해 오던 古木들의 출렁거리는 뿌리등치께에서 놋쇠가 부딪듯이 쩡, 하는 소리를 들은 것은
나는 걸음을 멈추고
이 겨울내내 山中에서 杜門不出하고 있는 어느 강철의 근육을 향그러운 쇠망치로 때려 깨우는 소리를 듣고 있었다.

조정권, 「수유리 시편」 전문

조정권은 정신주의 시인으로 평가되는 인물이다. 강인한 정신은 투명하다. 한없이 투명하고 한없이 견고한 정신의 경지는 「수유리 시편」뿐 아니라 조정권의 시가 추구하는 세계이다. 이 작품은 언어적 구조

물인 시를 통하여 정신적 순결성과 이미지의 명징성이 조화롭게 일치를 이룬 세계, 맑고 투명하면서 집중된 응결의 힘과 역동적이라 할 만큼 힘찬 드라마를 보여주는 빼어난 시이다. 전체 6행으로 구성된 있는 이 시는 첫 시행에서 새벽 숲 속의 약수터로 오르다 화자가 발견한 단서가 시적 발상법의 단초로 제시되어 상상력을 전개하는 구심점 역할을 한다. 그 단서는 태고목들이 가득 들어찬 산중의 풍경, 일부러 찾아가 만나야 하는 봄이 임박한 숲 속 약수터를 오르면서 어느 한 순간 자연의 생명력이 일깨우는 강렬한 감동이 직관적 통찰로 포착하고 있다. 겨울이라는 시간 혹은 계절의 상황 속에서 마침내 움트고 있는 생명 내지는 봄의 발견이다. 이것은 객관적 상황의 겨울이라는 현실적 조건에서 줄기차게 화자 자신의 순수성을 고집하는 주체의 모습이 역력하며, 그러한 자연의 모습을 자기 내면으로 치환하여 정신의 각성으로 나가는 것이라 할 수 있다.

전체적으로 이 시는 마치 한 편의 장엄한 동양화를 보는 듯하다. 산중의 "太古木"이라는 대상과 그 대상을 둘러싼 "紫色 안개" "바위들의 端坐"가 이루는 배경은 작품 내적인 구조를 역동적으로 이끄는 역할을 수행한다. 이러한 역동적인 작품 내적 구조는 생명 탄생을 위한 강인한 행위로 나타난다. 그 생명 탄생과 관련된 강인한 정신은 이 작품의 폭과 강도를 느끼게 한다. "죽었다고 생각해 오던 고목들"을 "겨울내내 山中에서 杜門不出하고 있는 강철 근육"으로 비유하면서, 그리고 그것을 소생시키는 봄기운을 "향그러운 쇠망치"로 비유하면서 봄 가운데 돋아난 새 움을 "놋쇠와 놋쇠가 부딪듯이 쩡, 하는 소리"라는 강렬하고 폭이 큰 청각적 이미지로 형상화했다. 이렇게 해서 이 시는 자연의 신비와 생명의 힘찬 드라마를 형상하고 있다. 때문에 이 작품은 강건함이나 생명 탄생의 경건함이 잘 나타난 작품으로 볼 수 있다.

이러한 강건함과 더불어 이 시를 지배하고 있는 것은 상쾌한 금속성의 청각적 이미지인 "쩡, 하는" 울림이다. 태고에 울려 퍼진 소리가 아득한 시간의 벽을 뛰어넘어 다시 재생하는 순간, 죽었다고 믿는 것 가운데 다시 생명의 움직임이 일어나는 순간, 화자의 내면에 일어난 파열음이다. 이때 시인이 추구하는 강인함은 무겁고 둔중하게 가라앉지 않고 쩡하는 소리와 함께 상승한다. 단단함은 부드러움 속에 용해되고 은거(두문불출)와 각성(때려 깨움)은 하나로 합일한다. 그래서 시 전체가 "쩡, 하는 소리"의 긴 여운에 휩싸이게 된다. 이 소리는 바로 시인의 내면을 깨우는 각성의 소리이다. 피폐하기 이를 데 없는 객관적 상황의 현실이라기보다는 그러한 조건 속에서 줄기차게 자신의 순수성을 고집하는 주체의 모습이 역력하다. 화자의 준열한 의식과 견고한 정신은 "바위"와 "쇠망치", "강철 근육" 등의 이미지가 시적 분위기와 유기적으로 결합하면서 강력한 에너지를 촉발한다.

또한 이 시를 관류하는 지배적인 정서는 황홀감이라 할 수 있다. 유한 존재로서의 인간이 무한한 우주 자연 앞에서 토하는 탄식이자 찬미가 이 시의 정조를 지배하고 있다. 장엄한 어조로 침잠하면서 무한대의 시공으로 확산하는 상상력의 급류를 방출하면서 자연의 장관을 연출하고 있다. 즉 "새벽" "紫色 안개" "숲" "古木" "바위" 등의 이미지 결합을 통해 자연의 황홀감과 그 숲에서 죽은 줄만 알았던 태고목의 부활이 주는 자연의 장엄함을 찬미하는 것이다.

산과 숲은 세속과 초월, 현실과 영원, 정신과 물질, 상승과 하강, 지상의 질서와 천상의 질서가 엇갈리는 경계를 의미한다. 산은 신화론적 우주론에서 흔히 상반되는 것들 사이의 균형을 상징하는 세계의 중심이자 축으로 나타나곤 한다. 여러 종교와 전설에서 산이 성지나 영생의 땅, 계시의 장소로 선택되는 것은 그 때문이다. 신성한 산은 한 나라, 나아가 세계의 중심이자 근원이다. 따라서 화계사 숲속의 약수터로 오르는 행위는 단순한 근육의 움직임이 아니라 우주적인 정화, 영성의 추구라는 의미를 획득한다. 즉 산을 오르는 것은 위로의 상승인 동시에 중심으로의 회귀이며 인간이 도달하고자 하는 한층 우월한 상태, 지고한 가치에로의 다가감이란 내포를 띠고 있는 것이다. 산을 오르며 듣게 되는 생명 탄생의 "쩡, 하는 소리"는 우주의 비의에 대한 깨달음, 진정한 자아의 발견과 같은 위상에 놓인 것으로서, 화자는 모든 유한한 지상적 세속적 굴레에서 벗어나 자연의 영원성을 깨닫고 있다.

산과 나무는 천상을 지향하는 수직적 존재라는 동질성을 지닌다. 우주 한가운데 자리 잡고 있는 우주목 또는 생명 나무는 하늘과 땅이 소통할 수 있도록 연결해주는 통로이자 기둥이다. 결빙의 시련을 견딘 나무의 이미지를 통해 정신의 강인한 의지적 세계를 보여준다. 간단한 몇 마디의 산문으로 끝날 수도 있는 생명 탄생의 메시지는 숲 속의 구체적인 자연들의 모습에 의한 시적 현실의 제시에 의해 성공적인 시적 공감을 획득한다. 시적 현실은 태고목, 바위 등 자연 표상이 숲이 보여주는 자족적인 자기 성취를 보여주는 것이다. 그리하여 숲에 있는 그 자연들은 그 누구에 의해 그곳에 놓여지지도 않고, 그 어떤 목적을 지향하지도 않지만, 그 스스로 충분한 생명의 발언을 행하고 있다.

문학은 언어로 된 일종의 예술이기 때문에 읽는 이로 하여금 삶의 진실과 아름다움을 전해 준다. 문학은 인간의 상상력이 만들어 낸 은유적 속성을 지니고 있기 때문에 구조화된 정서물의 내밀한 세계에 대한 이해와 감동에 도달할 때, 비로소 올바른 문학 읽기가 될 수 있을 것이다.

2. 문학 작품에서 무엇을 읽을 것인가?

문학 작품 속에서 다루어지는 것들은 특별한 제재가 아니다. 그것은 우리의 주변에서 일어나거나 볼 수 있는 평범한 일상의 것들이다. 따라서 우리가 문학 속에서 읽을 수 있는 것들은 보통의 일상적이고 주변적인 것이다. 다만 이러한 것들이 읽는 이로 하여금 공감을 자아내는 정서적 여과를 거치기 때문에 특별한 것으로 보일 뿐이다. 다음의 시는 일반적으로 여성이라면 누구나 경험한 할 수 있는 일을 통해 여성성을 부각하는 시이다.

> 여인들의 울부짖는 소리가 어찌
> 범패보다 아름답지 않습니까?
> 범패보다 더 진한 막다른 소리들이
> 관처럼 하얀 방을 자욱히 메웁니다
> 오뇌와 비원의 처절한 촉수들이
> 찢어지는 살점을 쥐고 흔듭니다

쾌락처럼 그렇게 실신하면서
나는 천지 아득히 터지는 범종소리를
들은 것 같습니다
아가의 울음소리 - 갓난동이의 첫울음소리가
문득 하나의 太盧를 울리고
신탁처럼 장렬한 핏덩이 하나가
이제 삶 속에 우뚝 섭니다
우리는 어디에서 와서 어디로 가는가 -
하얀 잠이 가득히 와서
내 육체의 모든 문을 꼭꼭 여며주고 있습니다
　　　　김승희, 「여인 등신불-세브란스 병원 분만실에서」 중에서

　성서의 창세기에 등장하는 에덴의 신화에 따르면 선악과를 따 먹은 이브는 여호아로부터 두 가지 저주스러운 운명의 신탁을 받는다. 그녀는 아담을 유혹하여 금단의 열매를 따 먹은 죄로 평생 남편을 여호아처럼 받들고 섬겨야 하는 벌과 출산의 고통을 겪어야 하는 운명을 신탁 받는다. 이 안에 새로운 역사가 실려 있다. 이 섬김에는 지배와 피지배의 관계가 성립하며, 출산의 고통에는 성과 관련하여 여성성을 규정하는 여러 조건들을 파생시켰다. 남성은 신의 대리인으로서의 자격을 획득한 것이다. 그들은 여호와와 같이 무소부재하는 존재로서 여성을 지배하게 된다. 분별이 존재하지 않는 존재론적 평등의 관계는 깨지고 마침내 남성 지배와 여성 억압의 역사가 시작된 것이다. 이와 아울러 여성이 처한 상황의 핵심적 구조들인 생산·출산·성관계, 그리고 자녀 양육이라는 역할들이 결합함으로써 여성의 지위를 확정짓게 된다. 김승희의 「여인 등신불-세브란스 병원 분만실에서」는 남성 지배

와 여성 억압의 문화 속에서 여성의 출산이 갖는 의미를 생각하게 하는 작품이다.

이 시는 생명을 잉태하고 출산하는 여인들의 고통을 찬양하는 시이다. "세브란스 병원 분만실에서"라는 부제가 달린 이 시는 매우 상징적인 암시를 준다. 화자는 분만실에서 산고를 겪는 여인을 등신불로 등가한다. 그리하여 등신불이 갖는 상징적 의미인 살신성인을 실천하는 구도와 구원의 숭고한 아름다움을 표출한다. 이러한 숭고미는 여성만이 갖는 특권인 생산의 신성성에 엄숙한 가치를 부여하는 것이다. 전체 5연으로 구성된 이 시에서 화자는 "온몸을 물어뜯으며 울부짖는" 산고의 고통을 겪고 마침내 한 생명이 탄생하는 과정을 그린다. 우선 전체적으로 보았을 때 생물학적으로 여성만이 경험할 수 있는 출산이라는 생명 탄생의 경이로움을 화자는 점층적 방식으로 전개한다. 즉 산고의 아픔을 점점 크고 깊게, 그리고 강하게 고조시켜 나가다 마침내 관 속의 죽음과도 같은 실신 끝에 한 생명이 탄생하는 "신탁처럼 장렬한" 순간의 경이로움을 효과적으로 노래한다. 이 때 "원통한 아픔"과 "짐승처럼" "온몸을 물어뜯는 울부짖는" 산고에서 "한 남자란 이제 지극히 사소한 우연에" 지나지 않으며, 여기에는 어떤 숭고하며 신성한 의미가 있음을 노래한다. 그 산고의 고통은 단지 "한 남자와 잠깐 쾌락을 같이 했다 하여" 겪는 "원통한 아픔"이 아니다. 여성이 경험하는 출산의 고통은 다름 아닌 "스님이 영혼을 구하기 위하여" "다비의 불바다 속으로 들어감과 같"은 경험이며, "하얀 도자기를 구워내기 위"한 "불가마 속에 천하무비의 큰불을" "지피는 것과 같"은 행위이다. 화자는 여성만이 경험할 수 있는 이러한 산고의 고통 뒤에 있는 생명 탄생을 범례적인 통과제의적 원형 모델을 바탕으로 형상화한다.

보통 아이를 낳는 것은 꽤 큰 고통, 즉 산고를 동반한다. 그런데 화자는 1연에서 우선 "하얀굴"이라는 원형적 이미지를 통해 생명 창조의 신성성을 상징적으로 암시한다. 즉 "울고 찢기고 흐느끼며 발광하는" 분만실을 화자는 "성스런 하얀굴"로 비유하면서 생명 탄생의 통과제의적 장소로 상승시킨다. "하얀굴"은 화자의 진술 그대로 성스러운 공간이며 탄생을 준비하는 일종의 모태로서의 공간이다. 그곳은 단군 신화에서와 같은 동굴의 이미지로 입사식이 행해지는 장소이다. 입사식은 새로운 탄생을 가져온다. 그것은 정신적 차원에서의 신비적 재생으로서 다른 존재 양식으로 이르는 길, 즉 새로운 성숙을 가져온다. 화자는 분만실의 출산이 주는 고통을 입사식으로 본다. 신성한 공간에서 통과제의적 고통을 겪는 여인을 화자는 계속해서 "스님이 영혼을 구하기 위하여/다비의 불바다 속으로 들어"가는 것과 "도자기를 구워내기 위하여/불가마 속에 천하무비의 큰불을/지피"는 신성한 제의로 비유한다. 여기에는 새로운 탄생의 신성한 의미가 깃들어 있다.

2연에서는 분만실을 '도살장'으로 비유하면서 출산의 과정에서 겪게 되는 고통을 점차 극대화한다. 산고는 '정수리' '숨골'에 도끼날이 박히는 고통이며, 그때마다 튀어오르는 "흰불의 꽃송이"는 4연에 이르면 "만다라의 꽃잎", "자비의 세례"로 종교적 법열의 세계로 승화한다. 고통의 극대화는 생명 창조 이전의 무형형과 혼돈 — 새로운 생명 창조에 필수 불가결하게 나타나는 입문병의 범례적 상징을 통해 종교적 법열의 세계, 법열의 세계로 승화되는 것을 볼 수 있다. 이러한 제의적 상징은 마지막 연의 '관'의 상징적 의미에서도 드러난다.

마지막 연에 이르면 산고의 아픔은 극점에 달한다. 그리하여 마침내 한 생명이 탄생하는 "신탁처럼 장렬한" 장면을 노래한다. 보통 입문식은 새로운 탄생을 전제한다. 새로운 생명 탄생의 입문식은 의사 죽음의 형태 혹은 원초적 공허의 세계로 돌아가는 범례적 모델을 갖는다. 이러한 범례를 따라 마침내 '관' 속에 "실신하면서 太虛를 울리는 범종소리를", 아가의 "첫 울음소리를" 듣는다. 화자는 원조적 공허, 원초적 시공에 마침내 울리는 "범종소리"로 비유된 아가의 "첫울음소리", 생명 탄생의 장엄한 순간을 맞이한다.

남성에 의한 여성의 억압은 여성의 생물학적 특성인 생산·출산·성관계, 자녀 양육이라는 역할이 복합적으로 결합함으로써 만들어진다고 흔히 말한다. 그러나 이 시에서 화자는 여성만이 지닌 이런 생물학적 특성을 여자의 극진한 아름다움으로 비유한다. 즉 진정한 여자의 아름다움은 무엇보다도 여성만이 지닌 생산성에 있다는 것이다. 여자가 한 생명을 잉태하고, 그 생명을 세상에 내어놓을 때, 여자만의 찬연한 미덕이 극에 달한다. 그래서 이 시는 전체적으로 '분만실에서' 산고의 고통을 끝내 참아내고 아이를 출산하는 여인을 살신성인의 경지를 실천하는 '등신불'로 찬양한다.

남성과 여성의 성관계에서 오는 필연적 결과인 임신과 출산의 고통은 여성만이 떠맡아야 한다. 이러한 생물학적 특성 때문에 여성은 역사 이래 남성 지배, 여성 예속의 사회적 억압이 뒤따르게 되었다. 그러나 화자는 성차를 부정적으로 생각한 자유주의 혹은 급진적 여성해방론자들과는 달리 차이를 긍정적 시선으로 인식한다. 화자는 남/녀를 이분법으로 나누어 남성을 싸움의 대상으로 삼지 않고, 그보다는 남성과 다른 여성의 차이를 긍정적으로 받아들여 여성이 여성이고자 하는 의지를 담아내고 있다. 다시 말해 여성의 여성성을 적극적으로 이상화한다. 이렇게 일상적 경험을 형상화한 작품을 통해 여성주의적 내용을 읽을 수도 있다.

그렇다면 우리와 친근한 삶의 문제를 다룬 문학 속에서 무엇을 읽을 수 있는가? 주지하다시피 교훈과 재미 혹은 즐거움은 문학의 목적이나 기능을 논하는 마당에서 빠질 수 없는 중요한 요소이다. 「삼국지」가 친근하게 읽히고, 「춘향전」이 끊임없이 읽히는 것은 이들이 인간의 삶을 다루되 교훈과 재미를 주기 때문이다. 그런데 지나치게 재미만을 추구하면 일련의 상업 소설에서 보듯이 교훈을 얻기 어렵고, 한편 교훈적인 것만을 좇다 보면 문학 읽기가 어렵고 따분해지기 마련이다. 그래서 좋은 문학 작품은 교훈과 더불어 적절한 쾌락적 감동을 수반해야 한다.

우리는 어렸을 때 어머니나 할머니께서 들려주시던 옛날 이야기나 동화의 음성을 기억할 수 있다. 특히 잠들 녘이 되면 나지막한 목소리로 콩쥐와 팥쥐, 흥부와 놀부, 소가 되어버린 게으름뱅이 농부의 이야기를 잠들 때까지 계속 하신다. 그때 우리가 느낀 공포와 아픔, 고통을 생생히 기억할 수 있다. 그러나 그 아픔과 고통 밑에 깔린 나직한 목소리가 주는 쾌감을 우리는 얼마나 즐겼던가. 무서워하기 위해서가 아니라 즐기기 위해서 우리는 이야기를 듣는다.

그 즐거움 속에는 동시에 우리는 해야 될 것에 대한 의무감과 해서는 안 될 것에 대한 공포감을 느끼게 된다. 이처럼 문학 작품을 읽는 것은 억압 없는 쾌락을 우리에게 준다. 그러면서 읽는 이에게 반성을 요구하며, 인간을 억압하는 것과 맞설 것을 요구한다. 인간은 이런 아픔을 당할 수도 있다. 그러니 그것을 안 당하도록 해야 한다. 인간은 이래야 행복하다. 그러니 그렇게 해야 한다라고 느끼게 한다. 이와 같이 문학 작품을 통해서 인생의 가치와 교훈을 발견하는 것보다 보람 있는 일은 흔치 않다. 인생의 가치와 교훈을 발견한다는 것은 곧 대상을 통해 자기를 깨우치는 일이다. 문학은 우리에게 자신을 깨우치도록 반성과 성찰의 길로 인도한다.

> 죽는 날까지 하늘을 우러러
> 한 점 부끄럼이 없기를
> 잎새에 이는 바람에도
> 나는 괴로와 했다.
> 별을 노래하는 마음으로
> 모든 죽어 가는 것을 사랑해야지
> 그리고 나한테 주어진 길을
> 걸어 가야겠다.
>
> 오늘 밤에도 별이 바람에 스치운다.
> 윤동주, 「서시」 전문

위 작품은 시인이 '죽어가는 것'에 대하여 사랑하고자 애쓰며 고통스러워 하는 모습을 보여주는 시이다. 이 작품은 우리들에게 존재하는 것에 대한 사랑과 자기반성의 계기를 마련해 준다. 이와 같이 문학에서는 대상을 통해 자아를 발견하고 자기를 깨우치는 교훈적 가치가 중요한 바탕이 되고 있다. 우리 선조들의 글에서도 이러한 면모는 잘 드러난다.

> "마술의 술법으로 온갖 변화를 부려 사람들을 속인다 해도 이는 두려울 게 없는 겁니다. 그러나 세상에는 정말 두려운 속임수도 있으니, 큰 간신이 충성스러운 체 하는 것과 별볼일 없는 향원(鄕愿)이 덕이 있는 체 하는 것입니다."
> 내가 말했다.
> "호광(胡廣)이 여섯 임금을 섬길 수 있었던 것은 중용의 덕으로 눈가림한 것이고, 풍도(馮道)가 다섯 임금을 섬긴 것은 명철로 눈가림한 것입니다. 그러고 보면 웃음 속에 칼을 숨기는 것이 입으로 직접 칼을 삼키는 마술보다 더 무서운 일이 아닐까요?"
> 하고는 다같이 한바탕 웃고 자리에서 일어났다.
> 박지원, 「환희기 후지(幻戱記 後識)」

마술에 빗대어서 인간의 삶의 자세를 일깨우는 이러한 깨우침은 비단 연암의 글에서만 발견되는 것은 아니다. 고등학교 때 배웠던 이곡의「차마설」이나 이규보의 「슬견설」 등이 모두 대상을 통해 자기를 깨우쳐 깨달음에 이르게 하는 것을 주된 목적으로 삼았다. 그러나 문학에서 대상을 통해 자기를 깨우치는 깨달음만이 우리가 얻을 수 있는 전부는 아니다. 그렇다면 문학은 지나치게 경건하거나 도덕 교과서와 같은 것이 되어 버려 이완의 즐거움보다는 긴장의 고통을 주는 것쯤으로 생각될지도 모를 일이다. 문학에서 아름다움을 발견하는 일 또한 깨달음을 얻는 것만큼 가치가 있다.

가야 할 때가 언제인가를
분명히 알고
있는 이의 뒷모습은 얼마나 아름다운가.

봄 한철
격정을 인내한
나의 사랑은 지고 있다.
       …<중략>…
나의 청춘은 꽃답게 죽는다.
헤어지자 섬세한 손길을 흔들며
하롱하롱 꽃잎이 지는 어느 날

나의 사랑 나의 결별
샘터에 물고이듯 성숙하는
내 영혼의 슬픈 눈.
　　　　　이형기, 「낙화」 중에서

　이와 같은 한 편의 시는 잘 짜여진 언어를 통해 읽는 사람에게 아름다운 감동을 선사한다. 각박한 현대 사회에서 시 한 편을 읽고 정서적 순화, 일종의 카타르시스와 같은 것을 느꼈다면 문학에서 얻을 수 있는 최선의 것을 얻었다고 볼 수 있다. 왜냐하면 인간에게 미적 감동을 통해 정서적 울림을 줄 수 있는 것은 흔치 않기 때문이다. 학창 시절 「젊은 베르테르의 슬픔」이나 「개선문」과 같은 소설을 읽고 미적 감동을 맛보았다면 문학에서 얻을 수 있는 중요한 것을 얻은 것이다. 즉 아름다운 힘과 같은 것을 통해 자기 고양과 더불어 스스로가 순화되는 순수를 접해 보았다고 할 수 있다. 뿐만 아니라 문학에서 무엇을 얻을 수 있는가는 무수히 많다. 문학은 본래 다의성을 본질로 하는 것이기 때문에 다양한 시각에서 해석이 가능하며 무지개처럼 다채로운 빛깔을 지니고 있기 때문이다.

> 포졸 1 : 어딜 갔나?
> 포졸 2 : 분명하겠지?
> 마사 1 : 예, 경기를, 일으켜서, 간밤에-
> 포졸 3 : 흠.
> 마사 1 : 산에, 가져다, 묻고 오는, 길이라더군요.
> 마사 2 : 저것 보게, 저기.
> 사람들 : 아니, 저-- 세 식구가 말을 타고 하늘로 올라가는군. 가거든 옥황상제께 여쭤주게. 우리 마을에 다시는 장수를 보내지 맙시라구.
>
> (사람들이 한 마디씩 하자, 하늘에서)
>
> 하늘에서 : 우리 애기
>   착한 애기……
>
> ……<중략>……
>
> 하늘에서 : ……보채면서
>   자란 애기
>   흉년 들면……
> 사람들 : 훠어이 훠이, 다시는 오지 말아, 훠어이 훠이.
> (점점 신명이 난 하늘과 땅이 서로 주고받는 사이에, 천천히)
> 최인훈, 「옛날옛적에 훠어이 훠이」 중에서

마지막 부분에서 결말을 열어두고 독자의 상상에 맡기는 이 작품은 아기 장수 설화를 소재로 한 희곡이다. 아기 장수가 승천할 때 다시는 우리 마을에 나타나지 말라고 민중들이 외치는 마지막 대목은 반메시아적인 민중 의식을 드러내는 듯하다. 그러나 한편 작품 전체 줄거리와 맞물려 생각해 보면 상황은 달라진다. 아기 장수가 어머니와 자신을 죽인 아버지마저 함께 모시고 하늘로 승천하는 내용은 마치 예수가 부활을 통해 용서와 화해를 보여주듯이 새로운 재생을 통해 세상과의 화해를 보여 주는 메시아적 작가 의식을 드러낸 것으로 이해될 수도 있다. 이는 곧 문학이 다의적이어서 얼마든지 다양한 해석이 가능할 수 있음을 보여 주는 하나의 예이다.

문학이 다의성을 지닌 점에서 보더라도 굳이 문학 작품을 읽으면서 정답 찾기에 골몰할 필요는 없다. 자기 식의 안목으로 작품을 읽어보고 자기만의 관점에서 작품 해석의 통찰력을 기르는 것은 우리들의 사고의 폭을 넓히고 창의력을 키우는데 크게 도움을 줄 수 있다. 그렇기 때문에 문학에서 무엇을 의도적으로 얻으려고 하지 않아도 책을 많이 읽은 사람은 문제 의식과 비판 정신을 자연스럽게 얻을 수 있는 것이다.

3. 문학 작품을 어떻게 읽을 것인가?

문학 작품을 읽는 데 있어서 읽는 방법이 특별히 존재하는 것은 아니다. 다만 우리가 일찍부터 배워 왔던 구태의연한 해석 방법은 문학의 이해와 감동에 기여하는 바가 없음을 명심할 필요가 있다. 소설의 구성 단계 아니면 문학사의 시대 구분 같은 따위는 문학에 관한 분류적 지식을 줄지언정 문학을 잘 읽을 수 있는 방법을 제시해 주지는 못한다.

> 경덕왕대에 강주의 선사 수십인이 뜻을 서방에 구하여 주경(州境)에 미타사를 창건하고 만일(萬日)을 하여 계를 하였다. 때에 아간귀진가에 욱면이라 하는 한 비자가 있어 그 주인을 따라 절에 와서 마당 가운데에 서서 중을 따라 염불하였다. 주인은 그가 일을 잘하지 아니함을 미워하여 매양 곡식 이석을 주어 하루 저녁에 찧게 하였는데 비가 초저녁에 다 찧고 절에 와서 염불하여 밤낮으로 게을리 하지 아니하였다. 뜰 좌우에 긴 말뚝을 세우고 두 손바닥을 뚫어 노끈으로 꿰어 말뚝에 매이고 합장하여 좌우로 흔들며 스스로 격려하였다. 때에 공중에서 부르기를 욱면랑은 당에 들어가 염불하라 하였다. 사중(寺衆)이 듣고 비를 권하여 당에 들어가 예에 따라 정진하게 하였다. 얼마 아니하여 천락(天樂)이 서쪽에서 들려 오더니 비가 솟아 옥량을 뚫고 나가 서행하여 교외에 이르러 육신을 버리고 진신으로 변하여 연대에 앉아 대광명을 발하면서 천천히 가버리니 공중에서 악성이 그치지 아니 하였다.
>
> 일연, 「삼국유사」 중에서

혹자는 이와 같이 종교성 짙은 이야기에서 그것이 사실이냐 아니냐를 따지기도 한다. 그러나 설화나 현대 소설이나 모두 허구성을 바탕으로 한다는 점에 주목할 필요가 있다. 여기서 이야기의 내용이 사실이냐 아니냐를 따지는 것은 아무런 의미가 없다. 문학의 본질이 허구적이라는 것을 감안한다면 넉넉한 이해의 마음을 가지고 작품을 바라

볼 수 있어야 그 이야기의 의미가 감동으로 다가올 수 있다. 문제는 이야기가 의미하는 것을 음미하는 데에 있다. 문학은 상상력의 산물이므로 무한한 상상력을 가지고 작품을 읽을 때 우리들의 창의력도 배양될 수 있다.

문학 작품을 이해하면서 읽으려고 할 때 무턱대고 읽기보다는 작품을 꼼꼼히 읽는 방법을 시도해 보는 것도 바람직하다. 작품 속의 숨은 의미를 찾아 그 의미를 알아차리는 것은 읽는 이의 몫이다. 그렇게 하기 위해서는 문학 작품이 지닌 표현 방법이나 작품의 질서를 고려하면서 읽어야 한다.

모든 문학 작품은 형상으로서의 나타난 의미와 함께 인식으로서의 숨은 의미도 존재한다. 따라서 형상으로서의 나타난 의미와 인식으로서의 숨은 의미를 함께 알아차릴 수 있을 때 문학 작품으로서의 온전한 의미를 파악할 수 있다. 예를 들어 비유나 상징, 역설, 반어 같은 것들은 모두 형상으로서의 나타난 의미와 인식으로서의 숨은 의미를 특수화한 표현 방법들이다.

> "여봐라 사령들아. 네의 원전에 여쭈어라. 먼 데 있는 걸인이 좋은 잔치에 당하였으니 주효 좀 얻어먹자고 여쭈어라."
> 저 사령 거동 보소.
> "어느 양반이관대, 우리 안전님 걸인 혼금하니 그런 말은 내도 마오."
> 등 밀쳐내니 어찌 아니 명관인가. 운봉이 그 거동을 보고 본관에게 청하는 말이
> "저 걸인의 의관은 남루하나 양반의 후예인 듯하니, 말석에 앉히고 술잔이나 먹여 보냄이 어떠하뇨?"
> 본관 하는 말이

"운봉 소견대로 하오마는……."

하니 '마는' 소리 훗입맛이 사납겠다. 어사 속으로, '오냐, 도적질은 내가 하마. 오라는 네가 져라.'

완판본, 「열녀춘향수절가」 중에서

서술자가 인물과 사건에 개입하면서 '어찌 아니 명관인가'라고 논평하는 구절은 실상 비꼬는 뜻을 담은 반어적 표현이다. 이와 같이 나타난 의미와 숨은 의미의 모순적 통일을 알아차릴 때 독자는 비로소 문학 작품이 지닌 긴장감과 설득력에 한발 다가 설 수 있다.

시에서 흔히 발견되는 역설적 표현도 마찬가지다. 역설은 겉으로 보기에 분명히 모순되고 부조리하지만 표면적 진술을 떠나 자세히 생각해 보면 깊은 진실을 담고 있다. 시는 말하고자 하는 내용을 직접 드러내지 않고 의도적으로 우회하는 언어 양식이다. 어떤 사물이나 체험을 구체적으로 환기시키기 위하여 시인은 단순 명료한 해설을 준비하는 것이 아니라 오히려 애매모호한 언어의 집합을 마련한다. 시인은 좀처럼 정곡을 찔러 말하지 않고 이리 저리 돌려 말하거나, 아예 생략해 버리거나 일상적 어법을 벗어난 엉뚱한 표현을 함으로써 독자들의 즉각적인 이해를 지연시키는 것이 특징이다. 그러나 이러한 특징은 사물이나 체험의 구체적 질감을 보다 선명하게 전달하기 위한 언어적 작업이다. 그렇게 함으로써 사물의 구체적 실감을 더욱 효과적으로 전달하는 것이 바로 시의 독특한 힘이다.

은피라미떼
은피라미떼처럼 반짝이는

　　아침풀벌레 소리
　　　　김종길, 「여울」 중에서

　이 시는 일상 언어가 지향하는 단순화와 일반화의 지시 기능을 거부하고 일상 언어의 규범으로부터 일탈해 있다. 여기에서 "풀벌레 소리"가 "은피라미떼처럼 반짝"인다는 진술은 일상 언어 규범에 맞지 않는다. 일상 언어에서는 소리가 반짝일 수 없다. 일상 언어 규범의 일탈로 인해 독자들은 주의를 집중하고 왜 어법을 어기면서까지 이렇게 표현했는가를 곰곰이 생각하게 된다. 즉 습관적 언어 행위를 거부하고 "은피라미떼처럼 반짝이는" 소리가 어떤 것일까를 음미해 본다. 그것은 맑고 상쾌한 아침 풀벌레 소리를 매우 선명한 구체적 감각으로 전달해 준다. 여기에서 은피라미떼는 은피라미떼로, 풀벌레 소리는 풀벌레 소리대로 생명감 있는 구체적 사물로 되살아난다. 일상 언어 규범에 대한 일탈을 통하여 단순화를 거부하고 독자의 이해를 지연시키는 기법을 쓰고 있다.

　　일체 말이 없다
　　벌써 6개월째 거시기 같지 않은 거시기만이 들어온다
　　나가 달라고 애원한다 그러나
　　<누에일보>와 싸워보겠느냐고 으름짱이다
　　신문 안 볼 理由를 달라고 외치고 싶다 그러나
　　외쳐지지 않는다
　　　　　　　　　　박남철, 「잠실통신」 중에서

　위의 시는 잘못된 표현을 통한 돌려 말하기로 시적 의도를 드러내는 작품이다. 이 시의 내용은 우리가 흔히 경험한 일이다. 신문으로서의 역할을 제대로 하지도 못하는 신문이기에 보지 않으려 해도 신문 배달부들은 발행 부수 경쟁 때문에 구독자의 의향에 관계없이 무조건 신문을 배달하던 시절이 있었다. 웬만한 집에서는 신문 배달부의 무작정 배달 때문에 골치를 앓은 적이 한번쯤은 있었을 것이다. 그때의 짜증스런 심경이 이 시에서 절묘하게 표현되어 있다.

　일체 말이 없다는 뜻은 주인의 허락을 받지도 않고 신문이 들어오고 있다는 의미도 되고 또 신문 내용 자체가 벙어리와 다름없다는 의미도 된다. 그래서 2행에서 신문이란 단어 대신에 '거시기'라는 야유 투의 부정 대명사를 썼다. 즉 신문도 아니라는 뜻이다. 3행과 4행은 주객전도의 상황을 말을 바꾸어 씀으로써 표출하고 있다. 정상적인 상황은 배달부가 보아 달라고 사정하고 주인이 절대 볼 수 없다고 으름짱을 놓아야 한다. 그러나 여기에서는 주인이 애원하고 배달부가 으름짱을 놓는다고 말을 바꾸어 놓았다. 주인의 입장에서는 신문 안 볼 '자유'일 테고 배달부의 입장에서는 "그냥 보시라는 데 안 볼 '이유'가 없지 않겠느냐" 라는 뜻의 야유일 것이다. 그런데 여기서는 자유와 이유를 바꾸어, 주인인 사람이 신문 안 볼 이유를 달라고 하소연한다. 이 시에서는 생략되었지만 배달부가 "신문을 넣을 자유를 왜 박탈하느냐"고 큰 소리 치는 것을 "신문 안 볼 이유"에서 상상할 수 있다. 이처럼 부적절한 어휘를 사용하여 그 상황을 더욱 적절하게 전달하고 있다.

　　태양을 의논하는 거룩한 이야기는
　　항상 태양을 등진 곳에서만 비롯하였다.

… 중략 …
다시 우러러보는 이 하늘에
겨울밤 달이 아직도 차거니
오는 봄엔 분수처럼 쏟아지는 태양을 안고
그 어느 언덕 꽃덤불에 아늑히 안겨보리라.

신석정, 「꽃덤불」 중에서

신석정 시인을 가리켜 흔히 전원 시인, 목가 시인, 혹은 참여 시인이라 하는데, <꽃덤불>은 이러한 분류 가운데 참여적 의식을 드러내는 한국 전쟁을 전후로 하여 쓰여진 작품이다. 민족 역사의 그늘진 사회 현실을 취재하여 36년이란 일제 강점기 동안 잃어버린 민족의 정체성 회복 의지를 그리고 있는 작품으로 평가할 수 있는 작품이다.

우선 제목을 살펴보면 시적 대상으로서의 "꽃덤불"이 상징적으로 사용되고 있음을 알 수 있다. 문학 작품에서 소재로 사용되는 식물은 매우 다양하게 나타나는데, 그 가운데 꽃의 이미지도 다양한 상징성을 내포하고 있다. 꽃이 피고 지는 것에서 우리는 다양한 감정을 유발하는데, 피는 꽃에서는 가능성, 희망 등 생명의 화해로운 이미지를, 지는 꽃에서는 생명의 무상과 덧없음의 이미지를 느낄 수 있다. 이 시에서는 후자보다는 전자의 이미지로 작용하고 있음을 알 수 있다. 군집을 이룬 "꽃덤불"이 주는 포근하고 조화로운 이미지의 표상을 통해 사랑의 화해와 소망을 압축적으로 표상하고 있다. 이는 본문을 읽어나가면서 "태양"과 "달", "겨울밤"과 "봄"이라는 상반된 이미지의 대립을 통해 화해와 사랑의 가능성·희망을 담아내는 의미로 구체화되고 있음을 알 수 있다.

첫 연을 탐색해 보면 이 시의 모티프를 발견할 수 있다. "태양을 의논하는 거룩한 이야기는 / 항상 태양을 등진 곳에서만 비롯"한다는 진술에서 우리는 불타는 둥근 원인 "태양"이 상징하는 빛과 불, 생명의 충일이 "태양을 등진" 어둠에서 인식된다는 상반되는 역설적 의미를 통해 어떤 희망을 노래할 것임을 짐작할 수 있다. 이것은 이 시에서 구조적으로 "태양 - 봄 - 꽃덤불"로 전이되는 상관되는 이미지 변화에 의해서 불과 빛, 생명으로의 긍정적 의미의 상승 효과를 내고 있다. "꽃덤불"이라는 제목이 주는 의미 자질과 첫 연의 이러한 모티베이션은 이 시를 주제 의식과 포괄적인 연관을 이루면서 도입부의 서두 부분의 역할을 수행하고 있다.

둘째 연에 이르면 첫 연에서 제시된 역설적 의미가 구체적으로 드러난다. "달빛이 흡사 비오듯 쏟아지는 밤"의 "헐어진 성터"란 암담한 현실 인식에서 형성된 상징 이미지다. 이러한 역사 현실에서는 삶의 안정이 없고 다만 소외되고 불안정한 인간들의 방황이 있을 뿐이다. 그러나 방황의 고뇌 속에서도 그 아픔을 견디며 "오롯한 태양"을 염원한다. "달빛"과 대조적으로 제시되어 있는 "태양"은 현실의 어둠과 고난을 극복하기 위하여 열렬히 희구하는 기다림과 부성의 존재, 즉 시적 화자가 추구하는 절대적 가치이다. 이런 화자의 인식은 "가슴을 쥐어뜯지 않았느냐?"는 설의적 방법으로 의미 전달 내지 공감 영역의 확대를 이루고 있다. 이 점에서 "태양"은 현실 의식이 투영된 역사 의식의 등가물이라 할 수 있을 것이다.

셋째 연에 이르면 둘째 연의 "달빛이 비오듯 쏟아지는 밤"이라는 암담한 역사 현실이라는 비운 속에서 민족의 정체성 내지는 동일성의 상실을 진술하고 있다. 36년 동안에 겪어야 했던 나라 잃은 민족의 아픔과 비극을 "그러는 동안에"를 반복함으로써 점층적으로 그려내고 있다. "그러는 동안"이 지루하게 반복되면서 민족적 정체성을 잃게 되는 이웃들의 아픔도 늘어나고, 따라서 "태양"을 기다리는 염원의 마음 또한 간절해진다. 즉 반복과 중첩의 진술을 통해 상실의 의미를 강화와 점층하는 효과를 자아내고 있다. 또한 구조적으로 문법적 병행과 반복이 전경화되어 이 시의 분위기와 정조를 비감하고 절박한 정서를 불러일으키는 기능을 하고 있다.

그러나 마지막 연에 이르면 비록 해방이 되었으나 현실은 달이 차가운 "겨울밤"이다. 시적 화자가 처한 현실적 상황은 비록 해방이 되었으나 "겨울밤 달이 아직도" 차갑기만 하다. 그런 상황 속에서 시적 자아는 "분수처럼 쏟아지는 태양을 안고" "꽃덤불에 아늑히 안"길 수 있는 진정한 새봄을 기다린다. 여기에는 "헐어진 성터를 헤매이면서" 함께 태양을 기다리던 '우리(민족)'의 관계가 회복되기를 바라는 의지가 표현되어 있다. 봄언덕 꽃들이 서로 엉키고 껴안은 꽃덤불에, 달빛이 쏟아지는 밤의 흩어진 성터를 방황하던 '우리'가 함께 아늑히 안기기를 염원하는 다소 직접적인 진술의 결구를 통해 이 시의 주제 의식 혹은 의미 구조를 완결짓는다. 즉 꽃덤불은 함께 어우러져 살아야 하는 '우리'를 상징적으로 표현한 것이라 할 수 있다. 그리고 이 기다림의 염원과 의지에서 시적 화자의 변함없는 심지의 정신을 엿보게 한다. 이러한 희망과 기다림의 의지적 정신은 한국 서정시의 한 관류로 흐르는 소멸 의식, 불귀의식을 극복하고 소망의 등가물인 '태양', '봄'을 매체로 한 적극적인 의식을 창출한 것이 돋보인다.

　이렇듯 문학 작품을 읽을 때, 작품의 표현들을 유심히 주목하면 작품의 심화된 의미나 그 파장을 밀도 있게 파악하고 느낄 수 있다. 또한 작품의 내면적 질서를 따져 읽어보는 것도 의미 있다. 문학 작품은 그 자체로서 완결된 것은 아니다. 그것은 수용자인 독자가 받아들이는 과정에서 비로소 그 의미가 실현되고 확인된다. 어떤 문학 작품의 역사적인 생명도 독자의 적극적인 참여 없이는 생각할 수 없다. 그렇기 때문에 우리는 단순히 받아들이는 데서 그칠 것이 아니라 비판적인 이해로, 수동적인 입장에서 능동적인 수용으로, 공인된 규범에서 그것을 능가하는 새로운 창조를 위해 변화가 일어날 수 있도록 노력해야 한다.

'시정신'에 대한 성찰, 그 '높이'와 '깊이'

시인들은 삶의 고통과 시적 창조의 고통을 동시에 짐 지고 살아간다.
그러나 그러한 사실은 시인들에게 역설로 작용한다.
바로 그 고통을 시인들은 기쁨이자 영광으로 받아들여야 하는 까닭이다.
— 「정신의 높이와 영혼의 깊이」에서

김완하의 세 번째 비평집 『한국 현대시와 시정신』을 읽고 금강삼매 (金剛三昧)에 대해 생각한다. 책을 받아들고 저자의 의중에 있는 '시정신'은 과연 무엇을 말하는 것일까 잠시 고민하다 「정신의 높이와 영혼의 깊이」를 읽고 떠올린 생각이다. 수도자가 일체의 번뇌와 미혹을 떨쳐버리고 구경(究竟)의 단계에 이른 상태, 아마도 저자가 말하는 표제의 '시정신'은 금강석의 비유가 아닐까 짐작해 보았다. 금강석처럼 투명하고 견고하며 또한 예리하고 어둠 속에서 강렬한 빛을 내뿜는 정신의 세계, 이것이 평소에 저자가 시인이며 비평가로서, 아니 문학을 떠나 그의 삶이 지향하고 추구하는 정신의 세계가 아닐까 짚어 보았다. 투명하고 견고하며 어둠 속에서 빛을 발하는 정신의 높고 깊으며 넓은 경지는 저자가 시인이며 비평가로서 삶과 문학을 대하는 태도이며, 이것이 응축된 것이 그가 말하는 표제의 '시정신'이 아닐까 생각한다.

저자는 세 권의 시집을 낸 시인이며 이미 두 권의 비평집을 낸 비평가이고 문학을 가르치고 연구하는 연구자이다. 그런 만큼 『한국 현대시와 시정신』은 한국 현대시의 내면에 흐르는 시정신의 지형도를 때로는 비평가 때로는 연구자의 눈으로, 혹은 시인의 영혼과 섬세한 촉수의 더듬이로 살펴 한국 현대시가 간직하고 있는 시정신의 '높이'와 '깊이'를 탐사한다. 저자가 서문에서 밝히고 있듯이 "시정신의 소중함은 단순히 개인의 시에 대한 관심과 열정 그 이상을 필요"로 하며, 그러한 까닭에 저자가 주간으로 있는 계간 『시와 정신』을 그러한 경향의 모토로 메가폰을 잡고 만든다는 언급의 연장선에 이 책이 놓여 있다. 이러한 문맥에서 이 책은 시인이면서 비평가, 그리고 시 전문 계간지의 주간으로 활동하며 그가 갖고 있는 삶과 문학에 대한 관심의 일단을 훔쳐볼 수 있게 해준다.

저자가 지니고 있는 시정신에 대한 의식은 이 책의 마지막 4부를 구성하고 있는 글 가운데 「정신의 높이와 영혼의 깊이」나 「위대한 시정신」과 같은 비평문에 잘 나타나 있다. 가령 "시인들은 고통스런 세계로부터 상상력의 두레박으로 길어 올린 시의 정신을 펼쳐내기 위해서 '피를 잉크 삼아'(blood in ink) 쓰고" 또 쓰며, "대량복제의 규격화된 사회에서도 자신만의 내밀한 공간에 촛불을 밝히고” “‘백지의 공포’와 싸우는” 존재이다. 글쓰기의 괴로움을 말하는 말라르메의 싯귀, “텅 빈 백지 위에 쏟아지는 램프의 황량한 불빛”, 그 순결하고 완강한 처녀성과 맞선 시인의 고뇌와 번민, 그리고 이러한 개인적 차원의 고뇌와 번민과 고통을 넘어서 “생명이 생명답게 발휘될 수 있도록” 어둠의 현실 속에서 “꿈의 세계를 그려 보여주”어야 한다는 문학의 책무를 저자는 강조하는 것이다. 시인들이 이렇게 ‘백지의 공포’와 맞서 고통을 기꺼이 받아들이며 시를 쓰는 이유를 저자는 다음과 같이 밝히고 있다.

시인들은 자신의 절망과 어둠을 넘어서는 용기와 결단을 통해서 이 세계의 절망이나 어둠과 대결하는 지혜를 보여주어야 한다. 그리하여 시인들은 한 시대의 빛과 어둠을 동시에 인식하며 그것들 사이의 조화를 꾀하며 새로운 세계로 도약해 가려는 꿈과 의지를 펼쳐 보여주는 것이다.

여기에 저자가 추구하는 시정신의 높이와 깊이에 대한 성찰이 깃들어 있다. 지극히 당연한 시정신의 요건을 언급하고 있는 값진 목소리로 들린다. 그것은 “미래에 대한 전망이 부재하는 불확정성의 시대, 인간에 대한 신뢰가 극도로 상실되어 가는 세계 속에서도 새로운 시적 가치를 추구하며 꿈의 세계를 펼쳐 보”여야 한다는 인식으로 시인이자 비평가로서 저자가 지향하고 추구하는 시관(詩觀)의 지형을 가늠할 수 있다. 시에 대한 이와 같은 그의 입장은 저자가 연구자이면서 비평가일 뿐 아니라 동시에 시인이라는 역할을 동시에 수행하면서 깨달은 그만의 ‘시정신’이 아닐까 싶다. 저자는 이와 같이 그가 생각하는 '시정신'이라는 프리즘으로 한국 현대시가 함유하고 있는 정신적 세계의 지형을 탐사하고 한국 현대시에 깃든 정신의 높이와 깊이, 아울러 넓이를 측량하고 그것을 오버랩하여 보여준다.

이 책은 전체 4부로 구성되어 있는데, 편의상 마지막 4부의 글을 먼저 언급한 꼴이 되었다. 그것은 저자의 의식을 가장 잘 엿볼 수 있는 까닭에서이다. 책의 구성상 앞에서 논의해 온 여러 갈래의 단편들 속에 산포된 '시정신'을 압축적으로, 그리고 저자의 연구자로서의 문학관과 평자로서의 비평관, 그리고 시인으로서의 시안(詩眼)이 명료하게 잘 드러나 있는 글들로 채워져 있기 때문이기도 하다.

1부에서는 「시의 해석」, 「시와 역설」, 「시와 자연」, 「시와 담화」 등 네 가지 주제로 개별 작품들을 분석하여 논구한다. 이 자리에서는 저자가 시를 연구하고 가르치는 연구자로서의 태도가 잘 드러나 있다. 여기에서 저자는 네 가지 주제를 바탕으로 시가 지니고 있는 일반적인 특성을 세밀하게 고구한다. 예를 든다면 시의 수용과 해석, 그리고 시의 교육이라는 문제를 다루는 「시와 해석」에서는 독자반응이론이라는 수용미학의 관점에 서서 문학교육의 방법과 올바른 시작품의 해석을 모색하는 부분이 그러하며, 시 텍스트를 시인과 독자, 그리고 그들 사이에 오가는 메시지를 초점화한 '언어학적 소통구조'로 보고 시인과 작품과 독자 사이의 '대화성'을 강조하는 「시와 담화」에서 다루는 내용이 그러하다.

그리고 1부를 구성하고 있는 다른 글들에서 시와 역설·자연이 함축적으로 관계하고 있는 맥락이나 특성을 구체적인 이론적 입장을 견지하면서 분석적으로 꼼꼼히 따지고 있는 부분에서도 연구자로서의 성향을 유감없이 보여준다. 매우 세밀하고 차분하게 전개되는 저자의 견해는 개별 작품에 대한 섬세한 배려와 분석으로 각각의 시가 지니고 있는 고유한 의미와 호흡에 맞는 독법으로 빛나는 것이다. 저자는 각각의 개별 작품에서 받은 주관적 감동을 비평적 자의식을 개입시키며 유효하고 타당한 해석의 논리로 치환하여 시의 덕목을 조명하고, 이에 미적 준거의 틀을 부여하는 점이야말로 1부의 특징이면서 동시에 이 책이 지닌 특장이다.

1부에 구성되어 있는 그들 가운데 필자가 가장 관심 있고 흥미 있게 읽은 글은 '자연과 현대인의 관계를 소외'의 관점에서 바라보면서, 현대시에 나타나는 '자연으로부터 인간 소외의 양상'을 조명한 「시와 자연」이다. 신을 배반한 현대인은 모두 실향민이라는 소외와 상실, 파괴의 차원에서 시에 생태 환경의 문제가 어떠한 시각으로 수용되고 있는지에 기존의 비평적 관심이 모아져 있었다면, 저자는 이러한 문제를 포괄하여 현대시의 통시적 흐름 속에서 파악한 점이 독특하다. 그러면서 이와 관련하여 생태주의 시학의 논의의 방향을 제시하면서, 인간과 자연과의 관계도 "물질 대상으로서 자연뿐만 아니라 존재 자체의 문제, 근원적인 세계로서의 문제" 등 복잡하게 연관되어 있는 관계를 정확하게 인식하고 실상을 파악해야 한다고 강조하며 글을 맺는 점 또한 눈여겨 볼 만하다.

2부에서는 개별 시인들의 작품에 대한 고찰이 수행되고 있다. 여기에는 다섯 편의 글이 모아져 있는데, 작가론 내지 작품론으로 가름할 수 있는 글들이 묶여 있다. 주로 신동엽, 김기림, 서정주 시인의 시에 대한 것들이다. 신동엽의 시에 대한 고찰이 세 편을 이루고 나머지는 각각 김기림과 서정주의 시에 대한 논구이다. 제1부의 「시와 담화」에서도 신동엽의 시를 중심으로 살피고 있는데, 그렇게 본다면 이 책을 구성하는 여러 편의 글 가운데 신동엽 시인의 시에 관한 고찰이 네 편을 이룬다. 책의 전체 구성으로 볼 때 비교적 높은 비중과 관심이다. 그것은 아마도 저자의 신동엽 시인에 대한 애착과 관심의 반증이라 할 수 있겠다. 오래 전에 저자가 「신동엽 시 연구」로 학위를 받은 이력을 감안한다면 신동엽 시인에 대한 권위적인 연구자로서 신동엽의 시세계와 시정신에 대한 연구의 확장이며 심화로 볼 수 있다. 저자는 이 자리에서 신동엽의 시집 『금강』이 지니고 있는 서사성과 비극성, 그리고 그의 시의 상상력과 이미지 구조를 분석하여 그의 시가 함유하고 있는 시정신으로서 "알맹이 정신"을 탐구하고 신동엽의 문학이 갖는 "문학적 현실 대응의 넓이와 깊이"를 세심하게 조망하여 신동엽 연구의 성과를 심화·확장하고 있다.

김기림에 대한 논의에서는 그의 창작 방법과 시적 성취를 가늠하고 있다. 여기에서 저자는 김기림을 "한국 현대 시사에서 최초로 체계적인 시론을 펼친 이론가"로 전제한 뒤 그의 시세계의 변모양상을 살핀다. 그 결과 김기림은 "한국 시의 후진성을 극복하기 위해서" "감상주의적인 시에 대한 부정과" "프로 문학의 정치적 시에 대한 부정"으로 "시창작과 함께 이론을 통한 한국 시의 새로움을 추구하였다"는 결론에 이르고 있다. 요컨대 한국 시의 타성과 관습을 부정하고 새로움을 이론과 창작을 통해서 실천한 시인이라는 것이다.

미당을 논하는 자리에서는 서정주 시인의 초기시의 분화과정을 탐색하면서 서정주의 자의식의 근저에 깔려 있는 암울한 현실에 대한 절망적 세계가 종교적 차원의 세계로 흡수되었다는 결론에 도달한다. 초기시의 대표적 작품을 분석하면서 미당의 시적 자의식에 새겨진 그림자가 이후의 행로에 어떠한 영향을 미치고 있는가 살핀다. 요컨대 미당이 보여주는 불교적 세계로의 귀의나 봉인된 시간으로서 영원의 신라 세계로의 회귀는 미당의 자의식 근저에 깔려 있는 암울한 현실에 대한 절망적 자세가 종교적 차원의 영원 세계로 흡수되어 버리는 결과를 낳았다는 진단을 내리고 있다.

이 책의 1·2부가 시에 대한 일반적인 미학적 장치와 문학성, 그리고 지난 연대의 시인들에 대한 연구적 성격이 비교적 강했다면, 3부는 당대의 문학 현장에서 활발하게 창작 활동을 전개하는 시인들의 시집에 대한 현장비평이다. 여기에 묶인 글들은 대개 시집에 대한 서평에 가까운 글로 저자가 당대의 시와 시인들에 대한 '동업자'로서의 관심과 사랑을 엿볼 수 있다. 저자는 바다 속 말미잘처럼 부드럽고 예민한 촉수를 시집에 대고 당대의 다양한 시적 인식과 담론 속에 내재한 정신들을 유연하게 감각하고 지각해 낸다.

여러 편의 섬세한 평문 가운데 가장 주목하지 않을 수 없는 글은 그의 삶과 역설, 삶과 시(문학), 혹은 그가 의식하고 지향하는 '시정신'의 요체를 가늠해 볼 수 있는 「삶의 진실과 역설의 미학」과 「올곧고 견고한 시정신」이다. 삶과 문학의 관계는 분리할 수 없는, 문학은 삶과 따로 떨어져서는 생각할 수 없는 짝패이다. 그리고 저자가 평소에 강조하는 '삶의 문학'과 '삶과 문학의 진정성'에 대한 지론을 생각한다면 두 편의 글은 주목에 값하는 글이다.

두 편의 글뿐만 아니라 이 책의 여러 곳에서 저자가 역설하는 삶이란 "모순된 세계와의 갈등 속에서 진행"되는 것이다. 인간의 삶이 이상과 현실 사이의 갈등이나 대립 위에서 펼쳐지는 것이고, '세계 자체가 상반되는 것들의 모순과 충돌' 속에서 드러나기 때문에 "삶의 진실은 모순된 세계의 실상을 간파하는 역설적 의미" 속에서 밝혀질 수 있는 이유에서이다. 그런데 문제는 "현실의 갈등을 수용하고 통합한다는 것은 간단"한 것이 아니기 때문에 "갈등 자체를 참답게 보여주는 것이 보다 인간적 진실"에 가까운 것일 수 있다는 것이다.

위와 같은 문맥에 「삶의 진실과 역설의 미학」이나 「올곧고 견고한 시정신」뿐만 아니라 1부의 「시와 역설」이 자리한다. 갈등과 모순의 궁핍한 현실, 그 백지의 까마득한 사막을 건너며 "오랜 사유의 과정 속에서 압축되고 정제되어 언어의 옷을 입고 살아"나는 순도 높은 시정신의 결정체야 말로 "우리의 삶의 중심을 꿰뚫어 본질"에 도달하게 한다는 것이다. 저자가 지향하는 시정신의 결정체는 아마도 백지의 사막을 건너며 모든 갈등과 번뇌, 모순과 고통을 감내하며 연금술로 빚어낸 순도 높은 금강석의 경지가 아닌가 한다. 이 지점에서 저자의 삶과 시에 대한 사유와 태도의 엄격성을 읽을 수 있다.

끝으로 서문에서 "새로운 시와 새로운 시정신의 추구를 통해서 문화와 정신의 결핍을 감당하고 그것을 극복"해 나가며, "진지하고도 치열한 시정신의 모색이야말로 삶의 주변으로 밀려나는 시의 위의를 다시 일으켜 세우는 일"이 시인으로서 비평가로서 저자 자신이 짊어져야 할 책무라고 밝혔듯이, 시인으로서 빛나는 창작, 비평가로서의 섬세한 안목과 전체에 대한 통찰이 더욱 빛나길 염원하며, 한 잡지의 주간으로서 한국 현대시에 대한 거시적 지평을 열기를 기대한다.

좋은 시절, 혹은 유배지의 즐거운 명상

- 도한호 시집 『좋은 시절』 -

지난해 벚꽃이 만발하는 4월 어느 날 나는 도한호 시인을 처음 만나 보았다. 그때 기억으로 나는 막 간행한 시인의 『좋은 시절』을 받아들고 한 편의 시를 택해 낭송한 기억이 난다. 그 후 1년이 지난 지금 그 때 받아든 시집에 대한 서평을 하기 위해 다시 읽었다. 사람을 알고 나서 글을 읽게 되면 사람 자신이 내뿜는 강한 인상 때문에 그 글이 제대로 읽히지 않는다. 이러한 이유로 얼마나 헛된 상찬과 얼마나 그에 대한 객관적인 가치 평가의 기준으로부터 일탈하게 되는가 말이다. 인간 관계라는 것은 글의 깊이 속으로 잠입하는 우리의 정신을 마비시킨다. 그리하여 문학적 사유는 비천한 행위로 전락하는 것이다. 문학적 사유는 치열한 탐색선 위에서 만나는 고열한 정신들의 친교 내지는 교감이어야 한다. 한 인간이 아닌 그의 사유 지대와 그의 정신들 가운데 어떤 경향과 만나야 한다. 우리는 작품이 체현하는 정신의 전경에 머물러야 하며, 작자는 단지 작품이 구성하는 정신적 지형들 가운데 한 후경으로만 머물러 있어야 한다.

그런데 나는 지난해 벚꽃이 눈꽃처럼 만발한 사월 어느 날 처음 보는 자리에서 도한호 시인의 그러한 인간, 글의 후경으로만 존재하는 배경적 면모를 접할 수 있었다면 흔날 일일까. 그는 어떤 격식이나 겉치레도 의식하지 않을 수 있는 한 인간을 자신의 자리에 앉혔다. 어떤 전위적인 실험에 투신하거나, 시인 스스로 밝히고 있듯 "한 시대를 사는 문학인이 그 시대를 외면하고 글을 쓸 수는 없는 노릇이지만," "나의 시가 시류에 편승하고 있지 않나 하는 염려"의 평범함과 소박함이 주위에 있는 어떤 사람도 억압하지 않고 부담을 주지 않는 편안한 공기를 만들어 내었다. 어떠한 사상적 높이나 권력의 높이에 자신이 올라가 있다는 자부심 때문에 흔히 자신의 어조를 날카롭게 하고, 눈빛을 빛내는 그러한 사람들과는 달리 그의 눈빛은 낮은 자리에서 순하고 부드럽게 열려 있었고, 어조는 차분하게 술잔에 녹아들었다.

도한호 시인의 관상의 기호학을 살피는 일은 그의 시집 『좋은 시절』을 이해하는데 중요한 기회를 제공해 준다. 시인 자신도 그것을 알고 있지 않을까. 그는 수없이 자신의 관상을 시의 거울 속에 비춘다. 그의 거울에는 끊임없이 일상 생활에서 접하고 느끼는 반성과 깨달음의 물결이 밀려온다. 시는 그에게 있어서 "이미 많은 뉘우침과 눈물"(「눈물」)로 시인을 성찰하게 한다. 이러한 자기 성찰은 목사라는 성직자로서 심각한 철학이나 종교적 성찰의 관념적이며 추상적인 높이, 또는 어떤 종교적 계몽으로 우리를 불안하게 뒤흔들거나 하지 않고, 누구나 친근하게 접하고 느끼는 것들을 가지고 잔잔한 수면의 물결을 만든다.

도한호의 시집 『좋은 시절』은 전체 4부로 구성되어 있다. 시집을 일견할 때 발견할 수 있는 특징은 시인이 직접 독자를 위하여 마련한 서언에서 밝히고 있듯 1985에서 1990년 사이에 쓰여진 시들이라는 점과 이 시기의 "반이상을 외국에서 보냈기에" 자연히 생소한 외래어가 자주 출몰하는 점이며, 때문에 조국을 떠나 만리 타국 이역의 땅에서 느끼는 일상적 생활 감정과 명상이 전경화되고 있다.

도한호 시인의 시에서 가장 먼저 발견할 수 있는 것은 순수한 시인의 마음과 그 순수한 마음을 지키며 보다 탈각된 경지의 성숙한 인간으로 상승하려는 모습일 것이다. 어느 시인인들 이러한 세계를 지향하고 있지 않으랴만 도한호 시인의 경우야 말로 이런 보편적 특성을 시적 출발점으로 삼고 있지 않나 싶다. "화려한 장미보다는/수수한 찔레꽃을 더 좋아"(「찔레꽃이 피는 마을」) 하는 시인은 자신을 「內訓 스물 네 장」에서 들고 날 때나 슬플 때나 기쁠 때, 매사를 조용 조용한 몸가짐과 마음가짐으로 나타내고 있다.

> 날 처다보는 까만 눈동자들
> 내 눈길 피해 고개 숙이는 모습들
> 그래서 나는 사과했다
> 집에 돌아와 손 씻으며
> 거울 보고 또 사과했다
> 　　　　　　　　　「사과」 중에서

인용한 시에서 드러나듯이 시인의 순수함과 순진성은 그로 하여금 사람들 앞에서 공개적으로 솔직하게 사과하도록 만들기도 한다. 이렇게 자신이 범한 과오를 솔직하게 시인하는 것, 그것은 바로 이 시인의 내면에 순수함을 지키려는 노력이 남다르게 잠재해 있다는 증거로 볼 수 있거니와, "집에 돌아와 손 씻으며/거울 보고 또 사과"하기도 하는 것이다. 잘못한 일이 있어도 자신의 죄의식을 느끼지 못하거나 그것을 거부하려는 이 시대의 일반적 풍경에 비한다면, 도한호 시인의 시에 나타난 이와 같은 솔직함은 큰 울림을 준다. 시인의 순수한 시선은 "순하디 순한 사람들의 표정에서 순박한 웃음"(「사는 법」)을 짓는 순정의 세계를 지향한다.

그러나 도한호 시인은 단순히 그의 순수 세계를 지키고 그것을 지향하려는 열망만을 갖고 있지는 않다. 그는 자신의 순수 자아를 지키는 것뿐만 아니라, 한 인간으로서 자기 완성에 누구보다도 많은 관심을 기울이고 있다. 그가 추구하는 자기 완성은 아마도 보다 탈각된 경지의 성숙한 인간일 것이다.

> 언제인가, 나도 그대 족속의
> 말미 쯤에 끼일 수 있으리라.
> 따스한 모래 위에 엎드려서
> 갈라진 등으로 찬만근의
> 태양 에너지를 흡입하면서
> 한 오백년을, 말 없이,
> 명상 할 수 있다면
> 나의 思惟는 얼마나 깊어질까.
> 「이구아나에게 2」 중에서

위의 시에서 도한호 시인의 정신의 성숙성 혹은 내면적인 자기 완성이 뜨거운 모래밭에 고행하듯 드러누워 있는 이구아나의 이미지를 통해 인상적으로 나타난다. "창을 열고 더러 잎이 지고/더러는 단풍이 곱게 든/상수리 나무 숲을" 관조하면서 "행복한 명상에 잠기"는 내면적 성숙을 지향하는 모습을 발견할 수 있다. 깊은 사유와 명상을 통해 시인 자신이 추구하는 어떤 고열한 정신적 이상의 세계를 지향하려는 의식적 태도는 그의 시편 곳곳에 보이는데, "아침 명상 중에 만물을 사랑해야 한다는/구체적 깨달음을" 얻는 「깨달음」, 정상적 상태를 벗어난 신체의 질병적 증세에서 신체의 정상 상태에서는 느낄 수 없었던 정신적 깨달음의 세계를 노래하는 「미열」 연작 등이이러한 예에 속하는 작품들이다.

이와 같은 내면적 성숙의 추구는 그에게 주어진 현실적 상황이 계기가 되기도 한다. 다시 말해 오랜 기간 이방의 땅에 머물러 있으면서 불가피하게 혼자된 상황이 시인의 존재론적 성찰과 명상의 길을 터주기도 한다. 이와 함께 자신과 마찬가지 처지의 이방인들에 대한 따뜻한 시선을 보내기도 한다. 도한호 시인 자신과 같이 자신이 태어나 태를 묻은 땅을 떠나 낯선 타국에 뿌리를 내리고 사는 이들에 대한 동류 의식 내지는 그들의 삶에서 자기 자신의 모습을 발견하기도 한다. 「쉬일라네 집」, 「쉬일라의 꽃밭」, 「멋진 라비」 등에서 자주 등장하는 인물, 아마도 그와 이웃하며 살아가는 이주민 '쉬일라'와 관계된 시편들에서 대표적인 사례들이 보인다.

도한호의 시세계는 주로 낯선 땅에서 경험하는 일들이 시화된다. 낯선 이방의 땅에서 경험하는 고독이나, 그곳에서 만난 이방인들과의 일상적 삶이 그려지고 있다. 그리고 시인의 외로운 심적 상태는 곧잘

'새'나 '이구아나', '바퀴벌레' 등의 조류나 동물, 곤충을 소재를 통해 투영되기도 한다. 이러한 시적 소재들은 모두 시인의 고독한 내면 세계를 투영하는 대상들인데, 고독은 대체로 시적 자아의 삶을 반성적 명상과 순수 본연의 자세로 돌아가려는 내면적 성찰, 혹은 깨달음을 지향한다.

우선 주목해야 할 것은 시인이 서두에서 밝히고 있듯 시집 『좋은 시절』은 대부분 타국 생활을 하면서 쓴 시다. 그렇기 때문에 이방인으로서 느끼는 외로움과 그 무엇으로부터의 이탈, 혹은 단절된 분리 의식, 혹은 고독 의식이다. 사람은 누구나 자신이 친숙하게 경험해오던 세계에서 떨어져 있을 때 고독의 엄습를 받기 마련이다. 이방의 낯선 공간과 시간 속에서 느끼는 고독한 정서의 표출은 주로 도한호의 시에서는 '바퀴벌레'나 '새', '이구아나' 등을 통해서 그러한 내면 의식을 드러낸다. 이런 작품으로 「回歸辭」 연작의 '홍관조'나 「카날리나」 연작의 '카날리나', 「참을성 1 · 2」의 '새', 그리고 「이구아나에게」 연작 등이 시적 자아의 고립된 현실이 주는 외로운 의식을 보여주는 작품이다.

> 부엌에는 언제나 음모가 있다.
> 수도꼭지는 물방울로 정보를 송신하고
> 냉장고와 오븐은 진동과
> 열의 강도로 신호를 교환한다.
>
> 고독한 밤, 나는 때로는 그들과도
> 어울리고 싶어 조심조심 접근해 보아도

> 어둠 속으로 사라지는 그림자들 뿐
> 부엌에는 언제나 아무도 없다.
> 「陰謀 1」 중에서

위에 인용한 「陰謀 1」은 시적 화자의 모습이 음습한 곳에 숨어 사는, 그래서 보통 사람들에게 좋은 인상을 주지 못하는 바퀴벌레라는 곤충을 통해 잘 드러내 보여준다. 바퀴벌레와 나는 "쉽게 청산"할 수 없는 "해묵은 원한을 가"진 사이지만 "고독한 밤" 시적 화자는 그들과 "어울리고 싶어 조심조심 접근해 보아도" 그들은 "어둠 속으로 사라지는 그림자"만을 있을 뿐 "언제나 아무도 없다"는 진술을 통해 화자의 고독한 내면이 그대로 투사되고 있다. 아는 이 하나 없는 이방의 낯선 땅에 홀로 떨어져 있다는 것은 곧 분리 고립 의식을 낳는다.

여기서 시적 화자는 그 무엇으로부터 고립해 있다는 의식을 강하게 표출하는데, 그 무엇은 아마도 자신이 친밀하게 경험해온 자연, 사회, 인간, 자신일 수가 있는데, 그러한 분리 이탈 의식은 소외라는 개념으로 수렴될 수 있다. 소외는 현실적 자아와 본질적 자아, 혹은 자아와 대상 사이의 벽을 의미하는 것으로 현대인들의 의식 상태를 설명함에 있어서 대단히 큰 효과를 발휘하는 개념이라 할 수 있다. 이러한 소외를 극복하는 방법은 부정이다.

시를 통해 소외를 극복하려 할 때, 즉 본질적 자아를 회복하려 할 때에는 두 가지 부정 방법이 있다. 그 하나는 대상을 부정하는 것이고, 다른 하나는 현실 자아를 부정하는 방법이다. 『좋은 시절』은 대부분의 시가 외국 생활을 하면서 쓰여졌기 때문에 친근한 것들과의 분리 소외 의식이 잘 드러나 있다. 이러한 분리 소외를 극복하려고 시적 자아는 부단히 노력하는데 자신을 둘러싼 대상과 거기에 위치한 현실 자아를 부정하는 방법을 통해서 본원적인 것을 회복하려 한다.

시인의 한시적 생활 터전인 미국은 시적 자아에게 이방인으로 느끼는 고독, 외롭게 고립된 존재로서 "온갖 영상과 잡념이 사라지고/시간의 흐름마저 잊어버리고/명상 속으로 깊이 빠져"(「이구아나에게 2」) 드는 시간을 제공한다. 홀로 있는 공간은 대개 거기에 위치한 사람으로 하여금 사유와 사색의 시간을 풍부하게 제공해 주는 법이다. 여기에 도한호 시인도 예외일 수 없었나 보다. 「이구아나에게 1·2」, 「요즈음의 염려」 연작 등은 자신의 생활 터전인 이국 생활의 고독 속에서 빠져드는 명상을 보여준다. 그 명상은 곧 깨달음이나 성찰의 세계를 이룬다.

이국 살이의 명상은 "따스한 적도의 모래 위에 엎드려서/수백년을 사색과 명상으로 지낸"다는 이구아나를 동경하고 예찬하면서 자신도 이구아나처럼 "모래벌, 차지"하고 명상과 사색의 길을 기대하기도 한다. 그리고 명상을 통한 깨달음은 "화려한 장미보다는" "수수한 찔레꽃이 피는 마을"(「찔레꽃이 피는 마을」)을 동경하는, 현실적 자아의 부정을 통한 본원적 순수 자아를 회복하려는 의식을 엿볼 수 있다.

그러면서 조국에 대한 향수나, 염려 등이 간간이 함유되는데 「유배지에서의 어느 토요일 저녁 식사」에서 극명하게 드러난다. 떠나온 곳의 상황이 자신의 고독한 처지와 병치되는 이 시를 인용하면 다음과 같다.

　　비가 올 듯한 토요일 저녁
　　　한 무리의 학생들 미국 문화원 점거
　　벽을 바라보고 식탁에 앉아서

> 앗, 미소 정상회담에 밝은 전망
> 우유 한 잔 토오스트 두 쪽으로
> 알바니 뱅크를 봐 줄 수 없어
> 싱겁게 먹고 흥분하지 않는
> 신민당, 의사당 농성 풀고 자진 해산
> 조촐한 저녁 식사를 한다
>   - 중 략 -
> 후식으로는 걸 스카웃 쿠키 두 개
> 끼니 걸러도 약은 꼭 복용
> 나는 어둠 속에서 망연히 앉아서
> 앞으로의 식사들을 염려한다
>   「유배지에서의 어느 토요일 저녁 식사」 중에서

위 인용 시의 상징적이며 핵심적인 지배소는 이역의 「유배지」에서 느끼는 자신의 외로운 정서와 조국의 현실적 상황일 것이다. 이 시는 외로운 타국 생활 중 고국의 신문을 읽으며 혼자 외롭게 저녁 식사를 하는 장면을 형상화하고 있다. 저녁, 구체적으로 토요일 저녁이라는 시간은 무엇보다도 한 주일의 일을 마치고 난 휴식의 편안한 시간이다. 그런데 토요일 오후 휴식의 편안하고 안정된 저녁 식사가 조국을 떠나 있는 자신의 현실적 처지와 조국의 불안한 정치적 현실, 잡다한 상황이라는 외부적 현실에 의하여 불안한 식사와 시간이 되어버린 것이다.

시적 자아는 자신이 현재 머무는 공간을 「유배지」라 규정하는데, 그런 유배지의 공간에서 시적 자아를 더욱 불안하게 만드는 요인이 조국의 불안정한 현실적 상황이다. 이러한 자신이 처한 내적 상황과

신문으로 언뜻 접하는 조국의 외적 요인들이 자신의 "앞으로의 저녁 식사를 염려"하게 만들기도 한다.

친근한 가족과 동료로부터 분리된 고독한 의식은 이방의 "더욱 푸르른 하늘"(「가을 하늘」)을 우러르며 "저녁 연기 곱게 피는/마을을 찾아 떠나"(「回歸辭」)리라는 회귀 의식으로 나타나기도 한다. 대낮의 강렬한 빛이 어둠으로 바뀌고 난 후, 즉 우주의 모든 사물이 가라앉음과 고즈넉함으로 완만하고 느린 관조의 자세를 보이는 저녁은 자신을 되돌아볼 계기를 마련해 주는 시간이다. 그 시간 속에서 어둠은 모든 사물과 인물을 무채색으로 휘감으며 시적 자아를 대상에서 고립되어 있다는 떠 있다는 느낌을 갖게 한다. 이방의 낯선 생활은 "고요히 어둠이 내리고/어둠살 속으로 고독이 번"지는 것이어서 "불을 끄지 않고 잠들"어야 하는 고독한 심정의 진술을 이끌어내기도 한다. 이러한 진술은 아무런 숨김없이 그대로 표백되는데 「회귀사」 연작이나 「安否」 등의 시편에 잘 나타나 있다.

사랑하는 대상들과의 분리는 곧잘 명상을 통한 깨달음으로 이어지기도 한다. 그것은 위에서 언급했다시피 현실적 자아를 부정하고 궁극적으로 자신이 돌아가야 할 어떤 선의 경지 내지는 본원적 자아의 세계를 말한다. 이러한 깨달음 혹은 성찰의 계기는 그가 낯선 이방에 고립되어 홀로되었다는 유배 의식에 비롯하는 것이다. 그의 시가 친숙한 경험 세계와의 단절과 고립으로부터 명상·성찰의 계기가 되었기 때문에 '유배지'에서의 생활이 '좋은 시절'이라는 역설이 성립한다.

서정의 언어, 흐름의 시학

- 권선옥의 근작 시에 대하여 -

시는 서정의 언어이다. 서정은 시를 시답게 한다. 설령 시가 어떤 목적이나 의식을 지향한다 하더라도 시에서 서정이 시를 시답게 하는 가장 원초적 근원이 된다는 사실에 이의를 달 사람은 없을 것이다. 왜냐면 시의 시원과 발생이 노래하는 정신으로부터 비롯됐으며, 그 서정적 노래의 정서적 울림과 떨림에 시적 감동은 행복한 표정을 짓고 기대어 있기 때문이다. 시의 언어는 서정의 언어이고, 이 지점에서 서정성은 시의 시성(詩性), 혹은 예술로서의 시의 원형적 자질을 획득하게 된다. 서정이 본래 노래하는 정신에서 비롯되었다는 사실은 시가 음악적인 요소를 바탕으로 한다는 것이다. 서정은 이러한 음악적 요소들이 주는 즐거움과 함께 연민·슬픔·분노 등의 인간이 느끼는 여러 정서적 감흥과 자질들이 서로 어울려 시로서의 고유한 서정성을 환기한다. 이것이 서정시의 독특한 힘이며 가치며 매력이다.

돌이켜보면 우리 전통 시에서 서정성은 대개 인사(人事)와 자연에 대한 관계에서 파생하는 문제로 핵심을 짚을 수 있다. 정병욱은 실제로 고전 시가를 살피며 전통 시조에서 가장 빈번하게 나타나는 시어는 님이며, 다음으로 달, 꽃, 물 등이라는 사실을 밝힌 바 있다. 이러한 자연 대상의 이미지는 주로 인간의 정서와 결부된 기쁨이나, 슬픔, 그리움을 주로 표상한다. 전통 시에서 발견되는 이러한 서정시의 특성은 현대시에 이르러서도 변함없이 지배적 양상으로 나타나고 있다. 현대시에서 인간의 정서적 현상인 그리움과 자연적 요소로서 달, 강, 하늘, 구름, 별 등등의 이미지는 서정적 정서의 원형질을 형성하는 드러내는 요소로 기능하고 있다. 이러한 전통적 서정시의 특질과 맥락은 현대시에서 하나의 원형적 지형을 형성하고 있는 터이다. 그런 점에서 서정의 정신 혹은 서정시는 현대시의 밑변을 이루고 떠받치는 한 저류이다.

한국 현대시의 큰 산맥을 이루는 서정 세계의 한 지형에 권선옥 시인의 시는 자리한다. 권선옥 시인은 1976년 현대시학의 추천으로 등단해 첫 시집 『풀꽃 사랑』에 이어서 최근의 『사람의 밤 하느님의 밤』 등 네 권의 시집을 선보인 중견 시인이다. 네 권의 시집을 통떨어 아주 편하게 그의 시세계를 언급한다면 서정 언어의 세계에 몸담고 서정적 세계에 눈을 둔 시인이다. 왜냐하면 서정을 노래하는데 가장 기초적인 시적 상관물은 강, 별, 하늘, 눈물, 들꽃, 바람 등의 이미지를 통해 시를 꾸려 나가고 있기 때문이다. 거기에다 지금이라는 현재가 중요한 것이 아니고 무엇인지 좀 막연한 이상과 회한을 노래하는 듯한 감이 있지만 그리움의 요소가 시를 지배하고 있다는 느낌 때문이다. 그가 지향하는 서정 세계의 지평을 구현하는 시적 세계를 잘 보여

주는 작품으로 「별」이 있다.

> 나의 어둠은 네 배경이다
> 이 땅의 사람들은
> 너를 바라보면서도
> 왜 네가 별이 되었는지는 모를 것이다
> 내 가슴에 떨군 숱한 눈물과 그리움
> 뉘우침 같은 것들로
> 빛이 되었음을 짐작이나 하겠는가
> 애초에 다만 하나의 별이 되어
> 반짝이고 있다는 무심한 사람들에게
> 나의 어둠을 말할 수는 없다
> 너의 배경에서 아무 흔적도 없이
> 사위어 가는 그 많은 날들의 그림자를
> 아무도 보지 못하였으리라
>
> 「별」 중에서

이 작품은 권선옥 시인의 시에서 서정의 특징을 비교적 선명하게 드러내 보여주는 작품이다. 요컨대 시적 화자인 '나'는 '어둠'이고 그 어둠을 배경으로 '별'은 빛을 발한다. 그 '별빛'은 "내 가슴에 떨군" "눈물과 그리움" 그리고 "뉘우침 같은 것들로" 빛이 되었다. 별이 빛나기 위해서는 어둠이라는 슬픔과 그리움의 배경이 있어야 한다는 요지이다. 별이 빛나게 보이기 위해서는 어둠의 슬픔과 눈물과 그리움, 뉘우침이 있어야 한다는 것이다. 이러한 빛과 어둠의 대비에 의해 이루어지는 심상은 "모를 것이다" "짐작이나 하겠는가" "말할 수는 없

다" "보지 못하였으리라" 등의 다분히 똑같은 부정적 어사의 종지형
이 주는 통사구조의 통일성은 수사적 반복에 해당하는 것으로서 작품
전체의 운율적인 면에 기여하고 있다. 뿐만 아니라 통사구조의 동일한
수사적 반복에 의해서 작품의 조형 감각과 형태적인 안정감을 함께
느끼게 해준다.

그런데 운율적 형태에 기여하는 소리는 시에서 의미와 분리되어 생
각할 수 없다. 시적 발화의 음악적 소리도 정보를 전달하는 수단, 즉
의미 내용을 전달하는 수단이다. 이것은 모두 병행 구문에서 파생되는
음향 효과인데, 이러한 병행 반복적 회귀의 힘은 시의 절대적 요소며,
낱말이나 생각 속에 이에 호응하는 의미의 회기성을 자아내는 것으로
볼 수 있다. 구조상의 병립성이 구성의 원리로써 배열에 투영되어 불
가피하게 의미의 등가성을 형성하고 있는 것이다. 그 음악적 소리의
반복이 주는 등가적 의미, 즉 병행 구문의 교체 반복을 통해 율동을
낳게 하고 화자의 심적 상태를 강조하는 것이다. 그 등가의 의미는 눈
물과 그리움으로 형성된 어둠에 의해 별빛이 빛나게 보인다는 시적
화자가 지닌 정서적 감흥의 강화하고 심화이고 감정의 고조이다. 다시
말해 문법적 병행 구조가 전경화되면서 이 시의 분위기와 정조를 창
출하는 지배적 기능을 하고 있다는 것이다. 이처럼 병행 구문의 소리
와 감정, 관념, 정서는 상호 연결되어 서정적 울림을 고조시키는 기능
을 하는 시이다. 이 시는 서정적 특질로서 천체적 이미지인 별, 화자
의 정서적 내면의 현상적 표현인 액체 이미지 눈물, 그리고 눈물이 야
기하는 그리움의 정서가 리듬과 결합하여 시의 서정성을 구현하고 있
는 것이다. 다른 작품 「강」에서도 이러한 서정성의 특질은 그대로 드

러나 있다.

> 사람들은 스스로 함정을 파고
> 그 속에 갇혀 평화를 누리지만
> 강은 어디에도 감옥을 짓지 않는다
> 푸른 하늘과 넓은 들을 담아보고서는
> 세상일들이 더구나 부질없음을 알았다
> 허기진 바람이야 작은 방에 가두겠으나
> 강물은 아무리 서둘러 흘러도
> 바다밖에는 갈 곳이 없다
> 한때는 사랑에 취하였고
> 그로 인하여 눈물 흘리며 어둔 길을 헤매었으나
> 시간은 깊은 상처까지 더불고 갔다
> 이제 아무 것도 꿈꾸지 않기로 한다
> 꿈꾸지 않는 강은 자유롭다

「강」 전문

　시 「강」도 위의 시와 별반 다름없는 작품이다. 시적 소재가 '강'이며 시상의 전개가 서정적 상징성이 농후한 '바람, 하늘, 바다, 사랑, 눈물, 상처, 꿈' 등으로 연쇄되고 있기 때문이다. 시상의 전개를 따라가면 '흐르는 강물'과 인간의 '사랑', 인간의 욕망이 파고 지은 '함정'과 '감옥'이라는 갇힘과 열림, 멈춤과 흐름의 대비를 통해 변화와 흐름의 자연적 법칙을 따를 때, '꿈'으로 상징되는 아무런 인간적 욕망을 버릴 때 강처럼 '자유롭다'는 시적 인식과 만날 수 있다. 시적 인식의 결과는 다름 아닌 인간 욕망이 지은 감옥에 스스로 갇힘이 아니라, 변화라는 흐름의 원리에 인생과 자연의 법칙·순리가 놓여 있음을 말하는 것이다. 이 시의 정조는 '사랑'으로 상징되는 욕망, 그 사랑의 욕망에 겪을 수밖에 없는 그리움과 상처, 눈물, 체념과 순응의 긴장관계에 기반하고 있다. 사랑과 감옥, 그리고 함정은 인간의 욕망이 지은 것이며 변화와 흐름으로서의 생의 원리를 표상하는 것이다.

위의 두 작품을 놓고 볼 때 권선옥 시인의 시는 전통적 서정시의 중요한 한 흐름을 따르고 있다는 것을 알 수 있다. 특히 그의 시에서 자주 쓰이는 '하늘, 별, 바람, 구름' 등의 천체적 이미지와 '강, 들, 눈물, 계곡' 등 물의 이미지와 자연적 이미지를 통해 사랑과 이별, 그리움과 눈물, 쓸쓸함과 상처 등 인생의 원리를 투영하는 데서 알 수 있는 바이다. 그 가운데 권선옥 시인의 시에서 물은 아주 중요한 원형적 기능을 하는데, 그것은 물의 이미지가 주는 흐름의 시학을 지향하고 있다는 데서 찾을 수 있다. 흐름의 시학, 혹은 자연적 법칙에 의해 순순히 흘러가는 순응의 태도는 한국 서정시의 한 질감이다. 이러한 질감은 시 「연(鳶)을 날리며」에서 오는 느낌이다.

때로는 우리의 근심이나 시름 같은 것들이
이렇듯 아스라이 멀어져가기도
한단 말인가
저, 저, 불타오르는 허드렛불 연기 사이로
훨훨 불타오르는 불꽃 사이로
온갖 걱정 근심이
한 발짝 한 발짝 물러나기도
한단 말인가.
흐느끼는 강을 끼고

사내 하나가 빈 들판을 가고 있다
등 굽은 사내, 비틀걸음
부는 바람에 하늘 높이 연을 띄워 놓고
바라보다가 바라보다가
탕 바람이 차고 가버린
작은 가오리연 찾아 가는지
눈 먼 홀어미 찾아 가는지

「연(鳶)을 날리며」 전문

이 작품에서 흐름의 시학은 사라짐 혹은 소멸의 원리와 통하고 있다. '물이 흘러서 바다에 가듯' 우리의 우리가 파고 지은 '함정'과 사랑의 '감옥'(「강」)에서 "온갖 걱정 근심"은 "흐느끼는 강을 끼고" "한 발짝 한 빨짝 물러나"는 것이다. "허드렛불 연기 사이로" "불타는 불꽃 사이로" "가오리 연"처럼 사라지는 지는 것이다. 바람에 실려 날려 가는 '연'처럼 인생의 궁극은 어디론가 날아가는 것이다. '연기, 불꽃, 강, 바람, 연'은 서정성 짙은 소재들은 생성과 소멸, 나타남과 사라짐이라는 변화의 원리, 그 흐름의 원리에 기초하여 시적 화자의 정서적 감흥을 나타내는 동시에 자연의 주기적 순환과 같이 인생이 흐른다는 보편 법칙을 암시한다. 이와 같은 흐름의 시학은 시간성과 연계되는데, 그것은 「갑사동종(甲寺銅鐘)」이서다. 「갑사동종(甲寺銅鐘)」에서는 종소리와 물을 통해 영원에서 현재로 이어지는 시간의 흐름을, 혹은 현재의 경험이 영원으로 원초적 경험으로 흐른다.

서정시가 시의 본류임은 자명한 사실이다. 그러나 진정한 서정성이라는 것은 이미 고정된 세계 안에서 기조의 서정성을 답습한다면 서정적 함은 발휘될 수 없다. 그런 의미에서 서정성은 항구적 내구성을 갖춘 가치거나 불변의 개념은 아니다. 그것은 시대적이며, 문학적 환경의 조건에 맞게 기존의 내용과 형식을 자기 갱신해 나가고 자기의 틀을 돌파해나가야 한다. 그럴 때 참다운 서정시의 힘은 발휘될 수 있을 것이다. 요컨대 급격하게 변화하는 현실에서 서정은 구체적 삶과 결속되어 있어야 하고, 새로운 지평을 열어 갈 때 탄력적이며 생동하는 서정의 힘으로 창조될 수 있으리라.

전통적 서정성의 가치를 부정하거나 폄하는 것은 아니지만, 권선옥 시인의 시를 읽으며, 기존의 서정시들을 비판적으로 계승하고 창조적이며, 구체적 삶의 진정성과 좀 떨어져 있다는 느낌을 받았다. 이러한 감을 떨칠 수 없는 것은 권선옥 시인이 우리 시단에서 변함없는 서정의 세계를 노래해 온 시인이면서도 내내 비슷한 서정의 세계를 반복적으로 노래하고 있다는 판단에서다. 왜 이렇게 말하느냐 하면 시적 화자가 시적 대상과 마주해 체험하고 느낀 것을 어려움 없이 진솔하게, 그리고 개인적 감정의 차원을 개인적 차원으로, 익숙한 느낌을 익숙한 언어로 표현하고 있기 때문이다. 왜 그랬을까? 시를 읽고 난 뒤의 맛은 읽으며 나도 모르게 감화되는, 뭔가 다른 방식으로 가슴을 치는 서정의 세계는 아니었다. 시적 대상과 마주한 시인의 내면과 드러나는 태도는 어딘지 모르게 우리가 익숙하게, 그래서 보편적 서정의 관념과 언어, 그리고 너무나 친숙해서 별다른 새로움을 느낄 수 없었음을 솔직하게 고백한다. 이 말은 이 시인이 자기 갱신을 펼치지 못하고 예전의 서정적 세계에 편안하게 안주해 시적 자기 증식을 한다는 뜻을 담고 있다는 것이다. 섣부른 판단이겠지만 이러한 한계를 극복하지 못한다면 권선옥 시인이 지니고 있는 좋은 장점이 이 그늘에 가려

질까 해서다. 익숙한 감정과 느낌을 좀 다르게, 아니 좀더 낯설게 보여주어야 했던 것은 아닐까?

이 대목에서 시적 언어의 본질에 대해 언급하지 않을 수밖에 없는데, 시적 언어의 기능은 무엇보다도 일상적 언어 규칙의 일탈을 통하여 독자들의 주위를 환기해야 하는 것이 본연의 책무다. 시뿐만 아니라 모든 예술은 사물을 대상으로 하지만 일상 생활에서처럼 습관적으로 취급하지 않고 그것을 우리가 처음 지각하는 것처럼 주위를 환기하는 것을 사명으로 한다. 보통 우리는 우리가 일상 생활 속에서 항상 접하는 사물이나 사건에 대해 무감하거나 습관적이며 자동적으로 인식한다. 그러니까 우리의 세계에 대한 지각은 자동화·습관화되어 있다는 것이다. 시는 바로 이러한 일상의 낯익음을 벗어나 그것을 낯설게 하여 지각의 선선함을 되살리는 행위가 되어야 한다는 것이다. 구태여 형식주의자들의 미학적 견해를 끌어들이지 않더라도 이러한 요구 사항과 조건은 시의 필요 충분 조건이라 할 수 있겠다.

시를 읽는 즐거움이란, 시뿐만 아니라 다른 예술 장르를 감상하는 즐거움이란 적어도 어떤 새로움에서 주어지는 것은 아닐까? 시의 감상과 감상이 주는 독서의 쾌락은 시적 울림, 미학적 반향에서 오는 것이다. 새로움에 대한 갈망은 모더니즘적 실험에서만 가능한 제한된 특수한 가치 영역이 아니다. 서정의 순수 영역에서도 충분히 가능한 사항이며, 그것은 미학이 추구하는 보편적 요구 사항이다. 감히 이렇게 본다면 권선옥 시인의 시가 새로움을 주기 위해서는, 독자의 지각에 반향을 일으키는 울림을 주기 위해서는 환골의 탈각이 있어야 하지 않을까 한다.

▸▸ 저자 소개

김 홍 진

충남 홍성 출생
한남대학교 국어국문학과 및 동대학원 졸업(문학박사)
2004년 계간『시와정신』신인상 평론 당선
현재 한남대학교 국어국문학과 강의전담교수, 대덕대학 강사
저서 :『장편 서술시의 서사시학』
      『부정과 전복의 시학』

계승의 형식, 형식의 위반
- 연속과 단절의 문법 -

저 자 김홍진

인 쇄 2006년 9월 2일
발 행 2006년 9월 8일

펴낸곳 도서출판 역락
등 록 1999년 4월 19일 제303-2002-000014호
펴낸이 이대현
편 집 이태곤

주소 서울 성동구 성수2가 3동 301-80
전화 3409-2058, 2060
팩스 3409-2059
홈페이지 http://www.youkrack.com
e-mail youkrack@hanmail.net

값 14,000원
ISBN 89-5556-500-3-03810

*잘못된 책은 바꿔드립니다.